KB053580

악역이
베푸는
미덕

The virtue of villain

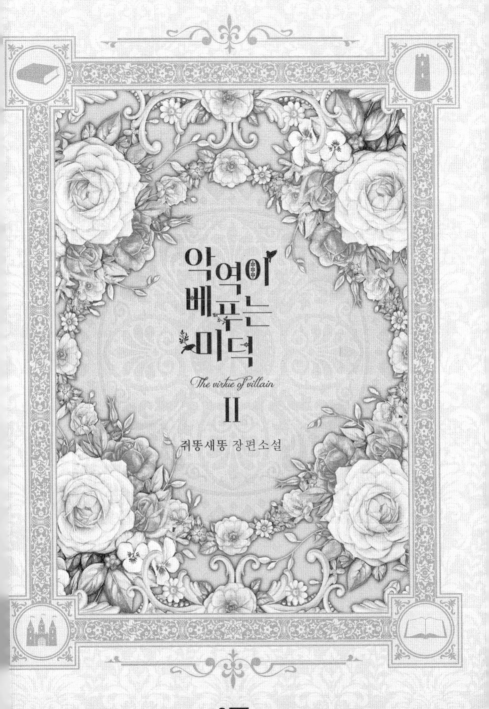

악역이 베푸는 미덕

The virtue of villain

II

쥐똥새똥 장편소설

iB
BOOK

Contents

제4장

질투의 행방(下)

질투의 행방(下)

주저됐지만, 나는 떨리는 걸음으로 5층 건물의 현관까지 걸어갔다. 유령일지 뭘지 모를 그 남자를 확실히 확인해야겠다는 생각 때문이었다.

게슈트는 이자나의 저주와 상당히 연관이 많은 인물이었으니까. 지금 그를 놓친다면 추후에 후회할 것이었다.

현관문은 미세하게 열려 있었다. 마치 들어오라는 듯이.

나는 쉬이 들어가지 못하며 마른침을 꼴깍 삼켰다. 게슈트의 망령일지 모를 것이 어째서 하멜의 집으로 들어갔을까.

제 스승은 죽었다고 확고히 말하던 하멜의 모습이 떠올랐다. 그가 내게 거짓말을 한 걸까? 붉은 머리카락을 가진 남자를 쫓아간 하멜은 어떻게 되었을까?

하멜을 찾아서 사정을 물어봐야 하나, 하는 생각이 들었지만 이내 고개를 내저었다.

돌아갔다가 게슈트의 망령이 사라져 버리면 어떡해.

"휴."

나는 심호흡을 내뱉은 후, 조금 열려 있던 현관문의 문고리를 잡았다.

그것을 조금 밀자 문은 스스럼없이 열렸다. 안쪽엔 등불이 하나도 켜져 있지 않은 것인지 아주 캄캄했다.

나는 조심스럽게 앞으로 한 걸음 내디뎠다. 문턱에 발을 디디던 순간, 내 생각보다 문턱이 높았던 것인지 발을 헛짚고야 말았다.

높은 구두가 꺾이며 발목도 같이 꺾이기 시작했다. 중심을 잃은 몸이 비틀거리며 곧 쓰러질 것처럼 휘청거렸다.

"젠장!"

넘어지는 건가 싶던 그때, 누군가가 내 허리를 단단히 감싸 안았다. 누군가의 한쪽 손은 내 허리를 완전히 감쌌고, 나머지 손은 내 손목을 움켜잡았다.

맨살에 닿은 누군가의 손이 차가웠다. 나는 이 차가움이 익숙하게 느껴졌다.

반쯤 감고 있던 눈을 뜨자 그가 보였다.

"위험했어."

차가운 손길. 투명한 검은 눈동자. 나를 내려다보는 그의 눈동자 속엔 웬 따사로운 기운만이 그득했다. 과거, 나를 차가운 눈으로 바라보던 그때와는 달라진 눈빛이었다.

나는 그의 이름을 불렀다.

"이, 이자나 폐하?"

당신이 왜 여기서 나와?

이자나는 내 허리를 잡고 있던 손에 힘주어, 나의 몸을 똑바로 세워 주었다. 꺾였던 발목이 아릿하게 아파 왔지만, 맨땅에 머리를 찧지 않은 것을 다행이라 여겼다.

그런데 이자나가 어째서 이곳에서 등장한 거지?

이자나는 중요한 연회에 가는 것을 제외하고선 궁을 잘 나가지 않는 걸로 알고 있었다.

이자나는 마주친 눈을 통해 내 생각을 읽은 것인지, 작게 속삭였다.

"사연을 설명하자면 긴데."

"많이 길어요?"

"어. 완전. 그보다도, 우린 같은 것을 본 것 같은데. 그렇지?"

이자나는 느른한 미소를 지으며 말했지만, 그의 얼굴빛은 그다지 좋지 못했다. 나는 이자나가 언급한 '같은 것'이 무엇인지 단번에 알 수 있었다.

'그의 죽음엔 정확한 사인이 없다고 해. 그래서 그런 생각이 들었어. 그가 아직 살아 있는 것이 아닐까, 하는.'

이자나는 일전에 그렇게 말했었다. 게슈트가 살아 있는 게 아닐까, 하고. 그럴 리가 없다고 생각했던 그의 추측이 들어맞아 가는 것 같았다.

우리가 본 '같은 것'이 뜻하는 바는 게슈트임이 틀림없었다. 나는 반쯤 열린 문을 손으로 가리키며 그에게 물었다.

"게슈트를 폐하께서도 본 거예요?"

이자나가 당연하다는 듯이 대답했다.

"그렇지 않고서야 여기 있을 이유가 없지."

"그가 이 저택 안으로 들어갔어요."

"나도 봤어."

"들어가도 괜찮을까요?"

"생강 양. 전에도 말했지만, 나는 두려움을 헤칠 수 있는 용기를 가진 남자야. 그렇지만, 생강 양과 함께라면 더 용기가 날 것 같기도 해."

"어머나."

"그래도 네가 이곳에 들어가기를 꺼린다면 강요하진 않을게. 나는 이곳에 들어가서 그를 내 눈으로 직접 확인해야겠어."

나는 망설임 없이 대꾸했다.

"저도 같이 들어갈래요! 저도 게슈트의 실체를 직접 확인해야겠어요."

그러곤 그와 맞닿아 있던 시선을 떨어뜨리며 생각했다.

이 저택. 하멜의 집이라는 걸 이자나도 알고 있을까? 아니, 이자나에게 알려야 하는 걸까?

고민하는 사이, 이자나가 내 손을 덥석 잡았다.

"가자."

"네."

하멜과 관련된 일은 조금 뒤에 얘기하는 게 나은 일일 듯했다.

이자나와 손을 잡자 겁에 질렸던 마음이 사그라지기 시작했다. 내 손을 잡아 준 이가 이자나라서 그런 것인지, 아니면 함께한 이가 생겨서 그런 것인지는 잘 헤아릴 수 없었다.

이윽고 이자나는 문을 좀 더 밀어, 두 사람이 들어갈 수 있을 만큼의 틈을 만들었다. 우리는 나를 넘어지게 만들었던 문턱을 넘어서 저택 안으로 완전히 발을 내디뎠다.

몹시도 어두운 사위, 이자나가 두어 걸음 앞서 걸어갔다. 나는 그를 조용히 따랐다.

이자나는 미리 준비해 온 듯한 작은 등불 하나를 재킷 속에서 자연스럽게 꺼냈다. 그는 그것을 여기저기에 비추어 보며 게슈트의 신형을 찾아보았다.

긴장했던 것이 무색하게 게슈트는 보이지 않았다. 우리는 내부를 샅샅이 뒤져 보았지만, 게슈트의 신형을 끝내 찾지 못했다.

"폐하, 게슈트가 도망가 버린 걸까요?"

"그럴 수도. 우리가 쫓아온 걸 알아차려서, 도망갔을 수도 있겠군."

그래, 맞아. 게슈트는 나와 분명히 눈이 마주쳤었다. 내가 뒤따라오고 있다는 걸 눈치챘으니 어디론가 벌써 도망갔을지도.

"일단은 나가자."

"네. 폐하."

우리는 왔던 길을 되돌아갔다. 나는 발을 약간 절뚝거리며 그의 뒤를 따랐다. 긴장이 풀리니, 그제야 꺾였던 발목의 쓰라림이 확연히 느껴졌다.

"……발목, 많이 아파?"

그가 걸음을 멈추고 내게 물었다. 나는 울상을 지으며 그에게 대답했다.

"많이 아파요……."

"그렇단 말이지."

이자나가 나를 번쩍 안아 든 것은 그때였다.

"엇!"

그의 한쪽 손은 내 허벅지에, 나머지 한쪽 손은 내 허리에 둘려 있었다. 꽤 무거울 텐데. 이럴 줄 알았다면 오늘 아침은 먹지 말걸.

하지만 나는 이렇다 할 저항 없이 그의 목덜미에 팔을 둘렀다. 이자나에게 언제 또 안겨 볼까 싶었기 때문이다.

그에게 영원히 안겨 있기를 바랐지만, 이자나는 저택 밖으로 나오자마자 나를 내려 주었다.

"후작저까지 안아 주시면 안 되죠?"

다소 황당한 내 바람에 대한 이자나의 대답은 한결같았다.

"안 돼."

그는 안 되는 건 안 된다고 확고히 말하는 타입이었다. 제길.

"피, 아무튼 감사합니다."

"후작저에 돌아가서 의원에게 꼭 진찰받도록."

"넵."

나는 이어서 말했다.

"그런데 폐하. 저흰 게슈트를 완전히 놓쳐 버린 걸까요?"

"그렇다고 단언할 수는 없어."

"네?"

"내가 혼자서 여기에 왔다고 생각해?"

"그럼요?"

이자나는 대답 대신 손가락을 가볍게 튕겼다. 그러자 어디에 있었을지 모를 검은 로브를 쓴 남자들이 하나둘씩 등장하기 시작했다.

"내겐 믿음직한 수하들이 있지."

"우와."

"그들이 우리 대신에 좀 더 자세히 조사해 줄 거야."

"그럼 진작 맡길 걸 그랬어요."

내가 힘 빠진 소리로 말하자, 이자나가 바람 빠진 미소를 지었다.

"그러게. 그나저나 생강 양은 여기서 뭘 하고 있었던 거야?"

"아!"

나는 그제야 잠시 잊고 있었던 하멜을 떠올렸다. 애먼 사람을 쫓아간 하멜은 다시 만나기로 한 장소에서 나를 기다리고 있을까?

주인 잃은 강아지처럼 서 있을 그의 모습을 상상하자 마음이 좋지 않았다.

"저, 사실은 하…… 아니, 라라와 함께 있었어요."

"……라라?"

라라의 이름을 부르는 이자나의 목소리가 낮게 가라앉아 있었다. 이자나는 기분이 나빠진 것처럼 표정을 굳히기도 했다.

나는 이자나의 굳은 얼굴을 흘긋 쳐다보았다가 작게 대답했다.

"네. 오늘 만나기로 약속했거든요."

"라라는 지금 어디에 있는데?"

"대로에서 저를 기다리고 있을 거예요."

"…….."

"폐하. 죄송하지만, 이만 라라에게 가 봐야 할 것 같아요."

나는 마음이 앞서서 발을 앞으로 한 걸음 내뻗었다. 거기까진 좋았는데, 망할 높은 구두가 또다시 말썽이었다.

나는 또다시 발목이 접질려서 몸을 휘청거렸다. 흔들거리는 나를 잡아 준 것은 이자나였다. 그는 내 팔을 재빠르게 낚아챘다.

"오늘따라 잘 넘어지려고 하네."

"오랜만에 높은 걸 신었더니, 영 말썽이네요."

"라라를 위해서 그런 걸 신었다면 조금 마음에 들지 않는군."

"굳이 그런 것은 아니지만……."

그렇기도 해요. 나는 끝까지 대답하지 못하고 시선을 내리깔았다.

죄를 지은 기분이 들었다. 갈대 생강이 된 것 같은 기분도 들었다랄까. 이자나와 나는 아무런 사이가 아닌데 말이다.

"자고로 잘 넘어지는 사람에겐 잘 잡아 주는 사람이 필요하지."

"이자나 폐하는 잘 잡아 주는 사람인가요?"

"이제부터 그런 사람이 되어 보려 해."

"어머나, 어머나."

고개를 돌려 그의 얼굴을 보자, 그는 굳혔던 얼굴을 풀고선 나른한 미소를 짓고 있었다.

"나도…… 같이 가면 안 될까? 라라가 너를 기다리고 있는 그 대로에."

"폐하가요? 폐하는 게슈트의 자취를 좀 더 쫓아야 하는 거 아닌가요?"

"내 믿음직스러운 수하들이 추후에 보고해 줄 거야. 나는 생강 양이 또다시 넘어질까 봐, 도저히 혼자 보낼 수가 없어."

나는 평소처럼 능청스럽게 말했다.

"그것은 걱정입니까?"

내가 이런 식으로 물으면, 이자나는 언제고 기다란 한숨을 내쉬며 내 말을 부정했다.

하나 오늘은 웬일인지 그가 한숨을 토해 내지 않았다. 대신 심각해진 얼굴로 대답했을 뿐이다.

"그렇게 생각하고 싶다면, 그렇게 생각해도 좋아."

……어라. 평소와는 완전히 다른 대답이네.

호의 가득한 이자나의 말 때문일까. 나는 얼굴이 달아오르는 것을 느꼈다.

"아, 알겠어요. 같이 가요."

저렇게까지 말하는데, 어떻게 안 된다고 해. 이자나를 따돌릴 수 있는 묘안이 떠오르지 않았다.

우리는 그렇게 하멜이 기다리고 있을 그 대로로 함께 걸어가기 시작했다.

안경을 쓰지 않은 하멜이 걱정되기도 했다. 그러나 하멜은 마법사니까, 어떻게든 해 주지 않을까, 하고 막연하게 생각해 버렸다.

그렇게 얼마나 걸었을까.

하멜과 헤어졌던 거리에 도착하게 되었다. 허탕을 친 하멜은 언제 다시 돌아온 것인지, 만나기로 한 그 자리에서 나를 기다리고 있었다.

그는 어느 건물에 등을 기대고선 고개를 조금 숙인 채였다. 내가 상상한 것처럼 그는 정말로 주인 잃은 강아지 같은 모습이었다.

나는 그에게 다가가 말을 걸었다.

"언제 왔어요?"

"아까 전에."

나는 하멜의 귓가에 대고, 내가 본 것을 말해 주었다.

"제가 뒤따라간 남자…… 진짜로 게슈트였어요."

하멜은 내 말을 믿을 수 없다는 것처럼 나를 쳐다봤다. 그러다 무언가가 거슬리는 듯이 말했다.

"그런데 진저 님. 뛰어오셨습니까? 앞머리가 엉망입니다."

하멜은 헝클어진 내 앞머리를 정돈해 주려는 듯이 내게 손을 뻗었다. 하지만 그의 손은 내 앞머리에까지 이르지 못하고 그대로 멈추었다.

나는 하멜을 보았고, 하멜은 내 뒤쪽을 바라보고 있었다.

아, 맞아. 이자나. 내 뒤엔 이자나가 있었지.

이자나를 향한 하멜의 회색 눈동자가 일순 차갑게 얼어붙었다.

"……폐하?"

그 부름 후, 우리 사이엔 꽤나 무거운 기류가 맴돌기 시작했다.

나는 안경을 쓰고 있지 않은 그가, 이자나와 계속해서 눈을 맞추고 있는 것이 걱정되었다. 더군다나 이자나는 라라의 정체를 의심하고 있는 상태였다.

생각을 왜곡시켜 주는 안경을 쓰지 않았으니 냉큼 눈을 떼야지, 왜 계속 눈빛 교환을 하고 있는 건데!

내 가슴이 좁아서 가만히 있을 수가 없었다. 안 되겠다. 두 남자의 시선이 내게 닿도록 만들어야겠다.

나는 머리 위로 손을 올려 박수를 두 번 쳤다.

짝, 짝.

효과가 있었는지 이자나를 바라보던 하멜의 시선이 나에게로 다시금 돌아왔다.

"자자, 저를 중간에 두고, 두 남자 분이 눈을 맞추시는 건 아주 옳지 않은 일이라고 생각합니다."

나는 머리 위에 올린 손을 천천히 내리며, 하멜에게 입술을 뻐끔거렸다.

'안경! 안경! 내 팔찌!'

입 모양으로만 전달한, 소리 없는 내 메시지를 하멜이 알아들었으리라 확신했다. 나는 이자나에게는 보이지 않게, 하멜 앞으로 한쪽 팔을 슬쩍 내밀었다.

'뭐해요! 얼른!'

내가 다시금 입을 뻐끔거리자, 하멜은 그제야 재킷 안에 손을 넣어 제 안경을 꺼내 들었다. 다행히도 안경을 들고 왔나 보다.

그는 지극히 자연스러운 동작으로 안경을 썼다. 거의 동시에 내 팔목에 손을 올려 금빛 팔찌를 만들어 내기도 했다.

나는 팔찌의 모습이 완전히 만들어지는 모양새를 보며 안도의 숨을 내쉬었다. 이로써 내 머릿속에 있던 '하멜 브레이'는 잠시 안녕이었다.

라라는 내 손목에 있던 손을 떼어 내며 나지막이 말했다. 몹시도 기운 없는 목소리였다.

"행복을 찾는다는 건 정말 힘든 일이군요."

라라의 입가엔 씁쓸한 미소가 새겨졌다.

"네?"

나는 라라의 말에 의문을 표했다. 거의 동시에 이자나의 발소리가 들렸다.

우리의 뒤쪽에 우두커니 서서 우리를 지켜보던 그가, 기어이 내 옆으로 다가온 것이다.

이자나는 나와 라라를 몇 차례 번갈아서 바라보았다.

"설마 데이트……?"

그리 말한 이자나의 입술이 일그러져 있었다. 나는 그의 말이 끝나기 무섭게 소리쳤다.

"아니에요!"

호기롭게 외치다 문득 그런 의문이 들었다. 나, 왜 라라와 같이 있었더라.

이상하게도 그 이유가 잘 기억나지 않았다.

"라라. 그런데 우리가 왜 만나고 있었던 거죠?"

라라는 대답했다.

"……저번에 진저 님이 읽으시려고 했던 책을, 제가 오늘 드린다고 해서 잠깐 보기로 했습니다."

"아하. 그렇군요."

그러고 보니, 일전에 서점에서 라라를 만난 적이 있었어. 그때 라라에게 로맨스 소설을 양보했었지. 오늘 그 책을 받기로 했단 건가?

하나 묘하게도 그와 그런 약속을 했었다는 기억조차도 나지 않았다. 나는 찝찝한 마음이 들었다.

그런 마음이 든 이유엔, 조금 전 라라가 작게 읊조린 말도 한몫했다.

'행복을 찾는다는 건 정말 힘든 일이군요.'

그 말이 마음에 사무쳤다. 그 말 속에 밴 애상이, 내 기분을 가라앉게 만들었다.

라라는 왜 행복과 관련된 얘기를 내뱉은 걸까.

"그래? 로맨스 소설이라. 생강 양과 어울리는 장르군."

라라는 제 안경을 추켜올리며 이자나에게 말을 건네었다.

"폐하께서는 어째서 이런 곳에 계신 겁니까?"

"길에서 하기는 좀 그런 얘기인데……."

이자나는 날카로운 시선으로 주위를 둘러본 후, 우리에게만 들릴 목소리로 작게 읊조렸다.

"간단히 말하자면, 게슈트를 쫓고 있었어."

"……게슈트."

"그래. 이전에 라라 네게도 말했잖아. 그의 죽음이 의심스럽다고. 망령인지 산 자인지는 정확히 알 수 없지만, 그와 관련된 무언가를 본 건 확실해."

라라에게서 눈에 띄는 반응은 돌아오지 않았다. 이자나의 말은 이어졌다.

"휴가 중에 미안하지만, 네가 괜찮다면 궁으로 함께 돌아가지 않겠나? 게슈트와 관련된 걸 발견한 이상, 좀 바빠질 것 같거든."

"……."

"네가 필요해."

"전…… 괜찮습니다."

라라가 띄엄띄엄 말했다. 그에겐 석연치 않은 기색이 완연했다.

"생강 양은 날도 저물었으니까, 후작저로 다시 돌아가는 게 어때? 어차피 데이트도 아니었다며."

이자나는 나를 바라보며 씨익 미소 지었다. 어쩐지 사악해 보이는 미소였다. 뭔가 아는 것 같은 미소랄까.

구태여 '데이트'라는 말을 힘주어 말하는 그의 모습에 의아함을 느꼈지만, 나는 고개를 끄덕였다. 라라와 함께 있을 이유가 더는 없다고 생각했으니까.

내가 수긍하자 이자나는 길가를 나다니던 삯 마차 하나를 잡아, 거기에 나를 태웠다. 그는 내가 마차에 앉는 것을 죄다 지켜본 다음에 말했다.

"내일 후작저로 마차를 보낼게. 궁으로 와."

그는 뭇 여자들의 마음을 설레게 만드는 미소를 드리운 채로 마차의 문을 닫았다.

이윽고 마차가 출발했다. 나는 마차의 창문을 통해 길가에 서 있는 라라와 이자나의 모습을 쳐다보았다.

이자나는 그렇다 치더라도, 라라의 시선마저도 내게서 떨어지지 않았다. 두 남자의 시선은 마차가 대로를 완전히 벗어날 때까지 내게만 꽂혀 있었다.

그런데 라라가 내게 주기로 했다던 그 책은 어디에 있는 걸까?

나는 빈손인 채였다.

* * *

낯선 팔찌를 발견한 것은, 후작저로 돌아와 홈드레스로 갈아입었을 때였다.

아름다운 금빛 팔찌. 나한테 이런 팔찌가 있었던가? 라는 생각으로 팔찌를 푼 순간, 잠깐 사라졌던 기억들이 돌아오기 시작했다.

내 기억 속에 사멸되어 있었던 덩치 큰 울보가 소생하게 된 것이다.

"하멜 브레이……."

하멜은 괜찮으려나. 나는 뒤늦게 하멜에게서 느껴졌던 애상의 정체를 알 수 있었다.

답지 않게 멋을 부리고 온 그였는데, 그런 식으로 만남이 파해졌으니 슬펐을 수밖에.

그에게 미안한 마음이 들었다. 다시 만났을 때, 사과를 해야겠다는 생각마저도 들었다.

나는 손목에서 푼 금빛 팔찌를 창가에 있는 유리병 옆에 올려놓았다. 그 유리병 속에는 지난날 하멜이 주었던 붉은 장미 한 송이가 꽂혀 있었다.

그것은 며칠이 지났음에도 불구하고, 시든 기색이 하나도 없었다. 나는 붉은 장미와 금빛 팔찌를 쳐다보며 생각했다.

게슈트는 왜 하멜의 집 안으로 들어간 걸까? 하멜에게 물어본다면, 그는 어떤 대답을 해 줄까?

나는 그와 다시금 만나고 싶었다. 적어도 지금만큼은 이자나보다 하멜이 더 그리웠다.

두 남자의 사정

"저기, 라라. 화났나?"

이자나가 넌지시 물으며, 라라의 눈치를 슬쩍 보았다.

"그렇지 않습니다. 폐하."

"그래? 나는 네 표정이 너무 굳어 있어서, 휴가를 방해한 나를 원망하는 줄 알았어."

이자나는 내심 하멜에게 조금 미안했다. 게슈트라는 핑계를 대어 그들의 만남을 갈라놓았기 때문이다.

진저는 데이트가 아니라고 소리쳤지만, 그래도 라라와 진저가 함께 있는 모습이 싫어서 저지른 일이었다.

물론 게슈트에 관한 것은 급한 문제가 맞았다. 하나 구태여 지금 라라와 얘기를 나누어야 할 이야기는 아니었다.

조사를 보낸 수하들의 보고가 올라오지 않았거니와 기정 확실한 사실도 없었다. 즉, 라라와 상의할 만한 논제가 완성되지 않은 시점이라는 거다.

그런 주제에 그들의 만남을 고의적으로 깨어 버린 자신이 좀 못났다고, 이자나는 생각했다.

이자나는 관자놀음을 꾹꾹 누르며 그녀를 떠올렸다.

생강같이 알싸하고 매콤하게 저를 뒤흔드는 진저 토르테. 그녀가 다른 남자와 함께 있는 모습을 보고선 질투를 느꼈던 걸까.

그녀에게서 그런 감정까지 느껴 버린 자신이 신기할 따름이었다.

"폐하를 원망하지 않습니다. 게슈트 님이 진짜로 살아 있다면, 그건 정말 큰 문제니까요."

"……그렇지? 여기서 할 이야기는 아니니까, 우리도 궁으로 돌아가지."

라라는 고개를 끄덕였다.

얼마 있지 않아, 두 남자는 같은 마차를 타고 궁으로 향했다. 마주 본 채로 앉아 있었지만, 그들 사이에 오가는 대화는 딱히 없었다.

라라는 창밖을 초점 없이 바라보며 깊은 생각에 잠겨 있었다. 이자나는 느른한 팔짱을 낀 채로 라라를 빤히 들여다보았다.

이자나의 눈에 비친 라라는 확실히 평소보다 신경 쓴 모습이었다. 옷이며 머리며 구두며. 아무튼 제 딴에 열심히 꾸민 게 분명했다. 이자나는 그런 라라의 모습이 새삼스러웠다.

그러다 불현듯이 그런 생각이 들었다. 라라는 진저와는 다르게 조금 전 만남을 데이트라고 여긴 게 아닐까, 하는 생각이었다.

그리 추측하기 무섭게 떠오른 장면이 하나 있었다. 그 장면은 며칠 전 연회장에서 라라와 진저가 가깝게 붙어 있던 모습이었다.

그때부터였던가.

이자나는 진저를 바라보는 라라의 눈빛이 심상치 않다는 사실을 눈치챘다. 뭐랄까. 이성을 바라보는 눈빛이라고 해야 할까.

평소의 라라는 모든 것에 별다른 흥미가 없다는 듯, 대개 무심했다. 하나 진저를 바라보던 라라의 눈빛 속엔 이채가 반짝이고 있었다.

그것은 작지만 확실한 빛이었다.

탕플 탑에 있을 때부터 몇 년을 부대껴 왔던 라라였다. 이자나가 라라의 변화를 눈치채지 못하는 게 더 이상한 일이었다.

이자나는 라라에게 물음을 건네었다. 찝찝한 부분을 직접 물어야 겠다는 생각이 들어서였다.

"라라. 진저 토르테를 좋아해? 솔직하게 얘기해 줘."

제 물음에 라라의 어깨가 작게 움츠러들었다. 이윽고 라라의 시선이 제게 닿기 시작했다.

투명한 안경 속, 라라의 잿빛 눈동자가 미세하게 흔들렸다. 아주 잠깐 동안의 동요였지만 이자나는 그것을 놓치지 않았다.

아무래도 자신의 추측이 들어맞은 것 같다고, 이자나는 확신했다.

"……."

하멜은 이자나의 물음에 상당히 놀랐다. 솔직히 이자나가 그런 물음을 물어볼 것이라곤 조금도 예상하지 못했다.

이자나와는 게슈트에 관한 걸 얘기하겠지, 라고 안일하게 생각했던 게 오산이었다. 이자나가 정작 물어본 것은 진저와 관련된 일이었다.

하멜은 한동안 아무런 대답도 하지 못했다. 그는 고뇌했고, 주저했다. 반면 진저를 좋아하느냐고 물은 이자나의 검은 동공엔 확신의 빛이 그득해 있었다.

타인의 생각을 읽는 자신의 주군은 눈치가 지나치게 **빨랐다**. 어쩌면 이자나는, 제가 진저를 생강 이상으로 여기고 있다는 걸 진즉 알아차렸을지도 모르겠다.

진저를 사랑하게 된 것 같다고 솔직하게 얘기해야 할까?

마음만 먹는다면 거짓말을 할 수도 있었다. 하멜에겐 생각을 왜곡해 주는 안경이 있었기 때문이다.

하지만 하멜은 그러기가 꺼려졌다. 진저가 제게 남긴 말 때문이었다.

'일단 내가 행복해지고, 타인의 행복을 찾아도 늦지 않으니까!'

자신이 원하는 행복은 진저와 함께하는 행복이었고, 그러기 위해선 이자나에게 제 마음을 털어놓는 게 맞다고 생각했다.

하멜은 자신의 안경을 벗었다. 지금만큼은 왜곡된 생각을 전하고 싶지 않았으니까.

하멜은 자신의 진심을 이자나에게 토로하고 싶었다. 설령 진저가 이자나를 사랑하고 있을지라도.

하멜의 잿빛 눈동자가 이자나에게 정확하게 닿았다.

"그렇습니다. 저는 진저 님을 좋아하고 있습니다."

내뱉은 말이 담담했다. 하멜은 제가 고백을 이토록 담담하게 말할 수 있다는 사실이 놀라웠다.

"폐하께서도 진저 님을 좋아하십니까?"

하멜은 그리 묻기는 했으나 그 대답을 알 것만 같았다. 이자나는 진저에게 관심이 있다. 분명하다.

이자나 못지않게 하멜 또한 그와 몇 년을 부대껴 지냈다. 이자나의 마음의 변화를 모를 리가 없었다.

"모르겠어. 이런 감정은 처음이라서."

"잘 모르시겠다면, 저는 진저 님에게 직진할 겁니다. 설령 그녀가 폐하를 좋아하고 있더라도 말입니다."

"싫어."

"모르겠다면서요?"

"그래도 네가 생강 양에게 직진하는 건 싫어."

그런 걸 좋아한다고 하는 겁니다. 하멜은 그의 눈을 피하지 않은 채로 그렇게 생각했다.

그러자 제 생각을 읽은 이자나가 헛웃음을 지었다. 긍정하는 것에 가까운 미소라 여겨졌다.

하멜은 진지한 표정을 유지하며 말했다.

"저는 폐하도 좋아합니다."

"진지한 얼굴로 고백하지 마. 남자의 고백은 달갑지 않으니까."

"그렇기에 두 분 다 잃지 않고, 계속해서 좋아하고 싶습니다."

이자나는 저를 뚫어져라 쳐다보는 라라의 시선을 피했다.

그의 잿빛 눈동자를 계속 보고 있으니, 진저를 향한 라라의 마음이 너무도 진실되게 느껴졌기 때문이다. 별로 알고 싶지 않은 진심이었다.

라라의 진심을 읽기 무섭게 이자나의 마음속이 끓어올랐다. 이자나는 끓어오르는 그것의 정체를 정확하게 알고 있었다.

그것은 '질투'였다.

진저를 정말로 좋아하게 된 것인지도 모르겠다. 그러나 이자나는 자신의 진심을 진저에게 제대로 표현할 용기가 없었다.

진저는 자신의 이능이 두렵지 않다고 했다.

하나 그녀와의 관계가 더욱 깊어진다면, 읽지 않는 게 더 나은,

읽고 싶지 않은 그녀의 생각을 읽게 될 날이 다가올지도 몰랐다.

이자나는 그것이 두려웠다. 종내에 그녀가 자신을 두려워할까 봐, 무서웠다.

어렸을 적, 아버지의 생각을 처음으로 읽었던 때가 문득 떠올랐다. 아버지에게 당신의 생각을 얘기하자, 아버지의 얼굴이 하얗게 질려 갔던 것을 잊지 못했다.

아버지는 자신을 사랑한다고 했으나, 결국 이능이 두려워 차가운 탑 속에 자신을 가두어 버렸다.

진저 또한 처음엔 저를 사랑한다고 했지만, 결국엔 자신의 이능을 두려워하게 될지도 몰랐다.

아버지가 그랬던 것처럼 그녀마저도 자신을 외면해 버린다면…….

끔찍했다. 사랑한 이에게 두 번이나 버려지는 일을 감당할 자신이 없었다.

이자나는 뒤늦게 대답했다.

"라라. 나도 네가 마음에 들어. 너는 탑에서부터 내 곁을 지켜 줬던 사람이니까."

"폐하. 그것은 고백입니까?"

이자나는 제 말을 따라 한 라라에게 싫은 내색을 내비치지는 않았다. 대신 고개를 끄덕였을 뿐이다.

"기억해 둬. 내가 남자에게 하는 처음이자 마지막 고백일 테니까."

"새겨듣겠습니다."

그러니까, 넌 제발 끝까지 믿을 수 있는 사람으로 남아. 네 정체가 뭐든 나는 너를 믿고 싶으니까.

차마 내뱉지 못한 말이 이자나의 입 안에 쓰게 맴돌았다.

탑에 갇혀 있던 제게 어느 날 갑자기 찾아와, 자신의 곁을 묵묵히 지켜 주었던 라라. 최근에 레라지에의 생각 속에서 라라가 '하멜 브레이'라는 사실을 우연히 읽게 되었다.

실은 그가 마법사가 아닐까, 라는 생각은 이미 하고 있었다. 라라가 진저에게 장미를 만들어 주었던 모습을 본 후부터 이자나는 그렇게 생각했었다.

멀리서 어렴풋이 본 것이지만, 차마 거두어들이지 못한 영롱한 빛이 라라의 손끝에서 반짝이는 걸 목격했다.

그 빛은 어렸을 적 게슈트에게서 보았던 마법의 빛과 똑 닮아 있었다.

라라가 마법사인 것은 상관없었다. 다만, 그가 게슈트의 제자인 '하멜 브레이'라면 얘기가 달라졌다.

라라의 목소리가 들린 것은 그 순간이었다.

"피스."

라라는 가볍게 주먹 쥔 손을 제게 뻗은 채였다.

"......어?"

의문스러워하는 이자나에게, 라라가 설명했다.

"배웠습니다. 이런 상황에 어울리는 것 같아서."

이자나는 이상한 행동이라고 생각했지만, 주먹 쥔 자신의 손을 슬그머니 내밀었다. 곧이어 두 남자의 주먹이 가볍게 부딪쳤다.

"별 이상한 걸 다 배워 왔군."

이자나는 구박하듯이 말했지만, 복잡했던 제 마음이 평온해지는 듯한 기분을 느꼈다.

피스라는 말 때문이었을까.

질투의 행방(下)

이튿날, 나는 일찍 일어나 나갈 채비를 서둘러 끝냈다. 그러고선 창가에 앉아 창밖을 물끄러미 쳐다보았다.

내가 기다리고 있는 것은 이자나가 보낸다던 마차였다. 나는 창틀 위를 손끝으로 두드리며 생각에 잠겼다.

그 생각은 당연히 게슈트에 관한 의문이었다.

만약, 그가 아직도 살아 있는 게 맞다면. 오랜 시간 동안 죽은 것처럼 지내다가, 왜 갑자기 자신의 모습을 드러낸 걸까?

이자나에게 저주를 건 그의 의중도 이해할 수 없을뿐더러, 갑자기 제 모습을 내비친 그의 의중 또한 이해할 수 없었다.

"의문투성이군."

나는 생각하는 것을 과감하게 포기했다. 어차피 답을 내릴 수 없는 문제였다. 어찌 되었든 하멜과 이자나에게 해가 되는 일이 없기를 바랄 뿐이었다.

게슈트의 등장이 우리의 앞날에 먹구름처럼 작용하는 게 아닐지, 우려가 들었다.

때마침 오늘의 하늘에도 먹구름이 가득한 터였다. 지금 당장 비가 내리지는 않지만, 조만간 굵은 빗방울이 떨어질 것 같다랄까.

잿빛 먹구름.

"하멜의 머리카락이랑 닮았다."

그 울보는 괜찮으려나.

말의 울음소리가 들린 깃은 그때였다.

나는 하늘을 보던 시선을 끌어내려 정원 쪽을 바라보았다. 금빛이 휘황찬란한 마차가 후작저로 들어오는 게 보였다. 이자나가 보낸 마차였다.

나는 만일을 대비해서 하멜의 금빛 팔찌를 챙겨 방을 나섰다. 현관문을 나가자, 익숙한 남자가 보였다. 궁에서 보낸 마차에 등을 기대고 선 멀끔한 남자.

"하멜 브레이?"

그였다. 하멜은 내게 다가와 평소처럼 인사를 건네었다.

"안녕하십니까. 진저 님."

그러곤 여느 날처럼 제 손바닥을 뻗었다. 마차까지 에스코트를 해 주겠다는 의미였다. 나는 하멜의 손바닥 위에 내 손끝을 올리며, 그의 얼굴을 살폈다.

바라본 하멜의 얼굴은 차분했다. 어제 보았던 그의 슬픈 얼굴과 대비되는 얼굴이었다.

그의 슬픔이 마음에 사무쳐, 그가 괜찮을까 염려했던 나의 걱정이 모두 해소되는 기분이었다.

서로의 손을 잡은 채로 두어 걸음 걸어간 순간, 하멜이 휘청거렸다. 그는 제 다리를 엑스자로 포개고 있었는데, 퍽 익숙한 모습이었다.

"······!"

그는 놀란 얼굴로 제 발밑을 살피기 시작했다.

"설마 개미 조심?"

"네. 조금 전에 큰 학살을 할 뻔했지 뭡니까."

나는 그에게 배운 표제어를 딱딱하게 읊조렸다.

"네네. 자나 깨나 개미 조심."

하멜은 제 발치에서 개미 한 무리가 지나가는 광경을 꼼꼼히 살폈다.

"개미들이 대피를 가나 봅니다. 조만간 비가 내릴 거거든요."

개미가 모두 자취를 감추니, 하멜은 그제야 수그렸던 고개를 들어 나를 다시 에스코트하기 시작했다. 바보처럼 휘청거렸던 주제에 진지하게 에스코트하는 그의 모습이 조금 귀여웠다.

바보, 하멜 브레이.

지극정성인 그의 노력 때문에, 우리는 개미를 한 마리도 밟지 않고 마차에 올라탔다.

마차는 궁을 향해 내달리기 시작했다. 나는 그에게 먼저 말을 건네었다.

"하멜, 휴가는 끝났어요?"

"조금 남았지만, 다시 반납했습니다. 나중에 다시 쓸 수 있으니까요. 지금은 바빠질 것 같아서 말입니다."

게슈트 때문에 그런 거겠지?

나는 사람 좋은 미소를 지으며 또다시 물음을 건네었다.

"기분은 괜찮아요?"

"제 기분 말입니까?"

나는 고개를 끄덕였다.

"저 때문에 약속이 깨진 것 같아서요. 그곳에서 게슈트와 이자나 폐하를 만날 줄이야."

"……."

"설마 폐하에게 정체를 들킨 건 아니죠? 폐하께시 비밀로 해 달라고 했지만, 실은 당신, 폐하께 제법 의심을 받고 있거든요. 당신의 정체가 하멜 브레이가 아닐까, 하는."

"아직 들키지 않았습니다만 조만간 밝혀야겠죠. 이 또한 정해진 순리라면……."

하멜은 해탈한 듯한 얼굴을 했다. 그는 내 말에 놀라지 않았고, 제게 들이닥친 상황을 잘 파악하고 있는 듯했다.

하지만 그렇다고 해서 제 정체를 이자나에게 곧장 밝힐 수는 없을 테다. 하멜과 이자나의 유대는 제법 깊어 보였다. 더군다나 게슈트마저도 모습을 드러낸 마당이다.

조심스럽지 않은, 갑작스러운 고백은 지난 몇 년간 켜켜이 쌓아 온 그들의 유대를 한방에 무너뜨릴 수도 있었다. 하멜은 그렇게 되기를 바라지 않는 것 같았다.

무거운 주제 때문에 우리 사이를 맴도는 공기가 꽤나 답답해졌다. 나는 분위기를 환기시킬 요량으로 하멜에게 객쩍은 말을 건넸다.

"그건 마밍아웃인가요?"

"네? 마…… 밍? 그게 무슨 말입니까?"

나는 사람 좋아 보이는 미소를 유지한 채로 당당하게 말했다.

"마법사임을 속세에 드러낸다는 소리죠."

"컥. 그런 단어는 처음 들어 봅니다."

당연했다. 그건 내가 지어낸 말이었으니까.

"당연히 들어본 적이 없는 단어일 거예요! 제가 방금 만든 말이거든요."

나는 턱을 오만하게 들어 자신만만한 미소를 지었다.

하, 난 정말 똑똑하단 말이지. 마밍아웃이라니. 그런 단어를 단시간에 만들어 낼 사람은 나밖에 없을 거야.

나는 스스로를 대단하다고 느끼며 어깨를 으쓱였다.

매번 느끼는 거지만, 나는 숨 막히는 분위기를 깨는 데에 일가견이 있는 것 같았다. 이것도 재주면 재주라지.

아닌 말로 좀 전까지 세상이 멸망한 듯한 얼굴을 하고 있던 하멜이, 지금은 웃고 있지 않던가.

"픕, 큭큭…… 하…… 그런 단어였다니."

그 웃음은 하멜의 얼굴을 완전히 뒤덮기에 이르렀다. 하멜은 제 앞머리가 헝클어질 정도로 웃어 젖혔다.

그는 내가 만들어 낸 말이 우스워서 웃는다기보다는, 나의 엉뚱한 행동이 우스워서 웃는 것 같았다. 왠지 느낌이 그랬다.

"이봐요, 하멜. 그렇게 웃으니까 훨씬 보기 좋네요."

하멜은 몇 분이 더 지나서야 웃는 것을 겨우 멈추었다. 그는 조금 흘러내린 제 안경을 추켜세우며 내게 말했다.

"진저 님의 머릿속이 궁금합니다. 평소에 무슨 생각을 하고 계시는지."

"제 머릿속은 당신이 생각하는 것보다 훨씬 더 복잡하답니다."

작지만 복잡한 생각들로 가득 찬 내 머리통. 그 속엔 하멜과 관련된 어떠한 사실이 제법 큰 부분을 차지하고 있었다.

하멜의 기분이 다시 가라앉게 되리란 걸 앎에도 불구하고, 나는 그 부분을 그에게 슬쩍 물어보았다.

"하멜, 다시 심각한 얘기해서 미안한데, 그냥 넘기기엔 조금 석연치 않은 게 하나 있어요."

"그것이 무엇입니까?"

"어제 게슈트가 당신의 저택으로 들어가는 걸 봤어요."

"……네? 제 집이요?"

"네. 그 5층 건물 말이에요. 거기로 쏙 들어가더라니까요."

"이상하군요. 제가 집으로 돌아갔을 때엔 게슈트 님의 모습이 보이지 않았는데 말입니다."

"……."

"그나저나 진저 님은 그 저택이 저의 집인 것을 어떻게 아셨습니까?"

하멜이 의심스러운 눈빛을 보냈다.

아차, 거기까진 생각 못 했는데 말이지.

"그…… 그러니까. 어쩌다 보니……. 지금 그게 중요한 게 아니잖아요!"

"흐음."

"게슈트, 진짜로 유령이었을까요?"

나는 화제를 돌릴 요량으로 그리 물었다. 하멜은 의심스러운 빛을 지우지 않으면서도 내게 순순히 대답했다.

"그럴지도 모릅니다. 죽기 전에 어떤 마법으로 제 사념을 구체화

시킨 것일지도 모르겠군요.”

“사념이요?”

“그렇습니다. 강인한 의지를 가진 무형의 것들은 때때로 형체를 가지기도 하죠. 물론 좀 더 조사를 해 봐야 될 것 같습니다만.”

그리 말한 하멜은 매끄러운 제 턱을 몇 번 쓸더니, 무언가가 생각난 듯 손가락을 가볍게 튕기었다.

“아!”

“왜요! 뭔가가 생각났나요?”

“게슈트 님은…… 유밍아웃인가요?”

“유…… 유, 뭐요?”

“유밍아웃. 제가 유령이 되었음을 알리는…….”

하멜이 내 눈치를 보며 말끝을 흐렸다. 굳어 가는 내 얼굴을 본 게 분명했다.

설마 내가 했던 말장난을 따라서 한 건가? 예상하지 못한 그의 말에 무슨 표정을 지어야 할지 난감했다.

“하멜, 당신…… 설마 그거 개그?”

내가 어이없다는 듯이 쳐다보자 하멜이 머쓱하게 제 뒷머리를 긁적였다.

“너무합니다. 진저 님도 그런 개그를 했지 않습니까.”

하멜은 억울해했다. 억울한 그는, 주인에게 혼이 나 귀가 축 처진 강아지처럼 보였다.

듬직한 덩치와는 어울리지 않게, 희고 귀여운 강아지가 떠오른다고 해야 할까.

내 입가엔 미소가 스멀스멀 새어 나왔다.

"큭큭."

하멜은 내가 왜 웃는지도 모르면서 나를 따라 웃었다. 억울했던 얼굴은 감쪽같이 사라진 후였다.

"진저 님. 이런 상황에서 굉장히 이상한 말일지도 모르겠지만."

"무슨 말이요?"

"저는 진저 님의 그런 면이 참 좋습니다. 예측할 수 없고, 특이하고, 생각이 없어 보이나 마냥 생각이 없는 것도 아니고."

"……그거 욕 아니죠?"

하멜은 단언했다.

"아닙니다. 절대로."

나는 찝찝했지만, 그냥 넘어가 주기로 했다.

"마밍아웃이니, 이상한 말을 하신 것도 제 표정이 심각해졌기 때문이죠?"

"맞아요. 하멜의 표정이 풀렸으면 하는 바람으로."

하멜은 나지막이 미소 지으며 대답했다.

"역시나 진저 님의 그런 점이 참 좋습니다."

이상하다는 기분이 든 것은 그 순간이었다.

하멜의 입술 사이로 새어 나온 두 번의 좋아한다는 말. 그 말이 사람 대 사람으로서 좋아한다는 말로는 느껴지지 않은 것이다.

"하멜의 말이 왜 고백처럼 들리는 걸까요? 하하."

"……."

이상했다. 장난스러운 내 말에 대한 하멜의 대답이 돌아오지 않았다. 도리어 하멜은 나를 그윽해진 눈으로 쳐다보기에 이르렀다.

내가 '고백'이라는, 어쩌면 그에게 있어 상당히 자극적일지도 모르는 단어를 꺼냈기에 그런 것일까.

그는 잠깐 무언가를 망설이는 빛을 보이더니, 자리에서 천천히 일어섰다. 하멜은 맞은편에 앉아 있던 내게로 걸어오기 시작했다.

달리는 마차 속, 다가오는 하멜의 발걸음이 조금도 흔들리지 않고 있었다. 이내 걸음을 멈춘 그는, 내 앞에서 한쪽 무릎을 꿇었다.

어떤 일의 조짐을 뜻하는 그의 여러 행동을 접하자, 입 안이 바싹 말라 갔다.

하멜의 입술이 천천히 벌어졌다.

"이 말 또한 굉장히 이상한 말일지도 모르겠지만…….."

그는 말을 잇지 못하며 몇 차례의 헛기침을 했다. 내려다본 그의 귓가가 붉게 물들어 있었다.

……고백.

농담처럼 꺼낸 그 말이 실재가 되어 가고 있는 듯했다.

그가 나를 좋아하는 것은 아닐지 어렴풋이 짐작하고 있었지만, 그의 고백까지 예상했던 것은 아니었다. 아니, 그에게 고백받을 날이 이토록 빨리 도래할 줄은 상상도 하지 못했다.

마음일지, 목소리일지, 아니면 둘 다 일지, 사사로운 모든 것들을 정리한 하멜이 한 마디를 토로했다.

"제가 진저 님을 좋아하게 된 것 같습니다. 아니, 좋아하고 있습니다."

진솔한 마음이 느껴지는 정직한 고백.

하멜은 제 눈을 느릿하게 감았다 뜨기를 반복했다. 마치 솟구쳐 오르는 자신의 감정을 주체하지 못하겠다는 듯이.

그의 아랫입술이 잘게 떨리는 게 보였다. 그러다 그의 고개가 바닥 쪽으로 기울었다. 그는 꼭 무언가를 참고 있는 것처럼 보였다.

눈물……? 하멜이 눈물을 참고 있는 게 아닐까, 하는 생각이 들었다.

비약적인 추측일지도 모르겠다.

하지만 고개를 숙인 그가 내뱉는 숨소리가 고르지 못했다. 토하듯이 내뱉은 소리엔 달뜬 기색이 섞여 있었다.

나는 손을 뻗어 그의 턱 끝에 가져다 대었다. 그대로 천천히 들어 올리니, 그의 얼굴이 곧 보였다.

하멜의 하얀 뺨에는 눈물의 흔적이 새겨져 있었다. 그가 눈을 깜빡이자, 그의 기다란 속눈썹에 맺혀 있던 눈물 한 방울이 또르륵 흘러내렸다.

그것은 이내 그의 턱을 쥐고 있던 내 손에 닿았다. 그의 눈물은 뜨거웠다.

"……왜 우는 거예요?"

고백한 다음에 우는 남자는 단언컨대 하멜이 처음이었다. 하멜은 울음기가 완연한 목소리로 대꾸했다.

"고백하면서……. 가슴이 너무 떨려서 저도 모르게 눈물이……. 저는 진저 님 앞에선 울보가 되는 모양입니다."

하멜은 부끄럽다는 것처럼 말했지만 나는 그의 눈물이 싫지 않았다. 오히려 진정성이 느껴졌다고 해야 하나.

가슴이 너무 떨려서 눈물이 난다는 거, 무슨 기분인지 알 것 같았기 때문이다. 그건 진실 되지 않은 마음에선 내보일 수 없는 반응이었다. 나는 확신했다.

아아, 하멜은 레라지에가 아니라, 나를 정말로 사랑하게 된 것임이 분명해. 하멜의 마음을 조금이라도 의심했던 것이 미안해질 정도였다.

"휴. 울보는 정말 내 스타일이 아닌데."

나는 그렇게 말하며 하멜의 턱을 잡고 있던 손을 물리려고 했으나, 도망가려던 내 손을 하멜이 덥석 잡아 버렸다.

나는 얼빠진 눈으로 하멜을 쳐다보았다. 그러자 하멜이 꿇고 있던 무릎을 펴 몸을 일으켰다.

마차 창문 사이로 밝은 빛 한줄기가 들어온 것은 그 순간이었다. 먹구름만 가득했던 오늘, 처음 본 강렬한 빛줄기였다.

그새 먹구름이 가신 것인지, 아니면 먹구름 사이로 내비친 빛발인지는 알 수 없었다. 내 시선은 빛발을 온전히 받은 하멜의 얼굴에 꽂혀 있었으니까.

빛을 받은 부분과 받지 않은 부분의 음영이 매혹적이었다. 오뚝한 콧대가 그린 그림자. 입술 그림자. 빛이 비추는 각도에 따라 반짝이는 하멜의 젖은 눈가.

아름다웠다. 아름다운 남자는 이자나 하나뿐이라고 생각했던 지난날의 내가 무색할 정도로.

심장이 빠르게 뛰었다. 이따금 하멜에게 느꼈던 출처를 알 수 없는 떨림이었다.

올곧이 선 하멜의 고개가 내 쪽으로 기울었다. 그의 얼굴과 내 얼굴이 삽시간 가까워졌다.

키스를 하려는 건 아니겠지. 그런 생각이 들었지만, 그를 말릴 수는 없었다. 그에게 홀린 걸지도 모르겠다.

나는 눈을 질끈 감았다. 머지않아 그의 입술 감촉이 느껴졌다.

그의 입술이 닿은 곳은 내 입술이 아닌 이마였다.

그것도 아주 살짝. 찰나의 순간에 끝나 버린 입맞춤이었다. 하멜의 입술이 지나간 자리가 지나치게 뜨거웠다.

"울보가 싫다고 하셔도, 저는 역시나 당신이 좋습니다."

나는 감고 있던 눈을 떠 하멜을 바라보았다. 그는 슬픈 미소를 짓고 있었다.

무슨 대답해 주어야 할까.

하멜의 진솔한 고백은 몹시도 훌륭한 것이었지만, 그의 마음을 받아 줄 수는 없었다. 나는 이자나를 좋아하고 있었으니까.

그러나 슬픈 미소를 짓고 있는 그에게 거절의 말을 꺼내지 못할 것 같았다. 마음이 약한 게 정말로 죄다. 그래서 아무 말이나 지껄여 버렸다.

"……울, 울다가 웃으면 엉덩이에 뿔이 날 거라고요."

로맨틱한 분위기를 깨는 엉덩이 이야기라니. 하아. 조금 더 숙녀다운 말을 했어야 했는데.

하멜은 고개를 오른쪽으로 비스듬히 기울인 채로 아무렇지 않게 말했다.

"뿔이 났는지 확인해 보시겠습니까?"

"미, 미쳤어요? 지금 절 놀리는 거예요?"

"네. 놀리는 거 맞습니다."

거절당할 것을 각오한 채로 고백한 주제에, 그는 외려 내 마음을 편안하게 만들어 주려고 노력한 것 같았다.

"하멜……."

타이밍 좋게 달리던 마차가 멈추었다. 목적지에 도착했으니 마차에서 내려야 했으나, 나는 몸을 쉬이 일으킬 수 없었다.

"진저 님. 도착했습니다."

하멜은 잡고 있던 내 손을 천천히 놓으며 말했다. 대답을 바라고 한 말은 아니었는지, 하멜은 제가 먼저 움직여 마차의 문을 열었다.

열린 마차 문 사이로 짙은 녹음이 보였다. 이자나가 늘 있던 그 정원이었다. 나는 하멜의 에스코트를 받으며, 결국 마차에서 내리게 되었다.

하멜은 긍정적인 빛이라곤 일말도 없는 가련한 미소를 짓고 있었다.

그도 예상하고 있었던 것이다. 제 고백에 대한 내 대답이 무엇일지. 제게 주어질 미래가 무엇일지.

남자의 고백을 처음 받아 본 것도 아니고, 내게 고백했던 남자들을 거절했던 적도 있었다. 하지만 하멜의 고백을 거절하는 일이 왜 이리도 마음 아픈 것인지 잘 알 수 없었다.

그가 나나 레라지에가 아닌 다른 여자를 좋아했다면 얼마나 좋을까.

소설 속 '하멜 브레이'의 삶에선 벗어났지만, 결국 다른 남자를 좋아하는 여자를 사랑하게 된 그의 운명이 기구하게 느껴졌다.

그는 꼭 신에게 '너는 이뤄질 수 없는 짝사랑만 해야 해.'라는 사명을 부여받은 것 같았다.

"고백을 할 때까지는 좋았는데 대답을 들으려고 하니, 마음이 슬퍼지는 건 어쩔 수 없네요. 하지만 조금 전 말은 정말로 진심이었습니다."

"저도 얼떨결에 울다가 웃으면 엉덩이에 뿔이 날 거라는 이상한 말을 했지만…… 당신의 고백에서 진심을 느꼈어요."

"그렇게 느끼셨다면 다행입니다. 저는 솔직히 겁이 났거든요."

하멜은 초조한 듯이 제 아랫입술을 살짝 깨물었다.

"겁이요?"

"네. 레라지에 님을 같이 유혹해 보자고 계획했던 주제에, 진저 님에게 고백을 한 거니까. 진저 님이 혹여나 제 마음을 가볍게 들으셨을까 봐…… 아, 그렇다고 해서 진저 님이 타인의 고백을 가볍게 여기실 거란 얘기가 아니라…… 저는 그러니까, 진저 님이……."

그는 적당한 말이 떠오르지 않는 것처럼 이어 말하지 못하고 시선을 떨어뜨렸다.

나는 의기소침해진 하멜의 어깨 위에 손을 올렸다.

"무슨 말인지 다 알아들었어요. 한마디로, 마음이 왜 이렇게까지 변한 것인지는 모르겠지만, 어찌 되었든 나를 좋아하게 되었다는 거잖아요. 그죠?"

하멜은 떨어뜨렸던 시선을 들어 올렸다. 그는 나와 눈을 맞춘 채로 고개를 세차게 흔들었다.

어떻게 알아들었느냐는 듯, 두 눈을 동그랗게 뜬 모습이 퍽 우습고 귀여웠다.

나는 그의 어깨에 있던 손을 들어 그의 머리카락을 한껏 흐트러뜨렸다. 손가락 사이사이로 비집고 들어오는 그의 머리카락 촉감이 좋았다.

"당신의 진심을 의심하지 않아요. 제게 보였던 당신의 눈물은 진솔했으니까."

"네."

"하지만…… 저는 이자나 폐하를 좋아하고 있어요. 제 대답은 이거예요."

"……."

"잔인하게 들렸다면 죄송해요. 그래도 꼭 말해야 될 것 같아서……."

덤덤하게 말하려고 했지만, 목소리가 떨렸다. 하멜의 눈물 탓이었다.

그의 눈가에서 떨어지던 한 줄기의 눈물이 잘 잊히지 않았다. 그 눈물은 내 마음을 아프게만 만들었다.

나는 오늘에서야 비로소 내가 남자의 눈물에 약하다는 사실을 깨닫게 된 듯했다.

그의 눈물을 동정했지만, 그럼에도 그의 고백을 매몰차게 거절한 이유는 그러했다. 내가 흐지부지하게 행동한다면, 하멜이 막연한 기대를 하게 될 것이니까.

그의 기대는 그를 힘들게 만들 것임이 분명했다.

그렇기에 이자나를 좋아한다는 내 진심을 그에게 토로할 수밖에 없었다. 설령 하멜이 내 마음을 이미 알고 있다 할지라도.

"알고 있었습니다."

역시나 그는 내 진심을 일찍부터 알고 있었던 듯했다.

"하지만 진저 님이 이자나 폐하를 좋아한다고 해도, 제가 당신을 좋아하는 마음은 그대로일 겁니다. 저를 안타깝다고 생각하지는 마십시오."

"……."

"설령 짝사랑으로 끝날지라도, 당신을 좋아하는 일이 저의 행복일 테니까요."

나는 하멜을 약은 남자라고 총평했다.

그는 '유폐된 왕자와 후작 영애' 속에서 사랑하는 사람의 행복을 빌어 주는 것도 사랑이라고 믿었기 때문이다.

하나 나는 내 총평을 뒤엎을 필요가 있었다. 사랑하는 이의 행복을 빌어 주는 그가 나약해 보이지 않았다.

비록 짝사랑으로 끝난다고 해도, 누군가를 좋아하는 일이 자신의 행복이라 논한 하멜이 누구보다도 강인해 보였다.

나는 대답 대신 흐트러뜨렸던 하멜의 머리칼을 조금 더 헝클어 놓았다.

인타깝게 여기지 말라고 했지만, 당신이 신경 쓰이는걸.

나는 그가 마음에 걸렸다.

* * *

하멜을 보내고, 정원을 홀로 거닐었다. 하멜에 대한 생각을 정리하면서 꽤 걷자 이자나의 모습이 보였다.

이자나는 여느 날 더러 그러했듯이 버드나무에 등을 기댄 채로 가만히 앉아 있었다. 그의 옷차림 또한 지난날과 다름이 없었다.

흰 셔츠와 어두운 빛깔의 카디건. 그는 꼭 변화라는 것을 잊은 사람처럼 보이기도 했다.

몇 발자국 더 다가가니 그의 얼굴이 또렷하게 보였다.

이자나는 눈을 감고 있었다. 실제로 잠이 든 것인지, 아니면 그저 눈을 감고 있는 것인지 잘 구분되지 않았다.

나는 그를 볼 때마다 매번 느끼는 감상을 갖기에 이르렀다. 너무 잘생겼어. 아니, 잘생겼다는 말보다는 아름답다는 말이 더 어울린다고 해야 할까.

나는 그의 지척까지 다가가 자세를 조용히 낮추었다. 옆에 앉았음에도 불구하고, 이자나의 감긴 눈은 뜨이지 않았다. 정말로 잠든 건지.

나는 잠든 그를 물끄러미 바라보았다. 이자나의 얼굴은 한번 보면 시선을 쉬이 떼어 낼 수 없는 마력을 가지고 있었다.

찝찝한 기분이 든 것은 그때였다. 무언가 빠진 느낌이랄까. 나는 고개를 갸웃거리다, 금빛 팔찌를 차지 않았음을 금세 상기해 냈다.

맙소사, 큰일 날 뻔했네.

하멜도 제 감정이 벅차올랐던 탓에 금빛 팔찌에 대한 것은 까맣게 잊고 있었음이 분명했다.

나는 들고 온 작은 손가방을 열어 그 속에 든 팔찌를 꺼내 들었다. 혹시 몰라서 팔찌를 챙겨 온 것이 다행이었다.

그렇게 팔찌를 주섬주섬 손목에 채우려던 순간이었다. 내 얼굴에 닿은 누군가의 따가운 시선이 느껴졌다.

나는 팔찌를 손목 위에 얹은 채로 옆으로 고개를 돌렸다. 그러자 이자나와 꼼짝없이 시선이 마주쳤다.

"어!"

언제부터 눈을 뜨고 있었던 거지?

"'어!'라니. 놀랐어?"

"아뇨! 주무시고 계신 줄 알았는데."

"잠깐 졸았어."

나는 어색한 미소를 지으며 손목에 올려놓은 팔찌를 채우려고 했다.

하지만 갑자기 눈을 뜬 이자나에게 당황이라도 한 것인지 손이 미끄러졌다. 팔찌는 내 손목을 벗어나 잔디 위에 떨어지기에 이르렀다.

"칠칠치 못하기는. 내가 생강 양의 손목에 직접 채워 주고 싶게 만드는군."

그는 구박하는 듯 다정한 듯 애매한 목소리로 말했다. 입가에 엷은 미소가 띠어져 있는 것을 보니, 부정적인 말은 아니었나 보다.

이자나는 내가 떨어뜨린 팔찌를 주워, 그것을 꼼꼼히 훑어보았다.

"이거, 저번에도 끼고 있었던 팔찌 같은데."

"맞아요."

어쩜. 내가 낀 팔찌를 기억하고 있었다니.

그 순간, 팔찌를 보던 이자나의 눈가가 조금 찌푸려졌다. 그리고 그의 입가에 스며 있던 미소마저도 일순간 사라지기에 이르렀다.

나는 무슨 일인가 싶어 그의 이름을 불렀다.

"이자나 폐하?"

이자나는 금빛 팔찌에서 한참이나 눈을 떼지 못했다.

"폐하?"

내가 그를 두 번째로 부르자, 그는 그제야 다시금 느른한 미소를 지으며 말했다.

"예쁜 팔찌네."

이자나의 분위기가 너무도 온화해져 있었다. 조금 전에 본 그의 무표정이 내 착각인 것처럼 말이다.

나는 능청맞게 대답했다.

"제가 끼면 무엇인들 예쁘지 않겠습니까."

"선물 받았어?"

이자나는 팔찌를 손끝으로 만지작거리며 말했다. 선물이라고 하기엔 애매하지만, 어쨌든 내 물건이 아니었다.

나는 고개를 작게 끄덕였다. 그러며 팔찌를 준 하멜을 떠올릴 것 같아, 이자나에게 채근하듯이 말했다.

"이자나 폐하, 이제 그 팔찌 주시면 안 될까요? 아니면 직접 채워 주시겠습니까? 물론 저는 후자 쪽이 훨씬 더 좋기는 합니다만."

"생강 양. 너는 어쩜 말을 해도. ……귀엽군."

"소녀가 귀여운 것은 하루 이틀이 아니지요. 그래서 폐하. 팔찌는 채워 주시는 겁니까?"

"흠, 글쎄. 나는 팔찌를 차지 않은 네 손목이 더 좋은데."

이자나는 팔찌를 연신 매만졌다. 그의 시선이 팔찌에만 박혀 있었다.

"그런데도 차고 싶어? 좋아, 생강 양. 선택을 해. 나야, 팔찌야?"

그건 답이 정해진 물음이잖아!

나는 그의 물음이 떨어지기 무섭게 대답했다.

"그거야 당연히 폐하죠! 답이 너무 쉬운 질문이에요."

"그렇다면 차지 마."

이자나는 손에 쥐고 있던 금빛 팔찌를 제 바지 주머니 속에 집어넣었다. 내가 말릴 새도 없이 빠르게 일어난 일이었다.

나, 지금 팔찌를 강탈당한 건가……?

다시 돌려 달라고 말하려던 찰나였다. 이자나는 내가 말하려는 것을 막으려는 듯이 내 손목을 부여잡았다.

얼떨떨한 눈으로 그를 보자, 그는 내 손목을 부드럽게 쓰다듬기 시작했다. 차가운 그의 손끝이 지나갈 때마다, 내 심장은 미친 듯이 뛰기 시작했다.

자극적이다. 고작 그의 손끝이 닿았음에도.

나는 손목에 머물러 있는 이자나의 손에서 눈을 떼지 못했다. 그가 가져간 팔찌와 하멜에게 들었던 고백은 내 머릿속에서 완전히 사라져 버리기에 이르렀다.

이자나를 제외한 다른 것들을 생각할 수 없었다.

"네 살갗. 부드럽네."

이자나는 유혹하듯이 말했다. 그러자 내 심장은 조금 전보다 훨씬 더 세차게 뛰었다.

이자나는 무슨 말을 더 하려는 듯 붉은 입술을 또다시 움직였다.

"그 팔찌…… 어! 생강 양, 너…….."

하지만 그는 제 말을 끝까지 잊지 못했다.

"네?"

나를 바라보는 그의 동공이 미세하게 흔들리고 있었다. 이자나는 당황한 것처럼 보였다.

"코피 나는데?"

"네!?"

나는 깜짝 놀라서 코 근처로 손을 가지고 갔다. 그러자 내 손끝에 붉은 피가 묻어 나왔다.

맙소사.

"피…… 피!"

붉은 피를 보자, 이자나에게 홀렸던 정신이 그제야 제자리를 찾아가기 시작했다. 황당했고, 수치스러웠다. 어쩌자고 코피를 흘려 버린 거야.

나는 갑작스러운 코피의 이유를 알 것도 같았다. 이건 다 이자나

가 가진 나른한 섹시 때문이다. 분명하다. 그가 내 손목을 쓰다듬
은 일에, 내가 너무도 집중한 까닭이다.

그때, 이자나가 내게 불쑥 손을 내밀었다. 그의 하얀 손 위엔 그
를 닮은 순백의 손수건이 올려져 있었다.

"닭아. 언제까지 그렇게 보고만 있을 건데."

"감사합니다."

나는 그의 손수건을 잡아 얼른 코에 가져다 대었다. 코끝에선 이
자나의 체취가 어렴풋이 맡아졌다.

그와 가까이 있을 때마다 맡았던 그 향기. 내 마음을 가라앉게
만드는 좋은 향기.

나는 손수건을 코에 가져다 댄 채로 몸을 부르르 떨었다. 그러자
이자나가 나를 약간 이상하게 쳐다보는 게 느껴졌다.

나는 쭈뼛쭈뼛 그에게 말했다.

"오해하지 마세요. 폐하가 지나치게 섹시해서 코피를 흘린 것은
아니니까. 흠…… 실은 며칠 동안 잠을 제대로 못 자서 그래요! 요
즘 불면증에 시달리고 있거든요."

"하지만 오해하고 싶은걸."

이자나는 내 쪽으로 몸을 완전히 비틀었다. 그의 얼굴엔 장난스
러운 미소가 걸려 있었다.

"그건 옳지 않은 오해예요!"

"내가 무슨 오해를 할 줄 알고?"

"그…… 그러니까, 그 코피는 저도 모르게 폐하의 손길을 느껴
버려서…… 몸이 달아올라서 흘린 거라는 오해……. 맞죠?"

"너무 구체적이어서 내가 더 덧댈 말이 없다."

이자나는 기분 좋게 킥킥거렸다. 그는 내 코피의 이유를 진즉 눈치챈 것처럼 보였을 따름이었다. 젠장.

나는 도둑이 제 발을 저린 것처럼 소리쳤다.

"아니! 오해하지 마시라니까요!"

"그럼 우리 눈을 한번 진하게 맞춰 볼까?"

이자나는 농담이 아니라는 것처럼 고개를 비스듬히 기울였다. 그의 시선이 내 눈동자 쪽으로 완전히 향했다.

그는 나를 진득하게 바라보며, 나와 눈을 맞추기를 고대하고 있었다.

우리의 몸은 손을 뻗으면 닿을 정도로 가까웠고, 우리의 얼굴은 서로의 숨결이 닿을 정도로 밀착되어 있었다.

뜨거운 혈류가 얼굴에 또다시 집중되는 듯한 기분이 들었다. 이러다간 코피를 더 쏟을지도 모를 일이었다.

어휴, 어차피 변태 생강이었는데 더 달라질 건 아무것도 없잖아. 이제 와 순진한 척을 하는 게 더 이상한 일일지도 몰라.

나는 결국 이자나와 눈을 맞춘 채로, 의식의 흐름대로 생각했다.

그래. 나, 당신의 손길을 변태처럼 느껴 버려서 코피를 쏟아 냈어. 그래서 뭐. 누가 그렇게 야하게 손목을 만지라고 했나. 그건 노림수가 있는 손길이었다고.

노림수라. 설마 이자나 폐하, 당신. 나보다도 더 변······.

생각이 거기까지 닿았을 때, 나는 고개를 좌우로 절레절레 흔들며 생각하던 것을 멈추었다. 이런 생각은 과하다.

나는 어색한 미소를 지으며 그의 눈을 슬쩍 피했다. 내가 저더러 변태라고 한 것까지 들어 버린 걸까.

괜스레 식은땀이 났다. 이자나와 친해졌다지만, 제왕에게 변태라고 한 것은 역시나 과한 감이 있었다.

"하하, 이자나 폐하. 오늘은 무슨 얘기를 하기로 했었죠? 아아, 그러니까 게슈트가 어떻게 되었더라?"

"나는 그런 생각이 들었어."

"⋯⋯네?"

"생강 양이 예전에 내게 했던 말. 이미 변태 생강으로 낙인이 찍혔는데, 더더욱 변태가 되는 건 어렵지 않다는 말, 말이야."

"정확하게 얘기하자면 마음속으로 했던 말이지요."

그때 그 생각은 지금 떠올려 보아도, 꽤 발칙한 생각이었음이 틀림없어.

이자나는 고개를 작게 끄덕이며 이어 말했다.

"그래. 그땐 그 말이 그렇게 우스울 수가 없었는데, 막상 내가 변태로 치부되니까, 네 마음이 이해가 가."

"네?"

"내가 네게 변태로 낙인이 찍혔다면, 내가 더더욱 변태가 되는 것도 나쁘지 않다고 생각해."

"뭐⋯⋯ 뭐라고요!?"

이자나가 변태가 되겠다니! 너무 좋은데!

내가 놀라서 두 눈을 동그랗게 뜨고 그를 보자, 이자나는 정원이 떠나가라 웃어 젖히기 시작했다.

한참을 웃던 그는 내 이마를 손으로 가볍게 튕기었다.

"누가 외설적인 생강이 아니랄까 봐. 내 말은 농담이었어. 내가 그럴 리가 없잖아."

"진지한 얼굴로 말씀하시니까, 진심인 줄 알았잖아요."

내가 투덜거리자, 그는 아침부터 열심히 치장한 내 머리칼을 마구 흐트러뜨리기 시작했다. 왠지 강아지가 된 것 같은 기분이었다.

그러다 그는 물었다.

"내가 변태라면, 생강 양은 날 싫어할 건가?"

나는 그리 물은 이자나를 흘긋 바라보았다.

이자나는 내가 좋아하는 나른하고도 섹시한 모습으로 나를 계속해서 쳐다보고 있었다. 이자나의 얼굴 위로 조금 걷힌 먹구름 사이로 새어 나온 빛이 아로새겨져 있었다.

그 모습은 분수령이 되어, 잠깐 잊고 있었던 어떤 남자를 떠올리게 만들었다. 나른한 섹시함을 가지고 싶어 했던 남자. 이자나 앞에서 이름조차도 꺼내기 힘든 그.

하멜 브레이. 그는 무엇을 하고 있을까.

눈물 섞인 고백을 했음에도 차여 버린 하멜의 마음은 어떠할까. 간절히 고백하던 그에게, 이자나를 좋아한다고 말한 건 역시나 너무도 야박한 일이었던가.

생각은 이어졌고, 나는 내 머릿속에서 하멜을 지워 내려 노력했다. 이 이상 그를 떠올리는 건 위험했다. 내겐 팔찌가 없었고, 이자나와도 아주 가깝게 붙어 있었으니까.

하나 이상하게도 그가 남긴 말 하나가 내 머릿속에서 끝까지 사라지지 않았다. 떠올리지 않으려 노력하면 할수록, 도리어 더욱 선명해지는 것 같은 그 말.

'울보가 싫다고 하셔도, 저는 역시나 당신이 좋습니다.'

바보 같긴. 상대방이 싫다고 하는데, 왜 좋아하겠다는 건데. 나는 애꿎은 드레스 자락을 구겼다.

그때, 이자나가 내 이름을 작게 불렀다. 그의 듣기 좋은 목소리가 내 귓가에 조용히 파고들었다.

"진저."

나는 거의 반사적으로 이자나와 눈을 맞추었다. 내 머릿속엔 하멜의 구슬픈 음성이 계속해서 맴돌고 있었다.

'울보가 싫다고 하셔도, 저는 역시나 당신이 좋습니다.'

그 슬픈 고백이 이자나에게도 닿은 게 아닐까.

이자나의 얼굴에선 눈에 띄는 표정의 변화는 없었다. 그저 아무 말 없이 나를 응시하고 있을 뿐이었다.

그의 눈빛엔 웬 날카로움이 스미어 있었다. 아깐 분명 나를 다정하게 바라보고 있었는데 말이다.

나는 이자나의 시선을 피했다. 거의 동시에 그가 내 이름을 불렀다.

"진저 토르테."

"네. 폐하."

"……라라가 네게 고백을 했어?"

라라. 그 이름을 들음과 동시에 그의 잿빛 머리칼과 그가 내 이마에 입을 맞추었던 것을 떠올렸다.

이마에 잠깐 닿았던 그의 입술 감촉이 아직까지 남아 있는 것 같았다.

"……."

생각이 읽힌 마당에 이제 와 아니라고 하는 건, 더 이상한 일이라고 생각되었다. 나는 고개를 천천히 끄덕였다.

"네……."

"고백이라."

그리 말한 이자나에게선 그런 낌새가 느껴졌다. 그가 내게 고백할 것임을 이미 짐작한 것 같은 낌새랄까.

원체 눈치가 빠른 그였으니, 일어날 수 있을 법한 일이라는 생각이 들었다.

"하멜의 고백이 좋았어?"

"고백이란 건 나쁜 게 아니니까요. 하멜의 진심을 느끼기는 했지만, 저는 폐하를…… 네? 방금 뭐라고 하셨어요? 하, 하멜이라뇨!"

진지하게 대답하던 중, 이자나의 물음이 이상하다는 것을 뒤늦게 깨달았다.

나, 잘못 들은 거 아니지? 이자나가 라라가 아닌 '하멜'이라는 이름을 꺼낸 거 맞지? 덩달아 나는 매우 자연스럽게 하멜의 이름을 내뱉으며 그에게 대답하고 있었다.

굉장히 큰 실수를 한 듯했다. 이자나의 유도 신문에 넘어가 버린 과거의 내가 원망스러울 뿐이었다.

나는 어안이 벙벙해져서 입술을 조금 벌렸고, 이자나는 슬그머니 미소 지었다. 그의 미소는 여전히 아름다웠지만, 거기엔 온화한 기류는 하나도 없었다.

서늘했다. 그는 시리도록 차가운 미소를 짓고 있었다.

"진저 토르테. 너는 알고 있었구나."

이자나의 목소리는 그의 미소보다도 더 싸늘했다.

머릿속이 하얗게 질려 갔다. 변명을 하든 무슨 말을 하든 그에게 대답해야 했지만, 머릿속은 백지장 상태였다.

심장은 또다시 빠르게 뛰고 있었다. 설렘에 기인된 것이라기보다는 긴장에서 비롯된 것이었다.

"내가 화났다고 생각해?"

이자나의 목소리에는 고저가 없었고, 감정이 담겨 있지 않았다. 나는 고개를 딱 한 번 끄덕였다.

이자나가 화난 게 틀림없다고 생각했다. 그렇지 않고서야 그가 이토록 차가워질 리는 없으니까.

나는 숨을 길게 들이마셨다가 토해 내듯이 내뱉었다. 이자나를 악의적으로 속이려고 한 것은 맹세코 아니었다.

나는 그저 두 사람 사이의 일은, 두 사람이 알아서 잘 해결하기를 바랐을 뿐인데. 졸지에 이자나를 속인 꼴이 되어 버리다니.

가까워졌다고 생각한 이자나가 내게서 멀어지는 것은 아닐지 걱정되었다.

'유폐된 왕자와 후작 영애'에서의 이자나가 레라지에에게 느꼈던 지독한 배신감을 내게도 느낀 것은 아닐까.

이자나가 내게 실망해서, 이제 그와 다시는 만날 수 없게 되는 건 아닐까.

나를 내려다보던 그의 나른한 눈빛. 내 엉뚱함에 호쾌하게 웃던 그의 미소. 적막한 정원에서 그와 보냈던 평온한 시간들. 그 모든 것을 느낄 수 없게 된다면.

가슴속 깊은 곳이 아릿하게 아파 왔다. 슬펐다. 나는 이자나와 멀어지기를 바라지 않았다.

어디서부터 어떻게 이자나에게 설명을 해야 할까.

그에게 하멜을 모른다고 발뺌을 하기에도 애매한 상황이었다. 거짓말을 했다간, 눈이 마주친 그에게 얼마 못 가 들킬 것임이 분명했으니까.

침착하자. 돌파구는 틀림없이 존재할 것이다. 막다른 골목길에 내몰린 상황들이 과거에도 몇 차례 있었지만, 유야무야 잘 넘어갔지 않던가.

나는 호흡을 재정비하며 마음을 다잡았다. 그러곤 한껏 용기를 내어 그에게 말을 건네었다.

"······폐하는 라라가 하멜 브레이라는 것을 확신하고 계신 거죠?"

"얼추."

"휴, 좋아요. 사실대로 얘기할게요. 다만, 오해하지는 않으셨으면 해요."

"무슨 오해?"

"제가 폐하를 속이려고 했다는······ 그런 오해요. 저는 단지 폐하가 하셨던 말처럼, 라라가 제 정체를 직접 밝힐 날을 기다려 준 것뿐이었어요."

"어."

"그가 폐하에게 해가 될 일을 하려고 했다면, 저는 진즉 폐하께 진실을 고했을 거예요."

"그래서."

이자나가 건조한 목소리로 말했다. 이렇게 얘기했는데도, 무미건조한 반응이라니.

나는 울고만 싶어졌다.

그냥······ 울어 버릴까. 내가 눈물을 흘린다면 이자나의 차가운 분위기가 누그러지지 않을까, 싶던 때였다.

이자나는 단언했다.

"울어도 봐주지 않을 거야."

"그렇게 무섭게 소녀의 생각을 곧바로 읽으시다니요."

대수롭지 않게 내뱉은 대답이었다. 하나 내 말을 들은 이자나의 표정이 더더욱 굳어 가기 시작했다. 내가 또다시 실수한 걸까?

이자나는 희미하게 떨리는 목소리로 내게 물었다.

"이제…… 정말로 내가 무서워진 건가."

묘하게도, 그 순간 그에게서 느껴진 것은 두려움이었다. 그의 눈빛 속엔 차가움이 아닌 웬 두려움이 서려 있었다.

이자나는 내게서 돌아올 대답을 무서워하고 있는 것 같았다. 혹여나 내가 그를 정말로 무섭다고 해 버릴까 봐.

나는 그와 다시금 반듯하게 눈을 맞추었다. 교차한 시선 속, 이자나의 눈빛은 내게 그렇게 토로하고 있는 듯했다.

'나를 두려워하지 마.'

내가 무서워했던 것은 그와 내 사이가 멀어질까 봐, 에 대한 것이었다. 나는 내 생각을 읽는 그가 무섭지 않았다.

"아뇨. 여전히 무섭지 않아요. 오히려 멋있기만 한 걸요."

거짓말이 아니었다.

모든 사람이, 심지어 그의 아버지도 그의 이능을 무서워할지라도, 나는 그의 이능을 무서워하지 않을 자신이 있었다.

읽지 말았으면 하는 생각을 그가 읽었을 땐 흠칫하기는 했지만, 그의 이능이 무섭다고 생각한 적은 한 번도 없었다.

도리어 이자나의 비현실적인 외관과 사람의 마음을 꿰뚫어 보는 그의 특이한 이능이 잘 어울린다고 여기고 있었다.

현실적이지 않다는 점이 공통점이라서 그런 거려나.

"진저 토르테, 네 생각을 구석구석 읽어 대는 이 끔찍한 능력이 멋있다고?"

이자나가 믿을 수 없다는 듯이 되물었다. 나는 주저 없이 대답했다.

"그럼요. 폐하께서 제 생각을 읽을 때의 눈빛이 아주 근사하거든요. 제게 닿은 폐하의 검은 눈동자에 이채가 서리면……."

나는 큰 목소리로 강조하는 것처럼 이어 말했다.

"멋짐이란 게 폭! 발! 하죠."

"……."

그러니까, 이능 때문에 타인이 자신을 무서워할 거라고 지레 겁먹지 않았으면 했다.

이능이 있는 그는 그것대로 멋진 구석이 있었고, 이능을 무서워하지 않는 나 같은 사람도 있는 거니까.

"넌, 도대체가……."

"진심입니다. 폐하."

나는 빙긋 웃었다. 그러자 이자나가 긴 한숨을 내쉬었다.

"네 생각을 항상 읽지만, 나를 그런 식으로 표현할 줄은 짐작조차 하지 못했어."

나는 그의 두려움이 가시도록 미소를 거두지 않았다.

이자나는 계속해서 말했다.

"진저. 너는 참…… 어디로 튈지 예측할 수 없는 것 같아. 처음 만났을 때도 그랬고, 지금도 그래."

"네에, 네에. 그렇죠."

"넌 나의 끔찍한 이능을 알고 있고, 내가 이따금 상처 주는 말도 하지만, 넌 나를 단 한 번도 부정적으로 생각한 적이 없어."

"……."

"왜일까. 진저 토르테, 너는 어째서 나를 긍정적이게만 여기는
걸까."

역시나 당신을 진심으로 좋아하기 때문이 아닐까.

물론 시작은 레라지에에 대한 승부심이었지만, 지금은 그렇지 않
았다. 나는 이자나 그 자체를 사랑하고 있었다. 가타부타 모든 이
들과 연관 없이.

"이자나 폐하. 저는 생강이라는 단어를 끔찍하게 싫어해요."

"갑자기, 생강?"

나는 끝까지 들어 보라는 듯이 이어서 말했다.

"그럼에도 불구하고, 당신이 저를 생강이라고 부르면 종종 그 단
어가 사랑스럽게 들릴 때가 있어요. 그렇다고 해서 그 단어가 좋아
졌다는 소리는 아니에요."

"……."

"그런 게 아닐까요? 그런 마음으로 폐하 곁에 있기 때문에, 폐하
를 부정적으로 생각할 수 없어요."

"……."

"좋아하는 사람을 어떻게 부정적으로 생각하겠어요."

구태여 고백을 하려던 것은 아니었지만 어째 고백을 한 것 같은
기분이 들었다.

에라이. 어차피 그에게 좋아한다고 말한 이력이 있었던 터였다.
또 좋아한다고 하는 게 뭐 어때.

그렇게 생각했지만, 나도 사람이었던지라 이자나의 반응이 궁금
했다. 그러나 김이 샐 정도로 그의 반응은 딱히 없었다. 내 고백이

대수롭지 않은 건가 싶었다.

이자나는 어떤 때 보면 내게 관심이 있어 보이다가도, 또 어떤 때 보면 아닌 것 같기도 했다. 나는 이자나의 마음을 제대로 짐작할 수 없어 약간은 답답했다.

그때, 무겁게 닫혀 있던 이자나의 입술이 천천히 열리기 시작했다.

"나는……."

이자나는 말끝을 늘어뜨렸다. 나는 그의 대답이 두려웠다. 그의 마음을 가늠할 수 없었기 때문이다.

인제 와 이자나가 내게서 돌아올 대답을 왜 두려워했는지 공감이 되었다. 나는 그를 급하게 막아섰다.

"그만! 폐하의 대답은 듣지 않겠어요."

"뭐?"

"폐하에게 정식으로 한 고백이 아니니까. 아까 전 말은, 폐하의 물음에 대답한 것에 불과했어요. 대답은 제가 정식으로 고백한 뒤에 듣겠어요."

"난……."

"아냐! 아무 말도 하지 마요."

"그게……."

"다른 얘기로 넘어가자고요!"

"나 원 참. 도무지 말할 기회를 주지 않는군."

이자나는 못 당해 내겠단 얼굴로 나를 말끄러미 보았다.

"휴, 살았다."

나는 긴 한숨과 함께 말했다.

"뭐가 살았다는 건데? 아직 해야 할 말이 산더미같이 많은데. 하멜 브레이의 정체를 내게 숨겨 온 진저 토르테 양."

바라본 이자나의 얼굴이 아주 풀려 있었다. 그는 경계 가득했던 눈빛마저도 거둔 채였다.

다행이다. 얼떨결에 한 내 고백이 그의 기분을 풀어지게 만든 것이 아닐까.

"하하. 다른 얘기를 하자는 게, 그런 얘기가 되는 건가요?"

"어. 생강 양은 언제부터 그의 정체를 알고 있었던 거지?"

"좀 됐어요. 저도 우연히 알게 된 거예요. 그가 스스로 제 정체를 밝혔거든요."

"뭐? 생강에게?"

"아니, 생강 양에게요."

나는 그의 말을 정정해 주며 처음 하멜을 만났던 그때를 잠깐 떠올렸다.

"말대답이 늘었군. 언제는 내가 불러 주는 생강이라는 말이 좋다며."

이자나는 답지 않게 툴툴거렸다. 나는 그가 귀여웠다.

"설명을 더 해 줘, 진저. 라라가 왜 너에게 제 정체를 스스로 밝혔는지 말해 주지 않겠어?"

그는 내게 유혹의 눈빛을 보냈다. 내 마음을 항상 함락시키던 그 눈빛이었다. 나는 마수 같은 그의 눈빛에 홀려 고개를 끄덕였다.

그렇게 내 이야기는 시작되었다.

이자나가 이미 '유폐된 왕자와 후작 영애'라는 책을 알고 있었기에 설명할 얘기는 그리 많지 않았다.

나는 빌어먹을 키키가 내 책을 몰래 훔쳐 갔던 것과 그래서 내가 직접 책을 적었다는 것. 그리고 그 책을 이자나에게 주려고 한 사실을 안 하멜이, 나를 극구 말리며 제 정체를 밝혔다는 것. 그 사실들을 간략하게 얘기했다.

책을 직접 적었다는 얘기를 이자나에게 해야 할지, 말아야 할지 고민하기도 했다. 그러나 그 사실을 얘기하지 않으면 다른 얘기를 할 수 없었다.

어쩔 수 없이 모두 다 고백하기는 했으나, 괜히 부끄러워져 귓바퀴가 뜨거웠다. 그 소설을 적을 때만큼은 이것보다 훌륭한 로맨스 소설은 없을 거라며 득의양양했었는데 말이다.

이자나는 제 나름대로 내 얘기를 곱씹어 생각하는지, 한동안 말이 없었다. 이윽고 생각을 정리한 듯한 그가 말했다.

"그러니까. 키키가 그 책을 훔쳐 가서, 네가 직접 책을 적었고. 그것을 내게 주려고 했지만, 라라가 그것을 막기 위해 자신의 정체를 밝혔단 거군."

"그렇습니다."

"조금 이해가 안 되는 게 하나 있는데."

"그게 뭔가요?"

"생강 양이 직접 적었다는 그 책 말이야. 라라가 제 정체를 밝히면서까지 그걸 내게 보이지 말아야 할 치명적인 이유가 있었던 건가?"

나는 눈동자를 굴리며 그날을 떠올렸다. 내 책을 읽은 이자나의 반응을, 라라가 두고 볼 수 없어서 제 정체를 밝혔다고 했지, 아마.

하지만 그런 사실을 곧이곧대로 이자나에게 말해 줄 수는 없었다.

"아, 그게 라라의 오지랖이 워낙 커서 말이에요. 제 딱한 사정을 곧바로 눈치채서는 책을 다시 줬지 뭐예요."

"그래?"

다행히도 이자나는 내 말을 믿어 준 것 같았다.

그러나 안심하기엔 아직 이른 듯싶다. 또다시 건네어진 그의 물음은 내게 아주 큰 문제를 안겨 주었다.

"그럼 네가 직접 적은 그 책은 지금 어디에 있는데?"

응? 갑자기 그게 왜 궁금한 거지? 설마 그것이 보고 싶은 것은 아니겠지?

왠지 모를 불길한 예감이 스멀스멀 들기 시작했다.

"그것은 저의 책꽂이에 꽂혀 있어요. 세상의 빛을 영원히 보지 못할 겁니다."

이자나는 내 말이 무색하게, 제가 하고 싶은 말을 꺼내었다.

"나, 그거 읽고 싶어."

불길한 예감은 틀린 적이 한 번도 없더라니……

"네? 그, 그걸요?"

적을 때야 명작이라며 호기롭게 생각했지만, 시간이 흘러간 지금에 이르러 그에게 책을 보여 주기가 부끄러웠다. 그때는 어쩔 수 없는 상황이었고, 지금은 그런 게 아니니까.

"어, 그거 내가 읽어 보면 안 될까?"

이자나가 나를 그윽하게 내려다봤다. 그는 붉은 혀를 끄집어내어 제 입술 위를 딱 한 번 핥기도 했다.

명백한 유혹이었다. 이자나의 유혹에 약한 나는, 절로 고개를 끄덕이고 싶어졌다.

안 돼! 이대로 유혹에 넘어갈 순 없어.

나는 자리에서 벌떡 일어났다.

"폐하! 집에 일이 있었던 걸 제가 깜빡한 것 같아요. 어머니께서 함께 외출하자고 했거든요. 그런 의미로, 이만 일어나 봐도 괜찮겠습니까?"

"안 된다고 한다면."

"……폐하…….'

나는 말꼬리를 늘어뜨리며 그를 애처롭게 쳐다보았다.

제발 그냥 넘어가 주면 안 돼요?

그렇게 생각하며 그를 보자, 이자나가 반듯한 제 눈썹을 일그러뜨리며 말했다.

"좋아. 한 번쯤은 속아 주지."

이자나는 나를 따라 앉아 있던 몸을 일으켜 제 옷을 몇 차례 털어냈다. 나는 그가 옷을 터는 모양새를 가만히 지켜봤다. 그러자 이자나가 의문스럽게 물었다.

"안 가고 뭐해? 집에 일이 있다면서?"

"아! 네. 맞아요. 그럼 먼저 가 보겠습니다. 폐하."

나는 드레스 끝을 잡고선 그에게 인사를 건네었다.

상황이 잘 마무리되었으니, 후작저로 돌아가는 게 맞았다. 그런데 왜 이리도 아쉬운 걸까.

마지못해 돌아서려던 그때, 이자나가 나를 다급하게 불러 세웠다.

"생강 영애."

"……네?"

"나…… 화난 거 아니었어. 그냥 조금 충격받았을 뿐이야. 생강 양이 알고 있을 거라 예상 못 했으니까."

그는 자신이 화난 것이라 여기고 있을 내가 신경 쓰였나 보다.

"본의 아니게 속인 건 진짜로 죄송해요. 그런데 제가 라라의 정체를 알고 있었다는 걸 어떻게 안 거예요?"

"팔찌. 팔찌에 마법사의 인장이 작게 새겨져 있더군."

"마법사의 인장이요?"

인장? 그러고 보니 일전에 하멜이 그랬다. 마법으로 만든 아이템에는 마법사의 인장이 남는다고.

"HB. 넌 몰랐어?"

"예? 제 팔찌에 그런 것이 있었습니까?"

내가 고개를 갸웃거리자, 이자나는 고개를 절레절레 내저었다.

"어휴, 허술하군. 이런 생강 양에게 내가 속고 있었다니."

"……하하."

"그 금빛 팔찌. 하멜 브레이에 대한 생각을 지워 주는 마법 팔찌인 거지?"

"그, 그것까지 어떻게 아셨습니까?"

"네가 이전에 끼고 왔을 때, 네 생각 속에 하멜 브레이가 존재하지 않았으니까. 그런 기능이 있을 거라고 추측되는 게 뻔하잖아."

……뻔하네, 뻔해.

"이건 내가 압수해도 될까?"

"하지만 그건 하멜의 것이기도 한데……."

이자나가 어이없다는 듯이 김빠진 소리를 내었다.

"하지만 하멜이 네게 주었으니, 그건 네 것이기도 하지."

"……."

이자나는 손을 뻗어 헝클어진 내 앞머리를 정돈해 주며 속삭이듯이 말했다.

"나는 내게 닿는 네 목소리가 온전했으면 해."

그는 내 앞머리를 완전히 정돈하고 나서야 제 손을 갈무리했다.

"마법 아이템으로 생강의 생각이 왜곡되는 걸 원하지 않아. 어쩔 수 없이 네 생각을 읽어야 한다면 솔직한 네 마음을 듣고 싶어."

그의 다정한 말에 항복한 것은 나였다. 나는 끝끝내 고개를 끄덕였다.

"좋아. 라라에게도 내가 그의 정체를 알아차렸단 사실을 말하지 말아 주었으면 해. 그래 줄 수 있지? 나의 생강."

"……네. 폐하."

"마지막으로 다음에 궁에 올 때, 네가 적었다던 그 책을 가져오면……"

이자나는 거기까지 말한 뒤, 잠깐의 틈을 두었다. 마치 아주 중요한 말이라도 내뱉을 듯.

"네가 더 좋아질 것 같아."

좋…… 좋…… 뭐? 내가 좋아져?

나는 이자나의 말이 믿기지 않아 선뜻 대답하지 못했다.

이자나의 두 눈은 아름다운 호선을 그리고 있었다. 그는 작별 인사에 가까운 싱그러운 미소를 내비친 다음, 제가 먼저 뒤돌아섰다.

그는 몇 발자국 내디딘 다음, 오른손을 들어 가볍게 흔들었다.

멀어지는 그의 넓은 등을 보며 이자나에게 그 책을 보여 주는 건 어떨까, 하는 충동적인 생각이 들었다. 하지만 곧 고개를 세차게 내젓고야 만다.

"미쳤어, 안 돼. 이자나가 그 책을 보면 나를 엄청 비웃을 거야."

그런데도 왜 자꾸만 이자나에게 책을 바치고 싶은 마음이 드는 걸까.

아아, 내 인생은 정녕 수치에서 벗어날 수 없는 것일까.

     *　*　*

이자나와 헤어진 후 마차가 정차되어 있는 곳까지 걸어갔다.

마차 앞에는 나를 기다리는 하멜이 있었다. 그는 여느 때처럼 마차에 등을 기대고 선 채였다.

하얀 장갑을 낀 그의 손에는 얇은 책 한 권이 들려 있었는데, 그는 기품 있는 동작으로 책장을 한 장씩 넘기는 중이었다.

지척까지 다가갔음에도 불구하고, 그는 여전히 책만 내려다보고 있었다. 내 기척을 전혀 읽지 못한 듯. 책에 지나치게 집중한 듯.

"하멜 브레이?"

그의 이름을 부르자, 하멜은 그제야 고개를 천천히 들었다.

"아, 진저 님."

하멜은 펼치고 있던 책을 소리 나게 닫으며, 빙그레 웃었다.

무슨 책을 읽고 있었던 거야.

나는 시선을 내려, 그의 손에 쥐인 책을 쳐다보았다. 책을 보자마자 굉장히 이상한 기분이 들었다.

핑크빛 표지가 익숙하다랄까. 그 책의 표지에는 '유폐된 왕자와 후작 영애'라는 글씨가 쓰여 있었다.

아니, 잠깐만. 핑크빛 표지와 저 제목…… 설마.

"그 책……. 설마?"

그러자 하멜이 개구쟁이 같은 미소를 지으며 내게 말했다.

"진저 님, 이참에 로맨스 작가가 되어 보시는 건 어떠십니까? 상당히 재밌게 읽었습니다만."

"뭐, 뭐, 뭐라고요?! 내, 내 책꽂이에 꽂혀 있어야 할 그, 그 책이 왜 당신 손에……!"

그것은 이자나가 보고 싶다고 했던, 내가 직접 적은 '유폐된 왕자와 후작 영애'였다.

이제 다시는 세상의 빛을 보지 못하리라 생각했던 그 책이 어째서 하멜의 손에 들려 있는 걸까.

심지어 읽기까지 했다니! 망할! 이 자식이 도대체 무슨 짓을 한 거야……!

"특히 이자나 폐하께서 진저 님께 사랑한다고 고백한 부분은 가슴이 아프기도 했지만, 정말 잘 적은 부분이라 저도 모르게 감정이 이입되었습니다. 진저 님의 손으로 직접 적은 거라 믿기지 않았……."

"닥쳐요! 그 입을 다물지 않으면 가만두지 않을 거야!"

나는 부끄러움에 얼굴이 시뻘겋게 달아올랐다.

하멜은 언제 내 책을 빼 온 걸까. 물론 그는 마법사였으니 책을 손쉽게 훔칠 수 있었을 것이다.

하지만 도의니 뭐니 하며 도둑질을 질색하던 그가, 왜 내 책을 당당하게 훔친 것인지, 나는 잘 이해되지 않았다.

"하멜! 왜 당신이 그 책을 가지고 있는 거죠?"

나는 하멜에게 가까이 다가가, 그의 손에 들린 책을 뺏으려고 했다.

그런데 요놈 보소. 하멜은 나를 놀리기라도 하는 듯, 책을 쥔 제 손을 머리 위로 높게 뻗었다.

나는 인상을 와락 구기며 책을 낚아채려 했다. 하지만 나보다 두 뼘이나 큰 그의 손에 들린 책을 뺏는다는 건 불가능에 가까웠다. 내 손은 책에 닿기는커녕 겨우 하멜의 팔꿈치까지에만 닿을 뿐이었다.

"내놔요!"

"싫다면요?"

"당신 이름을 걸고 제가 적은 책을 읽지 않겠다고 다짐했었잖아요!"

예전에 하멜에게 내 책을 맡길 때, 그는 분명히 그렇게 말했다.

'이 책. 들고 갈 수 없으니까, 잠깐만 맡고 있어 줘요. 읽으면 가만두지 않을 거예요!'

'제 이름을 걸고, 읽지 않겠다고 맹세하겠습니다.'

그리 다짐했던 하멜이, 내 앞에서 내 책을 읽는 모양새가 퍽 뻔뻔했다.

나는 인상을 와락 구기며 험악한 표정을 지었다. 나의 흉흉한 분위기에도 하멜은 태연자약하게 대답했다.

"진저 님에게는 애석한 일이지만, 제 이름은 두 개입니다."

너무 맞는 말이라서 더 어이가 없었다. 하멜은 심지어 혀를 삐죽 내밀기도 했다. 제 주군처럼 능글맞아지기라도 한 건지.

나는 괜한 오기가 들었다. 좋아, 한번 해보자는 거지?

자신의 큰 키를 믿고 그러는가 본데, 진저 토르테가 그런 것에 기죽을 여자가 아니라는 거지.

나는 그를 있는 힘껏 째려보면서, 신고 있던 구두를 잔디 위에 내팽개쳤다. 갑작스러운 내 행동에 하멜이 약간은 당황했다.

"그런다고 내가 책을 못 뺏을 줄 알고?"

나는 가벼워진 발에 모든 신경을 집중한 채로 뛰어올랐다. 힘껏 뛴다면 그의 손에 들린 책을 낚아챌 수 있을 것 같았기 때문이다.

내 몸은 지면을 순식간에 벗어나 허공에 붕 떠올랐다.

성공적인 도약이었다. 나는 곧 책을 뺏어 올 수 있으리라 확신했다. 아닌 말로, 위로 뻗은 내 손끝에 책 모서리가 잠깐 닿았다.

말 그대로 아주 잠깐.

스치듯이 닿은 종이의 품질이 아주 좋았다. 매끄럽고, 보드랍고…… . 다시 책을 만든다면 다음에도 저 재질로 책의 표지를 만들어야지…… 는 무슨!

내 몸은 금세 바닥으로 추락하기 시작했다. 책을 낚아채는 일은 실패한 듯싶었다.

뛰어오를 때는 완벽한 착지까지 계산했음에도 불구하고, 막상 착지할 타이밍이 오자 내 몸은 균형을 잃고 흐물거렸다. 바닥에 엎어질 것임이 자명해진 순간이었다.

바닥에 엎어진다고 죽지는 않겠지. 여긴 정원이니까 잔디 위가 푹신할 거야.

나는 그렇게 생각하며, 두 눈을 꼭 감았다. 많이 아프지 않기만을 바랄 뿐이다.

눈을 감기 전 마지막으로 본 것은, 당황한 빛이 스민 하멜의 눈동자였다.

"…… ."

바닥에 엎어질 거라 예상했던 것과는 달리, 하멜이 내 손목을 휘어잡는 게 느껴졌다. 거의 동시에 잔디 위로 책이 떨어져 난 듯한 둔탁한 소리가 들렸다.

하멜은 강인한 힘으로 나를 제 품에 끌어당겼다. 그러자 거의 뒤로 넘어가던 내 몸은 그에게 바짝 당겨졌다.

하멜의 품은 몇 차례나 안겼던 적이 있는 익숙한 것이었다. 나는 셔츠 위로 느껴지는 그의 단단하게 가슴에 얼굴을 완전히 기댔다.

그의 탄탄한 가슴을 느끼고자 기댄 것은 절대로 아니다. 내가 넘어지지 않았다는 것을 좀 더 현실성 있게 느끼고 싶어서 그랬다고 해야 할까.

아무튼! 그의 품이 훌륭한 것이라는 데엔 이견이 없는 바다.

"나 지금 안 넘어진 거 맞죠?"

나는 감고 있던 눈을 슬그머니 떴다.

"……네."

바라본 하멜의 얼굴엔 충격의 빛이 감돌고 있었다.

하긴, 내가 뜬금없이 구두를 벗고선 펄쩍 뛰어올랐으니 놀랄 수밖에.

뛰어오른 것까지 이해한다 할지라도, 뛰어오른 주제에 책 근처에도 가 보지 못하고 혼자 넘어지려고 한 모양새가 얼마나 우스웠을까.

민망한 웃음이 입술을 비집고 나왔다.

"하멜 브레이. 나이스 캐치."

"휴…… 간 떨어질 뻔했습니다. 갑자기 뛰어오르시다니요."

그의 한숨 속엔 깊은 시름이 담겨 있었다.

"제가 책을 달라고 했을 때 순순히 줬으면 그러지 않았을 텐데. 왜 장난을 쳐요!"

"아니, 그렇다고 해서 그렇게 뛰어오르시면! 지금은 제가 잡아 드렸지만, 혹 제가 잡지 못했으면 어떡할 뻔했습니까? 잔디가 있기는 하나, 바닥에 머리를 찧으면 뇌진탕에 걸릴지도 모를 일이란 말입니다. 하……."

"하멜. 내 머리는 제법 단단해서 뇌진탕에 걸릴 일은 없어요. 이미 바닥에 머리를 찧은 역사가 수도 없이 많은 걸요. 하여튼 시답지 않은 걱정이 많다니까."

최근의 역사를 돌이켜 보자면 키키 때문에 바닥에 머리를 찧었던 적이 있었지.

망할 키키. 요즘 이상하게 조용한 그였다. 무소식이 희소식이니, 그의 소식이 계속해서 들리지 말았으면 했다.

하멜은 내 어깨를 잡아 제 품에서 나를 떼어 냈다. 올려다본 하멜의 얼굴이 꽤나 심각해 보였다.

많이 걱정한 건가.

"시답지 않은 걱정이 아닙니다. 들어주십시오. 때는 바야흐로 이십 년 전이었습니다."

그는 대서사시라도 읊는 듯한 진중한 목소리로 또박또박 말했다.

"코흘리개에 불과했던 저는 굉장한 개구쟁이였습니다. 어렸을 적 살던 집은 좁은 편이었는데, 그 좁은 집에서 동네 친구들과 자주 숨바꼭질을 하곤 했습니다."

"……예? 왜 갑자기 그런 얘길…….."

"끝까지 들으십시오."

하멜은 내 말을 끊고선 제 말을 근엄하게 이어 갔다. 그가 너무도 진지했던 터라, 나는 그의 말을 또다시 끊을 수 없었다.

"그날도 다른 날과 다름이 없었습니다. 친구들과 숨바꼭질을 하던 중, 저는 좁은 화장실에 숨어 있게 되었습니다."

"네에, 네에."

"불을 켜지 않은 채로 숨어 있었는데, 물기가 젖은 바닥에 발이 미끄러진 겁니다. 저는 그대로 넘어졌고, 바닥에 머리를 찧었죠."

"어이구, 진짜 아팠겠다."

나는 그의 고통을 상상하며 눈가를 찡그렸다. 그러다 문득 그런 생각이 들었다. 이런 이야기를 왜 이렇게 집중해서 듣고 있는 거지?

말재주가 좋은 하멜은 제 이야기가 끝난 게 아니라는 것처럼 이어서 말했다.

"정신은 잃지 않았지만 몸이 움직이지 않았습니다. 더군다나 친구들도 저를 찾지 못했습니다. 화장실은 외진 곳에 있었고, 심지어 캄캄했으니까요."

"세상에나."

"저는 그렇게 꼬박 하루를 좁은 화장실의 어둠 속에서 보냈습니다. 무섭고, 아프고…… 차라리 죽었으면 좋겠다고 그때 처음으로 생각했죠. 고작 일곱 살짜리 꼬맹이인 주제에."

"그래서요?"

"아마도 그때부터였던 것 같습니다."

나를 보는 그의 잿빛 눈동자가 침울하게 가라앉았다.

"좁은 공간에 혼자 있는 게 무서워졌습니다. 꽉 막힌 공간에 혼자 있을 때면 그때의 기억이 떠올랐습니다. 그날의 감정들이 솟구쳐 올라, 눈물을 흘리지 않고선 배길 수 없게 되었죠. 아직까지 일곱 살 아이인 것처럼 말입니다."

"……"

폐소 공포증이라는 게 그때 생겼던 거구나.

그의 사정에 마음 한편이 아릿해졌다. 마치 내가 실제로 그 일을 겪기라도 한 듯이.

"그런 사정이 있는지도 모르고…… 자꾸만 옷장에 들어가라고 해서 죄송해요. 다음부터는 절대로 그러지 않을게요."

"이미 지나간 일인걸요. 괜찮습니다."

"그런데. 하멜. 그 슬픈 이야기를 지금 갑자기 하는 이유가…….."

그러자 하멜이 내 어깨를 잡은 손에 힘을 주었다. 그의 악력엔 물러설 기미가 보이지 않았다.

"그러니까! 사고는 그렇게 소리 소문 없이 다가와서 씻을 수 없는 트라우마를 남길 수도 있다는 소립니다!"

"……."

"진저 님, 다음부터는 위험한 행동을 절대로 하지 마십시오. 당신에게, 다시는 위로 뛰어오르지 못하는 트라우마가 생길지도 모르니까."

어째 이야기의 방향이 조금 이상한 감이 있지만, 묘하게도 논리에 맞는 말이었다. 헛소리하지 말라고 대꾸할 수 없다랄까.

"진저 님. 대답하십시오. 다시는 그러지 않겠다고."

하멜은 일곱 살배기 어린아이를 다그치는 학부모인 양 굴고 있었다. 나는 기어들어 가는 목소리로 그에게 답했다.

"……네."

"좋아요. 아주 좋습니다."

그는 그제야 말간 미소를 지었다. 나의 긍정이 만족스러웠나 보다.

제자리에서 뛰어오른 게 그렇게 위험한 일이었나.

하멜의 말을 듣자니, 해서는 안 될 위험한 일을 저지른 것 같았다. 다음부터는 폴짝폴짝 뛰는 일을 자제하는 게 좋을 성싶었다.

하멜은 내 어깨를 잡고 있던 손을 놓아 바닥에 떨어진 책을 집어 들었다. 그는 책의 표지에 묻은 흙을 털어 내기 시작했다. 그러자 하얗던 그의 장갑이 조금 더러워졌다.

"……그 책……."

그래, 맞아. 내가 지금 야단을 들을 상황이 아닌데.

나는 진짜 '유폐된 왕자와 후작 영애'의 아류작인 내 소설을 보며 표정을 다잡았다. 하멜의 슬픈 이야기 덕에 넘어갈 뻔했지만, 따질 건 따져야지.

"그거 어떻게 가져온 거예요?"

하멜은 대수롭지 않게 대답했다.

"진저 님의 집에서 훔쳐 왔습니다."

"컥! 훔, 훔…… 뭐요?"

왜 이렇게 당당해?

레라지에의 붉은 목걸이를 훔치러 갈 때 절절매던 그 인간이 맞을까 싶을 정도의 당당함이었다.

"진저 님이 그러지 않으셨습니까. 훔치는 걸 몇 번 더 하면 그 일에 완전히 적응할지도 모른다고."

"그래서 지금 제 책을 훔쳐 왔다, 이건가요?"

하멜은 힘 있게 고개를 끄덕였다.

"그렇습니다. 진저 님께서 폐하를 만나고 있을 사이, 진저 님의 책꽂이에 꽂혀 있던 책을 마법을 이용해서 훔쳐 왔죠."

"당연하다는 듯이 얘기하지 마세요! 훔쳐 왔다면서 왜 이렇게 당당한 건데!"

"그거야……."

그는 흙을 털던 동작을 멈추고선 책을 쥐고 있던 손을 갈무리했다. 그러자 놀랍게도 책은 바닥에 떨어지지 않으며 허공에 그대로 떠 있었다. 마법을 썼나 보다.

하멜은 허공에 제 손을 몇 차례 휘저었다. 나는 입술을 꾹 다문 채로 그의 손동작에 집중했다.

추상적인 문양을 그리던 그의 손동작은 예상하지 못한 때에 멈추었다. 그와 동시에 허공에 둥둥 떠 있던 내 책이 감쪽같이 사라졌다.

"책, 책이!"

내가 놀라서 말을 잇지 못하자 하멜이 미소를 지었다.

"폐하가 이 책을 보는 게 마음에 들지 않아서 말입니다."

"그걸 어떻게 안 거예요? 현자의 눈으로 미래를 본 거죠? 그렇죠?"

하멜은 숨길 생각이 없다는 것처럼 고개를 옅게 끄덕였다.

"진저 님이 쓰신 책은 저 혼자만 보고 싶습니다. 그러니 그 책을 제가 보관하고 있겠습니다. 아예 없애 버린 것이 아니니, 걱정하지 않으셔도 됩니다."

하멜의 잿빛 눈동자가 결연하게 빛나고 있었다. 확고한 눈빛이었다.

하멜은 늘 물렁하다가도, 이따금 강경하게 나올 때가 있었다. 그런 그가 적응되지 않는 것은 물론이요, 나는 그에게 반박을 할 수 없는 오묘한 기분에 휩싸였다.

나는 작은 목소리로 구시렁거렸다.

"너무해요. 나한테 상의도 없이 내 책을 숨기다니요."

"진저 님. 당신도 상의 없이 제가 준 팔찌를 폐하께 드리지 않았습니까."

"미, 미래를 어디까지 본 거예요?"

"당신이 마차를 나서던 순간, 당신의 미래를 보았습니다. 진저 님의 미래 속에 있던 이자나 폐하의 모습마저도 말입니다."

나는 허전한 손목을 손으로 문지르며 그를 보았다.

나와 이자나가 함께 있던 미래를 모두 보았다면, 제 정체를 이자나가 알아차린 것까지도 알고 있을까?

책 이야기까지 모두 다 알고 있던 하멜이었다.

자신의 정체가 밝혀진 사실을 모를 리가 없겠다는 생각이 들었다. 이자나는 하멜에게 그 사실을 비밀로 부쳐 달라고 부탁했지만, 아무래도 모두 밝혀진 듯했다.

폐하, 저는 아무 말도 하지 않았습니다요.

그런 생각과는 별개로 하멜에게 미안한 마음도 들었다.

좀 더 조용히 팔찌를 찼더라면. 아니, 팔찌를 차는 걸 까먹지만 않았더라면, 이자나에게 그의 정체가 완전히 들키지는 않았을 텐데.

내가 두 남자 사이를 틀어 놓은 것은 아닌지 심려가 되었다. 내가 우물쭈물하며 입술만 뭉개고 있자, 하멜이 먼저 말했다.

"비록 그 팔찌로 인해 폐하께서 제 정체를 확실히 아셨다고 해도, 진저 님께서 미안해하실 이유는 없습니다."

"……하멜."

"애초에 진저 님께 팔찌를 드린 것은 저였으며, 정체를 숨기고자 했던 것도 저였습니다. 당신은 그저 제가 하자는 대로 잘 따라 준 것밖에 없는 걸요."

"하지만 팔찌에 인장이 있는지도 모르고 제가 너무 안일하게 굴었어요."

"괜찮습니다. 이자나 폐하와는 제가 잘 이야기해 보겠습니다. 어차피 한 번은 부딪혀야 했을 일이니까요."

"휴……."

하멜이 기분 나쁘지 않게 받아들여 줘서 다행이었다. 그렇게 안도하다가, 이야기가 또다시 엇나가고 있다는 걸 깨달았다.

내 책에 대해서 물을 때마다 얘기가 다른 방향으로 새었고, 결국엔 내가 사과할 수밖에 없는 주제로 넘어가 버리다니. 이상한 일이었다.

하멜의 전략적인 대화 방법일까. 이번엔 기필코 다른 얘기로 새지 않으리라고 다짐하며, 말했다.

"자꾸만 이야기가 딴 곳으로 새는데, 그래서 내 책은 어디갔냐고요!"

"저의 집으로 이동시켰습니다."

"폐하께는 보여 주지 않을 테니까 다시 내놔요. 그게 다른 사람 손에 있는 걸 원하지 않아!"

나의 다급한 말에도 하멜은 웃기만 했다.

"자랑스러워하시던 책이 아니었습니까?"

"닥쳐요!"

하멜은 닥치라는 내 말에도 아랑곳하지 않으며, 되레 여유로운 표정을 지어 보였다.

"그래서 제가 제일 감명 깊게 읽은 구절은⋯⋯."

"그만! 그만!"

나는 그의 말이 듣기 싫어 귀를 틀어막았다. 그러자 하멜은 귀를 막은 내 두 손을 잡아챘다.

그는 아주 천천히 내 손을 내리며, 고백하듯이 말했다.

"진저 토르테. 영원히 사랑해."

그것은 분명히 내가 쓴 소설 속 대사였다. 그리고 하멜은 그것을 그대로 읊조린 것뿐이었다.

하지만 심장이 떨렸다. 본래 가지고 있던 제 박자를 잃은 듯, 심장이 엄청 빨리 뛰기 시작했다.

하멜의 입가엔 느른한 미소가 걸려 있었다. 새삼 그의 미소가 설레게 다가왔다.

"저는 이자나 폐하의 마지막 대사가 제일 좋았습니다."

하멜의 말처럼 그 말은 내가 쓴 소설 속 이자나의 마지막 대사였다. 아름다운 정원, 내리쬐는 햇볕 밑에서 이자나가 진저에게 했던 말.

소설 속 대사를 내뱉은 것이라고 치부하기엔, 그 말에 밴 하멜의 진심이 과했다. 나는 뭐라고 대답해야 할지 도무지 알 수 없었다.

하멜은 내 대답을 보채지 않았다. 그는 자세를 낮추어 조금 더러워진 제 장갑을 벗었을 따름이었다.

뭘 하려는 걸까 싶던 찰나, 그는 잔디 위에 아무렇게나 올려진 내 구두를 집어 들었다.

이윽고 하멜은 나를 보며 고개를 까닥였다. 구두를 신겨 주겠다는 것 같았다.

"……아! 아니에요. 제가 알아서 신을게요."

"아닙니다. 저 때문에 벗으셨으니, 제가 신겨 드리는 게 맞다고 생각합니다."

하멜은 말하는 것에만 그치지 않으며, 내 치맛자락 앞에 구두를 들이댔다.

고민됐지만, 나는 결국 드레스를 조금 끌어 올렸다. 그러자 흙이 묻은 발이 보였다. 흙투성이인 발이 까닭 없이 부끄러워져, 나는 발끝을 작게 오므렸다.

하멜은 한쪽 무릎을 꿇고 앉았다. 그러고선 여상스럽게 내 발을 꿇은 제 무릎 위에 올렸다.

그는 장갑도 끼지 않은 커다란 손으로 내 발에 묻은 흙을 털어 주기 시작했다. 내 발은 깨끗해지고 있었지만, 반대로 그의 손은 점점 더 더러워지고 있었다.

"하, 하멜. 그냥 신겨 주어도 되는데요."

"저는 괜찮습니다."

그는 제가 만족할 정도로 내 발을 정돈해 준 뒤에야 구두를 신겨 주었다. 이전에도 여자에게 구두를 신겨 줬던 것은 아닐지 의심이 설 정도의 유연한 동작이었다.

구두가 내 발에 모두 신겨지자, 하멜은 꿇었던 무릎을 펴 일어섰다.

"키가 조금 크셨군요."

"원래 컸거든요?"

내가 소심하게 발끈하니 그가 작게 웃었다.

"진저 님."

"네?"

"부디 지금처럼만 저를 대해 주십시오."

"……"

"진저 님에게 무참히 차였으나, 그것은 제가 이미 예상하고 있던 바. 그것을 불편하게 여기지 말아 주셨으면 합니다."

하멜은 듣는 이마저도 진중해지게 만드는 사려 깊은 목소리로 이어 말했다.

"차일 것을 알고도 당신에게 고백한 이유는 '유폐된 왕자와 후작 영애' 속의 하멜 브레이처럼 되기 싫어서였습니다."

"……"

"좋아하는 사람에게 고백 한번 못 해 보고 뒤에서 지켜보는 일은 더 이상 하지 않겠습니다. 저는 저대로 부담스럽지 않게 당신에게 최선을 다할 것이나, 그렇다고 해서 당신의 마음을 강요하고 싶지는 않습니다."

"피, 하지만 제 책을 가로챈 건 반칙이라고요. 하멜 브레이."

"다음부터 그런 반칙은 하지 않겠습니다. 그것이 당신이 원하는 것이라면."

하멜은 나를 아련한 눈빛으로 쳐다보고 있었다. 그것은 그가 한 말과는 반대로 내게 부담을 주는 눈빛이었다.

"그러니 진저 님은 마음이 가는 대로 행동하시면 됩니다. 부담 갖지 마시고, 평소처럼만 저를 대해 주십시오."

"……."

"진저 님. 그러겠다고 대답하셔야죠."

하멜은 또다시 어린아이를 달래는 목소리로 내게 말했고,

"……네."

나는 기어들어 가는 목소리로 대꾸했다.

* * *

후작저로 돌아왔을 때, 나는 붉은 목걸이가 보고 싶어졌다. 이자나가 말했던 마법사의 인장이 그 목걸이에도 새겨져 있는지 궁금했기 때문이다.

나는 잘 보관해 두었던 레라지에의 붉은 목걸이를 꺼내 들었다. 밝은 등에 목걸이를 가까이 비추자, 붉은빛이 오묘하게 반짝거렸다.

"레라지에는 제 목걸이가 가짜인 걸 아직도 눈치채지 못한 건가."

며칠이 지났음에도, 레라지에가 잠잠한 것을 보니 그 사실을 모르고 있는 게 분명했다.

하멜의 말대로라면 레라지에의 진짜 목걸이에는 게슈트를 뜻하는 'GA'라는 인장이 새겨져 있을 것이다.

나는 눈을 게슴츠레하게 뜨고선 목걸이를 들여다보았다. 그러자 정말로 인장이 보였다.

"……H…… B?"

'GA'가 아니라 'HB'?

왜 여기에 하멜 브레이의 인장이 새겨져 있는 거지? 분명 내가 가져온 것은 레라지에의 진짜 목걸이일 텐데.

그 순간 절대로 일어나서는 안 되는 가설들이 내 머릿속을 스치고 지나갔다.

레라지에의 방에서 목걸이를 훔쳤던 당시, 두 목걸이를 떨어뜨렸을 때 목걸이가 바뀌었다면. 내가 지금까지 진짜라고 믿고 있었던 게 하멜이 만든 가짜 목걸이라면.

"……."

이마에 식은땀이 송골송골 맺히기 시작했다.

나는 잘못 본 것은 아닌가 싶어 목걸이를 다시금 면밀히 살펴보았다. 하지만 보고, 또 보고, 또 보아도 목걸이엔 여전히 'HB'가 새겨져 있었다.

나는 불현듯이 며칠 전에 있었던 일을 떠올렸다.

내가 맨 붉은 목걸이가 진짜인 줄 알고, 나는 이자나 앞에서 여러 생각을 가감 없이 했었다.

이자나의 손가락을 생강처럼 만들어 버리겠다느니. 그가 마신 것이 물이 아니라 술이었다느니.

눈앞이 노랗게 흐려지는 것 같았다. 어디 눈앞만 흐려졌을까. 온몸에 정기가 송두리째 빠져나가는 기분이었다.

어이가 없었고, 부끄러웠고, 짜증이 났다.

하나라고 정의할 수 없는 복합적인 감정들이 나를 짓누르고 있었다. 목걸이를 잡고 있던 두 손은 땀으로 흥건히 젖은 채였다.

"제길······! 나 진짜 바본가?"

그렇다면 백작가의 연회에서 레라지에가 매고 있던 붉은 목걸이가 진짜였단 건가?

맙소사. 그런 거라면 나와 하멜이 애써 목걸이를 훔쳐 온 보람이 하나도 없지 않던가.

나는 자학하듯이 테이블 위에 내 머리를 몇 번 찧었다. 그러지 않고선 배길 수 없었다. 쿵쿵거리는 요란한 소리에 놀란 듯한 사라가 급하게 방문을 열고 들어왔다.

사라는 테이블에 머리를 완전히 박고 있던 나를 보며 걱정스레 물었다.

"진저 님! 혹시 무슨 일이 있으신가요?"

나는 머리를 천천히 들어 올려, 열려 있는 창문 쪽을 바라보았다.

"사라······ 여기서 떨어지면 많이 아플까?"

"진, 진저 님! 일, 일단은 진정하심이······!"

"아냐. 나는 떨어지는 게 나을지도 몰라."

생각이 읽히는지도 모르고 했던, 철없는 내 생각들을 이자나가 어떻게 받아들였을까. 그날 정원에서 자못 굳은 얼굴을 하던 이자나의 속사정을 이제야 알 것 같았다.

이자나는 얼마나 어이가 없었을까. 긴장한 채로 제 손을 쥐었다 폈다 하던 그의 모습이 눈앞에 어른거렸다.

"……하."

나는 마른세수를 하듯이 얼굴을 쓸어내렸다. 이자나를 다시 만났을 때, 어떤 얼굴을 해야 할까.

그것도 문제였지만, 심각한 문제가 하나 더 있었다.

이자나가 내가 가지고 있던 붉은 목걸이에 새겨진 하멜의 인장을 본 것이 아닐까, 하는 문제였다.

이자나는 이미 하멜의 정체를 알고 있었지만…… 그래도 어딘지 모르게 찜찜했다.

"으윽. 아무래도 신은 나를 미워하는 게 분명해. 그렇지 않고서야 수치스러운 일들이 이렇게까지 쌓일 리가 없잖아."

나는 평소 믿지도 않는 신을 원망하며, 열린 창가를 오랫동안 바라보았다.

지금 이 순간만큼은 정말로 뛰어내리고 싶었다. 진심이었다.

이자나의 사정

　진저를 보낸 뒤, 궁으로 돌아가는 이자나의 발걸음이 무거웠다. 진저와의 만남이 파했음에 느낀 왠지 모를 아쉬움 때문이었다.

　조금 더 그녀를 붙잡아 둘 걸 그랬나, 하는 뒤늦은 후회가 들었다. 하지만 궁에는 저를 기다리는 이가 있었다.

　이자나에겐 며칠 전에 잡아 놓은 선약이 존재했고, 약속을 갑자기 깨는 건 그의 성격상 별로 내키지 않는 일이었다.

　어쩔 수 없이 약속된 장소로 가긴 했으나, 이자나는 진저를 계속해서 떠올렸다.

　하멜의 정체를 일찌감치 알고 있었던 진저 토르테.

　그녀가 라라의 정체를 악의적으로 숨긴 것이 아니라는 걸 잘 안다. 그럼에도 왜 이토록 괘씸하다는 생각이 드는 걸까?

　그러고 보니 지나간 시간 속, 진저는 이따금 이상한 구석을 내비치곤 했었다. 최근 일로 예를 들자면 그렇다.

이자나는 진저가 제게 주려고 훔친 붉은 목걸이를 떠올렸다. 진저는 레라지에의 목걸이를 훔쳤다고 당당하게 말했었다.

그러나 그 목걸이에는 'HB'라는 인장이 새겨져 있었다. 게슈트의 목걸이였다면, 'GA'라는 인장이 새겨져야 맞는 일일 텐데.

그러다 며칠 전 백작가의 연회에서 마주친 레라지에의 목에 붉은 목걸이가 걸려 있는 것을 보았다. 이자나는 그 목걸이에 새겨져 있을 인장이 궁금했다. 그래서 그녀를 발코니로 따로 불렀다.

레라지에의 동의를 얻어 목걸이를 확인하자 거기엔 'GA'라는 인장이 새겨져 있었다. 즉, 레라지에가 가지고 있는 것이 진짜였고, 진저가 제게 준 것은 가짜라는 소리였다.

이자나는 진짜 목걸이도 제 목에 채워 보았지만, 그것은 저주를 푸는 해법과는 아무런 상관이 없었다.

'HB'

그것은 하멜 브레이를 뜻하는 인장임이 틀림없다고, 이자나는 생각했다. 다른 마법사의 인장이라고는 생각되지 않았다.

그렇다면 진저는 하멜이 만든 목걸이를 어떻게 가지고 있는 걸까? 그녀는 하멜을 알고 있는 걸까?

추측은 곧 현실이 되었다.

진저는 하멜을 알고 있었다고 했다. 제가 모르는 둘 사이의 비밀도 있는 듯했다. 제대로 속은 기분이 듦과 동시에 영문 없이 씁쓸했다.

진저는 금빛 팔찌를 이용해 저를 지금껏 속일 수 있었다고 했다. 아마 라라도 그럴 것이다. 그 또한 저를 속일 수 있는 마법 아이템을 지니고 있었을 거라고.

그렇다면, 이따금 들었던 라라의 생각들은 모두 왜곡된 생각들이었던 걸까?

'폐하는 멋쟁이야.'

'내가 여자라면, 당신에게 빠졌을 거야.'

그동안 라라에게서 읽었던 생각들이었다. 꿀 발린 듯한 소리들이 모두 거짓이었다니…….

이자나는 라라에게도 배신감이 들었다. 하나 지금 그에게 배신감보다도 더욱 크게 드리운 감정이 하나 있었다.

그것은 바로 허무함이었다.

진저나 라라. 두 사람 모두 '믿어 봐도 나쁘지 않겠다.'라는 느낌을 준 사람들이었다. 조금 믿어 보려고 하던 찰나에, 이런 식으로 배신감을 안겨 주다니.

이능을 가지고 있는 한 누군가를 완벽하게 믿는 건 불가능한 일인 것처럼 느껴졌다.

믿음은, 제게 영원히 허락되지 않는 것일까?

그렇지만 그는 제 머릿속을 가득 채운 그녀를 계속해서 믿어 보고 싶다고 생각했다.

진저. 그녀를 믿고 싶었다.

섣부른 오기였을지도 몰랐다. 또다시 배신감을 느낄지도 몰랐다. 그러나 그녀를 저버리기엔, 제게 있어 그녀의 존재감이 너무도 커진 터였다.

그녀를 믿고 싶다고 생각하기 무섭게, 그는 스스로를 합리화시키기 시작했다.

하멜 브레이가 제 정체를 숨겨 달라고 했겠지.

진저는 독한 척을 하지만 속이 여리니까, 하멜의 부탁을 저버릴
수 없었을 거야. 그래, 그런 거야.

그렇게 합리화시키자 진저가 이해되기 시작했다.

그리고 웬걸. 자신을 좋아한다고 고백한 진저의 말마저도 떠올리
자, 그녀에게 들었던 부정적인 감정 모두가 사라지는 게 아닌가.

'대답은 제가 정식으로 고백한 뒤에 듣겠어요.'

진저는 제가 대답하는 것을 극구 말렸다. 이자나는 그때 그녀에
게 그렇게 대답해 주고 싶었다.

나도 네가 생강이 아니라, 여자로 보인다고.

너와 함께 있는 시간이 즐겁다고. 여과 없이 솔직한 네가 좋아진
것 같다고.

네가 라라의 고백을 받았다는 말을 듣던 순간, 질투라고밖에 표
현할 수 없는 감정을 느꼈다고.

그녀가 좋다. 제 마음을 의심하고 외면하는 게 어려울 정도로 그
녀가 좋아졌다.

진저가 아무리 말렸어도, 제 마음을 확실히 드러냈어야 했던 걸
지도 모르겠다.

그게 어떤 결과를 가져오든 간에. 언젠가 읽기 싫은 그녀의 생각
을 읽게 될 날이 올지라도. 그녀에게 또다시 배신감을 느낀다고 할
지라도. 제 마음을 표현했어야 함이 옳았다.

후회가 물밀듯이 밀려왔지만 지나간 시간은 돌이킬 수 없었다.

"하."

그는 깊어진 한숨과 함께 궁으로 들어섰다. 조금 더 걷자, 약속
한 이와 만나기로 한 응접실에 도착했다.

시녀가 문을 열어 주었고, 이자나는 가벼운 헛기침과 함께 응접실로 들어섰다. 그러자 그녀가 보였다.

"폐하. 안녕하세요."

그녀는 자리에서 일어나 저를 향해 고개를 숙였다. 그러자 손으로 미처 다 가리지 않은 틈 사이로 그녀의 깊은 가슴골이 보였다.

의도적으로 제 가슴을 모두 가리지 않은 그녀의 생각을 모를 리가 없었다. 제 주의와 관심을 끌기 위함이겠지.

이자나는 무신경하게 시선을 비틀었다. 그녀의 가슴에는 조금의 관심도 가지 않았다.

그러다 문득 그런 생각이 들었다.

진저도 저런 행동을 일삼을까? 그녀가 했다면, 왠지 귀여울 것 같다는 생각이 들게 뭐람.

찰나의 순간, 이자나의 입가에 미소가 스몄다 사라졌다.

"오래 기다렸나? 앉지."

이자나는 소파에 먼저 앉았다. 뒤이어 그녀 또한 그의 맞은편에 착석했다. 이자나의 입술 사이로 그녀의 이름이 흘러나왔다.

"레라지에 영애. 단도직입적으로 물을게. 네가 알고 있는 게 뭔지 궁금해."

레라지에 아틀렌타. 며칠 전 제게 시간을 내어 줄 것을 요청한 그녀였다.

레라지에와 사적으로 만나고 싶었던 것은 아니지만, 그녀는 제게 도움이 될 만한 정보를 주겠다고 했다.

어쩌면 레라지에가 제 할아버지인 게슈트의 대한 것을 알고 있을지도 모르겠다는 생각이 들어 만남을 수락한 것뿐이었다.

다른 이유는 전혀 없었다.

"좋아요. 저는 사실 폐하가 게슈트, 즉 저희 할아버지에게 저주를 받았다는 사실을 알고 있어요. 당신에겐 눈이 마주친 상대방의 생각을 읽을 수 있는 묘한 능력이 있죠."

이자나는 눈썹을 찌그러뜨렸다.

"레라지에 영애가 그걸 어떻게 아는 거지?"

그는 마음에 들지 않는다는 투로 말했다. 실제로 짜증이 조금 나기도 했다.

"책을 읽었어요. '유폐된 왕자와 후작 영애'. 폐하는 그 책의 존재를 아시나요?"

"……네가 그 책을 읽었다고?"

이자나는 진저에게 들은 말을 떠올렸다. 진저는 키키가 그 책을 훔쳐 갔다고 했었다.

훔쳐 간 것은 키키인데, 자신의 비밀을 알고 있는 것은 레라지에라…….

두 여자 사이에서 뻔뻔하게 바람을 피우던 키키가 레라지에에게도 그 책을 보여 준 게 틀림없었다. 그렇지 않고선 설명이 되지 않는 일이었다.

이자나는 기가 막힌다는 듯이 헛웃음을 지었다.

"바람둥이 하나 때문에 그 책이 이상한 방향으로 돌고 돈 모양이군. 그러다 왕국의 모든 사람이 알 기세야."

"걱정 마세요. 키숀 공자님에게 책의 존재를 함구하라고 단단히 말해 놓았으니까요. 그는 단순해서, 제가 하라는 대로 행동할 거예요."

레라지에는 자신만만한 미소를 지었다. 어떠한 변수도 일어나지 않을 것이라 믿는 듯한 미소였다.

"그래서. 레라지에 영애는 키슌 공자의 입을 막은 걸 칭찬이라도 해 달라고 나를 찾아온 건가?"

삐딱한 물음이었다. 이자나는 레라지에가 자신의 비밀을 알고 있다는 사실이 마음에 들지 않았다.

"그렇지 않아요. 저는 폐하의 저주를 푸는 데에 도움을 드리고 싶어서 찾아왔어요."

"영애가? 어떻게?"

"일단은 묻고 싶은 것이 있어요."

"뭐지?"

"폐하께서는 탑에 들어가시기 전에 저의 할아버지를 만난 적이 있나요?"

"있어. 몇 번 만났던 것 같아. 게슈트는 왕국의 일에 많은 기여를 한 마법사였으니까."

'유폐된 왕자와 후작 영애' 속에서 이자나와 게슈트가 만나는 부분은 한 장면뿐이었다. 게슈트가 이자나에게, '왕자님은 저주를 받아 본 적이 있습니까?'라고 묻는 부분.

하지만 그 전에도 이자나는 게슈트를 스치듯이 만난 적이 몇 차례 있었다. 안타깝게도, 꽤 오래된 기억이라 그와 무슨 이야기를 나누었는지까지는 잘 생각나지 않았다.

"할아버지의 마법 속성이 저주이기는 하지만, 무턱대고 사람들에게 저주를 거는 마법사는 아니었어요."

"그런데 내게 저주를 내렸다?"

"폐하께서 할아버지에게 무언가의 말이나 행동을 했을 거예요.

할아버지는 그게 마음에 들지 않아서 당신에게 저주를 내렸을 가능성이 커요."

레라지에는 숨을 낮게 고른 후에 이어서 말했다.

"그분은 뭐랄까. 제 마법에 대해서 실언하는 사람들을 굉장히 싫어했어요. 마법사라는 것에 대한 자긍심이 굉장히 큰 분이었거든요."

"……."

"어렸던 폐하께서 할아버지에게 마법에 대한 실언을 했던 것은 아닐까 하는 생각이 들었어요. 그렇지 않고서야, 그런 끔찍한 저주를 내렸을 리가 없죠."

"내가 마법에 대한 실언을 했다, 라."

"네. 제 추측이지만, 그럴 가능성이 높다고 생각해요. 할아버지는 다른 이유로 타인에게 저주를 걸 사람이 아니니까요. 자신 있게 말씀드릴 수 있어요."

레라지에가 제 할아버지와 유대가 깊었다는 사실은 일전에 그녀를 뒷조사하며 알아낸 사실이기도 했다.

솔직히 레라지에의 말에 동요가 일지 않는다고 한다면 거짓말일 테다. 그러나 이자나는 제가 마법에 대한 어떤 실언을 했는지 떠올리지 못했다.

어째서일까.

"이자나 폐하. 폐하께서도 게슈트에 대해서 조사했을 거 아닌가요? 그가 당신에게 저주를 걸 만한 다른 이유를 찾으셨나요?"

"아니. 이유를 찾지 못했어."

"그렇다면 제 이유만이 유일한 선택지이자 답이 되겠군요."

꽤 설득력이 있는 말이었다.

"영애의 말대로라면 게슈트는 제 마법을 탐탁하지 않게 여기는 사람들에게 저주를 건다는 건데……. 그렇다면 그가 나 말고 다른 사람에게 저주를 건 적이 있다는 말인가?"

이자나가 그렇게 묻자 레라지에가 고개를 얕게 끄덕였다.

"네. 본 적이 있어요. 어렸을 때, 본의 아니게 목격한 적이 있었죠."

"그는 게슈트에게 어떤 말을 해서 저주를 받았지?"

"그는 할아버지께 '마법사 따윈 하고 싶지 않아.'라고 했어요. 그 사람은 마법에 천부적인 재능이 있었지만, 평범하게 살기를 바랐죠."

"……그래서 그는 자신의 저주를 풀었는가? 그게 아니라면 나처럼 저주로 인해 여전히 고통을 받고 있는가."

"십 년 하고도 더 지나서 그와 우연히 만났어요. 제가 봤을 때, 그는 여전히 저주 속에 살고 있더군요."

"하."

"그 사람은 폐하도 아는 사람이랍니다."

자신도 아는 사람이라니?

이자나는 게슴츠레한 눈으로 그녀를 바라보았다. 게슈트와 관련이 있고 레라지에와도 만난 사람.

그때, 한 사람이 떠올랐다. 이자나의 머릿속엔 그 사람의 결 좋은 잿빛 머리카락이 손에 닿을 듯 선명히 그려졌다.

레라지에는 마른침을 한번 삼킨 후, 이자나에게 대답하기 시작했다. 그녀의 눈빛이 자못 진지했다.

"그는 하멜 브레이. 할아버지의 제자이자, 그에게 저주를 받은 남자랍니다."

"……!"

이자나가 생각했던 대로였다. 이자나의 머릿속에 떠올랐던 사람이 하멜 브레이였기 때문이다.

"고작 마법사가 되고 싶지 않다고 해서 그에게 저주를 건 거라면, 게슈트의 인성에 의심이 갈 정도군."

"저도 할아버지의 생각을 모두 이해할 수는 없어요. 그에겐 괴짜 같은 구석이 있기도 했으니까요."

"……."

"하지만 할아버지는 그만큼 하멜 브레이를 제자로 만들고 싶던 게 분명해요. 저주를 걸어서라도 제 곁에 남겨 두고 싶을 정도로, 하멜이 가지고 있던 마법적 재능이 엄청났던 게 아닐까요."

"그렇다면 하멜이 받은 저주는 뭔데? 레라지에 영애는 거기까지 알고 있는 건가?"

이자나는 궁금했다. 저주와 하나도 어울리지 않는 하멜이 받은 저주가 무엇인지. 그 저주가 하멜에게 주는 고통이 무엇일지.

솔직히 아직까지 라라가, 아니 하멜이 저주를 받았다는 게 잘 믿기지 않았다.

더군다나 그는 마법사가 아니던가. 마법사인 주제에 제 저주를 풀지 못하고 있다는 사실이 좀 우스웠다.

레라지에는 하멜에게 고통을 주는 저주를 알려 주었다.

"타인에게 사랑을 받지 못하는 저주. 아마도 그런 저주일 거예요."

타인에게 사랑을 받지 못하는 저주. 이자나는 그 문장 속에서 짙은 동질감이 느껴졌다.

"어째서 타인에게 사랑받지 못하는 저주를 건 거지? 설마 게슈트 본인만이 그를 아껴 주고, 사랑해 줌으로써 그가 자신을 따르게 만들기 위함인가……."

이자나는 그렇게 말하며 저도 모르게 인상을 굳혔다. 수단이 약아도 너무 약았다고 생각되었으니까.

"그런 게 아닐까요? 하멜은 그 저주를 받은 이래로 철저히 혼자가 되었어요. 아무도 그를 사랑해 주지 않았죠. 그는 자신에게 그런 저주가 내려진지도 모른 채 할아버지를 따랐을 거예요. 그만이 어렸던 하멜을 사랑해 주었으니까. 어린아이에겐 사랑이 필요한 법이죠."

이자나의 감상은 그러했다.

"끔찍하군."

그는 굳은 인상을 펴지 못하며 말했다.

"그래서 레라지에 영애는 그 사실을 처음부터 알고 있었음에도 불구하고 하멜에게는 사실을 얘기해 주지 않았다는 건가?"

그러자 레라지에가 조금 망설이는 빛을 내비쳤다. 그녀는 무언가를 말하기를 주저하고 있었다.

할 수만 있다면, 그녀의 눈동자를 들여다봐서 그녀가 하고 있는 생각을 속속들이 알아내고 싶었다. 하지만 그녀의 목에는 붉은 목걸이가 걸려 있었다.

제 이능을 꼼꼼하게 막아 내는 그 목걸이가 그녀의 생각을 읽는 걸 방해하고 있었다.

"……저도 몇 번이고 얘기하려고 했어요. 하지만 할아버지가 갑자기 돌아가시자, 하멜이 자취를 감추었어요."

"찾아봤으면 되잖아."

"못 찾았으니까 진실을 말해 줄 수 없었던 거예요. 마법사는 자신의 흔적을 지우는 데 일가견이 있으니까요."

이자나는 레라지에의 생각을 읽을 수 없었지만, 그녀가 거짓말을 하고 있다고 생각했다.

이자나가 그리 추측한 이유는 그러했다.

레라지에는 후작가의 여식이자 게슈트의 손녀였다. 즉, 그녀는 후작가의 힘을 이용할 수 있었고, 게슈트가 친하게 지냈던 다른 마법사에게 부탁을 할 수도 있었다.

마음만 머는다면 하멜을 충분히 찾을 수 있었을 것이다.

하나 그녀가 그렇게 하지 않은 것은 하멜이 받은 저주와 연관이 있는 것 같았다. 레라지에는 하멜을 사랑하지 않았기에 그를 열심히 찾지 않은 게 아닐까?

이성 간에 느끼는 사랑이 아니라도, 그에게 약간의 애정조차도 없었기 때문에. 그렇기에 하멜에게 해가 될 정보를 얘기해 주지 않은 건 아닐까. 하멜은 타인에게 사랑을 받지 못하는 저주에 걸렸으니까.

이자나는 눈을 천천히 감았다 떴다.

자신을 속인 라라에게 커다란 배신감을 느꼈었다. 하나 그의 사정을 속속들이 알고 나자 그가 마냥 밉게만 느껴지지 않았다. 되레 기구한 그의 운명이 안타까웠다.

어쩌면 타인의 생각을 읽는 제 저주와, 타인에게 사랑을 받지 못하는 그의 저주가 조금은 비슷하게 느껴져서 그런 걸지도 모르겠다.

타인에 대한 믿음이 부족한 이자나와 타인의 사랑을 받을 수 없는 하멜. 두 사람 모두 사랑을 갈구하기 어려운 처지였다.

"그렇다면 레라지에 영애는 그의 저주와 내 저주를 푸는 법을 알고 있는가? 저주란 건 무릇 풀지 못하는 문제가 아니라고 들었어."

레라지에는 고개를 끄덕였다.

"예전에 할아버지께 들은 적이 있어요. 저주를 풀려면 근본적인 이유를 알아야 한다고. 가령 하멜이 저주 받았던 이유는 마법에 천부적인 재능이 있었음에도 불구하고 마법사가 되고 싶지 않다고 했기 때문이에요."

"어."

"그렇다면 반대로 그가 마법사가 되기를 간절히 원하게 된다면 저주가 풀릴지도 몰라요. 저주를 푸는 것은 역발상의 개념이거든요."

"네 말대로라면 내가 게슈트의 심기를 건드렸던 말을 생각해 내야, 내 저주를 풀 수 있다는 소리군."

"그렇습니다. 폐하."

이자나는 두 손으로 얼굴을 가볍게 쓸어내렸다.

괴짜 마법사인 게슈트의 심기를 건드린 말이라. 자신은 무슨 말을 했던 걸까. 그와 만났던 날들을 기필코 기억해야 했다.

"영애는 왜 나를 도와주려고 하는 거지? 내게 바라는 게 있을 거라고 생각되는데."

레라지에는 붉은 입꼬리를 올려 슬그머니 미소 지었다.

"제 아버지께서 폐하를 귀찮게 하고 있다는 사실을 알고 있어요."

그녀의 말대로 아틀렌타 후작은 이자나를 자주 찾아와 자신의 여식을 왕비로 삼아 줄 것을 권하고 있었다.

며칠 전, 진저와 한 침대에 있는 걸 보여 준 덕에 후작이 찾아오는 횟수가 줄기는 했다. 하지만 그렇다고 해서 그의 간청이 끝난 것은 아니었다.

"영애도 그걸 바라고 있는 건가."

자신을 도와준 이유가 저와 약혼 따위를 해 달라는 것 때문일까. 이자나는 저도 모르게 헛웃음을 흘렸다. 속이 훤히 보이는 속셈이 지 않던가.

곧바로 대답할 것 같던 레라지에는 대답 대신 제 목걸이에 손을 대었다. 그러곤 붉은 목걸이를 풀어 그것을 테이블 위에 올려놓았다.

그녀는 이자나의 검은 눈동자를 똑바로 쳐다보며 말했다. 제 생각을 숨기지 않겠다는 듯이.

"아뇨. 저는 그런 식으로 폐하의 곁을 차지하기를 바라지 않아요. 제가 바라는 것은 폐하가 제 진심을 알아주시는 것밖에 없어요."

"……."

"당신을 도와 드리고 싶은 것은 제 진심이에요. 아버지, 진저 토르테, 그리고 할아버지와는 상관없이."

"누가 듣는다면 나를 좋아하는 줄 알겠어."

"좋아하고 있어요. 폐하를 처음 봤던 그 연회장에서부터 당신에게 제 마음을 빼앗겨 버린 걸요. 저는 지금 제 방식으로 당신에게 구애를 하고 있는 거예요. 이자나 폐하."

이자나는 그녀의 눈동자를 빤히 바라보았다. 석양보다도 짙은 그녀의 선홍색 눈동자는 제게 거짓을 말하고 있지 않았다.

그 속엔 그녀의 진실한 마음의 요동치고 있었다. 저를 향한 레라지에의 마음은 진심이었다.

사랑을 항상 고파했던 이자나였기에, 그녀의 고백이 달갑지 않은 것은 아니었다. 다만 지나치게 감흥이 없었다. 그렇게나 원했던 타인의 사랑이었음에도 불구하고.

이자나는 그 이유를 알고 있었다. 제 머릿속과 마음속을 가득 채운 매콤한 생강 때문일 것이리라.

이자나는 유연한 동작으로 팔짱을 끼며 그녀를 내려다보았다.

"이거 어쩌나. 나는 좋아하는 사람이 따로 있는데."

"……설마, 진저 토르테는 아니겠죠?"

진저 토르테라는 이름을 내뱉는 레라지에의 동공이 미세하게 흔들렸다. 그것은 그녀가 처음으로 내비친 동요의 빛이었다.

이자나는 그녀의 동요와는 상관없이 제 말을 이어 했다. 그의 말엔 망설임이라곤 전혀 없었다.

"내겐 조금 특별한 생강이 있지."

"……."

"내 대답은 이쯤이면 충분하다고 생각하는데."

그는 그렇게 말하면서도 스스로에게 놀랐다. 타인에게 진저를 좋아하고 있다고 거리낌 없이 말한 제 모습이 신기해서.

나 원 참. 부정할 여지없이 생강을 좋아하고 있는 건가.

이자나는 레라지에의 대답을 기다렸다. 하지만 그녀에게서 돌아오는 답은 없었다. 그녀는 침묵한 채로 이자나를 하염없이 바라보았을 뿐이었다.

* * *

레라지에와의 만남을 파한 후, 이자나는 하멜을 기다렸다. 그를 기다리며, 이자나는 주머니 속에 넣어 두었던 진저의 금빛 팔찌를 테이블 위에 올려 두었다.

그것을 보고 있자니 마음이 복잡해지는 기분이었다.

하멜은 탕플 탑에 갇힌 이래로 유일하게 믿었던 사람이었다. 타인의 속마음을 읽음으로써 사람을 잘 믿을 수 없었던 이자나에게, 믿음이 의미하는 바는 꽤 컸다.

이자나는 하멜을 믿었기에 그에게 제 보좌관이라는 직책을 주기도 했다.

물론 하멜과 뜻깊은 추억을 나누었던 것은 아니다. 하지만 함께 보낸 시간이 제법 길었다. 같은 시간을 영위하며 그들 사이의 유대는 자연스럽게 깊어졌다.

사정이 있겠지. 하멜이 게슈트의 밀명으로 자신의 곁에 머물렀다는 생각은 하고 싶지 않았다.

그것은 하멜에게 가지는 이자나의 마지막 믿음이었다.

시간이 조금 더 흘렀을 때, 두 번의 노크 소리가 들렸다. 노크를 한 장본인은 진저를 바래다주고 온 하멜이었다.

이자나는 들어오라 명했고, 하멜은 안으로 들어섰다.

"앉아."

하멜은 이자나의 맞은편에 앉자마자 테이블 위에 올려진 금빛 팔찌에 발견하게 되었다.

"네가 모르는 물건은 아니라고 생각해."

"……그렇습니다."

이자나의 입술에서 라라가 아닌 그의 다른 이름이 흘러나왔다.

"하멜 브레이."

그를 다른 이름으로 부르자 그가 낯설게 느껴진다고, 이자나는 생각했다. 라라만큼이나 익숙한 이가 또 없는데.

"정체를 왜 숨겼지? 나를 속인 시간이 자그마치 5년이야."

하멜은 긴 한숨을 쉬었다.

"죄송합니다. 폐하를 속인 일을 정말로 송구하게 생각하고 있습니다."

"죄송하게 생각하고 있었다면, 내게 사실을 고백했어야지."

"저도 폐하께 사실을 털어놓으려고 했습니다. 구차한 변명으로 느껴지겠지만, 폐하께서 저를 믿으면 믿으실수록 사실을 고백하는 게 힘들었습니다……."

하멜은 자신 없는 투로 고백하듯이 말했다.

하멜은 이자나가 제 말을 믿어 줄지, 아닐지를 자신 없어 했으나, 이자나는 이상할 정도로 하멜의 말에 신뢰가 갔다.

어째서 의심이 들지 않는지 그게 더 이상할 따름이었다.

"그렇다고 해도 너는 내가 탑에 나오기 전에, 네 정체를 밝혔어야 했어."

하멜은 대답 없이 제 아랫입술을 짓이겼다.

"묻고 싶은 게 있어. 너는 게슈트 때문에 내게 접근했던 건가?"

"절대로 아닙니다. 이 또한 구차한 변명으로 느껴지겠지만, 제가 폐하 곁에 머물러야겠다고 마음먹은 것은, 아주 오래전 당신과 레라지에 님의 미래를 보고 나서부터였습니다."

"……."

"이자나 폐하께서 게슈트 님으로 인해 망가지는 것이 싫었고, 레라지에 님이 죽는 것도 싫었습니다. 제가 당신들 사이에 끼어든다면 두 사람의 미래가 조금은 달라지지 않을까, 하고 생각했습니다."

'유폐된 왕자와 후작 영애'를 쓴 사람이 하멜이라는 사실을 진저에게 들은 적이 있었다. 아마 하멜은 그 책으로 미래를 바꾸어 보려고 노력한 것 같았다.

이자나는 그가 사람들의 미래를 보는 능력을 지닌 마법사가 아닐까, 라고도 생각했다.

"……그게 네 궁극적인 목적이었다면. 그 목적, 어느 정도 달성한 것 같군. 나는 책 속의 이자나처럼 미치지도 않았고, 레라지에를 죽이고 싶지도 않아. 물론 그녀의 할아버지인 게슈트를 끔찍하게 생각하는 건 책 속의 나와 같지만."

이자나는 그렇게 말하며 소파에 몸을 깊숙이 누였다.

묘하게도 별로 화가 나지 않았다. 정체를 5년간 숨긴 하멜에게 화를 내야 함이 옳았음에도 불구하고.

도리어 레라지에와의 대화 속에서 느꼈던 하멜을 향한 동질감이 사라지지 않았다.

하멜이 가진 사정에 대한 공감. 연민. 안타까움……. 여러 감정들이 얽히고설켜 이자나의 마음을 애잔하게 만들었다.

하멜은 제가 게슈트의 저주를 받았다는 사실을 알고 있을까?

이자나는 그가 모르는 것 같다고 생각했다. 왜인지는 알 수 없었지만 그럴 거라고 여겨졌다.

그렇다면 하멜에게 저주가 있음을 알려 줘야 할까?

이자나는 망설여졌다.

만약 그에게 저주가 있음을 알려 주고 저주를 풀 해답마저도 말해 준다면, 하멜이 저주에서 단번에 벗어나 버리는 것은 아닐까, 하는 생각 때문이었다.

즉, 그는 제 도움으로 '타인에게 사랑을 받지 못하는 저주'를 벗어나게 될 테다. 그러곤 그토록 바랐던 누군가의 사랑을 받게 될지도 모를 일이었다.

그 누군가에 진저가 포함되어 있지 않으란 법은 없었다.

저주가 풀린 하멜을 진저가 사랑하게 된다면……. 그 가정이 이자나를 망설이게 만들고 있었다.

……게슈트와 다를 게 없군.

그나 자신이나 약은 생각으로 하멜에게 진실을 속이고 있었다. 진저가 좋아하는 사람이 자신이란 것을 아는데, 도대체 무엇이 두려워서.

그 아이를 잃는 게 그토록 싫은 것일까. 그 정도로 진저에게 단단히 빠져 버리고 만 것일까.

"궁색한 변명을 제대로 들어 주셔서 감사합니다. 비록 제 정체를 직접 밝힐 타이밍을 놓쳤으나, 이렇게라도 제 정체가 밝혀지니 한편으론 마음이 편안하기도 하군요."

"마음 편한 소리 하지 마. 너는 지금 속죄해야 하는 입장이라고."

그러자 하멜은 입가에 옅은 미소를 띤 채로 이자나에게 말했다.

"어떤 처분이라도 달게 받겠습니다. 지금 당장 보좌관 자리를 내어놓으라고 하셔도 저는 할 말이 없습니다."

"……이봐, 하멜."

이자나의 부름에도 하멜은 제 말을 이어 했다.

"당신 앞에 영원히 나타나지 않기를 바라신다면, 그러겠습니다. 이자나 폐하의 말씀대로, 저는 제 목적은 어느 정도 달성했으니까요."

하멜의 말대로 그를 당장 내쳐야 함이 옳은 일인지도 몰랐다. 하지만 제가 저주를 받았는지도 모르는 하멜을 어디론가 내치고 싶지 않았다.

이자나는 입술을 천천히 달싹였다.

"보좌관으로 계약한 기간이 아직 남아 있어. 나는 약속을 중시 여기는 편이지."

"폐하…… 그 말은 당신의 곁에 있어 달라는 말씀이십니까?"

"그렇다고 해서 너를 다시 믿겠다는 소리는 아니야. 하지만 손발이 맞는 부하를 또 구하는 건 정말 힘들 테지."

"폐하……."

하멜은 그의 이름을 진득하게 불렀다. 하멜의 잿빛 눈동자가 약간은 촉촉하게 물들어 있었다.

"내 저주를 풀 때까진 내 곁에 있어. 너는 마법사이기도 하니까, 네가 필요할 수도 있어."

이자나는 그를 제 곁에 조금 더 두기로 마음먹었다. 적어도 그가 저주받았음을 솔직히 말해 줄 수 있는 날이 올 때까진. 하멜과 저의 저주를 모두 풀 때까진.

그때까진 하멜을 제 곁에 두어도 괜찮지 않을까.

하멜이 게슈트의 밀명을 받은 것은 아닐지 의심했던 마음은 어디론가 홀연히 날아가 있었다.

질투의 행방(下)

　맞은편에 앉아 있던 어머니는 찻물을 몇 차례 들이켜며, 무언가를 곰곰이 생각하고 있었다. 그러다 묻고 싶은 말을 정리했다는 듯 내게 말을 건네었다.

　"……진저. 그래서 샌드위치가 어떻게 됐다고?"

　"처음엔 생강 맛 때문에 꽤 난감해하셨지만, 나중엔 즐거워하셨어요."

　"어머. 그걸 드셨다니."

　"음. '그런 음식을 만드는 여자는 네가 처음이야.' 그런 느낌이 들었다고 해야 할까요?"

　나는 그날을 떠올리며 킥킥거렸다.

　샌드위치를 만든 날 이래로 어머니와 오랜만에 나누는 대화였다. 그녀는 그녀대로 바빴고, 나도 나대로 바빴으니.

　"폐하께서는 마음이 넓으신 분이구나."

"……어머니? 왜 저를 욕하는 것처럼 들리는 것이죠?"

"후후, 진저. 내가 그럴 리가 있겠니? 네가 잘못 들은 거란다."

어머니는 음흉한 미소를 지으며 급하게 화제를 전환했다.

"그래서 그 와인은 잘 마셨고?"

"말도 마세요. 이자나 폐하께서 그것을 조금 마시고선 정신을 혹 잃었다니까요. 그 덕에 게임 오버는 못 시켰어요."

돌연히 아쉽다는 생각이 들어서 내 얼굴이 조금 시무룩해졌다.

"기회는 언제고 또 있기 마련이지. 상심할 것 없단다."

"제가 폐하를 자빠뜨리지 못했기 때문에 상심했다고 여기신 거예요?"

"그런 거 아니었니? 후후."

"어머니!"

어머니의 장난스러운 웃음소리가 방 안을 가득 메웠다. 그녀의 얼굴엔 온화한 미소가 피어올라 있었다. 나는 어머니를 향해 혀를 삐죽 내밀며, 못 당하겠단 표정을 지었다.

이자나 얘기를 하니, 그가 지금 무엇을 하고 있을지 궁금해졌다.

오늘은 하멜의 정체가 나로 인해 발각된 지 이틀이 지난 날이었다. 그 사이에 두 남자는, 하멜의 정체에 대한 대화를 나누었음이 틀림없었다.

그들은 무슨 대화를 나누었고, 어떻게 되었을까. 설마 정체를 숨긴 하멜을 이자나가 내쫓아 버린 것은 아니겠지?

하지만 하멜이 궁에서 쫓겨났다면 나를 찾아오지 않았을까 싶었다. 이틀이 지나도록 잠잠한 것은, 필시 일이 잘 풀렸다는 게 아닐까.

그렇다면 정말 다행일 텐데.

"그래서 진저, 폐하께는 언제 다시 고백할 생각이니?"

어머니의 물음에 나는 생각하던 것을 멈추고 그녀에게 대답했다.

"그러게요. 폐하는 저를 어떻게 생각하고 계실까요?"

나는 며칠 전, 얼결에 고백한 일을 떠올렸다. 내 고백에 대해 이자나가 무언가를 대답하려고 한 일마저도.

이자나는 무언가의 말을 하려고 했으나, 나는 그가 말하는 걸 극구 말렸다. 그가 혹 거절을 대답을 할까 봐, 겁이 났기 때문이다.

물론 이자나가 내 고백을 받아 줄 수도 있는 일이지만······.

내가 그의 마음을 확신할 수 없는 건, 죄다 이자나 때문이었다. 그는 타인의 생각을 속속들이 알아차리지만, 반대로 자신의 생각은 잘 내비치지 않았다.

어떨 때 보면 나를 좋아하나 싶다가도, 또 어떨 때 보면 나를 그저 '재밌는 생강'쯤으로 취급하는 것 같기도 했다.

열 길 물속은 알아도 한 길 사람 속은 모른다더니. 그가 딱 그 꼴이었다.

"휴."

생각해 보니, 거절당할 줄 알면서도 고백을 하는 건 상당한 용기가 필요한 일인 듯싶었다.

거절당할 것을 알면서도 내게 고백한 하멜. 그 울보가 얼마나 큰 용기를 냈을지 잘 가늠이 되지 않았다.

나도 그만큼 용기를 낼 수 있을까? 나는 왠지 자신이 없었다.

듣기 좋은 남자의 목소리가 들려온 것은 그때였다.

"······생강 양. 오늘 그 대답을 해 주어도 될까?"

생강 양? 나를 생강 양이라 부를 사람은 그밖에 없었다.

이자나. 그가 후작저에 갑자기 나타날 리는 없는데. 환청을 들은 게 아닌가 싶었다. 이자나를 너무도 많이 떠올려서 들리는 환청이라고.

나는 고개를 좌우로 흔들며 그의 환청이 사라지기를 바랐다. 그러자 이번엔 환청 대신 낯선 구두 소리가 들려왔다.

저벅저벅.

소리가 나는 방향으로 고개를 돌리자 거기엔 정말로 이자나가 있었다. 그는 묘한 미소를 지으며 나와 어머니가 앉아 있던 테이블로 가까이 걸어오고 있었다.

"……! 어, 어머니. 제가 지금 헛것을 보는 것 같, 같아요."

나는 어머니에게 더듬거리며 말했다.

환청과 환시라니. 나, 아무래도 심각한 사랑의 열병에 걸린 것 같은데 말이지.

어머니는 대답 대신 자리에서 일어났다. 그러곤 헛것을 향해 빙그레 웃는 게 아닌가.

"이자나 폐하. 안녕하십니까."

"……?"

어라? 어머니에게도 이자나가 보이는 건가? 나는 얼떨떨한 시선으로 두 사람을 번갈아 바라보았다.

그사이 헛것으로 여겼던 것이 우리 앞까지 다가와 있었다. 이자나는 조금 긴 제 앞머리를 손으로 부드럽게 쓸어 넘기며 내게 말했다.

"생강 양은 내가 반갑지 않은가 보구나."

설…… 설마 진짜 이자나? 나는 뒤늦게 상황 파악이 되어 자리에서 벌떡 일어섰다.

그래. 일어서는 것까진 좋았다.

그런데 너무나도 황급하게 일어났던 터라, 내가 앉아 있던 의자가 중심을 잃고 바닥에 넘어졌다.

설상가상, 그 소리에 놀란 내가 뒤로 몇 걸음 주춤거렸다. 그러다 기다란 드레스 자락을 밟아 버렸다.

"엇!"

내 몸은 정처 없이 비틀거리며, 의자처럼 넘어지려고 했다. 어째서 나는 이토록 자주 넘어지려 하는 걸까, 라고 생각하던 순간이었다.

이자나가 내 손목을 재빨리 잡아, 나를 제 쪽으로 끌어당겼다. 그 덕에 나는 넘어지지 않을 수 있었다.

"잘 넘어지는 사람에겐 잘 잡아 주는 사람이 필요한 법이지."

"……폐, 폐하."

"오늘도 넌 여전히 잘 넘어지려 하는구나."

그렇게 말하는 그의 얼굴엔 말간 미소가 걸려 있었다.

내 손목에 닿은 그의 차가운 체온을 느끼자, 나는 그제야 그가 진짜 이자나 임을 확실히 깨달았다.

"생강 양은 내가 좀 데려가도 괜찮을까?"

이자나는 내 손목을 잡은 채로 어머니에게 물었다. 그의 물음에 어머니는 그 어느 때보다도 환한 미소를 지었다.

"그렇게 해 주신다면, 제가 더 감사드리죠. 폐하."

어머니는 한쪽 눈을 의도적으로 찡긋거리기까지 했다.

나는 그 모습을 보면서 생각했다. 두 사람 사이에 내가 모르는 말이 미리 오갔을 거라고. 이자나의 갑작스러운 방문을 어머니가 이미 알고 있었다는 느낌이랄까.

나는 게슴츠레한 눈으로 어머니를 흘겨보았지만, 어머니는 아무런 설명도 해 주지 않았다. 어깨만 한 차례 으쓱였을 따름이었다.

나와 이자나는 그렇게 그 방을 나왔다. 이자나는 기다란 복도에 선 채로 내게 물음을 건네었다.

"자, 그래서 생강 양의 방은 어디라고?"

"제 방은 앞으로 쭉 걸어가서, 오른쪽으로 꺾으면…… 아니! 그것보다 폐하, 후작저에는 어쩐 일로 오셨습니까?"

"아, 일단은 앞으로 쭉 걸어가야 한다는 거지?"

이자나는 능글맞게 말하며 복도를 가로질렀다. 그에게선 제 방문의 이유를 얘기해 주지 않겠다는 기류가 역력했다.

이자나에게 손목이 잡혀 있던 나는 그를 잠자코 따라갔다. 이윽고 두 갈래로 갈라지는 길에 직면하자, 이자나는 오른쪽으로 꺾어진 복도로 들어섰다.

"꺾은 다음에는?"

나는 찝찝했지만, 내 방으로 그를 안내했다.

내 방의 문을 열어 주면서도 그의 의도가 쉽사리 짐작되지 않았다. 갑자기 웬 내 방일까.

나는 사라에게 차를 내와 줄 것을 부탁한 뒤에 방문을 꽉 닫았다.

"이자나 폐하. 저 지금 굉장히 당황스러운데요."

그는 그제야 잡고 있던 손목을 놓으며 말했다.

"당황했어? 그렇다면 미안. 오늘 생강 양 몰래 후작저에 찾아갈 거라고 네 어머님께 미리 말했었어."

"이것은 깜짝 방문입니까? 좋기는 하지만, 그래도 너무나 갑작스러워요."

내가 그렇게 묻자, 이자나는 그답지 않게 부끄러워하는 듯한 표정을 지었다.

"많이 놀랐다면 사과할게. 나는 그저 갑작스럽게…… 너무 보고 싶어서……."

세상에나. 보고 싶어서라니!

이자나의 붉은 입술에서 새어 나온 그 말이, 이번엔 진짜 환청이 아닐까 싶었다. 그게 아니라면, 드디어 그가 나를 확실히 좋아하게 된 걸까?

기분이 고조되기에 이르렀다. 나는 미소가 만개한 얼굴로 조잘조잘 말했다.

"어머나, 이자나 폐하. 아무리 제가 보고 싶으셔도 그렇지. 소녀, 폐하의 보고 싶다는 말 한마디에 가슴이 두근두근합니다."

내가 몸을 배배 꼬며 말하자, 이자나는 픽 웃고선 내게 대답했다.

"나는 갑작스럽게 저게 보고 싶어졌거든."

"……네?"

그는 제 손을 뻗어 어딘가를 가리켰다.

이자나의 손끝을 따라 시선을 옮기자, 거기엔 내 책장이 있었다. 로맨스 소설이 그득그득하게 꽂힌 책장이었다.

"진저 토르테. 네가 적었다던 그 소설 말이야. 궁금해서 도무지 견딜 수가 없더군."

그는 어깨를 한번 들먹인 후, 거침없는 걸음으로 책장까지 걸어갔다. 그러고선 장난기 가득한 미소를 띤 채로 책장을 훑기 시작했다.

……아서라. 도대체 뭘 기대한 거야.

내가 보고 싶다는 게 아니라, 내가 쓴 '유폐된 왕자와 후작 영애'

가 보고 싶다는 거였잖아.

낚여도 제대로 낚인 듯한 기분과 실망감이 동시에 들었다.

"……그 책. 책장에 없어요. 라라가 가져갔거든요."

그 책을 자기 마음대로 가져가 버린 하멜에게 고마운 마음이 잠깐 들었다. 하멜이 가져가지 않았더라면 이자나가 그 책을 봤을 테니까.

이자나가 그 책을 읽는 것을 상상하자 절로 몸서리가 쳐졌다. 으윽, 그것만은 절대로 안 돼.

"라라? 하멜 브레이가 그 책을 가져갔다고? 나도 직접 보지 못한 그 책을?"

책장을 훑던 이자나의 시선이 내게 와닿았다. 다시 마주한 그의 얼굴 속엔 장난스러운 미소가 싹 가셔 있었다.

"네. 그런 일이 있었거든요."

"또 하멜 브레이라……. 나 원. 내가 한발 늦어 버리다니."

이자나가 마음에 들지 않는다는 어투로 말했다. 아닌 말로, 그의 표정이 조금 굳은 것도 같았다.

화제가 하멜 쪽으로 자연스럽게 흘러갔으니, 하멜에 대한 것을 물어보아도 괜찮으려나.

나는 하멜에 대한 이야기를 조심스럽게 꺼내었다.

"저기…… 폐하. 하멜과는 얘기를 잘 나누셨나요?"

그러자 이자나가 제 머리카락을 거칠게 쓸어 넘겼다. 그는 조금 전보다도 더욱 딱딱해진 목소리로 대꾸했다.

"어. 얘기 잘 나눴고, 일단은 내 곁에 두기로 했어."

"진짜요? 휴, 다행이에요. 제가 얼마나 걱정했는지 몰라요. 하멜이 수상해 보이기는 해도 나쁜 사람은 아니거든요."

"……."

"뭐랄까요. 그런 울보는 나쁜 짓을 저지를 수 없을 것 같다랄까요."

"울보?"

아, 맞다. 이자나는 하멜이 눈물이 많은 남자라는 걸 모르지? 나는 시선을 다른 곳으로 돌렸다.

"여하튼 결론적으로 잘 해결돼서 다행이라는 말이었어요."

"뭐야. 나 지금 기분 나빠지려고 해."

그리 말한 이자나의 목소리가 퉁명스러웠다.

"네? 폐하께서요?"

"그래. 하멜 브레이와 생강 양 사이에 내가 모르는 일이 많은 것 같아서."

"……."

"저번에도 그렇게 느꼈고. 이번에도 그런 기분이 들어. 하멜이 먼저 책을 가져갔다는 것도 마음에 들지 않고. 생강 양이 자꾸만 하멜의 편을 들고 있다는 기분도 들어."

이자나는 마음에 들지 않는다는 것처럼 잘생긴 미간을 찌푸렸다. 어찌 된 영문인지 모르겠다. 그의 불만 서린 말 속에서 묘한 질투가 느껴졌다.

내가 하멜과 계속 엮이게 되어서, 그가 하멜에게 질투하고 있는 것처럼 보인다랄까.

나는 그의 질투가 아주 달갑게 느껴졌다. 좋아, 그럼 그의 질투에 불을 지펴 볼까나.

"편을 든다기보다는…… 하멜이 제게 고백해서 그런지, 그에게 자꾸 신경이 쓰인다고 해야 할까요?"

"그래서 생강 양은 그의 고백에 뭐라고 대답했는데."

이자나는 정색한 채였다. 어머니와 함께 있을 때 짓고 있었던 오묘한 미소는 그의 얼굴에서 완전히 사라진 후였다.

나는 솔직하게 털어놓았다. 거짓말을 할 이유가 없었다.

"당연히 거절했어요."

"……."

"저는 이미 폐하를 좋아하고 있……."

"그만. 거기까지만 말해."

이자나는 내 말을 가차 없이 잘라 버렸다. 이미 폐하를 좋아하고 있다고 대답했다고 말하려 했는데…….

무엇이 잘못된 것인지는 모르겠지만, 이자나의 얼굴이 복잡해 보였다. 그는 한숨을 길게 내뱉었다.

역시나 이자나는 내 고백이 달갑지 않은 것일까. 내 고백에 대한 그의 대답은 거절인 걸까?

그가 질투를 하고 있다고 잠시나마 생각한 것은, 나의 철저한 착각이었던 걸까?

나는 그에게 조금 짜증이 나기도 했다. 누가 봐도 질투하는 것처럼 군 주제에, 정작 내가 고백하려고 할 때마다 탐탁하지 않은 것처럼 굴었으니까.

이자나는 제 아랫입술을 짓이기더니 내 손을 불쑥 잡았다.

"폐하?"

이자나는 아무런 설명도 없이 나를 어디론가 끌고 가기 시작했다. 나는 이자나의 뒤를 또다시 따르게 되었다.

그의 걸음은 좀처럼 멈추지 않았다.

이자나는 후작저의 기다란 복도를 모두 지나치고, 현관문을 나서고, 이윽고 정원에 이르러서야 걸음을 멈추었다.

밖을 나서자마자 눈에 띈 것은 선명한 노을빛이었다.

정원의 잔디에 서 있는 이자나의 머리 위로 석양빛이 내려앉았다. 잔디의 초록빛, 이자나의 검은 머리카락, 그리고 석양의 붉은빛은 기막힌 조화를 이루고 있었다.

아름답다. 오랫동안 기억하고 싶은, 여느 날의 한 장면이라고 생각했다.

이자나는 정원에 있던 이름 모를 꽃들을 무심히 바라보다 그중에서 제일 크고 아름다워 보이는 흰색 꽃 한 송이를 꺾었다.

새하얀 그의 손과 흰 꽃송이. 몹시도 잘 어울린다는 생각이 들었다. 나는 눈도 거의 깜빡이지 않으며 아름다운 그의 모습을 바라보았다.

내 고백을 두 번이나 막아선 그에게 느낀 서운함은 온데간데없이 사라져 있었다.

"이런 식으로 급하게 하려고 했던 건 아니었는데……."

이자나는 숨을 길게 들이쉬었다.

"두 번씩이나 네가 먼저 고백하게 만들 순 없잖아."

그는 조심스러운 목소리로 말했다.

그사이, 석양빛이 더욱 짙어지고 있었다. 이자나는 붉은빛에 완전히 잠식된 채로 나만을 빤히 쳐다보았다.

나는 벌써부터 떨려오는 심장을 주체할 수 없었다.

"진저 토르테. 오늘은 내 대답을 끝까지 들어 줘."

"……."

이자나는 서로의 무릎이 닿을 거리까지 내게 다가왔다. 늘 거침 없이 다가왔던 것이 무색하게, 그는 오늘따라 왠지 주춤거렸다.

"내게 있어서 넌 이제 그냥 생강이 아니게 됐어."

아름다운 순간에서도 이자나의 붉은 입술에선 '생강'이라는 말이 어김없이 흘러나오고 있었다.

하지만 석양이 만든 좋은 분위기 탓인지, 이자나의 진지한 얼굴 탓인지, 생강이라는 단어가 매력적으로 들려왔다.

"넌 특별한 생강이야."

"……."

"무슨 소린지 모르겠어? 네가 좋아졌다고. 진저 토르테."

"좋, 좋……."

나는 말을 잇지 못하고 바닥에 주저앉았다. 다리에 힘이 풀려서 도저히 제대로 서 있을 수가 없었다.

이자나의 입에서 나를 좋아한다는 말이 나오다니.

또다시 환청을 들은 것이 아닌가, 하는 생각마저도 들었다. 제대 로 들은 것이 맞는지 의심이 될 지경이었다.

"진저, 괜찮아?"

이자나는 걱정스럽게 물으며, 나를 따라 자세를 낮추었다. 나는 얼굴이 벌겋게 달아오른 듯한 기분이 들어 고개를 푹 숙였다.

"……한 번만 더 다시 말씀해 주시면 안 돼요?"

믿을 수가 없거든요. 나는 거기까지 말하지 못했다.

이자나는 손에 쥐고 있던 꽃을 바닥에 내려놓고선, 제 두 손으로 내 뺨을 감쌌다. 뺨에 닿은 그의 손은 웬일인지 따스했다.

그는 내 고개를 천천히 들어 올렸다. 이내 완전히 들린 고개, 마주한 이자나의 얼굴엔 예쁜 미소가 새겨져 있었다.

그는 미소가 스민 입술로 진심을 토로했다.

"좋아하고 있어."

좋아한다는 말은 숱하게 들은 터였다. 하나 그가 내뱉은 좋아한다는 말이 매우 특별하게 느껴졌다.

여태껏 들은 그 어떤 고백보다도 강한 공명을 준다랄까.

깨달았을 땐, 내 심장은 입 밖으로 튀어나올 정도로 빠르게 뛰고 있었다.

이자나는 잠시 내려놓았던 흰 꽃을 다시금 제 손에 쥔 채로 이어 말했다.

"근사하게 고백하지 못해서 미안해. 지금 줄 수 있는 건 꽃 한 송이뿐이지만, 괜찮다면 이거라도 받아 주지 않겠어?"

이자나의 말 속에 밴 따스한 숨결이 내 귓가에 내려앉았다. 나는 이자나 손에 쥐인 흰 꽃을 바라보았다. 꽃을 쥐고 있는 그의 손이 조금 떨리고 있었다.

그답지 않게 긴장하고 있는 걸까.

이자나에게 해 줄 대답은 이미 정해져 있었다. 당신을 처음 본 순간부터 당신에게 반했다고.

당신의 다정하지 못한 말투, 찡그린 얼굴, 체취, 당신이 가진 상처…… 그 모든 게 좋다고. 당신의 싫은 점을 찾는 게 더 어려울 정도로 당신을 좋아하고 있다고.

내 마음은 확고했으나 선뜻 대답을 내뱉지 못했다.

너무도 바랐던 순간이기에 그런 것일까? 북받쳐 오르는 감정을 주체할 수 없었다.

이자나는 내 대답을 참을성 있게 기다려 주었다.

몇 분이 더 흐른 후, 나는 대답 대신 그가 쥐고 있던 흰 꽃을 잡았다. 내 손이 꽃의 줄기에 닿기 무섭게 이자나는 꽃을 놓아 주었다.

"받아 줘서 고마워."

이자나는 행복한 미소를 지었고, 나도 그를 따라 배시시 웃었다.

기쁜 와중에 웬 불안한 마음이 들기도 했다. 이자나의 마음이 언제까지 내게 닿아 있을지에 대한 불안함이었다.

그것은 지금의 로맨틱한 분위기와는 어울리지 않는 두려움이었다.

하지만 키키도 그러했지 않던가. 그도 나를 영원히 좋아하겠다고 맹세한 주제에 결국 배신감과 실망감을 안겨 주었었다.

물론 키키와 이자나는 완전히 다른 사람이나, 한번 든 불안함을 쉬이 떨쳐 낼 수 없었다.

바보 같아. 인생에 한 번 있을까 말까 한 상황에서 이토록 부정적인 생각을 하다니.

이자나가 내 어깨를 쥐어 잡은 것은 그 순간이었다. 나는 그제야 오래전부터 우리의 눈이 마주쳐 있었다는 사실을 깨닫게 되었다.

이자나는 내 불안한 생각을 모두 읽었을까?

이윽고 그가 나를 제 품으로 끌어당겼다. 나는 하릴없이 그에게 안겨, 그의 어깨에 얼굴을 기대었다.

"나를 약은 바람둥이와 비교하는 건 곤란한데."

"……."

역시나 바보 같은 내 생각을 모조리 읽은 거구나. 젠장.

이자나는 내 등을 가만히 어루만지며 약속하듯이 속삭였다.

"노력할게."

"……."

"네가 불안함을 느끼지 않게끔 할 거야."

"……폐하."

나는 그의 어깨에 얼굴을 더욱 기대었다. 믿음을 주는 그의 말을 듣자, 조금 전에 든 불안함이 순식간에 사라져 버렸다.

불안함이 사라진 곳에 생긴 것은 행복함이었다. 이렇게 행복해도 될까, 싶을 정도로 나는 행복했다.

그래. 일어나지 않은 일을 벌써 걱정할 게 뭐 있어. 지금 이자나가 나를 좋아하는 게 제일 중요한 거지. 그렇고말고.

"폐하. 그런데 그거 아세요?"

"뭐?"

"폐하께서 제게 주신 꽃. 그거 어머니가 무척이나 열심히 가꾸시던 꽃이에요."

이자나는 머쓱하게 대답했다.

"……미안. 내가 좀 급해서."

그는 거기까지 생각하지 못한 것처럼 보였다.

"큭큭."

나는 작게 키득거렸다.

"어머님께는…… 진저, 네가 잘 말씀드려 주지 않겠어? 원한다면 두 배로, 아니 원하는 만큼 보상해 줄게."

"그 말 꼭 지키세요!"

"응. 너는 내가 잘 보상하는지 아닌지, 내 곁에서 계속 지켜봐 줘. 그래 줄 수 있지?"

"그걸 말이라고 하십니까."

나는 그의 어깨에 파묻었던 고개를 들어 이자나의 얼굴을 올려다보았다. 내가 말없이 그를 보기만 하자, 이자나가 의문스러운 빛을 보냈다.

나는 코를 찡긋거리며 이자나에게 말했다.

"저기 그런데 폐하. ……언제부터 저를 좋아하셨어요?"

그와 처음 만났을 때를 기억하고 있었다.

온몸이 얼어붙을 정도의 서늘한 눈으로 나를 보던 이자나가 잊히지 않았다. 그랬던 그가, 나를 언제부터 따사로운 눈빛으로 바라봤던 걸까.

이자나는 나를 제 품에서 떼어 내며 몇 번의 헛기침을 했다. 그는 조금 민망해하는 것처럼 보였다.

"흐음. 언제부터라고 딱 꼬집어서 얘기할 순 없는걸. 그렇지만 지금의 내가 너를 좋아하는 건 확실해."

"어휴, 하긴. 딱 꼬집어서 얘기할 수 없을 만큼 제 매력이 매 순간 철철 넘쳤던 거죠? 헤헤."

이자나는 이상야릇한 미소를 지었지만, 구태여 내 말을 부정하지는 않았다.

"이대로 내 마음을 표현하지 않다간, 후회하는 날이 올 것만 같아서. 인정하긴 싫지만 생강 양이 인기가 많은 것 같았거든. 내 생강을 다른 사람에게 뺏기는 건 정말 싫은 일이라고 생각했어."

"그걸 이제 아셨다니! 소녀가 이래 봬도 인기가 참 많답니다. 조금만 늦으셨다면 폐하의 고백을 받아 주지 못했을지도 몰라요."

내가 꽤 심각하게 말하자, 이자나가 못 당해 내겠다는 듯 고개를 절레절레 흔들었다.

"너는 참…… 너 양파야?"

"……네?"

"어떻게 까도 까도 끝이 없어. 미치겠다. 그런데 난 도대체가, 또 왜 네 자뻑이 귀여워 보이는 거냐고."

"그거야 폐하께서 제게 푹 빠지셨기 때문입니다."

이자나는 어깨를 들썩이며 웃기 시작했다.

"부정하진 않을게. 네가 좋아."

그는 한참을 웃었다. 나는 웃고 있는 그의 얼굴이 좋았다. 역시나 그는 서늘한 표정보다도 웃고 있는 모습이 훨씬 더 잘 어울리는 사람이었다.

'유폐된 왕자와 후작 영애'를 읽으며, 그가 계속해서 예쁘게 웃기를 바랐던 내 소망이 이런 식으로 이뤄진 것에 감사했다.

그 웃음이 나로 인한 것이라서 나는 더 기뻤다. 레라지에가 아닌, 나를 선택한 이자나가 사랑스러웠다.

나는 웃고 있는 이자나의 뺨에 내 손을 올렸다. 갑작스러운 스킨십에 그가 놀란 듯이 나를 응시했다.

나는 이전에 못다 한 고백을 다시 하기 시작했다.

"저를 선택한 폐하를 행복하게 만들 거예요."

"……진저."

"그리고 당신이 더 이상 상처받지 않게 만들 거예요. 지금껏 살아온 당신의 삶은 충분히 상처받았던 삶이니까요."

나는 거기까지 말한 다음, 그의 입술에 내 입술을 가볍게 맞추었다 떼어 냈다. 따뜻하고 부드러운 입술이 스치듯이 잠깐 닿았다.

"당신을 좋아해요. 나 자신을 좋아하는 것보다 훨씬 더."

아무렇지 않은 척 그에게 입을 맞추었지만, 실은 심장이 엄청 뛰고 있었다. 나는 애써 담담한 척을 하면서 계속해서 말했다.

"저번에 말했죠? 정식으로 고백하겠다고. 폐하께서도 제 고백을 받아 주실 건가요?"

그러자 이자나는 제 뺨에 닿아 있던 내 손을 잡아, 옅게 미소 지었다.

"아무렴. 아주 훌륭한 고백이었는걸."

"다행이다."

"하지만 한 가지 아쉬운 점이 있군."

"아쉬운 점이요?"

이자나는 대답 대신 제 고개를 비스듬히 기울였다. 부자연스러울 정도로 투명한 그의 검은 눈동자가 점점 더 가까워지고 있었다.

얼마 못 가 그의 입술이 내 입술에 다시금 닿았다. 맞닿은 그의 입술은 여전히 부드럽고 따뜻했다. 나는 눈을 감고 그의 부드러운 입술 감촉을 느꼈다.

서로의 입술만을 맞대고 있는 순수한 입맞춤이, 서로의 타액을 주고받는 격렬한 키스보다도 더 좋았다. 할 수만 있다면, 입술을 영원히 떼고 싶지 않을 정도였다.

하지만 이자나는 곧 자신의 입술을 떼어 냈다. 그러고선 제 엄지로 내 입술을 가만히 쓰다듬었다.

"네 입술. 부드러워. 좀 더 닿아 있고 싶다고 생각했어."

나도 그렇게 생각했어.

"이렇게 좋은 걸 나는 왜 이제야 알게 되었을까."

나는 그의 눈을 바라본 채로 자연스럽게 생각했다.

더 좋은 것도 있으니, 차차 알아 가자고요.

그러자 진지했던 이자나의 얼굴엔 금이 갔다. 그는 내 생각이 웃겼던 것인지 웃음을 참지 못하고 키득거렸다.

조용한 정원에 그의 웃음소리가 한참이나 맴돌았다.

* * *

잠에서 깨어 눈을 떴을 때, 주위는 아직 어두웠다.

나는 침대에서 몸을 반쯤 일으켜 주위를 둘러보았다. 조금 열어 둔 창가로 스며든 달빛 외에 다른 빛이라곤 전혀 없었다.

다시 잠을 자야 하는 걸까, 하는 생각으로 누우려던 순간이었다. 방 안에 딸려 있는 화장실의 문이 끼이익, 하며 천천히 열렸다.

열린 문 사이로 희미한 불빛이 새어 나왔다. 그 불빛 위에 누군가의 그림자가 담겼다. 나는 숨을 죽인 채로 그림자의 주인을 바라보았다.

"……!"

그림자의 주인은 놀랍게도 이자나였다. 그는 밖으로 완전히 나와, 문고리를 밀어 문을 닫았다.

이자나는 셔츠의 단추를 세 개쯤 푼 채였다. 풀린 셔츠 사이론 그의 살결이 뜨문뜨문 보였다.

나는 마른침을 꼴깍 삼켰다. 이게 무슨 상황인가 싶어, 눈을 빠르게 깜빡이기도 했다.

그사이에 이자나는 내게 가까이 다가오고 있었다. 그는 매끄러운 미소를 지으며 내게 말했다.

"씻었어."

씻, 씻었다니. 그것도 내 방에서? 이 늦은 밤에? 무슨 목적으로? 내 머릿속엔 숱한 물음표가 떠올랐다.

수많은 물음의 답은 자꾸만 야릇한 방향으로 치달았다.

나는 내게 다가오는 그에게서 시선을 떼지 못하며, 어째서 이런 일이 생긴 것인지 곰곰이 생각했다.

석양 지던 오후에 이자나에게 고백을 받았고, 풋풋한 키스를 나눴으며, 그 후에 이자나는 궁으로 떠났었다.

그런 그가 늦은 밤, 그것도 내 방에서 나타난 이유가 무엇일까.

이자나는 이내 침대 맡까지 다가와 나를 가만히 내려다보았다. 마주친 그의 검은 눈동자가 초점 없이 풀려 있었다.

"저, 폐, 폐하."

이자나는 대답 없이 내 뺨에 제 손을 올리며 침대에 완전히 올라왔다. 인지했을 땐, 그가 내 어깨를 자연스럽게 감싸 안은 후였다.

우리의 몸은 금세 가까워졌다.

왜 그가 한밤중에 내 방에 있는 것인지에 대한 의문은 더 이상 중요하지 않았다. 나는 나를 껴안은 이자나가 좋았을 따름이었다.

"너를 안고 싶어."

이자나는 그렇게 말하며, 머리카락 사이로 드러난 내 귀에 제 입술을 가져다 대었다.

그는 내 귀 끝을 살짝 깨물었다.

야릇한 소름이 온몸에 번짐과 동시에, 나는 이자나에게 내 몸을 완전히 기대었다.

"좋은 걸 좀 더 알아도 될까? 너도 내가 알기를 바랐잖아."

이자나가 내 귓가에 속삭였다. 야한 말을 내뱉은 그 입술은 내 귓가를 타고 내려와 내 뺨에 제 낙인을 남겼다.

그의 입술은 이번엔 내 입술 근처까지 다가왔다. 그가 내뱉는 뜨거운 숨결이 선연하게 느껴졌다.

무슨 영문인지는 모르겠으나, 끝까지 가 보는 거야.

나는 눈을 감고 그의 입술이 내 입술에 닿기를 기다렸다. 그런데 웬걸. 입술은 개뿔, 등이 뻐근할 정도로 아픈 느낌이 들었다.

강한 통증에 어쩔 수 없이 눈을 뜨자, 주변이 갑자기 밝아져 있었다. 더불어 묘하게 풀린 눈으로 좋은 것을 알아 가자고 말한 이자나는 코빼기도 보이지 않았다.

나는 주위를 다시금 둘러보았다.

머지않아 등에서 느껴졌던 통증의 원인을 알 수 있었다. 바로 침대에서 떨어진 것이다.

그렇다면 조금 전에 보았던 이자나는…….

"아…… 젠장. 꿈이잖아."

너무 현실 같아서 꿈일 줄은 전혀 생각하지 못했다.

망할. 곧 키스 타임이었는데, 하필이면 그때 침대에서 떨어지고 말다니.

"끝까지 못 갈 거라면 키스라도 하게 해 주지……."

나는 아쉬움이 가득 밴 한숨을 내뱉었다.

하나 그와 스킨십을 나누던 장면이 꿈이었던 것과는 별개로, 내가 이자나의 고백을 받은 사실은 진짜였다. 아직까지는 현실감 없는 사실로 느껴지지만 말이다.

꿈속에 일어났던 일이 머지않아 실제로 일어날지도 모를 일이었다. 아쉬움은 잠깐이었다. 내 입가엔 음흉한 미소가 새겨졌다.

하멜이 쓴 '유폐된 왕자와 후작 영애' 속 악역에 지나지 않았던 그 생강이 결국 주인공이 되어 버리다니.

물론 이자나를 내가 가졌다고 해서 이 세계의 주인공이 되는 것은 아니었다.

하지만 내가 좋아하는 사람이 나를 좋아하게 되었다는 사실 하나만으로, 나는 온 세상을 다 가진 듯한 기분이 들었다.

당장이라도 레라지에를 찾아가, 네가 꼬드겨 보겠다던 이자나를 내가 가지게 되었다고 당당히 선포하고 싶었다.

그럼 레라지에의 얼굴이 얼마나 무참히 구겨질까. 레라지에 그것이 얼마나 큰 패배감을 느낄까.

그녀에게 언제 자랑하러 갈까 싶다가도, 오늘 이자나와 만나기로 했던 것을 떠올렸다. 그는 고백한 후, 다음 날 만나자는 약속을 했었다.

나는 나갈 준비를 하기 시작했다. 레라지에 그년은 나중에 만나도 상관없으니까.

치장을 하는 내내 흥겨운 휘파람을 불어 댔다. 바보처럼 헤헤거리는 나를, 사라가 이상하게 쳐다보았지만 그런 건 아무래도 상관없었다.

약속된 시간이 되자 마차 하나가 저택으로 빠르게 들어섰다. 정차된 마차까지 걸어가며, 하멜이 마중을 나오지 않았으면 했다.

하지만 바람은 언제나 바람으로만 그치고 마는 것인지, 하멜은 보란 듯이 나를 기다리고 있었다.

이럴 때 보면 이자나도 꽤 잔인하단 말이지.

그는 하멜이 나를 좋아한다는 사실을 앎에도 불구하고, 하멜과 나를 구태여 부딪치게 했기 때문이다.

이자나는 그런 것까지 깊이 생각하지 않은 걸까?

나는 하멜과 어색해지지 않으려고, 밝은 미소를 지으며 그에게 인사했다.

"하멜 브레이. 안녕."

내가 살갑게 인사하자 하멜은 언제나처럼 사려 깊은 미소를 지었다.

"진저 님도 안녕하십니까."

그는 마차에 기댔던 등을 곧추세워 내게 다가왔다. 그의 손에는 기다란 우산이 들려 있었다.

웬 우산이지.

나는 고개를 갸웃거리며 그를 빤히 보았다.

"하멜, 웬 우산이에요? 비도 안 오는데."

나는 하멜을 한 번 보았다가 하늘을 올려다보았다.

아침까지만 해도 구름 한 점 없이 맑았던 하늘이, 언제부터인지 모르게 흐려져 있었다.

하멜은 대답 대신 손에 쥐고 있던 검은색의 우산을 펼쳐 들었다. 그는 하늘을 올려다보는 내 머리 위로 우산을 씌어 주며 말했다.

"제겐 비약적인 감과 추측이 있어서 말입니다."

그의 말이 떨어지기 무섭게 빗방울이 하나둘씩 떨어지기 시작했다. 마법 같은 타이밍이었다.

"미래를 본 거예요? 그래서 비가 올 줄 예측한 거죠!"

"그렇습니다."

미래를 볼 수 있다던 그의 현자의 눈이 이런 식으로도 활용될 줄이야.

하멜은 우산을 내 쪽으로 좀 더 기울였다. 그러자 우산의 영역을 벗어난 그의 어깨가 조금씩 젖어 들고 있었다.

나는 우산을 쥐고 있는 그의 손을 반대쪽으로 밀었다.

"제 쪽으로 우산을 너무 기울였잖아요. 당신의 어깨가 젖고 있어요."

"제 어깨가 젖지 않으시기를 바라신다면, 제게 한 발자국 더 가까이 다가오시면 되지 않습니까."

틀린 말이 아니었다. 그와 조금 더 가까이 붙어 있는다면, 그의 어깨가 젖지 않을 것이다.

하지만 나는 주저됐다. 그 이유는 그의 말 속에서 느낀 오묘한 중의성 때문이었다.

제게 한 발자국 더 가까이 다가와 달라는 말.

그 말은 제 어깨가 젖는 일하고만 연관 있는 말일까. 실제로도 제게 다가와 달라는 말이 아닐까.

나는 망설이다가, 끝내 그에게 한 발자국 가까이 다가갔다. 그러자 하멜이 빙그레 미소를 지었다.

"감사합니다."

"아니, 감사할 것까진 없고. 우산을 직접 가지고 왔는데, 당신의 어깨를 젖게 하기가 좀 그래서요."

"……"

"이제 마차로 가요. 더 있다간 나도 젖겠어."

나는 앞서 마차로 걸어갔다. 어찌 된 영문인지 그의 미소가 슬퍼 보였기 때문이다.

그가 그런 표정을 지을 때면 어떻게 해야 할지 잘 가늠할 수 없었다. 슬픈 미소의 이유를 알 것 같았지만, 내가 할 수 있는 말은 현실적인 말뿐이었기에.

나는 하멜이 원하는 말을 내뱉어 줄 수 없었다.

하멜은 내가 마차에 완전히 올라탈 때까지 내게 우산을 받쳐 주었다. 그의 배려 덕분에 나는 거의 젖지 않았다.

그러나 뒤이어 마차에 올라탄 그의 어깨는 눈에 띄게 젖어 있었다.

제 어깨에 닿은 내 시선을 느낀 듯한 하멜은 아무렇지 않다는 듯 어깨춤을 몇 차례 털어 냈다. 그는 걱정하지 말라고 말하며 마차의 시트 위에 자리를 잡았다.

우리가 마차에 올라타자 마차는 곧 출발했다. 마차가 출발한 뒤, 하멜은 나지막이 한마디를 꺼내었다.

"요즘 들어 진저 님을 볼 때마다 그런 생각이 듭니다."

"무슨 생각이요?"

그는 제 손을 무릎 위에 가지런히 올려다 놓은 채로 대답했다.

"제가 마법사인 게 다행이라는 생각."

"에이, 갑작스러운 소나기에 우산을 챙겨 왔다고 그런 생각을 한 거는 아니죠?"

"……"

"고작?"

고작이라는 내 말이 떨어지기 무섭게 하멜의 얼굴이 굳어 갔다. 그의 얼굴엔 숨길 수 없는 낭패의 기운이 피어올랐다.

"고, 고작 그런 것에 다행이라고 느껴 버렸다면……."

하멜은 고개를 떨구었다.

아니, 겨우 그런 일로 마법사인 것에 감사해할 줄은 몰랐는데……. 내가 말실수를 한 걸까.

나는 늦지 않게 수습했다.

"하멜. 오해하지 마세요. 제 입장에선 그런 게 사소한 거라고 생각돼서 그렇게 말한 거니까. 당신을 곤란하게 만들려고 했던 것은 아니었어요."

그를 위로해 줄 심산으로 젖어 있는 그의 어깨에 손을 올리려다가 돌연히 주춤거렸다.

나는 이자나의 고백을 받고 그와 서로의 마음까지 확인했다. 그렇기에 하멜에게 닿는 일이 망설여졌다.

호의로 베푼 내 행동으로 인해 하멜이 나를 좀 더 좋아하게 된다면. 그가 막연한 기대를 하게 된다면. 그것만큼 그에게 잔인한 일은 없을 테니까.

나는 뻗었던 손을 어색하게 갈무리하려고 했다.

하지만 도망가려던 내 손을 하멜이 꽉 부여잡았다. 반쯤 뻗어진 내 손을 인지하고 있었다는 듯이.

"사소한 게 있을 리가 없지 않습니까."

"네?"

내가 되묻자 그는 나를 똑바로 쳐다보며 대답했다.

"당신과 관련된 것에 있어, 제겐 사소한 것은 없으니까."

슬퍼 보이기만 했던 그의 회색빛 눈동자가 꽤 결연해 보였다. 그 속에 맺힌 그의 진심이 피부 깊숙이 느껴졌다.

"당신을 좋아한 이래로 그토록 싫어했던 것마저도 긍정적으로 생각하게 되었습니다."

싫었던 거라니? 그가 싫어했던 것은 무엇일까.

그때, 하멜은 잡고 있던 내 손을 제 입가 근처까지 가지고 갔다.

그다음은 순식간이었다. 하멜은 낙인을 남기는 듯 내 손가락 하나하나에 입술을 가져다 대었다.

그 동작이 어찌나 경건해 보이던지, 나는 하멜을 저지할 수 없었다. 그의 입술이 지나간 자리가 불덩이처럼 뜨거웠다.

"부담스럽게 여기지 말라고 했던 주제에, 부담스럽게 굴었다면 죄송합니다."

그는 내 손을 놓아 주며, 내게서 시선을 뗐다.

"조금 전에 당신의 과거를 어렴풋이 보았습니다."

하멜은 고백하듯이 자신의 말을 이어 갔다.

"언제인지는 모르겠지만, 행복하게 웃고 있는 이자나 폐하와 진저 님의 얼굴이 보이더군요."

그는 어떤 광경을 본 걸까?

"아름다운 석양빛. 서로를 다정하게 바라보는 두 사람."

아……. 하멜은, 이자나가 내게 고백했던 장면을 보았나 봐.

나는 입술을 괜스레 짓뭉갰다.

"아름다웠습니다. 저조차도 사랑에 빠진 듯한 착각이 들 정도로. 그리고 새삼 통감했죠. 두 분이 서로를 진심으로 좋아하고 있다는 사실을 말입니다."

그는 씁쓸한 미소를 지었다.

하멜은 어디까지 보았을까? 그날, 나와 이자나가 입을 맞추었던 것까지 본 걸까?

잔인하다고 생각했다. 타인의 과거와 미래를 타율적으로 볼 수밖에 없는 그의 처지가 딱하게 느껴졌다.

"진저 님의 사랑을 응원하고 싶다고 했던 게 무색하게, 마음이 좋지 않았습니다. 심지어 훼방을 놓고 싶다는 나쁜 생각도 들었죠."

하멜은 짙은 한숨을 내쉬었다. 그의 시름이 나에게도 전가되는 듯한 기분이었다.

하멜에게 무슨 말을 해 주어야 좋을까?

이제 나를 더 이상 좋아하지 말라는 말을 내뱉을 수 없었다. 함께 보낸 시간 길어져 정이라도 든 것인지, 그를 냉정하게 대할 수 없었으니까.

나는 그의 진심을 누구보다도 잘 알고 있었다. 누군가를 짝사랑하는 이의 심정도 잘 이해하고 있었다.

그렇기에 내가 더 냉정해지지 못한 것일지도 모르겠다.

하멜의 마음을 상하지 않게 하면서도, 그가 나를 덜 좋아하게 만들 방법이 없을까.

나는 잘 돌아가지 않는 머리를 빠르게 굴렸다. 그렇게 해서 떠오른 생각이라곤…….

"하멜. 그런 생각은 나쁜 게 아니에요. 저도, 제가 좋아하는 사람이 다른 여자를 좋아하고 있을 때, 당신과 같은 생각을 했거든요."

"……."

"훼방 놓고 싶다는 생각만 한 줄 알아요? 나는 입에 올릴 수 없는 나쁜 짓도 많이 했다고요!"

내가 이렇게 나쁜 여자다, 라는 걸 당당하게 밝히는 일밖에 없었다.

얼마나 호탕하게 말했던지, 모르는 이가 듣는다면 좋은 일을 말하는 것이라고 착각할 정도였다.

그러자 아련한 표정을 짓고 있던 하멜의 얼굴에 작은 미소가 맴돌기 시작했다. 그는 작게 키득거렸다.

"하. 도저히 미소 짓지 않고선 배길 수가 없었습니다."

웃으라고 한 얘기는 아니었는데 말이지. 이게 아닌가?

나는 뒷머리를 긁적였다.

"이런 저라도 좋은 거예요? 하멜도 알겠지만, 저는 제 사랑을 위해 레라지에가 소중히 여기던 목걸이도 훔친 여자란 말이에요."

하멜은 내 말을 곱씹어 듣더니 심각한 표정을 지었다.

"맙소사. 지금에서야 깨달았는데…… 그런 악당 같은 면모도 귀엽게 생각하고 있었습니다."

나는 골치 아프다는 듯이 이마에 오른손을 올렸다.

"이거 참 콩깍지가 껴도 단단히 껴 버렸네요."

하멜도 나를 따라 제 이마에 오른손을 올렸다.

"그러게 말입니다. 이 콩깍지는 도대체 언제 벗겨질는지."

"……뭐예요? 당장이라도 벗겨 내고 싶다는 것처럼 들리는데? 아니, 콩깍지를 벗겨 내는 마법은 없어요?"

"그런 게 있다면 얼마나 좋겠습니까. 감정과 관련된 마법은 아주 어려운 것입니다."

"음. 그렇다면 말이에요. 이런 말이 당신에게 위로가 될지는 모르겠지만, 다른 사람을 좋아해 보는 건 어떨까요?"

하멜은 대답 없이 말끄러미 나를 보았다. 설명을 바라는 눈빛이었다.

"온 마음을 다 바쳐도 부족하지 않을 것 같은 사랑은 일생에 딱 한 번 찾아올 것 같지만, 꼭 그렇지 않거든요. 저는 그래서 그간 여러 남자를 만나 왔어요."

"……."

"누군가와의 사랑이 끝나면, 또 다른 사랑이 꼭 찾아오더라고요. 그러니까, 다른 콩깍지가 생기면 이전에 껴 있던 콩깍지가 말끔하게 벗겨질지도 모른다는 말씀."

하멜은 내가 한 말을 몇 초 동안 곰곰이 생각하더니 이내 대답했다.

"진저 님. 지금 그거 위로입니까?"

"……이것도 아닌가요?"

이것도 아니야? 도대체 어떤 위로를 해 주어야 하는 건데!

하멜은 창밖을 바라보며 나지막이 말했다.

"또 다른 콩깍지라."

"……."

"제가 누군가의 사랑을 받을 수 있기나 할까요."

왜 그런 부정적인 생각을 하느냐고 꾸짖고 싶었다.

그러나 창밖을 보는 그의 표정이 너무도 심각해 보여, 나는 할 말을 잃고 말았다. 그는 무수한 사연을 가진 듯한 얼굴을 하고 있었다.

마차는 이내 궁으로 들어섰고, 우리는 대화를 더 나누지 않았다.

하멜을 부정적으로 만든 사연은 과연 무엇일까?

＊　＊　＊

비가 계속해서 내렸던 까닭에 이자나와는 응접실에서 만나게 되었다. 소파에 앉은 그는, 이 세상의 것이라고 믿기지 않는 아름다운 자태로 나를 기다리고 있었다.

제법 많이 만났음에도, 그를 볼 때마다 내 심장은 새삼스럽게 빨리 뛰어 댔다.

하지만 그를 향해 뛰는 심장과는 별개로 내 머릿속엔 하멜이 그려져 있었다. 하멜이 보여 주었던 아련한 모습이 눈에 밟혔기 때문이다.

그가 짝사랑이 아닌, 제대로 된 사랑을 할 수 있게 만들어 주면 좋을 텐데.

어휴, 팔색조의 매력을 가진 나 같은 여자가 어디 또 없으려나. ……없지, 없어. 난제로구나. 하여튼 매력이 많은 것도 죄라니까.

나는 그렇게 생각하며, 숨을 길게 토해 냈다.

"생강 양? 내 얼굴을 보자마자 한숨이라니."

이자나가 마음에 들지 않는다는 듯이 말했다. 그의 잘생긴 미간이 약간 찌푸려져 있었다.

"어! 그게 아니라…… 음. 폐하를 보고 싶은 마음에 응접실까지 빠른 걸음으로 걸어왔더니 숨이 조금 차서요. 제가 어째서 폐하를 보고 한숨을 쉬겠습니까. 우린 이미…… 흐흥."

나는 복잡한 마음을 숨기기 위해 평소보다 밝은 척을 하며 그의 앞에 마주 앉았다.

"……이, 이미?"

이자나는 저도 모르게 말을 더듬었다.

나는 가지런히 앉아 두 손을 무릎 위에 가볍게 올렸다. 그러고선 부끄러운 듯 시선을 내리깔며 머리카락을 귀 뒤로 넘겼다.

"좋은 것을 더욱 많이 알아 가기로 한 사이가 아닙니까. 소녀, 폐하께서 좋은 것을 너무 좋아하시게 될까 봐 적잖이 심려가 됩니다. 저의 마음은 이미 충분히 준비되었지만…….”

“그게 무, 무슨 소리야!”

이자나는 당황해하는 듯해 보였다. 슬쩍 올려다본 그의 두 뺨이 상기되어 있었다.

틈이라곤 보이지 않던 이자나는 의외로 이런 쪽에 이따금 당황하곤 했다. 그의 새로운 모습이 좋아서, 그를 더 놀리고 싶다는 생각이 들었다.

“오늘 폐하를 위해 소녀의 입술에 부드러운 것을 잔뜩 발라 놓았답니다.”

나는 입술을 티 나게 벙긋거렸다. 순전히 이자나를 놀릴 요량으로 한 행동이었다.

이자나가 더욱 당황하며 동요의 빛을 내비치기를 바랐건만, 그에게서 돌아온 대답은 내 바람과는 전혀 다른 것이었다.

“흠. 그럼 한번 확인해 볼까?”

이자나는 제가 언제 당황했냐는 것처럼 능글맞게 말했다. 그 덕에 되레 당황한 것은 나였다.

“네?”

이자나는 앉아 있던 몸을 일으켜, 내 옆에 앉았다.

지나치게 가까운 거리였다. 엉덩이를 조금만 비튼다면 그의 허벅지에 닿을 정도랄까.

나는 입안이 말라 가는 것을 느꼈다. 어젯밤 꿈속에서 나를 유혹하던 야릇한 이자나가 떠올랐기 때문이다.

꿈속에서 내 귓바퀴에 닿았던 그의 입술 감촉마저도 떠오르자,

두 뺨이 뜨겁게 달아오르는 것만 같았다.

그것은 예지몽이었던 게 아닐까.

"얼굴을 내 쪽으로 돌려 줘."

이자나는 속삭이듯이 말했다. 내 뺨에 닿은 그의 시선이 오롯이 느껴졌다. 나는 기름칠이 되지 않은 문짝처럼 삐거덕거리며 고개를 돌렸다.

이자나를 놀릴 요량으로 능글맞게 말했던 게 무색했다. 나는 이 상황이 몹시도 어색하고, 심장 떨렸다.

진저 토르테. 진정해. 남자와 가까이 있는 게 처음도 아니잖아. 그런데 왜 이리도 긴장이 되는 걸까.

"……돌렸습니다. 폐하."

이내 완전히 돌아간 고개. 나는 이자나와 똑바로 마주하게 되었다. 그의 얼굴엔 긴장한 기색은 조금도 없었다.

그는 아무렇지도 않은 걸까? 특별한 생강인 내가 이렇게나 가까이 있는데 말이다.

괜찮은 척을 하고 있는 건지, 아니면 실제로 괜찮은 건지 가늠이 되지 않았다.

이봐요, 이자나 폐하. 아무리 생각해도 당신에겐 선수 같은 면모가 있다고요.

내가 그리 생각하기 무섭게 이자나가 대답했다.

"특별한 생강에겐 특별한 선수가 필요한 법이지."

나를 내려다보는 그의 검은 눈이 예쁜 호선을 그리고 있었다.

"자, 이제 눈을 감는 거야."

곧 키스를 할 것이라 예고하는 듯한 말이었다.

그 순간, 그가 미심쩍다는 생각이 들었다.

삶의 대부분을 탑 속에서 보낸 이자나였다. 그런 그였기에 어제 오후에 했던 우리의 입맞춤이 당연히 처음일 거라고 생각했다.

하지만 지금 하는 행동으로 보았을 때, 그 입맞춤이 이자나의 처음이 아닌 것처럼 느껴졌다.

설마……. '유폐된 왕자와 후작 영애'에 나왔던 내용과는 달리, 탕플 탑 속에 여자들이 그득그득하게 있었던 게 아닐까?

어느 날 밤은 피부가 하얀 청순한 아가씨와, 또 다른 밤은 피부가 까만 섹시한 아가씨와, 여러 여자와 돌아가면서 정분을 나눈 것은 아닐까.

비록 탑에 갇혔으나, 그가 왕자라는 사실에는 변함이 없으니 가능성이 충분한 가설이었다.

그렇게 추론하자 지난날 보았던 이자나의 선수 같은 태도가 아귀가 맞게 설명되었다. 왠지 속은 기분이 든단 말이지, 까지 생각했을 때였다.

이자나가 내 이마를 딱밤을 놓았다. 이마가 얼얼해질 정도로 아팠다.

"아파요!"

"도대체 무슨 생각을 하고 있는 거야."

"이자나 폐하. 지금이라도 솔직히 말씀하세요. 제 생각이 아예 틀린 건 아니죠? 그죠? 그런 게 조금은 있었던 거죠? 이거 봐. 딱 들켰어."

그러자 이자나가 못 당하겠다는 듯이 헛웃음을 지었다.

"날이 갈수록 외설적인 생강이 되어 가는 것 같아."

"그래서 대답은요!"

"진저 토르테. 내가 그럴 리가 없잖아."

"이상하다. 그럼 자연스럽게 여자를 대할 리가 없는데."

하멜처럼 여자 앞에서 주춤거려야 옳은 일일 텐데. 나는 거기까진 말하지 못하고 눈동자를 굴렸다.

"생강 양이 무언가 오해를 해도 단단히 하고 있는 것 같은데, 나는 다른 여자들에게 이렇게까지 유연하게 굴지 않아."

"네?"

"아무래도 네 앞에만 있으면 특별한 선수가 되는 것 같군."

"왜요?"

"이미 얘기했잖아. 넌 특별한 생강이니까. 특별한 것을 원할 땐, 내가 더 특별해지는 수밖에 없거든."

"어머나. 폐하의 말씀이 고백처럼 들리는데요."

"아니라곤 하지 않을게."

이자나는 고개를 오른쪽으로 기울여 나를 지그시 바라보았다. 그러자 잠깐 동안 그를 의심했던 마음이 눈 녹듯이 사라져 버렸다.

이자나의 손은 부자연스러움 하나 없이 내 뺨으로 다가왔다가 미끄러지듯 내 귓가로 옮겨갔다.

그는 흘러내린 내 머리카락을 귀 뒤로 넘겨 주었다. 이윽고 완전히 드러난 귓바퀴엔 그의 입술이 닿았다.

꿈속에서 보았던 것과 같은 입맞춤이었다. 나는 꿈속에서와 다름없이 몸을 부르르 떨었다.

그는 내 귓가로 숙였던 고개를 다시 들어 나와 눈을 맞추었다. 나를 보는 이자나의 눈빛이 따사롭기만 했다.

나는 그가 언제나 나를 그렇게 바라보기를 바랐다.

그리 생각하기 무섭게 이자나의 붉은 입술이 작게 떼어졌다.

"언제까지나 네게 닿아 있을 거야."

어쩜. 이토록 감동적인 말이라니.

나는 내가 받은 감동을 그에게 표현하고 싶었다. 그래서 가까이 있던 그의 입술에 쪽 소리가 나게 입을 맞췄다.

"저는 귀보다 입술이 더 좋습니다. 개취죠."

"큭큭."

이자나는 보는 사람마저도 기분이 좋아지는 웃음을 지었다.

"자꾸 그러면 나쁜 생각이 들지도 몰라."

"짓궂기도 하셔라."

이자나가 어떤 나쁜 생각을 하는지는 모르겠다.

그러나 그 나쁜 짓이라는 거…… 한 번쯤은 당해 보고 싶다는 생각이 들기도 했다. 후후.

"나와 하고 싶은 게 있어? 네가 원하는 걸 해 주고 싶어."

이자나와 하고 싶은 것이라. 불쑥 떠오른 것이 하나 있었다.

"……저는 춤을 추고 싶어요."

"춤?"

"네. 저희가 처음 만났을 때를 기억하세요? 그때 이자나 폐하께서 저를 어찌나 서늘한 눈빛으로 보셨던지, 오금이 저릴 뻔했다고요. 그래서 제대로 춤추지 못했잖아요."

"맞아. 그랬지."

"그래서! 이번엔 폐하와 제대로 춤추고 싶어요. 제가 얼~마나 춤을 잘 추는지 아세요? 제대로 보여 드리고 싶답니다."

그와의 행복한 모습을 모든 사람에게 자랑하고 싶기도 했다. 특히 독기로 가득 차 있을 레라지에 그년 앞에서 말이다.

네년이 원하던 남자를 내가 가졌다는 우월감! 그간 레라지에게 얼마나 많이 당했던가.

"진저."

그는 조용히 내 이름을 불렀다.

"내일이라도 당장 연회를 열게. 나와 춤추는 일이 네가 원하는 거라면."

이자나는 거리낌 없이 말했고, 나는 그의 입술에 쪽 소리 나게 한 번 더 입을 맞추었다.

"너. 내가 나쁜 생각이 들지도 모른다고 말했을 텐데."

"소녀는 폐하의 나쁜 생각이 궁금합니다."

"후회할지도 몰라."

"후회하게 만들어 주세요."

제발. 나는 그의 눈을 똑바로 쳐다보며 키득거렸다.

이자나의 호승심을 건드린 걸지도 모르겠다. 주저하는 듯 왠지 소심한 태도를 보였던 그가, 박력 있게 다가오기 시작했다.

그의 얼굴이 다시금 내 얼굴과 가깝게 밀착되었고, 나는 눈을 꼭 감았다. 이번에는 꿈속에서 미처 하지 못했던 키스를 하게 될 것이다.

이윽고 그의 입술이 내 입술에 완벽히 맞닿았다. 뜨거운 숨결이 스민 부드러운 입술이었다.

그는 오늘만큼은 입술만 맞대고 있을 생각이 아니었던지, 내 아랫입술을 깨물었다. 그 덕에 조금 벌어진 내 입술 사이로 이자나의 붉은 혀가 들어왔다.

나는 조금 움찔했지만 곧 그에게 내 몸을 온전히 맡겨 버렸다. 입술만 맞댄 순수한 키스도 좋았는데, 서로의 혀를 옭아매는 격정적인 키스는 더 좋네.

얼마만큼의 시간이 흘렀을까. 쉼 없이 맞닿았던 그의 입술이 내게서 떨어졌다. 모자란 숨 때문이었다.

나는 이자나의 입술에 묻은 타액을 손으로 닦으며 그의 눈을 보았다. 그의 눈은 반쯤 풀려 있었다. 역시나 꿈에서 본 것과 똑 닮은 모습이었다.

이자나는 나른함이 물든 눈을 느릿하게 깜빡거리며 말했다.

"진저, 언제부터 너를 좋아했느냐고 물은 적 있지?"

"네!"

"그땐 잘 모르겠다고 대답했지만, 그게 언젠지 알 것 같아."

"언제인데요?"

"아마도 처음 봤을 때부터가 아닐까."

"……네?"

처음 봤을 때라니. 그때의 그는 나를 잔뜩 경계했었다.

내가 갸우뚱거리자 이자나는 희미한 미소 지으며 제 말을 덧붙였다.

"마음을 죄다 뺏길 만큼 첫눈에 반한 건 아니었지만, 그때부터 네가 궁금했으니까."

"……."

"궁금했고, 알고 싶었고, 계속 생각이 났고. 다른 사람을 만나면서도 줄곧 네 생각을 했어."

"어머나, 그러셨어요? 그런데 왜 저를 싫어하는 것처럼 구셨어요?"

"내가? 내가 너를 싫어하는 것처럼 굴었던가? 글쎄, 나는…….

내가 너를 좋아하게 되면 언젠가 서로에게 상처를 줄지도 모른다고 생각했을 뿐이야. 그게 네겐 부정적으로 보였나 봐."

"왜 서로에게 상처를 줄지도 모른다고 생각하셨을까요."

"생각해 봐. 나는 타인의 생각을 읽는 사람이고, 생강 양은 제 생각을 아주 감추지 못해."

나는 고개를 옅게 끄덕였다. 틀린 말이 아니었다.

"그래서 언젠간 네 생각에 내가 상처받을지도 모르겠다고 여긴 거야. 상처받은 내가, 너에게 상처를 줄지도 모를 일이고."

"피, 하지만 저는 폐하가 상처받을 만한 생각을 전혀 하지 않는데요."

나는 억울하다는 듯이 말했다.

"그건 나도 알지만, 사람 일은 알 수 없는 거잖아."

"……."

"하지만 이젠 그런 것들도 상관없어질 만큼, 내게 있어 네 존재가 커져 버렸는걸."

그는 내 이마에 살짝 입술을 맞추었다.

"내 저주가 풀린다면 우리가 좀 더 행복해질 수 있을까? 그럴 거라고 믿고 싶어."

"폐하……."

눈이 마주친 타인의 생각을 읽는 그의 저주가 없어진다면, 우린 좀 더 행복해질 수 있는 걸까?

'유폐된 왕자와 후작 영애' 속 엔딩과는 다른 행복한 결말에 도달할 수 있는 걸까?

나는 며칠 전에 보았던 게슈트의 망령을 문득 떠올렸다. 게슈트와 이자나의 저주는 떼려야 뗄 수 없는 관계였으니까.

"게슈트에 대한 것은 좀 더 알아내셨어요?"

"어. 내가 알아낸 건······. 게슈트는 정말로 죽었다는 점. 그때 우리가 본 것은 그의 망령이었다는 점. 그리고 그 망령이 들어갔던 집은 하멜의 집이었다는 점 정도랄까? 아마도 라라, 아니 하멜이 내게 털어놓지 않은 무언가가 있는 것 같아."

나는 일전에 하멜에게 들었던 말마저도 떠올렸다. 강인한 사념을 가진 무형의 것은 형체를 가지기도 한다던 그 말.

죽어서도 놓지 못했던 게슈트의 강인한 사념은 도대체 무엇일까? 그는 어떤 사념 때문에 유령으로 나다니는 걸까?

나는 그 울보가 거짓말을 할 리가 없다고 믿으면서도,

'하멜이 내게 털어놓지 않은 무언가가 있는 것 같아.'

이자나의 말에도 신뢰가 갔다.

＊　＊　＊

이자나와 좀 더 이야기를 나누고 (물론 가벼운 몸의 대화를 나누는 것도 잊지 않았다.) 궁을 나섰을 땐, 비는 그쳤으나 날이 어두워져 있었다.

집까지 데려다줄 마차로 걸어가자 당연히 있으리라고 생각했던 하멜이 보이지 않았다.

"어! 저번에 오셨던 분이네요?"

하멜 대신에 나를 기다리고 있던 이는 하멜이 휴가를 냈을 때 나를 데려다준 적이 있던 남자였다.

미카엘이라고 했던가.

"네. 진저 토르테 님. 라라 님은 일찍 퇴근하셔서 본의 아니게 제가 모시게 되었습니다."

이른 퇴근이라.

휴가를 핑계로 도망간 것이 아니라서 다행이라고 생각하면서도, 기분이 묘했다. 왜냐면, 하멜은 내가 궁에서 늦게 나오더라도 나를 데려다주었기 때문이다.

내가 돌아가지 않았다는 걸 앎에도 일찍 퇴근해 버리다니. 혹 내가 이자나와 함께 있다는 사실이 참을 수 없을 정도로 힘들었던 걸까?

나는 하멜의 의중을 짐작하면서 마차에 올라탔다.

이자나와 사랑을 확인해서 정말로 행복했다. 하나 마음 한편으로 하멜이 자꾸만 신경 쓰였다.

나와 이자나가 행복해졌으니, 하멜도 행복해졌으면 좋겠는데. 모두의 해피 엔딩을 바라는 그가, 자신의 행복을 제대로 찾아가 주었으면 좋겠는데.

나는 후작저 근처에 다다라, 달리던 마차를 세웠다. 조금 걷고 싶은 생각이 들었기 때문이다. 걸으면 답답한 마음이 가실까 싶어서.

쭉 뻗은 대로로 몇 발자국 걸어갔을 때였다. 인파들 사이에서 익숙한 머리통 하나가 보였다.

먹구름을 닮은 잿빛 머리카락을 가진 남자. 키가 큰 그는, 사람들 사이에서 두드러져 보였다.

"……하멜 브레이?"

늦은 시간에 대로엔 어쩐 일일까.

하멜 브레이에게 묻고 싶었던 것이 있었기에, 나는 그가 있는 곳까지 걸어갔다. 이윽고 그의 등 근처까지 다다라 그의 이름을 부르려고 했다.

"하……!"

나는 말하는 것을 급하게 멈추었다. 일찍 퇴근한 채로 대로를 서성거리는 그가 수상하다고 생각되어서였다.

누구를 만나러 가는 걸까? 저번처럼 레라지에를 만나는 것은 아닐까? 그게 아니라면 집으로 가는 걸까?

나는 그의 뒤를 조용히 따르기로 결정했다. 중간에 들킨다면 어쩔 수 없겠지만, 그가 무엇을 할지 몰래 지켜보고 싶었다.

하멜은 사람들이 많은 상가를 지나쳐 으슥한 곳으로 걸어갔다. 그가 따라가면 갈수록 인적이 점점 더 드물어졌다.

나는 그를 뒤따르며 일전에 게슈트의 뒤를 쫓던 그날을 떠올렸다. 산 자처럼 보이지 않았던 그의 모습. 그리고 내게 보냈던 그의 사인마저도.

'쉿.'

거기까지 떠올렸을 때, 뒷덜미가 괜스레 서늘해지기도 했다.

하멜의 걸음이 멈춘 것은 제집 앞에서였다. 게슈트의 망령이 들어갔던 그 5층 건물.

나는 다른 건물에 몸을 숨긴 채로 하멜을 꼼꼼히 지켜보았다. 다행히 그가 눈치챈 것 같아 보이지는 않았다.

하멜은 문고리에 손을 얹어, 문을 활짝 열어젖혔다.

문을 열었으면 그 안으로 들어가야 함이 옳았지만, 하멜은 들어가기는커녕 그 자리에 굳은 듯이 서 있었다. 마치 함께 들어갈 누군가를 기다리고 있는 것처럼.

레라지에를 기다리고 있는 걸까?

나는 그의 주위를 살폈다. 주변엔 사람처럼 보이는 건 하나도 없었다.

하멜의 시선은 아무것도 없는 거리의 어느 지점에서 떨어지지 않았다. 나는 하멜의 시선이 닿은 곳을 빤히 바라보았다.

그곳에서 흰 연기 같은 게 몽글몽글 피어나기 시작한 것은 그때였다. 연기는 제 영역을 확장해 가며, 어떤 형체를 구축했다.

"……!"

나는 깜짝 놀란 채로 연기에서 눈을 떼지 못했다. 이윽고 완성된 형체는 사람의 형상이었다.

사람의 형상을 띤 불투명했던 연기 위로 색이 덧대어지기 시작했다. 여러 색 중 단연 눈에 띄는 색은 붉은 색이었다.

그렇다. 삽시간에 제 형체와 색을 갖춘 연기의 정체는…….

"게슈트?"

게슈트였다. 붉은 머리카락을 가진 그가, 하멜을 똑바로 바라보고 있었던 것이다.

게슈트의 망령은 어기적거리며 하멜이 서 있는 곳으로 다가갔다.

그는 아무렇지 않게 열린 문 사이로 들어갔고, 하멜은 그제야 올 손님이 왔다는 듯이 저도 집으로 들어가 버렸다.

나는 굳은 듯이 서서 닫힌 문을 한참 바라보았다.

이자나의 말이 맞았던 것일지도 모르겠다. 하멜이 우리에게 숨기는 게 있다던 그의 말이 귓가에 이명처럼 맴돌았다.

나는 이제야 하멜이 진심으로 의심스러웠다.

그리고 하멜에게 게슈트의 망령에 대한 것을 물었을 때, 그가 무슨 대답을 할지 궁금해졌다.

＊　＊　＊

이자나는 이틀 뒤에 연회를 열었다.

'내일이라도 당장 연회를 열게. 나와 춤추는 일이 네가 원하는 거라면.'

그냥저냥 한 말인 줄 알았는데, 정말로 연회를 열어 주다니. 이 연회가 온전히 나만을 위한 것이라는 걸, 사람들은 알까 몰라.

나는 심기일전하여 연회장에 갈 준비를 하였다. 화장도 평소보다 신경을 썼으며, 드레스도 최근에 구매한 최신 상품으로 골랐다.

신으면 곧잘 넘어지기는 했지만 패션의 완성이라 할 수 있는 굽 높은 구두까지 신자, 나는 신데렐라라도 된 듯한 기분이 들었다.

먼지투성이 신데렐라보다 내가 나은 점이 있다면, 열두 시가 지나더라도 왕자님의 곁에 있을 수 있다는 점이랄까.

"오늘은 기분이 좋아. 랄랄라."

내가 노래를 흥얼거리자, 내 머리에 장식용 깃털을 꽂던 사라가 작게 키득거렸다.

"진저 님. 좋은 일이 있으신가 봐요."

"그럼. 내게도 샐러드 같은 남친이 생겼거든."

그러자 사라가 어머, 하는 소리와 함께 부끄러운 표정을 지었다.

"축하드려요! 역시나 우리 진저 님의 인기는 가실 날이 없다니까요."

"사라, 그걸 이제 알았다면 곤란한데."

내가 곤란한 투로 얘기하니, 사라는 내 말을 넙죽 받아쳤다.

"저는 태초부터 알고 있었습니다."

역시나. 누가 내 시녀 아니랄까 봐. 그녀는 척하면 척이었다. 때마침 머리에 장식을 다 꽂은 사라가 완성됐다는 말과 함께 뒤로 한 발자국 물러섰다.

탐스럽게 올린 머리카락, 부담스럽지 않게 머리에 꽂은 최고급 깃털. 틀어 올린 머리카락 덕에 드러난 흰 목덜미가 가히 만족스러웠다.

"사라. 나 오늘 어때?"

근엄한 표정을 지은 채로 그녀에게 묻자, 사라도 근엄한 표정을 따라 지으며 엄지를 내밀었다.

"두말하면 입 아프죠. 최고입니다."

"좋아! 다녀올게."

나는 경쾌하게 말하며 방을 나섰다.

밖으로 나오자 날은 또 얼마나 좋은지. 모든 것이 너무도 완벽하게 느껴져서, 도리어 기분이 이상했다.

* * *

연회장에 조금 늦게 도착했을 무렵, 이미 많은 사람들이 연회장을 가득 메우고 있었다. 갑작스럽게 연 연회임에도 다들 어떻게 알고 찾아왔는지 모르겠다.

연회장에 조금 늦게 오기를 잘했다는 생각이 들었다. 원래 주인공이란 늦게 등장하는 법이 아니겠는가.

연회장의 문을 지나쳐 안으로 들어서자 여러 귀족의 시선이 내게 꽂히는 게 느껴졌다. 나는 그들의 시선을 오롯이 느끼며 턱을 거만하게 들었다.

어디 훑어볼 테면 훑어보라지. 오늘 나는 흠잡을 곳 없이 아름다웠으며, 완벽했다.

다만 문제가 하나 있다면, 내가 높은 구두에는 젬병이라는 점이었다.

"……!"

턱을 높게 쳐들고 바닥을 제대로 보지 않았던 게 화근이었다. 나도 모르게 발을 헛디뎌 버렸다. 중심을 잃은 나는 몸을 연신 비틀거렸다.

여기서 엎어진다면 부끄럽고 창피할 텐데. 안 돼!

넘어지지 않기 위해 발가락 끝에 힘을 주었지만, 내 몸은 커다란 곡선을 그리며 앞으로 고꾸라졌다.

그 순간, 넘어질 때마다 나를 붙잡아 주었던 두 남자가 떠올랐다.

이자나와 하멜. 둘 중에 누구라도 좋으니 나를 잡아 주었으면 좋겠는데.

내 바람이 이루어진 걸까?

누군가가 내 허리를 부드럽게 휘어잡는 게 느껴졌다. 누군가의 강한 악력은 흔들리던 내 몸을 똑바로 세워 주었다.

나는 악력의 주인을 바라보았다.

"폐하!"

이자나 특유의 나른한 눈동자가 나를 바라보고 있었다.

"생강 양은 다음부터 구두를 신지 않는 게 좋겠군."

그는 잡고 있던 내 허리를 놓아주었다.

이자나는 어디에서 튀어나온 걸까? 연회장에 먼저 와서 나를 기다리고 있었던 걸까?

이자나의 등장에 아까보다도 더 많아진 시선이 내게 닿기 시작했다.

"하지만 오늘은 폐하에게 예뻐 보이고 싶었다고요."

"하지만 나는 네가 넘어지는 걸 원하지 않지. 더군다나 이렇게 많은 사람들 앞에서 넘어지는 건 좀……."

이자나는 난감한 기색을 풍기며 긴 신음을 흘렸다.

"좀?"

"사람들이 너를 진짜 생강쯤으로 생각할지도 모른다고."

"폐하! 또 결국엔 생강입니까? 너무해요!"

"너무하다고 생각할 거 없어. 그만큼 네가 넘어지는 게 싫다는 소리였으니까."

분명히 다른 논제인데, 묘하게도 그의 말이 맞는 것 같았다. 이자나는 내게 제 오른손을 천천히 뻗었다.

"진저 토르테. 네가 오기만을 기다렸어. 나와 춤을 추지 않겠어?"

"당연한 말씀."

나는 생강에 대한 생각은 접어 두고선, 그의 손바닥 위에 내 손을 올려놓았다. 그러자 이자나가 내게만 들릴 법한 작은 소리로 나지막이 속삭였다.

"연회가 끝날 때까지 너와 춤출 거야. 다른 여자와는 추고 싶지 않아."

"그것 또한 당연한 말씀이십니다."

내가 진지하게 말하자 이자나는 낮게 키득거렸다.

그는 나를 중앙 플로어까지 에스코트했다.

우리가 지나갈 때마다, 사람들은 두 쪽으로 쩍쩍 갈라지며 길을 터 주었다. 그러자 정말로 주인공이 된 것 같은 기분이 들었다.

여자 주인공. 내가 얼마나 바랐던 타이틀이던가.

이윽고 우리는 중앙 플로어에서 걸음을 멈추었다.

우리의 머리 위엔 태양처럼 찬란히 빛나는 샹들리에가 있었고, 우리 주위론 듣기 좋은 음악이 흐르고 있었다.

이자나와 얼른 춤추고 싶다는 생각이 들었다. 그는 그런 내 생각을 읽은 것인지, 제가 먼저 나를 리드하기 시작했다.

이자나의 춤 솜씨는 여전히 훌륭했다. 그는 물 흐르듯이 유연하게 움직였고, 그가 움직일 때마다 그의 검은 머리카락이 관능적으로 흔들렸다.

도리어 몇 번이나 휘청거린 것은 나였다. 역시나 굽이 높은 망할 구두가 문제였다.

그렇지만 이자나가 휘청거리는 나를 잘 잡아 준 덕에, 우리의 춤은 별다른 사고 없이 잘 끝이 났다.

나는 조금 가빠진 숨을 내쉬며 이자나를 올려다보았다. 그에게선 지친 구석이 전혀 보이지 않았다.

"어때? 이번엔 생강 양의 마음에 든 춤이었는가?"

나는 행복한 미소를 지으며 고개를 끄덕였다.

아암, 정말로 완벽한 춤이었는걸.

"너무 좋아요. 폐하와 행복하게 춤출 수 있는 날이 올 줄은 몰랐어요."

그는 이마에 흘러내린 제 앞머리를 쓸며 작게 미소 지었다.

"다행이군. 나도 나름대로 노력했거든."

"어머. 노력씩이나."

"기가 막힌 춤사위가 그냥 나오는 건 아니지."

앞머리 전부가 뒤로 넘어간 그의 이마 위에 작은 땀방울이 송골송골 맺혀 있었다.

"그나저나 좀 덥군. 생강 양, 괜찮다면 발코니로 잠깐 나가지 않겠나?"

"지금요? 자리를 비워도 괜찮은 건가요?"

"아무렴. 내가 잠깐 나갔다 오겠다는데, 누가 날 말려."

나는 알겠다고 짧게 대답했다.

연회장에 오자마자 이자나와 춤춘 것도 모자라 그와 계속해서 함께하니, 귀족들이 우리의 관계를 굉장히 의아해하는 것 같았다. 아닌 말로, 수군거리는 소리가 음악 소리보다도 더 크게 들릴 지경이었다.

귀족들의 이목이 우리에게 떨어지지 않고 있었다. 나는 그들의 시선에 움츠러들기는커녕 되레 어깨를 당당히 펴며, 이자나에게 바짝 달라붙었다.

어이, 레라지에. 너도 어딘가에서 나를 보고 있겠지?

지금 그녀가 짓고 있을 표정은 뻔했다. 아주 분통한 얼굴을 하고 있겠지.

발코니로 나오자 차가운 공기가 우리를 맞았다.

덥다던 이자나는 멋스럽게 매고 있던 스카프를 풀기에 이르렀다.

"살 것 같군."

"저도요. 나오니까 기분이 상쾌해요."

내 말에 그는 대답 없이 나를 그윽하게 응시하기만 했다. 이자나의 눈빛이 어쩐 조금 풀려 있는 것 같기도 하다.

그의 나른한 눈빛이 의미하는 바라면……. 좋은 것을 하고 싶다는 건가?

발코니에 나오자고 했던 것도, 그런 이유에서 비롯된 말이었던 게 아닌가 싶었다.

자식이. 귀여운 구석이 있다니까.

나는 못 당하겠다는 듯이 짧게 숨을 토해 내며, 들고 온 작은 손가방을 열었다. 그러곤 그 속에서 휴대용 립글로스를 꺼내어 내 입술에 발랐다.

"아휴, 엉큼하시긴."

내가 혼잣말하듯이 읊조리자, 제대로 듣지 못한 이자나가 되물었다.

"……어?"

나는 대답 대신 그에게 가까이 다가가 입술을 쭉 내밀었다.

"자, 소녀의 부드러운 입술이 준비되었습니다."

"……뭐?"

에이, 부끄러워하기는. 내가 멍석을 깔아 주겠다는데 망설일 게 뭐람.

나는 눈을 감고선 그의 입술이 닿기를 기다렸다. 그런데 한참을 기다려도 그의 입술이 닿지 않았다. 대신에 들린 것은 그의 호쾌한 웃음소리였다.

"풉…… 푸하하."

영문을 알 수 없는 그의 웃음소리였다. 나는 감았던 눈을 떠 이자나를 응시했다.

그는 숨이 넘어갈 듯이 킥킥거리며 제 눈가를 닦아 냈다. 웃다가 눈물이라도 난 모양이었다.

"무슨 생각을 하면 그런 결론에 도달할 수 있는 거지?"

"폐하. 저와 입을 맞추고 싶어서 발코니로 오자고 했던 거 아니었습니까?"

그는 웃음기가 가시지 않은 얼굴로 내게 대답했다.

"생강 양 때문에 내가 진짜 못 살겠다. 나는 진짜로 더워서 나가 자고 한 거라고."

거짓말! 조금 전에 본 그의 눈빛은 스킨십을 원하는 눈빛이 확실했는데…….

"뭐, 뭐라고요? 그럴 리가 없, 없어요! 방금 전에 제게 나른한 눈빛을 보내셨잖아요!"

이자나가 자꾸만 웃자 얼굴이 화끈거리기 시작했다.

……정말로 내가 착각한 건가.

나는 입술에 발랐던 립글로스를 손등으로 쓱쓱 문댔다. 왠지 비참했다.

"그만 웃으세요!"

"미안, 큭큭. 하지만 웃긴 걸 어떡해."

나는 코끝을 찡그렸다.

"설마 너, 지금 내 손가락을 생강처럼 만들어 버리겠다고 생각한 건 아니겠지?"

"아니에요! 그러고 보니 그때도 진짜로 너무했어요. 제 생각이 읽혔다면 사실대로 말씀해 주시지, 어째서 가만히 계셨던 거예요?

그 덕에 제가 해서는 안 될 생각까지 해 버렸잖아요."

레라지에의 방에서 목걸이가 바뀐 줄도 모르고, 바뀐 목걸이를 낀 채로 그에게 했던 수치스러운 생각들이 떠올랐다.

"너무 재밌어서. 무슨 생각까지 하는지 궁금했거든."

"피. 저, 발코니에서 나갈 거예요."

그에게 삐쳤다기보다는 수치스러워서 견딜 수가 없었다. 일단은 이 자리를 벗어나고 싶었을 따름이었다. 내가 돌아서려고 하자, 이자나가 내 손목을 붙잡았다.

"가지 마."

가지 말라는 그의 말이 뭐라고, 나는 발코니를 나가고 싶지 않아졌다. 내 마음은 왜 이리도 이자나에게 물러 터진 걸까.

"……왜요."

이자나는 웃음기 빠진 목소리로 대꾸했다.

"네가 그러니까 진짜로 입을 맞추고 싶어졌거든."

"네, 네?"

이자나는 대답을 바라고 한 말이 아니라는 듯, 내 두 뺨을 두 손으로 감싸 쥐었다. 나를 내려다보는 그의 눈빛이 조금 전보다 더 나른하게 물들어 있었다.

아아, 이번엔 진짜로 스킨십을 바라는 눈빛이로구나.

그는 자연스럽게 내게 고개를 숙였고, 익숙해진 그의 입술의 부드러운 감촉이 느껴졌다.

수치스럽기는 했으나 행복한 결말이라고 해야 하나.

부드러운 입맞춤은 곧 끝이 났다. 그의 입술이 떨어지기 무섭게 언제나처럼 아쉬운 마음이 들었다.

그와 더 야한 걸 하고 싶어.

나는 본심을 애써 숨긴 채로 그에게 말했다.

"이자나 폐하. 둘이서만 있고 싶어요."

"나도 그러고 싶기는 한데. 어떻게 할까?"

이자나는 고민했다. 그를 채근하고 싶었지만, 그가 연 연회인데 그의 부재가 길어지는 건 좋지 않겠다는 생각이 들었다.

"아쉽지만…… 우선 연회장으로 돌아가요! 땀도 식혔으니 다시 춤을 추는 건 어떻습니까? 아직 소녀의 완벽한 춤사위를 보여 드리지 못한 것 같아요."

"생강 양의 완벽한 춤사위라. 기대가 되는군. 그러다가 또 넘어지는 건 아닌지 몰라."

"이자나 폐하! 이제 넘어지지 않을 거라고요."

"과연."

그는 넘어지지 않겠다는 내 포부를 상당히 불신하는 것 같았다. 지금 무시했다 이건가?

무시당한 기분이 들자 오기가 들기 시작했다. 나는 이를 갈며 그에게 내 춤 솜씨를 제대로 보여 주리라고 다짐했다. 나의 춤사위를 본 이자나가 감탄의 탄식을 내뱉게 만드리라.

내가 결의를 다지는 사이, 이자나는 내 손을 잡아 발코니 밖으로 이끌기 시작했다. 우리는 그렇게 2층에 있던 발코니를 나와, 중앙 플로어로 다시 내려가려고 했다.

홀 어딘가에서 쨍그랑, 하는 날카로운 소리가 들렸다.

유리잔이라도 깨진 걸까?

그 소리에 놀란 연주자들은 음악을 연주하던 것을 멈추었고, 나와 이자나는 약속한 것처럼 날 선 소리의 근원지를 바라보았다.

소리의 근원지를 찾는 것은 그리 어려운 일이 아니었다. 우리뿐만이 아니라, 대다수의 귀족들이 한 곳을 쳐다보고 있었기 때문이다.

바라본 곳에는 유리잔의 파편들이 흩어진 게 보였다.

파편들의 중신엔 잔뜩 성이 난 얼굴을 하고 있는 키키가 서 있었다. 무소식이 희소식이라 생각했던 키키의 시끄러운 등장이었다.

저 빌어먹을 자식이 또 무슨 짓을 저지른 거지?

키키의 발악

키키는 깨진 유리잔의 잔해들을 보며 거친 숨을 내쉬었다. 조금 전까지 유리잔이 들려 있던 손을 꽉 쥔 채였다.

모두가 자신을 향해 수군거리고 있었지만, 그는 그런 것에 신경 쓸 여력이 없었다. 키키의 눈앞에 진저와 이자나가 춤추던 장면이 잔상처럼 남아 있었기 때문이다.

그들이 춤추는 것을 처음 본 것도 아니었으나, 키키는 화가 나서 견딜 수가 없었다. 행복한 얼굴을 한 채로 어디론가 사라져 버린 그들의 모습에, 그는 유리잔을 던지고야 말았다.

질투를 한 것 같다고, 키키는 생각했다.

오는 여자 막지 않고, 가는 여자 잡지 않는 키키에게 있어 질투 는 너무도 낯선 감정이었다. 완벽하게 갖지 못한 것에 대한 아쉬움 일까. 아니면, 너무도 취해서 감정이 격해진 걸까.

레라지에와 잘해 보겠다고 생각한 지난날의 제가 무색했다. 키키는 이젠 제게 영원히 돌아오지 않을, 이자나의 여자가 된 진저를 다시 갖고 싶었다.

"……."

그는 노기가 가시지 않은 눈으로 주위를 훑어보았다. 주위를 훑던 그의 눈동자가 멈춘 곳은 레라지에가 서 있는 곳이었다.

그녀는 다소 무표정한 얼굴로 키키의 모습을 꼼꼼히 살피고 있었다. 키키는 휘청거리는 발걸음으로 레라지에에게 다가갔다.

음악은 여전히 멈춰 있었고, 그의 구두 소리만이 울릴 뿐이었다.

"……레라지에 영애가 아니십니까? 히끅."

그리 말한 키키의 목소리엔 희미한 술 냄새가 섞여 있었다. 술에 취해 흐릿해진 시선 속에서도, 오랜만에 본 레라지에는 여전히 아름다웠다.

저는 그렇게 힘든 시간을 보냈는데, 그녀의 얼굴은 너무도 평온해 보였다. 키키는 씁쓸한 미소를 지었다.

'유폐된 왕자와 후작 영애'를 보여 주며 레라지에에게 용서해 달라고 부탁했던 날이 언제였더라. 그날은 이제 떠올리려고 노력해야 떠올릴 수 있는 과거가 되어 버렸다.

그날, 저를 당장 용서해 줄 것처럼 굴었던 레라지에였다. 하나 그날 이후로 그녀는 제게 단 한 번도 연락하지 않았으며, 심지어 저를 의도적으로 피하기도 했다.

키키는 레라지에와의 관계도 완전히 끝이 났음을 뒤늦게 깨달을 수 있었다.

레라지에에게 배신감이 들었다. 용서해 줄 것처럼 굴었던 레라지에의 행동들이 모두 거짓이었음을 알아차렸기 때문이다.

뱀의 혀를 가진 여자야. 키키는 그녀를 보며 그렇게 생각했다. 어쩌면 레라지에는, 지나칠 정도로 솔직한 진저보다 훨씬 더 속이 새카만 여자일지도 몰랐다.

레라지에의 본색을 안 후 진저를 향한 그리움이 날로 커져 갔다. 솔직하고 거짓 없는 그녀가 제 곁에 다시 돌아온다면. 그렇게만 된 다면, 다시는 바람을 피우지 않을 텐데.

키키는 제가 이렇게 된 데에 레라지에의 탓도 크다고 여겼다.

"영애, 히끅. 생각이란 거 아직까지 하고 계신 겁니까? 대단하십니다. 영애가 생각이 깊으신 줄은 진작 알고 있었지만, 이토록 깊은지는 짐작하지 못했습니다. 아마 제가 죽을 때까지 생각만 계속하고 계실 것 같군요."

키키는 한껏 비아냥거렸다.

다른 귀족들은 멀찌감치 떨어져서 키키를 바라보고 있었지만, 레라지에는 그에게 한 발자국 가까이 다가갔다.

"공자님. 셔츠가 조금 구겨졌네요."

그녀는 키키의 셔츠를 매만지는 척을 하며 고개를 숙였다. 그러고선 키키에게만 들릴 소리로 작게 속삭였다.

"죄송해요, 공자님. 제가 용서하는 게 서툴러서……. 오랜 시간 공자님을 기다리게 만들었군요."

키키는 취하긴 했지만 레라지에의 말을 확실히 듣고 있었다.

"네. 전 기다렸습니다. 히끅. 얼마나 기다렸는지 모릅니다."

그리 말하는 키키는 제 몸을 휘청거렸다.

레라지에는 그의 셔츠를 정리해 주던 손을 떼어 내며, 그를 쏘아보았다.

……미친놈. 취하려면 곱게 취하지. 지켜보는 이도 많은데, 하필 이면 내게 와서 술주정을 부릴 게 뭐람.

레라지에는 그렇게 생각했지만 이렇다 할 말은 꺼내지 않았다. 대신 주먹을 꽉 쥐었을 뿐이다.

도대체가……. 요즘 따라 제 마음대로 흘러가는 일이 없다고, 그녀는 생각했다.

남자라면 척하면 척이었던 레라지에에게 처음으로 넘어오지 않은 이자나가 짜증났고, 제게 비싸게 굴던 이자나가 선택한 사람이 진저라는 사실에 자존심이 상했다.

최후의 보루로 생각했던 '저주의 해법'에 대해 얘기하며 제 진심을 토로했을 때, 이자나가 어느 정도 동요할 거라고 예상했었다.

그러나 동요는 무슨. 그에게 돌아온 것은 어이없는 고백이었다.

'내겐 조금 특별한 생강이 있지.'

'…….'

'내 대답은 이쯤이면 충분하다고 생각하는데.'

특별한 생강 따위가 뭔지는 단번에 알 수 있었다.

진저 토르테.

여태껏 라이벌이라고 한 번도 생각하지 않았던 그녀가, 결정적인 순간에 대단한 적수가 되어 버리다니. 세상 오래 살고 볼 일이었다.

레라지에는 깊은 한숨을 내쉬었다.

연회장에서 본 이자나와 진저는, 서로에 대한 유대가 깊어 보였다. 레라지에가 끼어들 구석이 보이지 않을 정도로.

언제 저토록 친밀해진 걸까.

레라지에는 아랫입술을 깨물었다. 이자나가 진저의 것이 되는 걸 가만히 두고 볼 수가 없었다. 누구보다도 잘나 보이는 이자나를 진저에게 쉬이 내주기 싫었다.

레라지에는 자신의 앞에서 여전히 비틀거리는 한심한 키키를 보며 머리를 굴렸다. 제가 손쓰지 않고, 이자나와 진저 사이를 훼방 놓을 방법이 없을까.

"……!"

그 순간 레라지에의 머릿속에 기막힌 생각이 스치듯이 떠올랐다.

그녀는 제가 언제 아랫입술 깨물었느냐는 듯 옅은 미소를 지었다. 그러고선 키키에게 다시금 고개를 기울였다.

레라지에는 오른손을 들어 키키의 귓가에 닿은 제 얼굴을 반쯤 가렸다. 그녀는 키키에게만 들릴 목소리로 작게 속삭였다.

"공자님, 사실은 제가 당신을 빨리 용서하지 못한 이유가 따로 있어요."

키키가 물었다.

"그 이유가 무엇입니까?"

"공자님께 다시 돌아갈 생각을 하고 있었는데……. 실은 최근에 이자나 폐하께서 제게 구애를 하셨거든요."

"……!"

"저는…… 그분의 상처를 너무나도 잘 알고 있어서…… 공자님도 아시잖아요. 이자나 폐하께서 오랜 시간 동안 탑에 외롭게 갇혀 계셨던 거. 그래서 그분의 마음을 거절하기가 망설여지기도 했고, 솔직히 조금 흔들리기도 했어요."

그렇게 말하는 레라지에의 목소리엔 촉촉한 물기가 배어 있었다. 거짓말임이 드러나지 않는, 완벽한 연기였다.

"······뭐라고요?"

놀란 키키가 저를 쳐다보자, 레라지에는 아무 대꾸 없이 가련한 표정을 지었다. 키키의 얼굴이 해괴하게 일그러지는 것을 보니, 제 말을 곧바로 믿었음이 분명했다.

레라지에는 쐐기를 박을 작정으로 그에게 다시금 속삭였다.

"그런데 오늘 폐하의 모습을 보면서 좀 놀랐어요. 제게 그렇게 구애를 하셨으면서 정작 춤을 추는 건 진저라니요······."

"······."

"폐하께서 그런 이중적인 면모를 가지고 계신 줄은······ 하, 공자 님께 제일 죄송해요. 공자님을 이렇게 만든 건, 다 제 탓인 것 같아 서······ 제가 폐하에게 흔들리지만 않았더라면."

제 말에 구두점을 찍은 레라지에가 고개를 밑으로 떨구었다. 가 증스러운 연기의 종막이었다.

얼마 못 가 키키의 성난 음성이 레라지에의 귓가에 파고들었다.

"레라지에 영애, 그대의 말이 모두 사실입니까?"

술에 취해 꼬여 있었던 키키의 혀가 똑바르게 펴졌다. 레라지에 가 지어낸 고백에 깜짝 놀라서 술이 깬 것이었다.

레라지에는 고개를 미약하게 끄덕였다. 상대가 제 말에 완전히 넘어왔으니, 더 이상의 거짓말은 필요 없었다.

"그 망할 자식이······."

키키는 이를 부드득 갈았다.

레라지에는 슬픈 얼굴을 유지하면서도, 웃고 싶어 미칠 것만 같 았다.

병신 같은 키키.

아마도 키키는, 이자나가 두 여자 사이에서 장난을 쳤다고 믿고 있을 것이다. 그러곤 이자나와 진저 사이를 훼방 놓는 짓을 할 테지. 흥청망청 취하기도 했으니 아주 재밌는 짓을 할지도.

그녀는 뒤로 한 걸음 물러섰다. 이제 가련한 표정을 유지한 채로 키키가 할 망측한 일을 기다리면 되었다.

제 손 하나 까딱이지 않고 진저에게 한 방 먹일 수 있게 된 건가. 레라지에는 끝내 작게 미소를 지었다. 알아차린 이는 아무도 없었다.

머지않아 키키가 두 주먹을 불끈 쥔 채로 어딘가를 이글거리는 눈으로 쳐다봤다.

레라지에는 곁눈질로 그 시선의 끝을 따라가 보았다. 그곳엔 이자나와 진저가 존재했다.

그들은 2층에 있었던 것인지, 서로의 손을 꼭 잡은 채로 다시금 중앙 플로어로 내려오고 있었다.

자, 키숀 미켈슨. 이제 네가 나설 차례야.

레라지에가 그리 생각하기 무섭게 키키의 발이 움직이기 시작했다. 그는 어디론가 빠르게 걸어갔다. 목적지는 물어보지 않아도 알 수 있었다.

이자나와 진저가 있는 곳이었다.

"……."

키키는 더는 가만히 있을 수 없었다. 레라지에의 말을 듣고서 가만히 있는 게 더 이상하다고 생각했다.

저와 진저의 약혼을 깨고 진저를 뺏어 간 것도 모자라, 레라지에도 유혹하다니. 이자나. 얼굴만 멀끔히 생긴 그 왕의 행실이 더러워도 그렇게 더러울 수가 없었다.

진저는 이자나의 그런 면모를 알지 못한 채로 그의 마수에 빠져들었으리라. 저런 쓰레기 같은 남자보다는 내가 훨씬 더 낫다고.

키키는 어느새 1층으로 내려온 이자나와 진저 앞에서 걸음을 멈추었다.

이자나의 싸늘한 시선이 제게 닿자 키키는 저도 모르게 어깨를 조금 움츠렸다.

"키숀 미켈슨. 내게 할 말이 있던가."

이자나가 고저 없는 목소리로 키키에게 물었다.

그의 물음에 키키는 저도 모르게 긴장이 되었다. 이자나의 서늘한 시선이 제 몸을 옴짝달싹 못 하게 만드는 것 같았다.

키키는 마른침을 꼴깍 삼키며 진저 쪽을 슬쩍 바라보았다. 진저는 저를 곧 잡아먹을 것 같은 눈으로 무섭게 노려보고 있었다.

오오, 진저. 네가 이자나의 정체를 알게 되면, 나를 그런 눈으로 쳐다보지 않을 텐데.

키키는 희미하게 떨리는 목소리로 이자나에게 말했다.

"그렇습니다. 폐하께 할 말이 있습니다."

키키의 말에 대답한 사람은 이자나가 아닌 진저였다.

"키키! 썩 꺼지지 못해? 무슨 짓이야?"

거의 동시에 이자나가 진저를 제 뒤로 밀어 넣었다. 그러며 그는, "진저, 진정해. 내가 알아서 해결할게."라는 바람둥이 같은 말을 덤으로 건네었다.

키키는 두 사람의 다정함에 눈살을 찌푸렸다.

"무슨 할 말인데?"

이자나가 묻자 키키는 바닥에 쿵 소리가 나게 제 무릎을 꿇었다.

"이자나 폐하…… 꼭…… 그랬어야 했습니까?"

"내가 뭘?"

이자나는 무릎을 꿇은 채로 호소하듯이 외치는 키키의 태도가 의문스러웠다. 키키는 그의 의아한 표정에 아랑곳하지 않고 제 말을 이어 했다.

그의 목소리는 조금 전보다도 커져 있었다.

"꼭 그렇게 두 여자를 제게서 모두 뺏어 가야만 속이 후련했습니까아아! 으아악……!"

키키가 두 눈을 질끈 감고 그렇게 외치자,

"저 병신 새끼가 진짜…….."

"……내가 도대체 뭘?"

진저와 이자나가 동시에 말했다.

키키는 절규를 하듯이 위로 치켜든 고개를 쉽사리 내리지 못했다. 그는 솟구쳐 오르는 감정의 동요를 가라앉히려고 노력했지만, 감정은 쉬이 사그라지지 않았다.

악에 받친 키키의 시선이 향한 곳은 이자나였다.

묘한 눈동자였다. 자신의 뇌리를 꿰뚫어 보는 것 같다고 해야 할까.

키키는 이전 날에 읽었던 '유폐된 왕자와 후작 영애'의 내용을 떠올렸다. 그 책 속에선 이자나를 그렇게 서술하였다.

'이자나는 눈이 마주친 타인의 생각을 읽는 왕자.'라고.

마주한 이자나의 기묘한 눈빛은 그 책 속 서술을 절로 떠올리게 만들었다. 그럴 리가 없다고 생각하면서도, 이자나에게 실제로 이 능이 있는 것은 아닌지 의심이 갔다.

키키는 두 눈을 느릿하게 깜빡이며, 이자나의 등 뒤에 숨은 진저를 쳐다보았다.

그녀는 한층 더 매서워진 눈으로 저를 노려보고 있었다. 허튼소리를 더 했다간 가만두지 않겠다는 메시지가 담긴 눈빛이었다.

진저는 왜 자신의 진심을 몰라주는 걸까.

"하."

키키를 내려다보던 이자나의 입술이 천천히 열렸다. 내뱉어진 이자나의 목소리는 지나칠 정도로 차분했다.

"키숀 미켈슨. 많이 취한 것 같은데 적당히 하지. 한 번은 조용히 넘어가 주겠지만 또다시 그딴 말을 지껄였다간."

"……."

"네가 공자라고 해도 가만두지 않을 거야. 내 말을 이해했나?"

이자나는 제 특유의 서늘한 시선으로 키키를 응시했다.

키키는 이자나의 눈빛에 움찔하면서도 물러서지는 않았다. 어쩌면 술의 힘이 있었기에 평소보다도 더 배짱 있게 굴었는지도 모르겠다.

키키는 대답하기 위해 입술을 움직이기 시작했다. 들썩거리는 그의 입술 끝이 미세하게 떨리고 있었다.

"이자나 폐하. 히끅, 폐하의 말씀을 잘 이해했습니다. 아암, 그렇고말고요. 하지만 말입니다……."

"……."

"폐하께서 저를 내려다보는 그 눈빛. 그 눈빛이 말입니다. 왜인지는 모르겠지만, 제 생각을 모두 읽고 있는 것처럼 느껴지는군요. 히끅."

"……."

이자나가 대답하지 않자, 키키는 이자나가 동요한 것이라고 생각했다. 철옹성처럼 보였던 이자나의 침묵이라니. 키키는 우쭐해졌다.

키키는 제 목소리를 키우며 연설하듯이 말했다.

"생각을 읽는다, 라! 아주 멋진 능력이 아닙니까. 어쩌면 그 멋진 능력으로 제게서 두 여자를 뺏어 갔는지도 모를 일이죠."

"……키키! 그 입 닥치지 못해?"

참다못한 진저의 성난 목소리가 들렸다. 그럼에도 키키는 제 말을 이어 했다. 그의 입은 제어를 잃은 뒤였다.

"저는 폐하를 믿지 못합니다. 두 여자 사이에서 간을 봤던 남자에게 어떻게 진저를 맡기겠습니까. 생강처럼 고운 저의 진저를……."

"……."

"이 망할 자식이! 적반하장도 유분수지, 네가 두 여자 사이에서 왔다 갔다 한 건 그새 까먹은 거야?"

화가 난 진저가 더 이상 참지 못하고 이자나의 등 뒤에서 완전히 나왔다. 그녀는 이자나가 말리기도 전에 키키에게 득달같이 다가갔다.

"한마디만 더 헛소리를 지껄여 봐. 금이빨 빼고, 네 강냉이를 모조리 씹어 먹어 줄 테니까."

"오오, 진저 내 얘길 들어 주지 않겠…… 아악!!"

키키는 제 말을 잇지 못하고 단말마의 비명을 질렀다. 진저가 그의 구두를 세게 밟았기 때문이다.

그의 처량한 비명이 메아리가 되어 홀에 몇 번이고 울렸다.

대다수의 귀족들이 그들에게 시선을 주고 있었다.

키키의 목이 떨어지는 것이 아닐지 염려하는 이도 있었고, 그의 언사를 재미나게 보는 이들도 있었다.

점점 더 막장으로 치닫는 싸움을 보는 이들 중에 하멜도 끼어 있었다. 하멜은 인적이 없는 2층 난간 근처에 서서 그들을 지켜봤다.

모두가 이자나 쪽에 시선이 가 있었기 때문에, 2층에 있는 하멜을 본 사람은 아무도 없었다.

이자나가 일찍이 연회장에 왔을 때부터 함께 왔던 하멜이었다. 이자나가 답지 않게 초조해하며 진저를 기다리는 모습을 보며 그는 쓴웃음만 지었을 뿐이다.

이내 진저가 연회장에 도착하자, 하멜은 2층으로 올라가 제 모습을 숨겼다. 행복해할 두 사람의 모습을 똑바로 지켜볼 자신이 없었으니까.

인적이 없는 곳으로 오고 나서야 마음이 편해졌다. 홀로인 게 제게 적격인 것처럼 말이다.

고백하자면, 그는 언제나 혼자였다. 누군가의 관심을 받아 본 적이 한 번도 없었다. 하멜은 그런 자신의 주제를 누구보다도 잘 알고 있었다.

하지만 어찌 된 영문인지, 요즘 따라 혼자 있는 일이 외로워졌다.

곁에 있을 때마다 아기 새처럼 재잘대던 진저의 목소리가 듣고 싶었다. 외로움이라곤 느낄 새를 주지 않던 그녀의 곁이 그리웠다.

외로움에 그 누구보다도 익숙하다고 생각했는데…….

실은 외로움에서 벗어나기를 그 누구보다도 간절히 바랐던 것일지도 모르겠다.

욕심 부리지 말아야지. 그녀의 사랑을 응원해 줘야지. 수천 번 생각하고, 다짐했다. 그러나 시간이 흐를수록 진저를 갖고 싶다는 소망이 점점 더 커져 갔다.

진저를 너무도 사랑하게 된 것 같았다.

"······."

하멜은 키숀 미켈슨의 구두를 사정없이 밟고 있는 진저를 내려다 보았다. 그들의 대화 소리가 들리지는 않았지만, 키숀이 실언을 했음이 뻔했다.

성이 난 고양이처럼 온몸의 털을 잔뜩 세우고선 키숀의 발을 연거푸 밟는 진저의 모습이 지나치게 귀여워 보였다.

제 마음을 숨길 요량 없이 이자나를 사랑하고 있다고, 다른 여자를 좋아해 보는 건 어떠냐고 조심스럽게 말한 진저였다.

하지만 진저가 모르는 사실이 하나 있었다.

제가 이토록 강하게 원할 여자는 그녀 말곤 아무도 없을 거라는 사실이었다. 하멜은 그 사실을 확신했다.

그때, 하멜의 등 뒤로 희뿌연 연기가 몽글몽글 피어오르기 시작했다.

연기는 재빠르게 형태를 만들어 갔다. 그것은 이내 완벽한 사람의 형태가 되어 하멜의 등 뒤에 숨었다.

하멜은 그것의 존재를 진즉부터 눈치채고 있었다. 그의 입술 사이로 그것의 이름이 흘러나왔다.

"······게슈트 님."

사람 모양이 된 연기가 대답했다.

"하멜 브레이."

그것은 사람의 목소리라 하기엔 희미한 소리였다. 적어도 산 자의 목소리는 아니었다.

"게슈트 님. 그런 모습으로 이곳을 맴도는 이유가 무엇입니까?"

하멜은 제 등 뒤에 있는 게슈트의 형상이 사람이 아님을 알고 있었다. 그가 숨을 거둔 것을 똑똑히 확인했기 때문이다.

일전에 진저가 봤다던 게슈트의 모습과 지금 나타난 게슈트의 형상은 망령이었다. 죽어서도 차마 거두지 못한 강한 사념이 만들어 낸 결정체.

죽기 전에, 자신의 강한 사념을 어떤 물건에 서리게 해 놓은 것임이 틀림없었다.

"이유는 너도 알 거라고 생각되는데."

게슈트의 말에 하멜은 인상을 옅게 찌푸렸다.

"폐하의 저주 때문에 이곳에 남아 계시는 거라면, 조만간 그 저주가 풀릴지도 모르겠습니다만."

"과연 그럴까? 네 주군이 꽤 곤란해 보이는데, 도와주지는 않을 셈이냐."

"……."

하멜은 대답 없이 이자나와 진저가 있는 곳을 물끄러미 내려다봤다.

정체를 숨긴 것을 알았음에도 불구하고 저를 용서해 주었던 이자나. 스승님의 저주를 받아 불행한 유년기를 보낸 그.

삐뚤어질 수도 있는 상황 속에서 이자나는 제법 잘 성장했다. 저주에서 벗어나려고 노력하며 성장해 가는 이자나를 지켜보는 게 좋았다.

이자나의 신변에 곤란한 상황이 생길 때면, 마법으로 몰래 도와주기도 했다.

그것은 제 스승이 내린 저주에 대한 속죄임과 동시에, 이자나라는 남자를 동경했기에 행한 일이었다.

하지만 요즘 따라 과거에 당연시 여겼던 일들이 망설여졌다. 보좌관으로서 그의 곁을 지키며 일찍부터 키키를 저지할 수도 있었지만. 그렇지만…….

하멜은 그렇게 하지 못했다. 레라지에가 키키를 사주할 때부터 그들을 주시했음에도 불구하고.

이자나를 돕기가 주저되는 건, 진저 때문일까?

하멜은 비에 젖은 제 어깨에 손을 올리려던 진저의 모습을 떠올렸다. 망설이던 빛이 가득했던 진저의 노란 눈동자와 어색하게 갈무리하려던 그녀의 손을.

하멜은 느릿하게 눈을 감았다 떴다. 그런 것들을 생각하자, 그녀가 제 곁에 있는 듯한 기분이 들었다.

"게슈트 님. 당신이 제게 저주만 내리지 않았다면……. 전 그녀에게 제대로 된 사랑을 받을 수 있었을까요."

게슈트의 망령은 대답해 주지 않았다. 대신, 자신의 형체를 없앴을 따름이었다. 그것은 삽시간 흔적도 없이 사라져 버렸다.

하멜은 그제야 뒤를 돌아보며 좀 전까지 망령이 있었던 곳을 빤히 바라보았다. 그곳엔 정적만이 존재할 뿐이었다.

"당신이 제게 저주를 내렸다는 걸 예전부터 알고 있었습니다. 저는 오래전에 당신의 능력을 뛰어 넘었으니까."

하멜은 주먹을 꽉 쥐었다. 살면서 한 번도 느껴보지 못한 증오라는 감정이 끓어올랐다.

게슈트가 저주를 건 줄도 모르고, 그의 사랑과 관심에 감사했던 과거의 자신이 미치도록 원망스러웠다.

그가, 타인에게 사랑받지 못하는 저주를 제게 내린 줄 알았다면 그를 따르지 않았을 텐데.

하멜은 꽉 쥐었던 주먹을 느슨하게 풀어 제 손을 쥐었다 펴기를 반복했다.

그는 다시금 진저 쪽으로 시선을 비틀었다. 그러곤 키키를 날카롭게 쏘아보고 있는 그녀를 향해 제 손을 뻗었다.

"손이 닿을 거리에 있으면 좋을 텐데."

내가 저주를 풀게 된다면, 내 손이 닿을 거리에 당신이 존재하게 될까. 나는 당신의 사랑을 받을 수 있을까.

하멜은 진저를 향해 뻗은 손을 쉽사리 갈무리하지 못했다.

제5장

생강의 미덕

생강의 미덕

세상엔 다양한 성격을 가진 수많은 사람이 있음을 안다. 하지만 이 정도로 미친 자식은 처음이라고 단언할 수 있겠다.

키숀 미켈슨. 그것이 그 미친 자식의 풀 네임이다.

키키는 술에 진득하게 취한 채로 이자나에게 연거푸 망언을 내뱉고 있었다.

나는 인상을 최고로 찌푸렸다. 키키는 어째서 이자나에게 제 여자들을 뺏어 갔느냐고 호소하는 걸까.

제게서 이자나가 뺏어 간 여자라는 건, 나와 레라지에를 말하는 게 분명했다.

이자나가 뺏어 가기는 개뿔. 저의 어리석은 행동 때문에 두 여자가 멀어졌다는 걸, 키키는 모르는 걸까?

너무 어이가 없어서 말이 안 나온다는 게 지금 내 심정이 아닌가 싶다.

주위의 시선이 있었던 것만큼 그의 구두를 밟는 것은 멈추었으나, 그렇다고 해서 화가 사그라진 것은 아니었다.

나만큼이나 화낼 것이라 생각했던 이자나는 제법 침착했다. 그는 한동안 침묵만을 유지했다. 이자나도 황당무계했기에 할 말을 잃은 것이 아닐까.

이윽고 이자나의 입술이 떼어졌다.

"키숀 미켈슨. 너는 이미 너를 믿었던 여자에게 배신감을 주지 않았던가. 그런 너인 주제에, 내게 믿음이라는 단어를 운운할 자격이 있다고 생각하는가?"

이자나는 앞으로 한 걸음 걸어가, 무릎을 꿇고 있는 키키 앞에서 자세를 맞추었다. 키키와 시선을 마주한 그는, 긴 손가락을 뻗어 키키의 이마께를 꾹 눌렀다.

"키숀 공자. 지금 무언가를 굉장히 착각하고 있나 본데. 그 여자들이 네 곁을 떠난 건 내 탓이 아니라 네 탓이야. 너의 그 덜떨어진 여자 편력 때문이라고."

"……."

이자나는 슬그머니 미소를 지으며 키키의 이마를 두어 번 뒤로 밀쳤다.

"나는 아량이 넓은 왕이지만, 여기서 더 추태를 부렸다간…… 네가 믿고 있는 그 잘난 얼굴을 생강처럼 만들어 버리지. 알겠나?"

생, 생강으로 만들어 버리겠다니. 나에게도 괜스레 식은땀이 나게 하는 말이었다.

정신이 나간 것처럼 보였던 키키가 이제야 정신을 차린 것 같았다. 그는 고개를 끄덕인 후, 꿇었던 무릎을 천천히 일으켰다. 그러고선 이자나에게 고개를 숙여 인사를 했다.

"……실, 실례가 많았습니다, 폐하."

염병을 더 떨었다간 이자나에게 목이 잘릴지도 모른다는 사실을 드디어 깨달은 듯하다. 키키는 일그러질 대로 일그러진 얼굴로 연회장을 빠르게 빠져나갔다.

키키가 완전히 사라지고 나서, 나는 이자나에게 조심스럽게 말을 건넸다.

"폐하, 괜찮으세요? 망할 키키를 왜 그냥 보내셨어요! 응징을 했어야 했는데."

이자나는 대답 대신 짧은 한숨을 쉬며, 음악가들이 있는 쪽을 쳐다봤다. 그가 고개를 오른쪽으로 까딱이자 멈춰졌던 음악이 다시금 장내에 퍼지기 시작했다.

음악이 흐르고 웅성거리던 귀족들도 다시 춤을 추기 시작했지만, 이자나는 굳은 듯이 그 자리에서 움직이지 않았다.

그는 시름이 깊어진 얼굴로 무언가를 골똘히 생각했다. 그러다 잘 정돈된 눈썹을 와락 찌푸리기에 이르렀다. 좋지 않은 일을 떠올린 것 같았다.

그는 찡그린 얼굴을 한 채로 내게 말을 걸었다.

"진저. 나, 생각이 난 것 같아."

"……네?"

생각? 나는 그의 말을 이해할 수 없어 되물었고, 이자나는 심각하게 대답했다.

"과거에 내가 게슈트에게 했던 말. 그 말이 떠올랐어."

게슈트에게 했던 말이라니?

그의 말을 곱씹어 생각하자 '유폐된 왕자와 후작 영애' 속, 어린 이자나와 게슈트가 나누었던 대화가 떠올랐다.

'왕자님은 저주를 받아 본 적이 있습니까?'

게슈트는 이자나에게 그리 물은 이후에 저주를 내렸다.

그렇다면 이자나가 떠올린 게슈트과 관련된 과거라는 건 무엇일까. 하멜이 쓴 책 속에는 나와 있지 않은 내용일 거라고 생각했다.

이자나는 애꿎은 자신의 아랫입술을 몇 번이나 짓이겼다. 그는 초조해하고 있었다.

"……진저, 너와 계속 춤추기로 했지만 머리가 너무 복잡해서, 춤을 출 기분이 들지 않아. 어떡하지?"

"괜찮아요! 오늘만 날인가요? 연회는 언제고 또 어디선가 열릴 테고. 저흰 그때 다시 춤추면 되잖아요. 이미 한번 춤을 추기도 했고요."

"미안."

이자나는 웃어 보이려 노력했으나, 그의 미소는 자연스럽지 못했다. 나는 그의 차가운 손을 잡았다.

"폐하, 다시 나갈래요? 바깥바람을 쐬면 머리가 상쾌해질지도 몰라요."

이자나는 고개를 끄덕였다.

바라본 이자나의 어깨가 평소보다 처져 보였다. 그답지 않게 축 처진 어깨를 보며 나는 그의 손을 더욱 꽉 잡아 주었다.

맞잡은 내 손의 온기가 그에게 온전히 닿았으면 했다. 따뜻한 나의 온기로 그의 기분이 조금이라도 나아질 수 있다면.

나는 그의 굳은 얼굴이 누그러지기를 바랐으나, 그의 얼굴은 더욱 굳어졌을 따름이었다.

*　*　*

우리는 연회장을 빠져나갔다.

빠져나가는 내내 날 선 시선이 두어 개정도 느껴졌는데, 구태여 얼굴을 확인하지 않아도 시선의 주인이 누군지 알 것 같았다.

키키와 레라지에가 아니려나. 나는 코웃음을 치며 절대로 뒤돌아보지 않았다.

이번엔 발코니가 아닌 정원으로 나온 터였다.

밖으로 나오자 날은 완전히 어두워져 있었다. 내 뺨을 스치고 지나가는 밤공기도 제법 서늘했다.

우리는 넓은 정원을 가로질러 걷기 시작했다. 정처 없이 걷던 그의 걸음이 멈춘 곳은 정원의 한적한 어귀였다.

이자나는 입고 있던 멋스러운 재킷을 주저 없이 벗었다. 그러고선 그것을 망설임 없이 잔디 위에 얹어 놓았다.

그는 앉으라는 듯이 내게 눈짓했고, 나는 그의 재킷 위에 조심스레 앉았다. 이자나는 꼭 내게 깔아 줄 요량으로 재킷을 입고 온 사람처럼 굴고 있었다.

이자나도 내 옆에 앉았지만, 그는 계속해서 침묵했다. 나는 이자나가 말할 때까지 참을성 있게 기다렸다. 심각해진 그를 채근하고 싶지 않았으니까.

그러다 그가 꺼낸 말은, 웬 애상이 깊은 말이었다.

"……까맣게 잊고 있었어."

"……."

"별거 아니라고 생각했고, 너무 사소해서 기억하지 못했던 걸지도 몰라."

게슈트에 관한 기억을 말하는 게 틀림없었다. 나는 이자나에게 물었다.

"그게 방금 기억난 거예요?"

"응. 키슌 미켈슨이 했던 말 덕분에 기억이 났어. 그 자식…… 아니, 키슌 공자가 그렇게 소리쳤잖아. 나를 믿지 않는다고."

이자나는 키키를 그 자식이라고 자연스레 부르다가, 저도 놀라서는 얼른 고쳐 말했다.

그가 키키를 그 자식이라고 부르는 것이, 내가 레라지에를 그년이라고 부르는 것과 비슷하다고 느껴졌다.

좋아하는 사람들은 서로의 말투도 닮아 간다던데. 이자나도 그런 것이 아닐까. 그것은 심각한 지금의 상황과는 어울리지 않는 로맨틱한 생각이었다.

"맞아요. 그가 폐하에게 그렇게 말했어요. 믿음을 제일 많이 저버린 사람이 누군데, 그런 말을 하는 건지. 쯧."

"그러게 말이야."

이자나는 헛웃음을 지으며, 게슈트와 관련된 자신의 사연을 읊조리기 시작했다.

"어렸을 때 게슈트를 처음 본 날은 오늘 같은 큰 연회장에서였어. 그때의 나는 마법이란 건 전혀 믿지 않았던 어린아이였지."

이자나는 정원의 어느 한 지점을 초점 없이 바라보고 있었다. 마치 그때를 떠올리는 듯이.

"처음 만난 게슈트는 마법사라는 자신의 능력을 믿고 오만하게 굴었어. 나는 그게 마음에 들지 않았고."

"그래서요?"

"그래서 게슈트에게 한 마디 했던 것 같아. 당신의 마법 따위는 믿지 않는다고. 당신의 마법은 사술이라고."

"……."

"내 말이 섣불렀던 것일지도 몰라. 나는 내 눈으로 보지 않은 것은 믿지 않는 편이었고, 그땐 사리에 어두운 어린아이이기도 했으니까."

그러니까, 어린 이자나가 처음 본 게슈트에게 마법을 믿지 않는다는 말을 했고, 그 이후에 만난 게슈트가 이자나에게 '왕자님은 저주를 받아 본 적이 있습니까?'라고 물었단 건가?

시간의 흐름을 생각해 보았을 때, 그것이 순서가 아닌가 싶었다.

"얼마 전에 레라지에가 나를 찾아와 그러더군. 제 할아버지의 심기에 거슬리는 말을 했던 게 아니냐고. 게슈트는 자신의 마법을 낮잡아 얘기하는 사람들에게 저주를 걸었다고 해. 그 당시엔 내가 그에게 무슨 말을 했는지 기억하지 못했지만……."

"빌어먹을 키키의 말 덕분에 잊고 있었던 과거의 기억이 떠올랐다는 거죠?"

개똥도 약에 쓸 데가 있다더니. 개똥 같은 키키가 이런 식으로 우리에게 도움이 될 줄은 상상도 하지 못했다.

"맞아. 정확한데?"

전방을 하염없이 바라보던 이자나가 그제야 내 쪽을 내려다봤다. 초점 없던 그의 눈동자에 밝은 이채가 드리워져 있었다.

이자나는 허탈한 미소를 지었다.

"하. 고작 당신의 마법을 믿지 않는다는 그 말에, 내게 저주를 내린 거라면⋯⋯. 할 말이 없어지는군. 한 마디 말 때문에 오랜 시간을 저주로 고통받았어. 그는 이런 내 처지를 알고 죽은 걸까?"

나도 그를 따라 허탈한 미소를 짓다가 문득 게슈트에 대한 분노가 일었다.

그의 마법을 하찮게 얘기한 것은 이자나의 잘못이 맞았다. 하지만 그때의 그는 어린아이였고 게슈트는 성인이었다. 조그마한 아이가 무엇을 안다고 그런 저주까지 내려 버린 걸까.

자기밖에 모르는 레라지에가 누구를 닮았나 했더니, 그녀의 할아버지를 쏙 빼닮았던 거구나.

"저열하고 비겁해요! 게슈트라는 그 인간, 정말 악독하네요."

나는 게슈트의 망령을 떠올리며 이를 부득 갈았다.

이전까진 유령인 그가 분명히 무서웠지만, 이제는 그가 무섭지 않았다. 되레 그것이 내 눈앞에 다시 나타난다면, 레라지에를 닮은 붉은 머리카락을 한 움큼 잡아 뜯고 싶었다.

레라지에 그것의 머리카락을 쥐어뜯지 못했으니, 그녀의 몫까지 합해서 망령의 머리를 쑥대머리로 만들어 버리리라. 나는 두 손을 꽉 주먹 쥐었다.

"그의 관이라도 꺼내서 따지고 싶은 심정이야."

"폐하! 망설일 이유가 있나요! 저라도 나서서 관을 꺼낼까요?"

나는 정말로 게슈트의 묘지를 찾아갈 심산으로 말했다.

이자나가 그렇게 해 달라고 한다면, 지금 당장 그의 묘지로 갈 생각이었다.

물론 날이 밝아지면 말이다. 밤에 가는 게 무서워서, 날이 밝기를 기다리는 건 절대로 아니다.

그런데 이자나가 정말로 '응.'이라고 대답하는 건 아니겠지……?

"아니야. 네게 그런 일을 시킬 수는 없지."

"휴."

이자나가 아니라고 대답하자, 나도 모르게 안도의 한숨을 길게 내뱉었다. 이자나는 내 한숨의 의미를 눈치챈 것처럼 말했다.

"뭐야. 왜 안도하는 건데? 호기롭게 말하긴 했는데, 묘지에 가기엔 무서웠던 거지?"

"아, 아니에요!"

그는 눈을 게슴츠레하게 뜨고선 나를 가만히 쳐다보았다. 내 대답이 의심스럽다는 것처럼.

"그렇다면 우리 눈을 한번 진하게 맞춰 볼까?"

"아니…… 그러니까……. 늦은 시간에 묘지에 가는 건 좀 무섭잖아요? 그래서 낮에 가고 싶었다고 해야 할까. 하, 하여튼! 낮에는 정말로 그의 묘지에 찾아갈 자신이 있다고요!"

나는 불끈 쥐고 있던 주먹을 들어 올렸다. 내 주먹을 본 이자나는 엷은 미소를 지었다.

"생강 양. 그렇게 말해 줘서 고마워."

"폐하께서는…… 화가 안 나요?"

"화나지. 화나지 않을 리가 없잖아. 하지만 지금 화를 낸다고 해서 내가 처한 상황이 달라지는 게 아니니까. 이럴 때일수록 이성적으로 구는 게 맞다고 생각해."

이자나는 나와 정반대로 생각하고 있었다.

나는 게슈트를 응징할 궁리만 하고 있었는데, 이자나는 성인처럼
아주 침착했을 따름이었다.

어쩜. 내 남자가 아니랄까 봐.

"레라지에가 그랬어. 저주를 건 근본적인 이유를 알게 되면 저주
를 풀 수 있다고 했어. 가령…….."

그는 무언가가 생각난 듯이 입을 조금 벌렸다가 이내 말끝을 흐
렸다. 무언가를 말하기를 망설이는 것 같았다.

"하, 아니다."

이자나는 내가 대꾸할 틈을 주지 않으며 제 말을 이어 했다.

"그러니까 내가 저주를 받은 근본적인 이유가 그의 마법을 믿지
않아서라면, 내 저주를 풀 실마리는 '믿음'과 관련된 것이 아닐까
싶어."

"믿음이요……?"

"응, 믿음. 내가 가진 이능과도 관련이 있는 거잖아. 타인의 생각
을 읽는 나는, 누군가를 믿는 게 어려우니까."

"……."

"게슈트는 저를 믿지 않던 내게, 모두를 믿지 못하게 하는 저주
를 내린 게 아닐까?"

그의 말에 고개가 절로 끄덕여졌다. 그것은 완벽한 추론이었다.
받아들이기엔 꽤나 잔인한 추론.

게슈트가 정말로 악독하게 느껴졌다. 망령인 그를 다시 만난다
면, 내 기필코 가만두지 않으리.

그리고 나는 레라지에가 무엇을 믿고 당당하게 굴었는지 정확히
알 수 있었다. 그녀는 저주를 푸는 방법을 알고 있었던 것이다.

"믿음이라."

그는 막연하다는 듯이 그 단어를 여러 번 내뱉었다.

믿음. 마법에 대한 믿음이 생기면 그의 저주가 풀리는 것일까. 그게 아니라면 사람을 완벽하게 믿어야 그의 저주가 풀리는 걸까.

머리가 복잡했다. 평소에도 잘 돌아가지 않는 머리인지라 과부하가 오는 것 같았다.

이자나도 그렇지 않을까.

그도 아무렇지 않은 척을 하고 있지만, 과부하가 걸릴 것처럼 머릿속이 복잡하지 않으려나. 답답할 때 딱인 방법이 있는데.

"폐하. 따라 해 보세요."

"어?"

"젠장 할!"

나는 간드러지는 목소리로 거친 말을 내뱉었다. 한껏 꾸민 내 모습과 조금도 어울리지 않는 상스러운 단어였다.

"진저? 지금 뭐 하는 거야?"

"뭐하긴요. 욕하는 거죠."

"나도 그건 아는데."

"머릿속이 복잡하고 짜증이 날 때는 욕을 한번 내뱉는 게 최고랍니다. 그럼 좀 시원해지거든요. 이건 제 경험에서 터득한 방법이랍죠."

물론 이자나의 아름다운 입술에서 거친 말이 흘러나오는 건 정말로 어울리지 않지만.

그렇지만 어쩐지 기대가 되기도 했다. 나른하고 섹시한 그에게서 거친 남자의 매력이 느껴지지는 않을까 싶어서였다.

이자나는 내 말을 쉽사리 따라 하지 못하고 고민하는 기색을 내비쳤다. 그러다 아주 아주 작은 목소리로 말하는 게 아닌가.

"……젠장 할."

이자나는 영 적응이 되지 않는 것인지 어색해했다. 나는 그를 나무라듯이 말했다.

"좀 더 자신감 있게요! 젠장 할!"

"……."

그는 여전히 고민하면서도, 조금 전보다도 더 자신 있는 목소리로 소리쳤다.

"젠장 할!"

"와우. 완벽해요!"

"……."

"잘하셨습니다. 폐하."

내가 히죽 웃으며 만족스럽다는 듯이 고개를 끄덕이니 이자나가 낮게 웃었다. 굳어 있었던 그의 표정이 완전히 사라져 있었다.

"나, 생강 양한테 제대로 말려든 기분인데."

"헤헤. 그래도 기분이 좋아졌죠?"

"어. 네 말대로 기분이 조금 나아졌어. 복잡했던 머리가 한결 가벼워지기도 했고. 네가 왜 한 번씩 거칠게 말을 하는지 이해가 될 지경이야."

"그렇습니다. 그것은 그것 나름대로의 이유가 다 있었던 거죠."

그는 휴, 하고 짧게 한숨을 내쉬었다.

"오늘따라 이상하게 생강 양의 생강 맛 샌드위치와 그 물…….
아니, 와인이 먹고 싶어지는군."

"……!"

"한 잔 먹으면 훅 가는 그 와인 말이야."

나는 생각지도 못한 그의 말에 잠깐 놀랐다가, 이내 음흉한 미소를 지었다.

"그 와인이라면 언제고 준비되어 있답니다."

저번에는 그냥 넘어갔지만, 취한 당신을 보면 이번엔 진짜로 나쁜 생각이 들지도 모르는데…….

저를 믿어요?

내가 그렇게 생각하자, 내 눈을 빤히 보던 이자나가 곧바로 대꾸했다.

"어, 믿어. 내 첫 번째 완벽한 믿음은 너일 테니까."

그는 내가 제일 좋아하는 나른한 미소를 짓고 있었다. 그 순간 그의 저주니, 빌어먹을 키키니 하는 것들이 내 머릿속에서 죄다 사라져 버렸다.

나는 그의 나른한 미소를 따라 지으려고 노력했다.

이자나도 나의 나른한 미소로 인해 복잡한 것들을 잊기를 바랐다.

* * *

며칠 동안 내 머릿속을 가득 메운 단어는 '믿음'이었다.

물론 무엇에 대한 믿음인지는 여전히 확실하지 않았다. 하지만 그 믿음의 전제가 사람이라면, 이자나가 믿을 수 있는 사람은 나 하나밖에 없을 거라는 확신이 들었다.

'어, 믿어. 내 첫 번째 완벽한 믿음은 너일 테니까.'

이자나도 그렇게 말하지 않았던가. 저의 믿음은 나라고.

며칠 전 일이었음에도 불구하고, 그날 들은 그의 목소리가 선명했다. 그의 나른한 미소도 떠오르자 나는 이자나가 보고 싶어졌다.

"뭘 하고 있으려나."

나는 테이블에 턱을 괴고 앉은 채로 이자나를 생각했다.

왕이 연인인 게 좋지 않은 점이 딱 하나 있었는데, 그것은 바로 매일같이 볼 수 없다는 점이었다. 한가한 내 사정과는 다르게, 이자나는 여러모로 바빴다.

그도 나를 보고 싶어 할 거라고 생각했지만, 그렇다고 해서 무작정 이자나를 찾아갈 수는 없었다. 그래서 이자나를 만나지 못하는 시간엔, 그의 시름을 덜어 주는 데에 도움이 될 만한 일을 하겠다고 다짐했다.

원하지 않는 이능으로 사람에 대한 믿음을 저버리게 된 가여운 그가 행복해지기를 바라고 있었다. 진심이었다.

물론 나와 함께하는 그의 미래는 분명히 행복할 것이다. 하나 이자나가 한 말대로 그의 저주가 풀린다면, 우리가 좀 더 행복해질지도 몰랐다.

그런데 말이다. 만약에 믿음의 전제가 사람이 아닌, '마법'이라면 어떻게 해야 될까?

마법에 관한 믿음을 떠올리자 머릿속에 딱 한 사람이 떠올랐다.

오묘한 잿빛 머리칼과 회색빛 눈동자를 가진 남자. 웃지 않을 땐 날카로워 보이지만, 실상 누구보다도 눈물이 많은 남자.

하멜 브레이. 그는 막돼먹은 게슈트의 제자이자 내가 알고 있는 유일한 마법사였다.

사실 하멜에겐 진작부터 묻고 싶은 게 있었다. 게슈트의 망령이 왜 그의 집으로 들어갔는지에 관해서였다.

지난날, 하멜에게 저주와 게슈트에 관해서 물었을 때, 그는 진지하게 모른다고 대답했었다.

그날 그에게선 거짓의 기운은 느끼지 못했는데, 왜 이제 와 제일 수상한 행동을 하고 있느냐 말이다.

나는 하멜을 만날 생각으로 자리에서 벌떡 일어섰으나 곧바로 행동에 옮기지는 못했다. 그를 찾아가기가 망설여졌기 때문이다.

나는 뒷일은 생각하지 않고 무작정 밀고 나가는 타입이었다. 그런 내가 주저하는 이유는 분명했다. 내게 고백하던 날에 보았던 그의 젖은 눈동자 때문에.

내게 고백하던 그의 애달픈 목소리가 잊히지 않았다. 눈물 섞인 남자의 고백을 처음 들어서일까?

내 사랑을 응원한다던 그는, 이뤄지지 않을 제 사랑에 괴로워하고 있는 것이 아닐까.

내가 하멜을 만나는 건, 그에게 있어 고통스러운 일이 아닐까 하는 생각이 들었다. 그를 생각한다면, 그에게 내 모습을 최대한 보이지 않는 게 옳았다. 눈에서 멀어지면 마음도 멀어질 테니까.

하지만 나는 결국 발걸음을 떼고야 말았다. 나를 향한 하멜의 사랑도 안타까웠지만, 결국은 나도 어쩔 수 없이 내 사랑이 더 소중했기 때문이다.

나는 이자나와 저주, 그리고 게슈트의 망령에 대한 것을 하멜에게 묻고 싶었다. 이자나의 저주를 풀 실마리를 그에게 듣고 싶었다.

설령 내 얼굴을 보는 게 하멜에게 괴로운 일이라 할지라도.

　　　　　　＊　＊　＊

나는 익숙하게 하멜의 집으로 걸어갔다.

긴 대로를 지나쳐, 인적이 드문 곳으로 가자 그가 사는 5층 건물이 드러났다. 나는 그 건물 앞까지 다가가, 현관이 있는 곳까지 연결된 계단 몇 개를 조심스럽게 올라갔다.

현관을 두드리기 직전, 뒤를 한번 돌아봤다. 아무것도 없던 길바닥에서 소리 없이 나타난 게슈트의 망령이 또다시 등장했을까 싶어서였다.

하지만 등 뒤는 고요할 뿐이었다.

"……."

나는 이윽고 두어 번의 노크를 했다.

똑똑.

얼마 못 가 문고리가 돌아가는 소리가 들렸다. 곧 현관문이 열리며 요 며칠 보지 못한 하멜이 고개를 빼꼼히 내밀었다.

그가 집에 없으면 어떡하나 싶었는데 다행이었다.

"……진저 님?"

그가 놀란 듯이 내 이름을 불렀다. 내가 제집까지 찾아온 사실을 믿지 못하는 눈치였다.

나는 어색한 미소를 지으며 인사하는 것처럼 오른손을 가볍게 흔들었다.

"하멜 브레이, 안녕."

평소대로 인사하자 하멜은 그제야 내가 찾아온 일이 믿긴 것인지, 문을 완전히 열었다. 그는 열린 문틈 사이로 한 발자국 걸어 나왔다.

"정말로…… 진저 님?"

살펴본 그는 평소보다 흐트러진 모습이었다.

항상 정갈하게 정돈되어 있었던 머리카락은 부스스해 보였고, 그의 옷차림은 말끔한 정장이 아닌 평상복 차림이었다. 커다란 니트에 폼이 넓은 바지를 입었다고 해야 하나.

그는 이자나를 만나지 않았음에도, 동그란 안경을 낀 채였다.

"그럼 제가 지금 생강으로 보여요?"

그것은 오로지 나이기에 할 수 있는 대답이었다. 엉뚱한 내 대답에 하멜이 가볍게 미소를 지어 보였다.

"진저 님이 확실하군요."

어째서 생강이라는 말에 나임을 확신했는지는 알 수 없었다. 제길.

"저…… 안이 조금 더러운데. 그래도 괜찮으시다면 들어오겠습니까?"

"그럼 저를 밖에 계속 세워 두기라도 할 거예요?"

"아닙니다. 죄송합니다. 안으로 들어오십시오."

하멜은 조금 비켜서며 내가 안으로 들어오기를 기다렸다. 내가 안으로 들어가자, 그는 현관문을 닫고 앞서 한 걸음 걸어갔다.

현관문과 연결된 거실엔 기다란 테이블과 소파, 그리고 책장이 있었다. 앞서 들어간 하멜은 테이블 위에 올려져 있던 것들을 대충 정리하고 있었다. 그의 옆얼굴이 당황스러워 보였다.

테이블 위엔 제법 많은 책이 놓여 있었다.

나는 그의 책들을 훑어보았지만, 애석하게도 내가 알 만한 책들은 보이지 않았다. 가령 '마법사의 도덕적 의무에 관하여.' 이런 제목을 가진 책뿐이었으니.

"휴."

한쪽에 책을 쌓아 둔 하멜은, 짧은 한숨과 함께 흘러내린 앞머리를 쓸어 넘겼다.

"진저 님. 괜찮으시다면 소파에 잠깐만 앉아 계시겠습니까? 마실 것을 내오겠습니다."

"알겠어요."

하멜은 분주한 걸음으로 주방까지 걸어갔다. 나는 소파에 앉아 그의 집을 살펴보았다.

거실에서 제일 눈에 띈 것은 한쪽 벽면을 거의 다 차지한 큰 책장이었다.

거기엔 꽤 많은 책들이 꽂혀 있었다. 그중엔 내 눈을 어지럽히는 화려한 핑크빛 표지가 드문드문 보였다. 무슨 책인지는 굳이 묻지 않아도 알 수 있었다.

로맨스 소설이겠지. 그의 은밀한 취향이 귀엽게 느껴져, 나는 작게 키득거렸다.

이자나와 함께 하멜의 집으로 들어왔을 때와는 확연히 다른 느낌이었다. 그땐 스산하기만 했는데 말이다.

지금 둘러본 그의 집엔 스산함은 개뿔, 되레 로맨스 소설 때문에 왠지 모를 사랑스러움이 느껴질 따름이었다.

몇 분이 흐르자, 그의 발소리가 다시금 들려왔다.

발소리가 나는 방향으로 시선을 돌리자 쟁반을 든 하멜이 보였다. 그가 든 쟁반 위에는 찻잔 두 개 올려져 있었다.

하멜은 테이블 위에 찻잔을 소리 나지 않게 내려놓은 후, 내 맞은편에 앉았다.

"어…… 그러니까, 마땅히 마실 게 준비되어 있지 않아서, 일단은 제가 먹던 것을 타 오기는 했는데……. 절대로 진저 님을 놀릴 생각으로 드리는 것이 아님을 맹세합니다."

차를 타 왔을 뿐인데, 변명이 왜 이리도 길까 싶던 찰나였다. 그 향이 내 코로 스멀스멀 맡아지기 시작했다.

알싸하고, 톡 쏘는 냄새. 무엇인지 모르려야 모를 수 없는 냄새였다.

"설마 이거 생강차예요?"

나는 나도 모르게 헛웃음을 지었다.

하필이면 생강차라니…….

하멜은 나를 놀릴 요량으로 타 온 것이 절대로 아니라고 했지만, 왠지 놀림을 받는 듯한 기분이 들었다.

아니꼬운 내 말에 하멜이 어색한 미소를 흘렸다. 그는 민망했던 것인지, 이미 잘 정돈되어 있던 앞머리를 다시금 훔쳐 냈다.

"네, 하하. 제가 생강차를 평소에 즐겨 먹다 보니…… 생강차가 말입니다. 피로 회복에 아주 좋고, 체온을 높여 주는 데 도움이 될 뿐만 아니라……."

나는 괜스레 놀림 받는 기분이 자꾸만 들어, 그의 말을 잘라 버렸다.

"그만! 거기까지만 말하세요! 정말로 나를 놀리려는 거 아니에요? 진짜로 놀리는 것 같은데?"

"아, 아닙니다! 기분이 나쁘시다면 뜨거운 물이라도 내오겠습니다."

나는 대답하지 않으며 하멜을 노려보았다.

당황한 하멜은, 생강차를 급하게 한 모금 마시다 컥컥거렸다. 뜨거운 생강차에 혀가 데인 것처럼 보였다.

고통스러운 듯 인상을 찌푸린 하멜을 보고 있자니 그를 몰아붙일 마음이 사그라졌다. 되레 차가운 물이라도 떠다 주고 싶었으니.

"피, 됐어요. 생강차가 몸에 좋은 건 나도 아는 사실이니까."

나는 쿨하게 생강차가 든 찻잔을 집어 들었다. 그렇게 한 모금을 마셨을 때, 돌연 이상한 기분이 들었다.

동족을 학살한 듯한 기분이랄까.

맙소사. 내가 세상에서 제일 싫어하는 생강에게 측은지심을 느껴 버리다니.

"다음에 또 찾아오신다면 그땐 세상에서 제일 맛있는 차를 준비해 놓겠습니다."

하멜은 당황한 기색을 지운 채로 사려 깊은 미소를 짓고 있었다.

"그럴 필요까지는 없는데."

"그나저나 이렇게 찾아오신 이유가 무엇입니까? 혹시 무슨 일이 있으신 것은 아니겠죠?"

"아니요. 무슨 일이 있는 게 아니라, 묻고 싶은 게 있어서 찾아왔어요."

"제게 말입니까?"

나는 고개를 끄덕였다.

어디서부터 어떻게 말을 꺼내야 좋을까. 나는 다시금 동족……
아니, 생강차를 한 모금 마시며 그를 똑바로 바라보았다.

하멜은 궁금해서 미치겠다는 얼굴로 나를 빤히 응시하고 있었다.

"흐음, 저번에 게슈트의 망령이 당신의 집에 들어가는 걸 본 적이 있다고 말했었죠?"

"……게슈트 님. 네, 그러셨죠."

게슈트라는 이름이 나오기 무섭게 하멜의 얼굴에 실망스러운 기색이 번져 갔다. 그는 게슈트에 대한 이야기를 하고 싶어 하지 않는 듯한 눈치였다.

나도 하멜이 실망스러운 표정을 짓는 게 싫었으나, 그렇다고 해서 게슈트에 대한 것을 묻지 않을 수 없었다.

이자나의 저주가 풀리거나 하멜이 게슈트의 제자가 아닌 이상, 그 막돼먹은 마법사의 이름은 우리 사이에서 몇 번이고 더 오가야 했던 것이다.

"당신도 게슈트의 망령을 만난 적이 있나요?"

내 물음에 하멜의 표정이 일순 경직되었다. 그는 다시금 아무렇지 않게 미소를 지으려고 했으나, 결국 그렇게 하지 못했다.

하멜은 일그러진 입술로 대답했다.

"있습니다. 게슈트 님의 망령이 저를 찾아왔더군요."

"왜 찾아왔는데요? 그 전에는 찾아온 적이 없어요?"

나는 취조하듯이 하멜을 몰아붙였다. 기분이 나쁠 법도 했지만 하멜은 아무렇지 않게 묵묵히 대답했다.

"제집으로 찾아와서는 아무 말도 하지 않으시다가 사라지셨습니다. 감시를 당한 기분이랄까요? 게슈트 님이 무슨 생각인지는 저도 잘 모르겠습니다."

"……네."

"그리고 이전에는 찾아온 적은 없습니다. 찾아왔었다면, 진저 님이나 이자나 폐하께 진즉 말씀드렸겠죠."

"그럼 그 망령, 지금 어디에 있는지 알 수도 있나요?"

"지금이요? 저도 알지 못합니다. 유령을 찾아내는 마법은 아직까지 연마하지 못한 터라. 어쩌면 지금 우리 주변에 있을지도 모를 일이죠."

나는 게슈트의 망령을 생각하면서 주먹을 가볍게 쥐었다 폈다.

지금 나타난다면, 앞뒤 가리지 않고 붉은 머리카락을 한 움큼 잡아 뜯었을 텐데. 아니, 유령이니까 머리카락이 잡히지 않으려나.

나는 그에게 궁금했던 것을 계속해서 물어보았다.

"게슈트의 망령이란 거. 강한 사념을 가져서 생긴 거라고 했잖아요. 그렇다면 게슈트가 가지고 있는 강한 사념이란 게 뭔지 알고 있어요?"

"짚이는 구석이 있기는 한데. 그것은 진저 님도 이미 짐작하고 계신 사실이라고 생각합니다."

나는 턱을 손으로 문지르며 생각했다. 나도 이미 짐작하고 있는 사실이라…….

머지않아 한 가지 사실이 떠올랐다.

"설마…… 이자나 폐하의 저주 때문인가요?"

이전에는 나타나지 않았던 게슈트의 망령이었다.

그것은 이자나가 탕플 탑에서 나오자마자 제 정체를 드러냈다. 그렇기에 이자나의 저주와 관련이 있는 게 아닌가 싶었다.

이자나에게 끔찍한 저주를 내린 일을, 이제야 양심 찔려 한 게 아닐는지.

내 말이 틀리지 않았나 보다. 하멜은 수긍했다.

"그렇습니다. 저는 그의 망령이 폐하의 저주 때문에 구천을 맴도는 게 아닐까, 라고 생각하고 있습니다. 이자나 폐하께서 저주를 풀 수 있을지, 아닐지 궁금했던 게 아닐까요?"

"고작 궁금함 때문에 유령이 되어서 맴돌고 있는 거라고요?"

어이가 없어서 나도 모르게 큰 소리가 나왔다.

"진, 진저 님. 일단은 진정하십시오. 그러니까 제 생각이 그렇다는 소립니다."

"게슈트인지, 뭔지 정말로 이해할 수가 없어요."

"그건 저도 마찬가지입니다."

"게슈트가 저주를 내린 근본적인 이유를 알게 된다면 저주를 풀수 있다고, 폐하께 들었어요. 이자나 폐하는 자신의 저주가 '믿음'과 관련된 것 같다고 하더라고요."

"믿음······ 말씀이십니까?"

나는 대답했다.

"네. 그런데 그게 마법에 대한 믿음인지, 사람에 대한 믿음인지는 확실하지 않다고 하셨어요. 만약에 마법에 대한 믿음이 그 해법이라면, 하멜이 폐하를 도와줄 수 있지 않을까 해서."

내가 거기까지 말했을 때, 하멜은 갑작스럽게 침묵했다. 그는 입술을 일자로 꾹 다문 채로 아무런 대꾸도 하지 않았다.

이런 부탁은 하멜에게 실례였던 걸까?

"진저 님."

하멜이 내 이름을 너무도 진중하게 부른 까닭인지도 모르겠다. 고작 이름이 불린 것뿐인데 영문 없이 긴장되었다.

나를 쳐다보는 하멜의 눈빛도 의미심장했다. 나를 응시하는 그의 눈빛은 뭐랄까. 무언가를 간절하게 갈망하는 눈빛처럼 느껴졌다.

이어진 하멜의 말은 뜻밖의 것이었다.

"정말 만약에 말입니다. 저도 저주에 걸렸다면…… 당신은 저를 위해 저주를 풀 방법을 고민했을 겁니까?"

당연히 고민했을 것이다. 어디 고민뿐일까. 그의 저주를 풀 해법을 찾으려고 노력했을 것이다.

하멜을 사랑하는 것은 아니었으나, 그와 충분한 유대를 쌓은 터였다.

나는 하멜이 행복해지기를 바랐다. 모두의 행복을 바라면서도 제 행복을 바라지 않던 미련한 하멜이 진심으로 행복했으면 했다.

나는 당연하다고 대답하려 했으나, 입술이 잘 떨어지지 않았다. 하멜이 제가 진짜로 저주를 걸린 것처럼 말했기 때문이다.

그가 저주받았을 일은 절대로 없을 거라고 생각되면서도, 한편으론 그가 저주받은 것은 아닐까 하는 의문이 들었다.

나는 뒤늦게 대꾸했다. 바보처럼 말을 약간 더듬은 채였다.

"당, 당연하잖아요. 잊었어요? 우리는 한배를 탄 사이라고요."

"……그거면 됐습니다."

하멜은 해맑게 웃었다. 그는 내 말 한마디에 모든 것이 해결됐다는 낯빛을 띠고 있었다.

나는 하멜에게 설마 저주에 걸린 게 아니냐고 물으려고 했으나, 그가 먼저 말했다.

"믿음의 전제가 마법이라면, 제가 꼭 필요하겠군요. 마법에 대한 것은 저밖에 신뢰를 드릴 수가 없으니."

"맞아요. 그래서 오늘 이렇게 찾아온 거예요. 좋은 방법이 있을까요?"

"좋은 방법이라."

하멜은 깊은 고민에 잠겼다.

이자나 앞에서 하멜의 마법을 보여 준다면 마법에 대한 믿음이 생길까? 이자나는 직접 보지 않은 것은 믿지 않는다고 했으니까.

이자나에게 마법에 대한 믿음을 주면서, 사람에 대한 믿음도 줄 수 있는 방법이 있으려나.

나는 진지하게 고민했으나, 내가 답을 내릴 수 있는 범주의 질문이 아니었다.

"제가 이자나 폐하 앞에서 마법을 직접 보여 드리는 건 어떨까요?"

하멜도 기가 막힌 방법을 생각하지 못한 것인지, 내가 생각했던 것과 같은 방법을 말하였다.

"폐하 앞에서 마법을 한 적은 없죠?"

"그렇습니다. 눈앞에서 보여 드린 적은 한 번도 없었죠."

"어떤 마법을 보여 주면, 마법을 단번에 믿을 수 있을 까요?"

"흠, 이를테면……."

하멜은 망설임 없이 제 손을 허공에 휘젓기 시작했다. 이제는 익숙해진 그의 마법 동작이었다.

그의 손이 허공에 아름다운 무늬를 만들어 냈고, 그의 손이 지나간 자리엔 금빛 궤적이 작게 피어올랐다. 이내 그의 손에서 붉은빛이 번지듯 물들기 시작했다.

붉은빛은 눈 깜짝할 사이에 제 자취를 감추며, 그의 손바닥엔 언제 생겼을지 모를 붉은 장미가 들려 있었다.

이번엔 한 송이가 아니었다. 그의 두 손엔 그 수를 한 번에 셀 수 없을 정도로 많은 장미가 자리한 채였다.

하멜은 말간 미소를 짓고선, 그것을 내게 내밀었다.

"진저 님께 선물해 드렸던 것처럼 붉은 장미를 만들어 드리면 어떻겠습니까."

"……."

"사과의 의미로 진저 님께 장미 한 송이를 드렸던 날을 잊지 못하고 있습니다. 성나 있었던 당신의 얼굴이, 장미 한 송이를 보자마자 바뀌었으니까요."

"제 얼굴이 어떻게 바뀌었는데요?"

나는 하멜이 내민 장미를 받을까 말까 망설이면서 물었다.

"장미를 받아 주신다면 말씀해 드리겠습니다."

하멜은 내게 내민 손을 거두어들이지 않고 있었다. 나는 그의 손에 들린 수많은 장미를 얼떨결에 받아 들기 시작했다.

장미를 잡고 있던 하멜의 손 위로 내 손이 닿자, 그는 눈에 띄게 움찔거렸다. 하멜의 손과 처음 닿는 것도 아니었건만, 새삼 그의 체온이 너무도 뜨겁게 느껴졌다.

나는 그에게 받은 장미를 무릎 위에 올려놓았다. 하멜은 그제야 대답해 주었다.

"당신의 얼굴이 화사해졌습니다. 그러자 그런 기분이 들었습니다. 제 진심이 당신에게 전달된 것 같다고."

"……."

"그날엔 당신에게 사과하고 싶었던 제 마음이 통한 기분이었고, 오늘은 조금 다른 진심이 당신에게 닿기를 바라고 있었습니다."

조금 다른 진심. 나는 그것이 무엇일지 궁금했다.

"폐하께도 제가 만든 장미를 드린다면, 마법을 믿어 달라는 제 진심이 통하지 않을까요."

그는 이자나에 대한 것으로 화제를 돌렸지만, 나는 그가 말한 '조금 다른 진심'만을 계속 생각했다. 그건 아마 제 사랑이 이뤄지기를 바라는 진심이 아닐까?

나는 하멜에게 또다시 확실하게 말해 줄 필요가 있었다. 당신의 마음을 받아 줄 수 없다고.

잔인한 일일지도 모르겠다. 하지만 그편이 더 나으리라 짐작되었다. 여지를 주지 않고 딱 잘라서 얘기한다면, 하멜도 제 마음을 빨리 정리할 수 있을 것이다.

근거 없는 생각이 아니었다. 짝사랑만 주야장천 했던 나의 경험담에서 비롯된 생각이었기 때문이다.

나는 장미의 잎사귀를 쓰다듬으며 그에게 말을 건네었다.

"하멜 브레이. 저는 당신의 진심을 받아 줄 수 없……."

내가 거기까지 얘기했을 때, 하멜이 내 말을 잘랐다. 그가 내 말을 그런 식으로 끊은 적은 처음이었다.

"알고 있지만. 요즘 들어 자꾸만 나쁜 생각이 듭니다."

"네?"

"이제야 진짜로 제 행복만을 바라게 된 것 같습니다."

"하, 하멜."

"저는 분명 이자나 폐하, 레라지에 님, 그리고 당신의 행복만을 바라고 있었는데……. 이제는 제가 제일 행복했으면 합니다."

"……."

그는 무거운 숨을 토해 냈다.

"……당신을 가지고 싶다는 생각을 매일 합니다. 이제 저는 어떡하면 좋습니까? 아무렇지 않다고 했던 주제에 당신에게 구차하게 매달리는 저를…… 어떻게 해야 합니까?"

하멜은 곧 울 듯한 목소리로 제 진심을 토로했다. 내 가슴이 절절해질 정도로, 그의 진심이 와닿았다. 그러자 나도 울고 싶어졌다.

하멜 당신을 어떻게 해야 좋을까.

할 수만 있다면, 나를 두 쪽으로 쪼개어 하나를 하멜에게 주고만 싶었다.

"죄송합니다. 제가 또다시 감정을 주체하지 못했습니다."

하멜은 정중하게 사죄했다. 그는 이제 완전히 식어 버린 생강차를 한 모금 마신 후에 이어 말했다.

"이자나 폐하의 저주가 풀리는 날. 저는 여행을 떠날 예정입니다."

"여행이요……?"

"그렇습니다. 그편이 모두에게 나을 것이라 여겨져서……. 아마도 긴 여행이 되지 않을까 싶기도 합니다."

모두에게……. 하멜이 제 사정을 구구절절 설명하지는 않았지만, 나는 그 여행의 목적을 알 것만 같았다.

이뤄지지 않을 사랑, 이자나, 저주. 여러 일들을 털어 내기 위함이 아닐까?

"하멜 브레이. 그렇게 떠나도 괜찮은 거예요?"

하멜은 고개를 작게 끄덕였다.

"아예 사라지겠다는 소리가 아닙니다. 여행이 끝나면 언제고 다시 돌아올 생각입니다."

"……."

"하지만 그 전에, 폐하께 장미 한 다발을 드려 볼 예정입니다만."

하멜은 심각해진 나를 달래 줄 요량으로 객쩍은 소리를 했다. 나는 바람 빠진 미소를 지었으나 굳은 얼굴이 완전히 누그러진 것은 아니었다.

하지만 내가 계속 굳어 있다간, 하멜의 기분이 좋지 않을 것 같아서 나는 애써 밝게 웃으려고 노력했다.

"저도 그 순간을 직접 보고 싶어요."

"그러십시오. 그날은 폐하께서 남자에게 장미를 받은 처음이자 마지막 날이 되겠군요. 물론 제가 남자에게 장미를 주는 것도 처음이자 마지막 날이 될 테죠."

"마법에 대한 믿음과 사람에 대한 믿음을 동시에 심어 주는 기막힌 방법이 있으면 좋을 텐데."

"걱정 마십시오. 저도 곰곰이 생각해 보겠습니다. 이번엔 제대로 된 플랜 비까지 세우는 게 좋을 것 같습니다."

"당연하죠. 하하."

……플랜 비. 레라지에를 좋아하지 않게 된 그에게 더는 필요가 없게 된 계획이었다. 나는 그가 준 장미를 쥐어 잡고선, 앉아 있던 몸을 일으켰다.

"그럼 저는 이만 가 볼게요. 해야 할 얘기는 다 한 것 같으니까. 우린 궁에서 다시 만나도록 해요."

나는 도망치듯이 현관까지 걸어갔다. 하멜은 말리는 일 없이 내 뒤를 조용히 따르기만 했다.

내가 현관을 열고 나가자, 그는 그제야 한 마디를 하였다.

"조심히 가십시오. 진저 님."

"응. 안녕!"

나는 뒤돌아서서 걸어갔다. 걸어가는 내내, 내 등에 꽂힌 하멜의 시선이 느껴졌다.

나는 한 번도 뒤돌아보지 않았다. 앞만 보고 걸어가며, 생각했다. 어쩌면 그가 여행을 떠나는 게, 그에겐 제일 좋은 일일 수도 있다고.

여행을 다니며 여러 사람을 만나며, 그가 제 마음을 모두 정리했으면 했다.

나는 그의 짝사랑이 끝나기를 간절히 바랐다.

* * *

돌아온 후작저는 소란스러웠다. 적막하기만 한 후작저의 정원에 여러 사람들의 목소리가 들려왔기 때문이다.

무슨 일이 생긴 걸까?

철제 대문을 지나쳐 정원으로 들어서자 꽤 많은 인부들이 바삐 움직이는 게 보였다.

어느 인부의 손엔 이름 모를 아름다운 꽃 모종이 들려 있었고, 또 다른 인부의 손엔 삽이 들려 있었다.

어머니가 정원을 대대적으로 수리하는 건가 싶던 찰나였다. 정원의 한가운데에 서 있던 어머니와 눈이 마주쳤다.

나를 발견한 어머니는 반갑게 손을 흔들었고, 그녀의 옆에는······.

"······이, 이자나?"

어머니를 따라 내게 손을 흔드는 이자나가 서 있었다. 우두커니

서 있던 내게, 이자나가 빠른 걸음으로 다가왔다.

"생강 양. 어디 갔다 온 거야? 기다렸잖아."

"폐…… 하? 잠깐 볼일이 있어서 나갔다 왔어요. 아니! 그건 그 렇고, 여기엔 어쩐 일로 오셨어요?"

"그거야 너와 했던 약속을 지키기 위해서 온 거지."

"약속이요?"

"응. 잊었어? 함부로 꺾은 꽃에 대한 보상을 한다고 했었잖아."

"아!"

이자나는 어머니가 아끼는 정원의 꽃을 꺾은 후, 사죄하는 의미 로 보상을 해 준다고 했었다. 나는 그제야 대대적인 정원 수리의 전말을 알 수 있었다.

"이건 그냥 보상이 아니라, 정원을 대대적으로 수리하는 것 같은 데요?"

"어머님이, 흠흠, 그러시기를 원하니까."

이자나는 어머님이라는 말을 어색하게 내뱉고 있었다.

"어, 어머님?!"

"그럼. 내겐 이제 하나밖에 없는 어머님이지."

그리 말한 이자나의 입가엔 장난스러운 미소가 드리웠다. 어머니 라는 말 하나에, 그와 백년해로를 약속한 듯한 기분이 들었다. 나 는 이자나를 따라 빙그레 미소 지었다.

그러다 이자나의 시선이 내 손에 들린 장미 다발에 꽂히는 게 느 껴졌다. 이자나는 얼굴에 띤 미소를 지우며 내게 물었다.

"그 장미…… 어디서 났어?"

아 참. 내 손에 장미가 들려 있었지.

나는 내 손에 쥐여 있던 장미의 존재를 뒤늦게 떠올렸다. 이자나
가 후작저에 있을 거라고는 예상하지 못해서, 그것을 숨길 생각을
하지 못한 터였다.

딱히 내가 잘못한 것은 없었으나 내 이마엔 식은땀이 맺히기 시
작했다. 왜 바람을 피운 것 같은 기분이 드는 것인지.

나는 사람 좋은 미소를 지으며 솔직하게 말했다. 장미의 출처를
숨기는 일이 더 이상했으니까.

"하멜에게 받은 거예요. 그를 잠깐 만나고 왔거든요."

하나 돌아온 이자나의 반응은 제법 거셌다. 그는 딱딱한 목소리
로 하멜의 이름을 읊조렸다.

"하멜…… 브레이?"

아……. 그냥 숨기는 게 옳은 일이었던가.

후회했지만, 이미 내뱉은 말을 주워 담을 수는 없었다. 나는 이
자나가 오해 같지 않은 오해를 하기 전에 덧대어 말했다.

"폐하의 저주를 풀 방법을 상의하고 온 거예요. 저주의 해법이
마법에 대한 믿음이라면 하멜이 꼭 필요할 테니까요."

"내 저주를 푸는 방법을 논의하기 위해 하멜을 찾아갔는데, 그에
게 장미를 받아 왔다?"

그는 흐음, 하는 긴 침음을 내뱉고선 손을 앞으로 뻗었다. 그 손
은 헝클어질 대로 헝클어진 내 앞머리를 조심스럽게 매만졌다.

"거참, 질투 나게 하는군."

"……그러니까. 이 장미는 말이죠."

내가 변명을 또다시 하려고 하자 이자나가 내 말을 끊었다.

"아니. 설명할 필요 없어. 어찌 되었든 생강 양이 하멜에게 장미

를 달라고 채근한 것은 아닐 거 아니야. 그거면 됐어."

"넵. 채근한 적은 단연코 없습니다."

"그래."

이자나는 픽 웃었다. 정말로 그거면 됐다는 것처럼.

"그나저나 하멜 브레이. 자꾸 이렇게 나오면 곤란한데."

"하하. 설마 그를 어떻게 하실 건 아니죠?"

"글쎄."

이자나는 애매한 대답을 하면서 내게 뻗었던 손을 물렸다. 그러곤 뒤돌아서서 걸어가기 시작했다.

평소에 간소한 카디건만 걸치던 그는 오늘따라 꽤 멋스러운 제복을 입고 있었는데, 잘 빠진 뒤태가 몹시도 훌륭했다.

이자나는 열 걸음 정도 걸어간 뒤에야 걸음을 멈추었다.

그는 나와 똑바로 마주 서며 손끝으로 어딘가를 가리켰다. 거기엔 어느 인부가 심어 놓은 예쁜 흰 꽃이 있었다.

"그런데 말이야. 네 손에 들린 장미보다 내 꽃이 훨씬 더 아름답지 않나?"

이자나는 진지한 표정으로 내게 묻고 있었다. 근엄한 옷차림으로 제 꽃의 아름다움을 자랑하는 모양새가 퍽 귀여워 보였다. 나는 킥킥거리며 대답했다.

"그럼요! 폐하께서 주신 것인데, 뭔들 예쁘지 않겠습니까."

"네가 원한다면 뭐든지 줄게. 그게 무엇이든."

이자나는 오만한 표정을 지으며 고개를 까딱거렸다. 오만하게 한쪽 손을 바지 주머니에 찔러 넣기도 했는데, 그 모습은 허세가 가득해 보였다.

콩깍지가 씌어도 제대로 씐 것인지, 허세 가득한 모습도 내 눈엔 귀여워 보이기만 했다. 나는 종종걸음으로 그의 앞까지 걸어갔다.

"그것은 지금 매력 발산입니까?"

"티 났어?"

"무척요. 그런데 이걸 어쩌나. 폐하께서는 가만히 계셔도 매력이 넘치시는 걸요."

"하긴, 내가 좀 그렇기는 해."

얼레. 뻔뻔한 것도 귀엽네. 그의 모든 것이 귀엽게 느껴졌다. 나는 행복한 미소를 지었고, 이자나는 나보다도 더 행복해 보이는 미소를 지었다.

그가 정말로 많이 변했다는 사실을 새삼 통감했다.

첨예한 눈빛으로 사람들을 훑어보던 그의 모습은 온데간데없이 사라진 것 같았다. 도리어 그가 너무도 느슨해져 버린 것은 아닌가, 하는 걱정이 들 정도였다.

믿음. 그가 나를 진정 믿고 있기에, 그는 이토록 느슨한 모습을 보이는 걸까. 나를 향한 그의 믿음은, 무슨 일이 생기더라도 변하지 않는 걸까.

이자나는 여느 날 더러 그러했듯 내 생각에 대한 해답을 알려 주었다.

"아무렴. 믿음을 갖는 것은 어렵겠지만, 한번 생긴 믿음이 쉽게 사라지지는 않을 거야."

그렇다면 어째서 그의 저주가 풀리지 않는 걸까. 저주의 해법이 마법에 대한 믿음이라서?

그때, 그의 머리통 위로 밝은 빛이 일렁거리기 시작했다. 그것은 찰나의 순간 빛나다가 금세 사라져 버렸다.

잘못 본 걸까.

"두 사람. 정말로 보기 좋네요."

멀리서 우리를 지켜보던 어머니가 우리 사이에 끼어들었다. 어머니는 우리처럼 행복한 얼굴을 하고 있었다.

"그렇게 봐주시니 감사합니다. 어머님."

이자나는 어머님이라는 단어를 힘주어 불렀다. 어머니는 그것이 싫지 않은 것인지, 아니 오히려 기쁜 것인지 고양된 웃음소리를 내었다.

"후후. 폐하도 참. 편하게 부르시래두."

"아닙니다. 이제 진저의 가족들도 제게 특별해진 걸요."

이자나는 어머니의 눈동자를 빤히 들여다보며 말했다. 그는 버릇처럼 어머니의 생각을 읽고 있을 게 분명했다.

그렇게 생각하자 또다시 식은땀이 나는 기분이었다. 어머니가 이상한 생각은 하지 마셔야 할 텐데.

기우에 불과한 걱정이라고 생각했던 것도 잠시, 이자나의 검은 동공이 눈에 띄게 흔들리는 게 보였다. 그것은 그가 동요를 할 때마다 내비치는 것이었다.

도, 도대체 무슨 생각을 한 거지.

"설마 그 와인을 어머님께서……."

그는 저도 모르게 나지막이 읊조리고 있었다.

"네?"

어머니는 그의 말을 제대로 듣지 못해 반문했지만, 가까이 있던 나는 그 소리를 똑똑히 듣고야 말았다.

와인이라는 건, 탕플 탑에 갔을 때 내가 가져갔던 그것을 말하는 거겠지?

맙소사. 어머니에게 미안한 마음이 들었다.

"아닙니다. 하하. 생강…… 아니, 진저가 누구를 닮았나 했더니, 어머님을 많이 닮았네요."

"어머. 진저가 저를 따라오려면 한참 멀었죠, 폐하."

……어머니. 그것은 좋은 말이 아닌 것 같습니다만.

나는 머쓱하게 뺨을 긁적였다.

어머니와 이자나는 정원에 대한 이야기를 조금 더 나누었다. 어느 지점엔 어느 꽃이 있는 게 좋겠다는 어머니의 요구가 대부분인 대화였다.

이자나는 그것에 기분 나빠하기는커녕 그녀의 말을 진지하게 듣고 있었다. 간혹 눈을 반짝이는 모양새가 한 마디라도 빠짐없이 듣겠다는 모습쯤으로 보였다.

나는 흐뭇한 얼굴로 그들을 지켜보며, 믿음에 대한 것을 마저 생각했다.

이자나가 나를 믿음에도, 그의 저주가 풀리지 않는 이유가 무엇일지 말이다.

첫 번째론 아까 전에 생각했듯이 마법에 대한 믿음이 저주를 푸는 해답이라서 그런 것일 수도 있겠고, 두 번째론 저주가 원하는 믿음의 깊이와 관련이 있어서 그런 것일지도 모르겠다.

믿음의 깊이. 이자나가 나를 향한 믿음의 깊이를 제대로 자각하게 된다면, 그의 저주가 풀리는 게 아닐까?

그것은 찰나에 스치고 지나간 생각이었다.

"······!"

잠깐 스친 생각이지만, 묘수일 거란 확신이 들었다.

믿음의 깊이. 그것을 측정하기 위해선 특별한 믿음 테스트가 필요하지 않을까 싶기도 했다.

오호라, 뭔가 좋은 방법이 떠오를 것 같기도 한데.

"진저? 무슨 생각을 그렇게 하는 거야? 불러도 대답도 없고."

어머니와 이야기를 끝낸 이자나의 목소리였다.

"아! 잠깐 딴 생각을 하고 있었어요."

"어째 네 미소가 사악하게 느껴지는데?"

"후후. 어디 제 미소가 사악했던 적이 한두 번인가요."

나는 꿍꿍이가 있는 듯한 미소를 지어 보였다. 그러자 역시나 못당해 낸 쪽은 이자나였다. 그는 언제나처럼 내게 졌다는 듯이 고개를 절레절레 흔들었다.

"정원은 어머님이 원하시는 대로 될 거야. 나도 끝까지 지켜보고 싶은데······ 이제 궁에 돌아가야 할 것 같아."

"어머. 벌써 가시게요?"

"어. 아쉽지만, 오늘만 날이 아니니까."

"그렇다면 소녀가 내일 궁에 찾아가도 괜찮겠습니까?"

"그럼. 모든 건 네 뜻대로 해도 좋아. 넌 나의 생강이니까."

이자나는 고백하듯이 말하며 내 이마에 살며시 입을 맞추었다. 정원에 한눈을 팔고 있던 어머니를 피해서 한 입맞춤이었다.

"갈게."

그는 하얗고 긴 손을 흔들며 정차해 둔 마차 쪽으로 걸어갔다. 나는 하멜이 내게 그랬듯이, 이자나가 탄 마차를 끊임없이 바라보았다.

작은 점이 될 때까지도. 계속해서.

＊　＊　＊

내 방으로 돌아왔을 때, 테이블 위에는 낯선 종이 하나가 놓여 있었다. 나는 하멜이 준 장미를 테이블에 대충 올려두고선, 종이를 집어 들었다.

깔끔한 봉투에는 익숙한 문양이 새겨져 있었다. 그것은 레라지에에게 붙여 놓은 심복 시녀와 내가 주고받는 암호였다.

그 시녀는 하멜과 레라지에의 목걸이를 훔칠 때 우리에게 큰 도움을 주었던 사람이기도 했다.

나는 고민할 필요 없이 봉투를 뜯어 내용물을 확인했다.

"흐음……."

심복 시녀는 레라지에의 근황을 내게 보고하곤 했는데, 오늘 보고 내용은 제법 흥미로운 것이었다.

무슨 일이 일어나든 침착함을 유지하던 그녀가, 요즘 들어 제 감정을 주체하지 못하고 있다는 내용이었다.

시녀들에게 툭하면 시비를 걸기도 하고, 특히나 내 소식에 대해선 빠짐없이 알아보고 있다고 한다. 나와 이자나가 잘된 사실이 그녀에겐 아주 큰 충격이었음이 틀림없었다.

적반하장도 유분수라고 생각했다. 내가 저의 목숨을 구해 준 걸 되레 분하게 여기고 있다니 말이다.

약속된 미래의 흐름대로 일이 진행되었다면 그녀는 제 목숨을 잃었을 텐데. 나는 분노하고 있을 그녀에게 내 미덕에 대해 낱낱이 설명해 주고 싶었다.

아니, 그런데 잠깐. 분노? 그녀의 분노라…….

그 순간, 조금 위험한 생각이 떠올랐다.

이자나의 믿음을 테스트할 방법에 레라지에의 분노를 이용하면 어떨까 하는 생각이었다.

배알이 꼴릴 대로 꼴린 레라지에를 잘 구슬린다면, 그녀는 내 생각대로 움직여 줄 것이다.

돌연히 떠오른 위험한 생각에 무척이나 구미가 당겼다.

* * *

다음 날, 궁에서 온 마차엔 역시나 하멜이 존재했다.

이자나, 이 자식. 웬만하면 다른 이를 보낼 만도 하건만, 매번 하멜을 보내는 모양새가 영 마음에 들지 않았다.

나를 좋아하고 있는 하멜을 자꾸만 보내는 이유가 뭘까? 이자나에겐 다른 꿍꿍이가 있는 걸까?

나는 아무렇지 않게 그의 에스코트를 받아 마차에 올라탔다. 마주 앉은 하멜의 안색은 좋아 보였다. 지난날, 감정이 격앙되었던 그의 모습은 전혀 찾을 수 없었다.

"저기, 하멜."

"네?"

"제가 떠올린 묘안이 하나 있는데, 당신의 도움이 꼭 필요할 것 같아요."

"묘안이라는 건…… 폐하의 저주를 풀 수 있는 방법을 말씀하시는 겁니까?"

"맞아요. 후후."

내 대답에 하멜은 마른침을 꼴깍 삼켰다.

"그것이 무엇입니까?"

"이른바 믿음의 깊이와 관련된 테스트라고 해야 할까요?"

나는 어제 떠올린 생각을 그에게 토로하기 시작했다.

장대하지 못한 내 계획은 그러했다.

일단은 레라지에를 찾아가 그녀에게 이자나의 저주의 해법에 대해서 말해 준다. 그의 저주가 풀리기 위해선 '믿음'이 필요하다고.

그리고 그녀에게 거래를 제안하는 것이다. 믿음을 주제로 한 내기를 하자고 말이다.

이자나의 믿음 테스트에서 내가 지게 될 시엔 그를 깔끔히 포기하겠다고 제안하는 거다. 그럼 분노에 얼룩져 평정을 잃은 레라지에가 내 제안을 단번에 수락할 것임이 분명했다.

여기서 믿음 테스트란 건 간단한 실험이었다.

나와 레라지에가 권하는 찻잔 두 개를 두고, 이자나가 선택을 하게 만드는 것이다.

내가 이자나에게 권유할 차에는 옅은 독이 있을 거라고, 레라지에에게 말해 둘 것이다. 물론 레라지에가 이자나에게 권유할 차에는 독이 없을 거란 사실 또한.

실상 두 차에는 모두 독이 없게 만들 참이었다. 이자나에게 독을 줄 리가 없지 않겠는가.

하지만 레라지에에겐 내 차에 독이 있다는 강한 믿음을 주어야 했다. 그것은 아마 하멜의 도움이 있다면 수월해질 일이었다.

레라지에는 이자나 앞에서 내 차에 독이 있다고 생각할 것이고, 반대로 내 생각은 이자나에게 읽혀선 안 되었다.

생각이 읽히는 레라지에의 주장과 생각이 읽히지는 않지만 처음으로 믿음을 갖게 된 나. 그 사이에서 이자나의 선택을 지켜보면 되는 것이었다.

여기서 이자나가 나를 믿고, 레라지에가 독이 들었다고 주장하는 내 차를 마시게 된다면……. 나를 향한 그의 믿음의 깊이가 증명되지 않을까?

계획이 성공적으로 이뤄지기 위해서는 첫 번째, 레라지에의 붉은 목걸이를 다시 완벽하게 훔쳐 와야 했다.

그것은 하멜이 직접 할 일이었다. 아닌 말로, 그는 내가 쓴 '유폐된 왕자와 후작 영애'를 훔쳐 왔지 않던가.

훔쳐 왔다고 뻔뻔히 말하던 하멜의 얼굴을 잊을 수 없었다. 괴도 생강의 뒤를 이은 괴도 하멜이 그 일을 충분히, 아주 넘칠 만큼 잘해 줄 것이라 믿어 의심치 않았다.

그리고 두 번째, 훔쳐 온 목걸이는 내가 껴야 했다. 그래야 이자나가 내 생각을 읽을 수 없을 테니 말이다.

내 계획을 진지하게 듣던 하멜은, 질문이 생겼다는 듯 조심스럽게 손을 들며 말했다.

"……말씀 중에 죄송한데 말입니다. 그 목걸이를 굳이 훔쳐 와야 하는 것입니까? 레라지에 님께 설명을 한다면 목걸이를 빌려줄지도 모를 일입니다. 그게 아니라면, 제가 직접 만들어 드릴 수도 있습니다만. ……아 참. 생각해 보니 그때 목걸이를 훔치지 않았습니까?"

"그, 그건 말이죠. 하, 어디서부터 얘기해야 할지 모르겠지만."

"설마……."

하멜이 무언가를 직감한 듯이 아연실색한 표정을 지어 보였다. 나는 진지한 표정을 유지한 채로 고개를 끄덕였다.

"설마가 사람을 잡는 법이죠."

"맙소사. 설마 그때 뭔가 떨어지는 소리가 들렸던 게……."

"정답이에요. 떨어뜨리면서 실수로 바뀌어 버렸지 뭐예요."

비웃음을 당할 일이라고 생각했다. 그렇기 때문에 나는 진지한 얼굴을 유지했다. 진지한 얼굴에 대고 비웃지는 못할 테니까. 젠장.

다행인지 불행인지 하멜은 내 말에 크게 반응하지 않았다. 그는 그저 "어떻게 그런 일이……."라는 혼잣말을 읊조리며, 그 일을 안타까워했을 뿐이다.

속없는 하멜다운 반응이었다.

"그럼 그것을 꼭 훔쳐 와야 하는 이유는 무엇입니까?"

"레라지에가 제 목걸이를 곱게 내놓을 리가 없으니까요. 그리고 제일 큰 이유는……."

"……."

하멜이 다시금 마른침을 꼴깍 삼켰다. 그의 얼굴이 긴장되어 보였다.

"이번엔 제대로 그녀의 목걸이를 훔쳐 보고 싶기 때문이에요."

"킥! 고작 그런 이유라니요."

예상하지 못한 내 대답에 하멜이 놀란 듯했다.

"제가 얼마나 바보 같은 실수를 했는데요. 그 목걸이를 제대로 훔쳐 내지 못했다간, 평생의 한으로 남을 거예요."

"……."

"제가 레라지에의 목숨 빚을 하나 가지고 있으니, 그녀의 목걸이를 훔쳐도 괜찮은 거 아닌가요?"

"일리가 있는 말씀입니다만."

하멜은 고민하는 낯빛을 띠었다.

그는 골똘히 내 계획에 대해 생각하더니, 몇 분이 흐른 후에야 겨우 입술을 떼어 냈다.

"진저 님. 그럼 이렇게 하는 것은 어떻겠습니까? 제가 오늘 폐하의 앞에서 마법으로 장미를 만들어 보겠습니다. 제 마법을 보고 난 후, 폐하의 저주가 풀린다면 그 계획은 없던 일로 하시고."

"그렇게 해도 저주가 풀리지 않는다면요?"

"그, 그럼 그때 다시 그 계획에 대해서 진지하게 얘기를 나눠 보도록 합시다."

나는 어쩔 수 없다는 듯이 고개를 끄덕였다.

하멜은 복잡한 얼굴로 제 이마를 훔쳐 냈다. 그는 꼭 제 마법으로 인해 이자나의 저주가 풀리기를 바라는 것처럼 보였다.

장대하지 못한 내 계획이 실행되는 걸 절대로 바라지 않는 것처럼.

* * *

궁에 도착한 우리는 이자나를 함께 찾아갔다.

하멜은 긴장이라도 한 것인지 전방만을 쳐다보며 내게 눈길도 주지 않았다. 이내 이자나가 있을 응접실 앞까지 가고 난 뒤에야 그가 나를 내려다보았다.

그는 굳은 입매를 느릿하게 움직였다.

"진저 님, 왜 이렇게 긴장이 되는 걸까요?"

"흠……. 하멜 브레이, 당신 설마?"

"설마?"

"이자나 폐하에게 장미를 줄 생각에 긴장을 한 건가요? 당신……
설마…… 남자를…… 좋아하는 건……."

내가 눈썹을 들썩거리며 장난스럽게 말하자 하멜이 질겁했다.

"그, 그런 것이 아닙니다!"

나는 경직된 그의 어깨를 가볍게 내려치며 대답했다.

"강한 부정은 강한 긍정이라고 하던데. 뭐, 그럴 수도 있는 거지.
걱정하지 말아요. 나만 알고 있을 테니까."

"진저 님!"

"농담이에요, 농담. 긴장 좀 풀라고. 그런데 그렇게 식겁해서 반
응하는 걸 보니, 왠지 수상하기도 하고."

"……."

하멜은 대답 대신 헛웃음을 지었다. 그도 이자나와 다름없이 내
게 못 당하겠단 얼굴이었다. 덕분에 그의 굳은 얼굴이 꽤나 누그러
져 있었다.

하멜은 가벼운 기합과 함께 방문을 두어 번 두드렸다. 잠시 뒤에
들어오라는 이자나의 목소리가 들렸다.

우리는 문을 열고 안으로 들어섰다. 그러자 소파에 앉아 있는 이
자나가 보였다. 이자나는 내가 건넨 인사를 받으면서도, 함께 들어
온 하멜에게 의아한 빛을 보냈다.

"……라라? 왜 함께 들어온 거지?"

"저, 그러니까 말입니다."

하멜이 어디서부터 얘기를 꺼내야 할지 고민했다. 나는 재빠르게 그들의 대화에 끼어들었다.

"하멜이 폐하께 드리고 싶은 게 있다고 해서 같이 들어온 거예요. 그렇죠, 하멜?"

"그렇습니다. 휴, 폐하. 지금 굉장히 갑작스럽다고 생각하시겠지만, 제가 폐하께 드리고 싶은 게 있습니다."

"……네가?"

"일단은 지켜봐 주시겠습니까?"

이자나는 대수롭지 않게 고개를 끄덕였다.

하멜이 마법을 쓰기 위해 제 손을 가볍게 풀기 시작했을 때, 나는 쪼르륵 걸어가 이자나의 옆에 앉았다.

손을 모두 푼 하멜은, 언제나처럼 제 손을 부드럽게 움직이기 시작했다.

유려한 곡선을 그리며 움직이는 그의 손이 아름다워 보였다. 그의 손이 지나간 자리엔 작은 파문이 일었다 금세 사라지기도 했다.

우리는 그 모양새를 빠짐없이 바라보고 있었다.

이윽고 조용히 움직이던 그의 손이 멈추었다. 그러자 그의 손바닥 위에 붉은빛이 새어 나오기 시작했다.

"……."

붉은빛이 지나간 자리엔 그가 내게 주었던 장미와 똑같은 장미가 생겨났다.

그는 붉은 장미 열 송이정도를 모두 만든 다음에야 우리를 쳐다보았다. 아니, 이자나를 쳐다봤다는 게 더 옳은 말이리라.

"장미……?"

장미를 논하는 이자나의 목소리엔 의구심이 가득했다. 하멜은 쭈뼛거리며 이자나 앞까지 걸어왔다.

그는 끙끙거리는 강아지처럼 안절부절못했다. 하멜의 동공은 갈피를 잃은 채였는데, 무언가를 심각하게 고민하는 것처럼 보이기도 했다.

짧은 고민을 끝낸 듯한 하멜은 이자나 앞에서 제 오른쪽 무릎을 천천히 꿇었다. 그러고선 장미를 든 손을 이자나에게 조심스레 내밀었다.

"어…… 음…… 폐하. 제 장미, 받아 주시겠습니까?"

"……?"

이자나는 마법이 구현되는 것을 보면서 별로 놀라지 않아 했다. 그런 그가, 커다란 손에 쥔 장미 한 다발을 건네는 하멜의 모습에는 큰 충격을 받은 것 같았다.

이자나는 제 뺨을 긁적이며 짧은 신음을 흘렸다.

"라라. 나는…… 말이지. 네가 성적 지향성에 대해서 고민하고 있는 거라면 같이 심각하게 고민을 해 줄 수 있을 것 같아."

"……예?"

"풉."

이자나의 말을 단번에 이해하지 못한 하멜이 반문을 했고, 알아들은 나는 웃음을 터뜨렸다. 그사이에도 난감한 기색이 역력한 이자나가 제 말을 이어 갔다.

"사실 예전에 네가 나를 좋아한다고 했을 때부터 조금 이상하다는 기분이 들기는 했었지만……. 네게 꽃까지 받으니 기분이 더 묘해지는군."

"······폐, 폐하?"

이자나는 제 얼굴에 머물러 있던 손을 뻗어 하멜의 장미를 받아 주었다. 그는 제 손에 쥐어진 붉은 장미를 보며 깊은 한숨을 쉬었다.

너무도 심각한 이자나의 반응에 나는 더 이상 숨죽여 웃지 못하기에 이르렀다. 키득거리는 소리가 입가를 비집고 새어 나왔다.

마법을 믿게 하기 위해 이자나 앞에서 마법을 시전했더니, 마법에 대한 믿음은 개뿔, 되레 하멜의 성적 지향성에 대해 심각해하다니.

이자나가 본래부터 엉뚱했던 것인지, 아니면 그도 나를 점점 닮아 가 엉뚱해지고 있는 것인지.

상황을 뒤늦게 인지한 하멜이 억울한 목소리로 소리쳤다.

"오, 오해입니다!"

하지만 앞서 내가 그리 여겼듯이 이자나도 하멜의 강한 부정을 강한 긍정쯤이라 생각하고 있는 듯했다.

"이봐, 라라. 이제는 솔직해져도 괜찮지 않나?"

"폐, 폐하!"

하멜은 이자나를 간절하게 불렀다. 하나 이자나는 붉은 장미의 잎사귀를 손으로 매만지며 하멜의 억울한 시선을 회피했다.

고개를 조금 내린 이자나의 얼굴을 슬쩍 보자, 그의 입가가 부자연스럽게 들썩거리고 있는 게 보였다. 마치 웃음을 참고 있는 것처럼 말이다.

웃음? 오호라. 나는 그제야 이자나가 순진한 하멜을 놀리고 있다는 걸 깨달았다.

하긴, 눈치가 빠른 이자나가 마법을 대뜸 선보인 하멜의 의중을 짐작하지 못했을 리가 없지.

그렇게 생각하자 내 얼굴에 깔린 미소가 더욱 짙어졌다. 이내 들썩이는 입꼬리를 참지 못한 이자나마저도 소리 내어 웃고야 말았다.

방 안을 가로지르는 우리의 웃음소리 사이로, 진지한 이는 하멜뿐이었다.

하멜은 우리가 웃고 있는 이유를 예상하지 못한 것인지, 억울한 목소리로 제 진심을 다시 한 번 더 호소했다.

"그것은 정녕 오해란 말입니다!"

하멜 브레이. 이자나의 저주는 아무래도 당신의 마법으로 해결될 문제가 아닌 것 같아. 나는 머지않아 우리가 내 계획에 대해 또다시 이야기를 나누게 될 것이라고 확신했다.

한참을 웃던 이자나가 웃던 것을 멈추고선, 하멜을 바라보았다. 하멜은 여전히 무릎을 꿇은 채였다.

"라라, 사실은 말이야. 내가 장난을 좀 쳤어."

"예? 장난 말씀이십니까?"

"그래. 네 얼굴이 너무 진지하기도 하고, 고백하는 얼굴처럼 보이기도 해서 장난을 치고 싶더라고. 큭큭."

이자나의 말이 끝나고 한 3초 정도 하멜이 침묵했다. 그는 멍한 시선으로 두 눈을 느릿하게 깜빡였을 뿐이다.

이윽고 상황을 제대로 인지한 그가 꼼짝없이 당했다는 얼굴을 한 채로 우리들을 번갈아 보았다.

"너무하십니다! 저는 정말로 폐하께서 오해하신 줄 알았단 말입니다!"

"그러게 누가 대낮부터 남자에게 장미를 선물하래? 하마터면 진짜로 오해할 뻔했잖아."

"폐하! ……하."

하멜은 제 머리칼을 쓸어 넘기며 고개를 떨구었다. 왠지 모르게 그가 가엾은 기분이 들었다.

"그나저나 마법으로 만든 이 장미. 전에도 봤지만 다시 보니까 감회가 새로웠어. 네가 마법을 하는 건 처음 봤는데, 너와 꽤 어울리는 동작을 하더군."

"……나쁘지 않았습니까?"

"그럼. 보고 있던 나도 신성해지는 기분이었다고."

저를 칭송해 주는 듯한 이자나의 말에 하멜이 떨구었던 고개를 조심스레 들어 올렸다.

하멜은 조금 흘러내린 안경을 추켜세우며 이자나를 똑바로 쳐다봤다.

"그렇다면 이제 마법을 확실히 믿으시는 것입니까?"

"어. 사술이라고 생각했던 건 섣부른 내 판단이었지. 마법은 꽤 훌륭한 것이라고 생각해."

구태여 의심할 필요는 없다고, 이자나는 덧대어 말했다.

좋아. 그 소린 이자나에게 마법에 대한 믿음이 제대로 생겼다는 거지?

나는 이자나의 어깨를 두 손으로 부여잡아, 그의 몸과 얼굴이 내 쪽으로 향하게 만들었다. 그의 저주가 어떻게 되었는지 궁금했기 때문이다.

"생강?"

"자, 폐하. 이제 제 눈을 바라보세요."

그는 내 말에 따라 내 눈동자를 순순히 응시했다.

그렇게 완전히 마주하게 된 그의 얼굴. 언제 보아도 참으로 아름다웠다. 그것은 어쩔 수 없는 감상임과 동시에 그런 생각이 들었다.

역시나 당신을 사랑하게 된 건, 나의 탁월한 선택이었어.

불가항력인 생각이었다.

"……."

……읽힌 걸까?

이자나의 얼굴엔 어떠한 표정의 변화도 없었다. 그러다 그는, 나지막이 한 마디를 읊조렸다.

"인정."

안타깝게도, 그의 저주는 풀리지 않아 있었다.

큰 기대를 했던 것은 아니지만, 막상 이자나가 막힘없이 내 생각을 읽어 버리자 허무함이 들었다.

성적 지향성에 대한 오해까지 받으며 고군분투한 하멜의 노고가 애석하다랄까. 그래도 약간의 효과가 있을 줄 알았는데.

"휴."

나도 모르게 한숨이 나왔다.

"웬 한숨이야?"

"사실 조금 전에 하멜이 마법을 한 이유가 폐하의 저주를 풀기 위한 거였거든요."

"내…… 저주?"

"네. 저주의 해법이 마법에 대한 믿음이라면, 폐하께서 직접 마법을 보실 경우 저주가 풀리지 않을까 해서."

"그렇군. 저주는 풀리지 않았지만 라라의 마법을 믿는다고 했던 건 진심이었어."

그렇다면 저주의 해답은 사람에 대한 완벽한 믿음일까?

어쩔 수 없이 내 계획을 써먹어야 하는 건가.

나는 그리 생각하며 게슴츠레한 눈으로 하멜 쪽을 보았다. 꼼짝 없이 눈이 마주친 하멜을 향해 한쪽 입꼬리만 들어서 웃자, 그가 제 이마를 연거푸 훔쳐 냈다.

"생강 양."

"……네?"

나는 잠깐 하멜에게 주었던 시선을 다시 이자나에게로 비틀었다. 그의 얼굴에는 장난스러운 미소가 사라져 있었다.

"저주를 풀기에 내 믿음이 얼마나 부족한 걸까? 무형의 것을 제대로 가늠하기가 쉽지 않아."

"폐하! 걱정 마세요. 당신에겐 제가 있지 않습니까."

"그게 무슨 말이야?"

"제가 무형의 것을 유형의 것으로 만들어 보겠다는 소리였습니다."

"……생강, 네가?"

이자나의 눈초리가 의심스럽게 빛났다. 마치 나를 믿지 못하겠다는 듯이.

"지금 의심하셨죠."

"젠장 할. 또 티가 난 건가."

정원에서 우리가 함께 연습했던 '젠장 할!'을 자연스럽게 내뱉고 있는 이자나였다. 이자나의 고운 입술에서 험악한 말이 술술 흘러나오게 될 줄이야.

하나 그런 사실과는 별개로 나는 이자나가 내 말에 의심을 했다는 게 정말로 마음에 들지 않았다.

나는 볼멘소리로 그에게 대답했다.

"너무해요! 넌 내 첫 번째 완벽한 믿음이야, 라고 말씀하실 때는 언제고! 왜 이제 와 소녀의 말을 의심하시나요."

이자나는 들고 있던 장미를 제 허벅지 위에 올려 두었다. 그러고선 오른손으로 자신의 날렵한 턱을 문질렀다.

"나는 아직까지 믿음의 깊이가 부족한 게 분명해."

"피."

나는 입술을 부루퉁하게 내밀었다. 이자나는 말간 미소를 지으며 내 머리칼을 가볍게 흐트러뜨렸다.

"장난이야."

나는 이자나 한정 쉬운 여자라서, 장난이었다는 그의 말에 기분이 금세 풀렸다. 내 마음은 어이가 없을 정도로 가벼웠다.

내 표정이 풀린 것을 확인한 이자나는, 제 허벅지에서 흘러내린 장미 몇 송이를 소파에 가지런히 올려다 놓았다.

"라라. 장미를 봐서 하는 말인데."

"네. 폐하."

"네가 듣기엔 잔인하게 들릴 얘기일지도 모르겠지만, 다음엔 진저에게 생강을 주지 말았으면 해."

"……네?"

"……어? 내가 방금 뭐라고 했지?"

이자나가 저도 말하고도 놀란 것인지 입술을 가만히 벌린 채로 그대로 굳어 버렸다.

"……폐하…… 진저에게 생강을 주지 말았으면 한다고 말씀 하셨어요. 저는 하멜에게 생강을 받은 적이 없는 걸요. 하하. 만약에 하멜이 제게 생강을 선물했었다면……."

나는 주먹을 불끈 쥔 뒤에 이어 말했다.

"제가 가만히 있지 않았겠죠."

어금니를 꽉 깨물고 한 협박성이 짙은 말이었다.

아마도 내게 생강을 주었다면, 하멜의 얼굴을 생강처럼 만들어 버렸을지도. 나는 거기까지 말하지 못하고 주먹 쥔 손을 무릎 위에 다시금 가지런히 올려놓았다.

"……."

하멜은 또다시 이마를 훔쳐 내며 마른침을 꼴깍 삼켰다. 조만간 하멜의 이마가 죄다 닳을지도 모를 일이었다.

"아니, 내 말은 그러니까. 다음엔 진저에게 장미를 주지 말라는 소리였어. 라라, 네가 진저에게 또다시 장미를 준다면, 그땐 나도 가만히 있지 않을 거야."

이자나의 말에, 이마를 훔쳐 내며 초조한 빛만 보이던 하멜이 그제야 조금 진지해진 얼굴을 했다.

"만약에 제가 진저 님께 장미를 또다시 드린다면, 폐하께서는 어떻게 하실 겁니까?"

그것은 뜻밖의 대답이었다. 하멜이 이자나의 말에 반문을 한 것은 처음 보는 일이었다.

나만 그리 생각한 것이 아니었던지 이자나도 선뜻 대답하지 못하고 있었다. 그도 예상하지 못한 하멜의 대답에 조금은 당황했으리라.

"그…… 어떤 게 좋을까……. 흠."

몇 초를 고민하던 이자나가 느릿하게 대답하기 시작했다.

"아니. 왜 내 머릿속엔 라라 네 얼굴을 생강처럼 만들어 버리겠다는 소리밖에 떠오르지 않는 거지?"

"……."

"맙소사. 내 머릿속이 온통 생강으로 가득 찬 기분이야."

"……그 기분 저도 알 것 같습니다."

"뭐? 그 대답 마음에 안 들어."

이자나는 딱히 동감 따위는 바라지 않았다는 듯이 말했다.

"진저 님이 폐하를 좋아하시는 게 진저 님의 뜻이듯, 제가 진저 님을 좋아하는 것은 제 마음입니다. 제 머릿속이 생강으로 가득 차 있어도 어쩔 수 없단 소리죠. 물론 걱정하지는 마십시오. 마법으로 진저 님의 마음을 어떻게 해 볼 것은 아니니까."

"아니, 잠깐. 마법으로 그런 것도 가능해?"

그러자 하멜이 일찍부터 생각했었던 일이라는 것처럼 곧바로 대답했다.

"마법사는 언제나 불가능한 것에 도전하죠."

"뭐?!"

하멜의 대답에 침착해 보이기만 하던 이자나가 자리에서 벌떡 일어섰다. 그 움직임의 여파로 소파 위에 올려져 있던 장미 몇 송이가 바닥에 떨어졌다.

하멜은 당황하기는커녕 떨어진 장미를 자연스럽게 줍기 시작했다.

"너, 너! 그딴 짓 하지 마! 이건 진짜 경고야. 그런 건 아예 생각조차 하지 말라고. 그런 낌새를 조금이라도 보였다간, 진저를 숨겨놓을 거야."

"……."

"치사하다고 생각해도 소용없어. 나는 질투가 많은 남자니까."

그의 목소리가 격앙되어 있었다.

잔뜩 흥분한 채로 삿대질까지 하는 이자나를 보자, 나는 정말…… 기분이 좋았다. 그의 완벽한 질투가 아니던가.

지금 이 상황. 내가 읽었던 로맨스 소설 속 상황과 비슷하다는 생각마저도 들었다.

여자 주인공과 사랑을 확인한 남자 주인공. 그럼에도 불구하고 여자 주인공을 여전히 사랑하는 서브 남자 주인공. 여자 주인공을 사이에 두고 펼쳐지는 두 남자의 치열한 공방전!

아아, 내게도 이런 날이 오다니. 내가 이 세상의 완벽한 주인공이 된 것만 같았다.

나는 감동스럽다는 듯이 그들을 번갈아서 바라보았다. 그사이에도 그들은 서로에게 날카로운 이를 드러내고 있었다.

"폐하. 저를 백 퍼센트 믿지는 마십시오."

"라라, 너. 내가 아까 놀렸다고 복수하는 거지? 어?"

"아니라고는 하지 않겠습니다."

"라라. 난 분명히 경고했어."

두 남자는 서로를 뜨거운 눈빛으로 응시했다. 두 사람 사이에 팽배한 기운이 감돌고 있었다.

하…… 이놈의 인기란.

나는 함박웃음을 띤 입가를 손으로 가리며 몸을 배배 꼬았다.

"어머, 하멜. 아까 놀림을 받아서 많이 서운했어요? 폐하께서는 그토록 질투를 하시다니요! 제가 몸 둘 바를 모르겠네요. 호호."

"……."

"……."

"아~ 두 남자의 사랑을 받는 일은 너무 피곤한 일이야."

내 말이 끝남과 동시에 두 남자 사이에 기묘한 정적이 흘렀다. 이자나는 가벼운 헛기침을 하며 소파에 다시금 앉았고, 하멜은 떨어진 장미를 소파 위에 올려놓았다.

"……? 아니, 두 분 뭐 하세요. 얼른 더 싸우셔야죠! '내겐 진저밖에 없어!'라든지, '진저는 내게 유일한 여자!'라든지! 큭큭."

"……."

"……."

내가 고개가 젖혀질 정도로 웃자, 두 남자는 서로에게 자연스럽게 눈을 맞추었다. 두 사람의 눈이 정확히 맞물림과 동시에 하멜이 먼저 말을 꺼냈다.

"폐하. 그래서 내일 회의의 안건은 말입니다. 국경 근처에 있는 광산 채굴권에 대해 아냐 왕국이 넘보고 있다는 것입니다."

"뭐? 거긴 엄연히 우리의 영토인데 말이지. 가만두면 안 되겠군."

"……저기요? 폐하. 하멜 브레이? 그 얘길 왜 지금 하는 거죠?"

나를 보는 이자나의 눈이 가늘어졌다. 그러다 그는 무언가가 생각났다는 듯, 주먹 쥔 제 오른손을 하멜에게 가져다 대었다.

"우리 오랜만에 피스 한번 할까?"

"좋습니다."

하멜은 거부의 의사 하나 없이 주먹 쥔 제 손을 이자나의 손에 가볍게 맞대었다.

"피스."

"피스."

두 남자는 동시에 그리 말하며 가볍게 고개를 끄덕였다.

아니, 왜 갑자기 평화 따위를 찾는 건데! 조금 전까지 곧 싸울 것
처럼 굴었던 주제에!

두 남자가 나를 놀리고 있는 게 분명했다.

내가 좋아하는 티를 너무 많이 냈던 걸까. 하지만 어쩌겠는가.
정말 좋았는걸. 이번엔 내가 이마를 훔쳐 내야 할 것 같은 기분이
들었다.

젠장 할.

* * *

그 후에도 얼마나 놀림을 당했는지 모르겠다.

두 남자는 작정이라도 한 것처럼 나를 놀렸고, 나는 그들에게 된
통 당한 뒤에야 후작저로 돌아가기에 이르렀다.

집으로 돌아가는 마차 안엔 언제나처럼 하멜이 내 앞에 앉아 있
었다. 그는 이자나와 나를 놀렸던 게 무색할 정도로 무심한 표정을
짓고 있었다.

그가 괘씸하다는 생각이 들기도 했고, 괜히 단것에 구미가 당기
기도 했다.

"하멜 브레이. 나 자허 토르테가 먹고 싶어요."

나는 투정하듯이 말했다. 아까 나를 그렇게 많이 놀렸으니, 케이
크 하나쯤은 만들어 줄 수 있겠지.

"자허 토르테 말씀이십니까?"

"네. 아까 전에 누구한테 놀림을 많이 받아서 그런 것인지, 단 것
이 무지 당겨요."

"누구…… 하하. 알겠습니다."

하멜은 제 손을 허공에 들어 올렸다. 그러곤 제 손을 허공에 거침없이 휘젓기 시작했다.

마법으로 케이크를 만들 수 있을 것 같다고 생각해서 한 말인데……. 진짜로 만들 수 있나 보네.

허공을 젓던 그의 손이 멈추자, 그의 손바닥 위에 작은 접시 하나가 생겨났다. 작은 접시 위엔 살구 잼을 넣은 초콜릿 케이크, 즉 자허 토르테 한 조각이 영롱한 구릿빛을 뿜내고 있었다.

"우와! 진짜로 만들어 내다니요!"

"마법사는 불가능한 것에 도전한다고 하지 않았습니까."

아주 좋아하는 내 모습에 하멜은 배시시 미소 지었다.

나는 그에게 접시를 건네받았다. 앞에서 보고, 옆에서 보아도 정말로 자허 토르테가 맞았다. 심지어 달달한 향기도 났다.

"진짜 신기하다."

내가 낮게 읊조리자 하멜이 허공에 손가락을 딱, 소리 나게 튕기었다. 그러자 그의 손엔 자그마한 포크도 생겨났다.

"진저 님. 이것으로 드십시오."

자식이. 섬세한 구석이 있네.

나는 포크를 건네받아, 자허 토르테를 한입 크게 먹었다. 그것은 입안에 들어가기 무섭게 사르르 녹아 버렸다.

지저스, 맛도 좋을 줄이야.

나도 마법을 쓸 수 있다면 좋을 텐데. 마법만 쓸 수만 있다면, 생강 맛이 나는 요리를 하지 않아도 될 것 같다랄까.

"이거 생각보다 엄청 맛있네요."

"하하. 맛있다고 해 주시니 감사합니다. 그런데 진저 님 입가에 초콜릿이 좀……."

"묻었어요?"

내 물음에 하멜이 고개를 끄덕였다.

나는 손으로 입가를 쓱 닦았지만 애석하게도 제대로 닦인 것이 아니었는지, 하멜이 제 손을 내게 뻗었다.

그는 엄지로 내 입가를 부드럽게 쓸었다.

"……고, 고마워요."

"폐하께서 계셨다면 또다시 제게 화를 냈겠습니다."

"그러게요. 하하."

나는 어색한 미소를 흘렸다.

"고작 자허 토르테 하나를 만들어 드렸을 뿐인데, 이렇게나 좋아하시는 걸 보니 제가 너무 기쁩니다."

"고작이라뇨! 자허 토르테가 무지 먹고 싶다는 게 조금 전에 든 제 유일한 소망이었는데, 하멜은 그 유일한 소망을 이뤄 준 거라고요. 절대로 고작이 아니에요."

"하하, 진저 님과 있을 때면, 제 마법이 썩 나쁘지 않은 재주처럼 느껴집니다."

그는 엄지에 묻은 초콜릿을 제 입가로 가져가 조심스럽게 핥았다.

"맛있군요."

"……."

그, 그거 내 입에 묻었던 건데.

그를 저지하고 싶었지만, 하멜은 이미 제 손가락을 모두 핥아 낸 후였다.

그 순간이었다. 하멜의 머리 위로 옅은 회색빛의 광채가 일렁이기 시작했다. 그 빛은 하멜의 머리 언저리를 서서히 감싸 안았다.

광채? 그러고 보니 이전에도 이자나의 머리 위에서 저런 광채를 본 적이 있었는데.

나는 접시를 쥐지 않은 나머지 손으로 그의 머리 위를 가리켰다.

"하멜! 당신의 머리 위에서 빛이 나요."

"빛이라뇨?"

하멜은 손을 올려 제 머리를 몇 번 매만졌고, 그러자 옅게 빛나던 광채가 삽시간 사라져 버렸다.

"지금 없어졌어요. 뭐죠? 제가 잘못 본 건가요?"

"……아! 그건 말입니다."

하멜은 진지한 말투로 무언가를 알아차렸다는 듯이 말했다. 나는 그를 따라 진지한 눈빛으로 그를 쳐다보았다.

"사실…… 제 후광이었습니다. 제 후광을 눈치채시다니요. 하, 숨기려고 노력했는데."

"……."

……또 내게 장난을 치려는 건가.

아까는 이자나와 합세해서 꼼짝없이 당했지만, 이번엔 그냥저냥 당해 주지 않을 것이다. 나는 손에 쥐고 있던 접시를 하멜 쪽으로 내밀며 말했다.

"하멜. 자허 토르테로 세수해 본 적이 있나요?"

그러자 하멜이 누구보다도 빨리 대답을 했다.

"……죄송합니다."

나는 하멜의 항복에 만족하며, 남은 자허 토르테를 단숨에 먹어

버렸다. 달달한 케이크를 다 먹자 기분이 엄청나게 좋아졌다. 역시
나 단것은 언제나 옳았다.

하멜은 흐뭇한 얼굴로 내가 케이크를 먹는 걸 지켜보고 있었다.
까닭 없이 어머니가 생각나는 이유가 뭐람.

"하멜, 덕분에 잘 먹었어요."

"잘 드시는 것을 보니 제 기분이 좋습니다."

그에게 다 먹은 접시와 포크를 내밀자, 하멜이 검지로 그것을 가
볍게 내려쳤다. 그러자 내 손에 있었던 접시와 포크가 순식간에 사
라져 버렸다.

"와우. 바로 사라지게 할 수도 있네요!"

"이쯤이야."

하멜은 어깨를 가볍게 으쓱였다.

하멜의 기분이 제법 좋아 보이니 이제 그가 싫어할 만한 이야기
를 꺼내도 괜찮을 것 같았다.

"좋아요. 그럼 이제 우리가 진짜 해야 할 얘기를 한번 해 볼까요?"

"해, 해야 할 말이라면…… 설마 그 계획을 말씀하시는 것입니까?"

"정답."

계획이라는 말이 나오기 무섭게 나사 빠진 미소를 짓고 있던 하
멜의 얼굴에 난감한 기운이 서리기 시작했다.

그는 내 마음이 약해지는 얼굴을 하고 있었지만, 그렇다고 해서
이야기를 꺼내지 않을 수는 없었다.

"마법을 확실하게 보여 줬음에도 불구하고 폐하의 저주가 풀리
지 않은걸요. 믿음의 주체는 사람임에 분명해요. 현 시점에서 폐하
가 제일 믿는 사람은 저이니, 제가 그를 완벽한 믿음의 길로 인도

할 거예요."

"그렇죠. 저는 정체를 숨겼다는 이유로 폐하의 신뢰를 저버렸으
니 말입니다. 지금 폐하께서 제일 믿으시는 분은 진저 님이 분명하
겠군요."

그리 말하는 하멜의 목소리엔 씁쓸함이 배어 있었다. 그는 저와
이자나의 신뢰가 깨진 것을 안타까워하는 것 같았다.

"다른 방도가 생각나는 것은 아니지만, 진저 님의 방법이 위험해
보여서 여간 고민되는 게 아닙니다."

그는 시트에 몸을 조금 기댄 채로 짧은 한숨을 쉬었다.

"이봐요, 하멜 브레이. 다른 방법이 없다면 당연히 제 방법을 써
야 하는 것 아닌가요? 이대로 있다간 폐하의 저주가 영영 풀리지
않을지도 모른다고요!"

그의 저주가 풀리지 않는다면 남은 내 인생은 수치의 연속일 거
라고! 나는 거기까지는 말하지 못했다.

물론 저주를 풂으로써 이자나가 행복해졌으면 하는 바람이 제일
컸다. 하지만 나는 내심 수치 생강 타이틀은 벗어나고 싶었다.

그때, 묘한 생각 하나가 들었다. 생각이 읽히지 않는다고 해서
내가 수치사를 벗어날 수 있을까……?

나는 머리를 세차게 좌우로 가로저었다. 불길한 생각은 접어 두
자. 끙.

"흠. 확 끌리는 계획은 아니지만 한 번쯤은 시도해 볼 만한 가치
가 있는 방법인 것도 같습니다."

하멜은 여전히 확신이 서지 않는다는 듯이 말했다. 나는 그가 말
을 바꾸기 전에 서둘러 대답했다.

"좋았어요! 찬성한 거죠? 그렇죠?"

"그, 그렇습니다."

"그럼 이제 당신은 내일까지 레라지에의 붉은 목걸이를 훔쳐 오도록 해요."

"네? 그렇게나 촉박하게 말입니까?"

"쇠뿔도 단김에 빼라고 했어요. 굳이 미룰 필요가 있나요? 괴도 하멜 브레이."

괴도 하멜이라는 말에 그가 헛웃음을 지었다.

"당신이 그년…… 아니, 그녀의 목걸이를 훔치면서, 한 가지 더 해야 할 일이 있어요."

"그것이 무엇입니까?"

"바로 괴도 생강의 표식을 남겨 두는 것이에요."

"표식?"

그는 고개를 갸웃거렸다. 표식이라는 말이 무슨 말인지 이해하지 못하는 것 같았다.

"잠깐만요."

나는 가져온 손가방을 뒤적거렸다. 그 안에 넣어 둔 작은 메모지와 펜을 꺼내 들어, 메모지에 짧은 글귀를 적기 시작했다.

이윽고 완성된 문구가 새겨진 메모지를 하멜에게 건네었다. 의미심장한 미소는 덤이었다.

주저하는 손으로 메모지를 받은 그의 눈동자가 빠르게 굴러갔다.

"……'당신의 목걸이는 내가 가지고 있다. 찾고 싶다면 내일 오후 4시 후작저로 찾아올 것. 폐하의 특별한 생강'……? 이게 뭡니까?"

"뭐긴요. 레라지에를 위한 특별한 초대장이죠. 그 쪽지를 본 레라지에가 목걸이를 찾으러 후작저에 올 게 분명하니까."

메모지를 다시금 읽은 하멜은 소리 나게 웃어 보였다.

"하하. 정말 진저 님답습니다."

"그럼 이제 저는 하멜을 믿어도 되는 거죠?"

"노력해 보겠습니다."

생각보다 일이 쉽게 흘러갈 것 같다는 예감이 들었다.

하멜이 그녀의 붉은 목걸이를 내일까지 훔쳐 오면, 이틀 뒤에 이자나를 후작저에 초대할 예정이었다.

그럼 이틀 뒤엔, 나와 이자나, 하멜, 그리고 레라지에가 같은 공간에 모이게 되는 것이었다.

"저기…… 그런데 말입니다."

묵묵히 내 얼굴을 보던 하멜이 다시금 운을 뗐다. 나는 무슨 불만이라도 있냐는 듯이 그를 험상궂게 쳐다봤다.

"진저 님 입술에 아직까지 초콜릿이 묻어 있는데."

그의 손이 조금 들썩이고 있었다. 하멜은 내 입술을 또다시 닦아 주고 싶어 하는 게 틀림없었다.

나는 그를 저지하자고 생각했다. 그에게 또다시 입술을 닦였다간, 그와 어색해질 것 같았으니까.

"일부러 묻히고 있는 거예요."

"네?"

"아까 너무 맛있어서, 집에 가서도 다시 그 맛을 느껴 보려고. 닦아 줄 생각은 넣어 두는 게 좋을 거예요."

생각나는 대로 지껄였더니 우습고도 이상한 말이 흘러나왔다. 나는 웃음이 나올 뻔했지만, 아랫입술을 꾹 깨문 채로 포커페이스를 유지했다.

하멜을 쳐다보자, 그 또한 아랫입술을 꽉 깨물고 있었다. 마치 나처럼 웃음을 참는 듯.

"풉…… 알, 알겠습니다. 큭큭."

하지만 입술을 떼자마자 그의 웃음소리가 새어 나왔다. 나는 그의 웃음소리를 못 들은 척을 하며 마차의 창밖을 바라보았다.

생각이 읽히지 않아도 수치스러운 일이 생길 것 같다는 예감은, 이런 일을 뜻하는 게 아닐까.

＊　＊　＊

이튿날, 나는 하멜을 목 빠지게 기다렸다.

그가 레라지에의 목걸이를 제대로 훔쳐 올까? 하룻밤 사이에 생각이 바뀐 것은 아니겠지?

나는 해답이 없는 걱정들을 하며 시간을 보내고 있었다. 점심을 먹고 오후가 되어서야 반가운 노크 소리가 들렸다.

"진저 님. 하멜입니다."

나는 얼른 방문을 열어 주었다. 방문을 여니 하멜이 보였다.

"하멜! 기다리느라 목이 빠지는 줄 알았어요."

그러자 그가 씨익 웃으며 방 안으로 천천히 들어왔다. 하멜의 손을 슬쩍 보니, 그의 두 손엔 아무 것도 들려 있지 않았다.

설마…… 훔쳐 오지 못한 건가?

느릿하게 걷는 그가 마음에 들지 않아, 나는 그의 옷자락을 끌어당겨 소파에 강제로 앉혔다.

"어떻게 됐어요? 훔쳤어요?"

"진저 님, 너무하십니다. 인사도 없이 다짜고짜 목걸이의 행방만 물으시다니요."

"아니, 우리가 시시껄렁한 인사나 하게 생겼냐고요!"

"……그…… 제가…… 레라지에 님의 저택에…… 흠…… 그러니까."

하멜을 심각할 정도로 말을 늘어뜨렸다. 조급한 나와는 정반대였다. 나를 놀릴 요량인가 보다.

나는 하멜이 원하는 대로 그에게 상냥한 인사를 건네었다.

"하멜 브레이. 오늘도 만나서 반가워요. 어젯밤은 편안했나요?"

"네. 저는 아주 편안한 밤을 보냈습니다."

"이제 인사도 했으니까. 훔쳐 왔는지 아닌지 말해 줘요!"

하멜은 대답 대신 손가락을 가볍게 튕기었다.

딱.

경쾌한 소리가 퍼짐과 동시에, 허공에서 붉은 목걸이가 하나가 생겨났다. 그것은 그의 무릎 위로 뚝 떨어졌다.

붉은빛이 영롱한 그것은…….

"훔쳐 왔구나!"

레라지에의 붉은 목걸이였다.

"무사히 훔쳐 왔습니다. 진저 님이 주신 쪽지도 잘 보이는 곳에 놓아두었으니, 레라지에 님이 조만간 확인하실 것입니다."

"완벽해요!"

나는 그것을 집어 들었다. 그러고선 중앙에 박힌 붉은 보석에 의식을 집중시켰다. 그러자 작은 글씨로 새겨진 'GA'가 보였다.

꿈에서만 그리던 진짜인 붉은 목걸이였다.

기분이 굉장히 좋아졌다. 이 조그마한 목걸이가 내 손에 들어온 것이 왜 이리 좋단 말인가.

이자나의 저주를 풀 계획이 잘 실행되고 있음이 기쁜 것일까. 아니면 레라지에의 목걸이를 뺏어 온 사실이 기쁜 것일까.

나는 목걸이를 잡은 손을 신나게 흔들며, 주변을 방방 뛰어다녔다. 하멜이 있다는 사실을 까맣게 잊은 채였다.

"진저 님! 그렇게 뛰시다가 또 넘어지실지도 모릅니다."

하멜은 나를 다그쳤다.

"말릴 생각은 하지 마세요. 나, 지금 굉장히 기분 좋으니까. 헤헤."

내가 잘 넘어지기는 하지만, 고작 몇 번 폴짝 뛴다고 넘어지기라도 하겠어, 라고 생각한 순간이었다.

"엇!"

그런 생각을 했다는 게 무색할 정도로, 기다란 드레스의 끝을 제대로 밟아 버렸다. 부드러운 질감의 드레스를 밟은 발은 보기 좋게 미끄러졌다.

내 몸은 곡선을 그리며 흔들리다 이내 앞으로 고꾸라지기 시작했다. 젠장, 나는 아무래도 넘어지는 저주에 걸린 게 틀림없다.

다행스러운 점은 내가 고꾸라지는 방향에 하멜이 앉아 있었다는 점이었다. 나는 하멜의 품에 안기듯 넘어졌다. 기막힌 착지였다.

나는 몸이 옆으로 쏠리는 걸 막기 위해 하멜의 목덜미에 팔을 둘렀다. 그러곤 그를 꽉 껴안았다.

놀란 듯한 하멜이 헛바람을 들이키는 소리가 들렸다. 그는 내가 무사한 것을 확인하려는 것처럼 내 등에 손을 얹었다.

바닥에 넘어지지 않은 걸 다행이라고 여겨야 할지, 그의 품에 안긴 걸 다행이라고 여겨야 할지 알 수 없는 기분이 들었다.

"저, 흠…… 다음번엔 당신의 말을 새겨듣도록 하겠어요."

괜스레 어색한 기분이 들어 한 말이었다.

하멜은 대답 대신 내 어깨에 제 얼굴을 가만히 기대었다. 그러자 그의 뜨거운 체온과 고요한 숨소리가 선연하게 느껴졌다.

나는 그의 목에 둘렀던 팔을 풀어 그에게서 떨어지려 했다. 이러고 있어선 안 될 것 같다는 기분이 들어서였다.

그러나 어느새 내 등을 단단히 껴안은 하멜이 나를 놓아주지 않았다.

"잠깐만. 아주 잠깐만."

그는 희미하게 떨리는 목소리로 간절하게 말했다.

"……이봐요, 하멜. 남의 목걸이나 훔쳐 오라고 시키는 나 같은 여자가 아직도 좋은 거예요?"

"저도 이미 괴도 하멜이 되어 버린 걸요. 피장파장입니다."

"당신은 정말…… 구제불능이군요."

"이런 기회가 아니라면 언제 한번 당신을 안아 보겠습니까."

"……."

"목걸이를 훔쳐 온 대가로 진저 님께 짓궂은 부탁을 해 볼까, 라고 생각했었는데. 이거면 충분한 것 같습니다."

나는 그에게 매정하게 대꾸할 수 없었다. 바보 하멜 브레이 같으니라고.

몇 분이 좀 더 지난 후에야 그가 나를 놓아주었다.

나는 하멜에게서 떨어진 다음, 그의 얼굴을 찬찬히 살폈다. 다행히도, 그의 얼굴이 그다지 슬퍼 보이지 않았다.

"감사합니다."

"하멜……."

그는 나 때문에 약간 구겨진 셔츠 자락을 매만지더니, 이내 나를 올려다봤다.

"또 제가 무엇을 도와 드리면 되겠습니까?"

그는 아무렇지 않은 척을 하고 있었다. 나는 그의 노력에 누가 되지 않게, 평소처럼 대답해 주었다.

"내일 폐하를 후작저로 모셔 와 주세요."

"그렇게 하겠습니다."

하멜은 고개를 작게 끄덕이다가 앉아 있던 몸을 일으켰다.

"저는 이제 그만 가 봐야 될 것……."

그는 제 말을 끝까지 잊지 못하며, 옅은 신음을 흘렸다.

하멜의 얼굴은 나로선 알 수 없는 고통으로 인해 찡그러져 있었다. 그는 제 관자놀이를 꾹 누르며 눈을 감았다.

"하멜! 괜찮아요?"

나는 일어선 하멜의 두 팔을 부여잡곤 몇 번 흔들었다. 그러자 그가 감고 있던 눈을 천천히 뜨기 시작했다.

시선이 교차했다. 하멜은 묘한 시선으로 나를 응시하고 있었다. 분명히 내게 닿은 시선이지만, 나를 보고 있지 않은 것 같다랄까.

그가 다른 것을 보고 있는 게 아닐까, 하는 생각이 들었다. 이를테면 누군가의 과거라든지, 미래라든지.

침묵이 흘렀다. 하멜은 제법 오랫동안 묘한 시선으로 나를 바라보았다.

"하멜……."

참다못한 내가 그의 이름을 두 번째로 불렀을 때였다. 그제야 그의 잿빛 눈동자에 초점이 돌아왔다.

그는 제 눈을 몇 차례 깜빡인 후에, 내게 사죄했다.

"죄송합니다. 갑자기 어지러워서."

단지 어지럽기만 했던 걸까?

나는 여전히 제 관자놀이를 꾹 누르고 있는 하멜에게 말했다.

"혹시 현자의 눈으로 무언가를 본 건가요?"

하멜은 침묵으로 대답을 갈음했다.

"……."

그러다 고개를 느릿하게 내저었다.

"아닙니다. 정말로 어지러웠던 것뿐입니다."

"……."

"레라지에 님의 목걸이를 혼자 훔칠 때 많이 긴장했던 모양입니다. 신경을 많이 쓰다 보니 머리에 쥐가 난 것 같습니다."

그는 제 입꼬리를 끌어올려 미소를 지었지만, 그의 눈은 조금도 웃지 않고 있었다.

"……정말이죠?"

"그럼요. 제가 왜 진저 님께 거짓말을 하겠습니까."

나도 그를 믿는다. 그러나 그가 무언가를 본 것 같다는 생각이 가시지 않았다.

"믿어 주십시오. 저흰 같은 배까지 탄 사이가 아닙니까."

"알겠어요. 믿을게요."

그래. 하멜이 내게 거짓말을 할 이유는 없지.

나는 그리 생각하며 의심의 빛을 거두려고 했다.

"그런데 말입니다. 아무래도 저희의 역할은 바꾸는 게 좋을 것 같습니다."

"역할이요?"

"네. 내일 제가 레라지에 님을 맞이할 테니, 진저 님께서 폐하를 모시고 오십시오."

어쭈? 아무것도 아니라고 했던 주제에 갑자기 역할을 바꾸자는 소리가 왜 나오는 건데.

나는 의심 가득한 눈으로 그를 다시 응시했다.

"의심은 하지 마십시오. 진저 님이 폐하를 직접 모시고 오는 게, 제가 가는 것보다 훨씬 더 나을 것 같아서 말입니다. 더불어 레라지에 님을 상대하는 건 제가 더 나을 것 같아서……. 하하."

틀린 말은 아닌데 말이지.

"……음, 그건 그렇긴 한데."

"제 말에 틀린 것이 있습니까?"

하멜이 빙그레 웃었다. 그의 말에 이견이 하나도 없었다.

"없네요. 좋아요! 그럼 제가 폐하를 모시고 올게요. 그럼 하멜은 오늘 궁으로 돌아가면, 폐하께 내일 제가 찾아가겠다는 걸, 미리 알려 주겠어요?"

"그러겠습니다. 이제 진짜로 가 봐야 될 것 같습니다. 시간이 많이 흘렀군요."

하멜은 손목에 차고 있던 시계를 보며 조급한 듯이 말했다. 나는 앞서 걸어가 방문을 손수 열어 주었다.

무언가가 여전히 찜찜했지만, 그를 추궁할 건더기가 더는 없었다.

"이런, 배웅이라뇨. 잊지 못할 배웅이 될 것 같습니다."

"에이. 고작 방문을 열어 준 것 가지고. 여하튼 오늘 수고 많이 했으니까."

"감사합니다."

하멜은 끝까지 말간 미소를 드리우며 방을 나섰다.

그는 복도를 걸어가다 돌연히 뒤돌아서서 나를 바라보았다. 그러곤 작게 "피스."라는 말을 내뱉는 게 아닌가.

피스라니.

내가 가르쳐 줬다는 게 무색할 정도로 하멜은 그 말을 제법 자연스럽게 내뱉고 있었다. 나 원 참.

그 후, 그가 다시 뒤돌아보는 일은 없었다.

＊　＊　＊

새로운 날이 밝자마자 나는 이자나를 찾아갔다.

오늘, 이자나와 만나는 곳은 그의 정원이었다. 나는 달라진 것 하나 없는 푸른 정원을 거닐며, 이자나의 모습을 찾아보았다.

그와 이곳에서 너무 많이 만났어서, 그가 어디에 있을지는 눈에 훤했다. 그는 아마 뿌리 깊은 어느 버드나무 근처에 있을 것이다.

얼마 못 가 이자나의 모습이 보였다. 그는 내 예상대로 커다란 버드나무에 등을 기대고 선 채였다.

이자나가 내 발소리를 듣고선 나를 쳐다보았다. 그러고선 나를 향해 슬그머니 미소까지 지었다.

"이자나 폐하!"

나는 그의 이름을 부르며 걸음을 재촉했다. 그러자 이자나가 두 팔을 수평으로 넓게 벌리는 게 아닌가.

헉. 제 품으로 안기라는 건가?

거절은 거절하는 게 인지상정.

나는 함박웃음을 지으며 그의 품에 완전히 안겼다.

"어머, 폐하. 제가 안기는 걸 참으로 좋아하는데. 그걸 또 어떻게 아시곤. 후후."

이자나는 작게 킥킥거리며 내 등을 제 쪽으로 끌어당겼다. 그의 손이 내 등을 부드럽게 매만지기 시작했다.

"다 아는 수가 있지."

그는 웃음기가 가시지 않은 목소리로 이어서 말했다.

"그런데 말이야. 생강 양. 조금 전에 안기는 게 너무 자연스럽던걸. 설마 예전에 이런 걸 자주 해 본 것은 아니겠지?"

……너무 자연스러웠던가?

레라지에와 매일같이 경쟁하며 불태웠던 것이 연애 사업이었다. 이런 식으로 남자에게 안긴 적은 당연히 처음이 아니었다.

이자나, 미안.

나는 괜스레 그에게 미안한 마음이 들어 어색한 웃음을 흘렸다.

"어? 웃어? 지금 웃음이 나와?"

이자나는 제게 안긴 나를 떼어 냈다. 그는 얼굴을 비스듬히 기울여 나와 시선의 높이를 맞추었다.

거의 동시에 이자나의 눈썹이 작게 일그러졌다. 내게서 마음에 들지 않는 구석을 찾아낸 것 같았다.

나는 그것이 무엇인지 단번에 알아차렸다.

"어머나. 제가 이번엔 진짜 붉은 목걸이를 끼고 와 버렸네요. 하하, 폐하. 지금 제 생각을 읽고 싶다고 생각했죠?"

나는 어제 하멜이 훔쳐 온 레라지에의 목걸이를 낀 채였다. 그 덕에 이자나가 내 생각을 읽지 못하고 있었다.

"아니. 그런 건 딱히 아니었는데……. 내가 뭐! 생강 양이 어떤 남자에게 안겼었는지 궁금해서 그런 건 줄 알아?"

"……."

"흠흠."

그는 민망했던 것인지 헛기침을 했다. 그러고선 급하게 화제를 전환했다.

"그 목걸이, 결국엔 제대로 훔쳐 낸 건가? 못 살겠군."

그는 그렇게 말하기만 했을 뿐, 구태여 나를 꾸짖지는 않았다. 나의 나쁜 손놀림에 적응한 것처럼 말이다.

이자나는 내가 붉은 목걸이를 훔쳐 온 것보단, 내가 안겼던 과거의 남자들에 대해 더욱 신경 쓰는 것 같았다.

"……도대체 얼마나 많은 남자를 만난 거야."

그는 버릇처럼 제 머리카락을 거칠게 쓸어 넘겼다.

"생강 양 앞에만 서면, 내가 자꾸 이상한 남자가 되는 것 같아. 질투에 눈이 먼 사람이 된다랄까."

"폐하, 전혀 이상하지 않아요! 질투가 어때서요. 소녀는 폐하가 질투할 때마다 너무도 가슴이 설레는걸요."

"그 마음. 나에게만 설레는 거 확실해?"

이자나는 '나에게만'이라는 단어를 강조해서 말했다.

"그럼요."

나는 한 치의 망설임도 없이 대답했지만, 그는 눈을 가늘게 뜨고 나를 한참이나 내려다봤다.

"그래서 라라가 네게 또다시 뭔가를 만들어 준 건 아니겠지?"

"……."

아니라고 대답해야 하는데, 대답이 곧바로 흘러나오지 않았다. 자허 토르테를 만들어 줬던 하멜이 떠올랐기 때문이다.

나는 자허 토르테의 달달한 초콜릿 맛이 떠올라 입맛을 조금 다셨다. 나도 모르게 한 행동이었다.

"진저 토르테. 너 수상해."

"아, 아니에요. 그, 그런 게 아니라."

말은 또 왜 더듬은 건데! 이자나에게 진실을 털어놓으면 화를 내려나.

내가 영 수상했던지, 이자나가 험악한 어투로 말했다.

"그 목걸이, 내가 풀어 버리는 수가 있어."

"폐하. 목걸이만 빼고 다른 곳은 벗기거나 풀어도 괜찮아요!"

"쿠, 쿨럭!"

이자나는 잠깐 놀랐다가 다시금 제 페이스를 찾아갔다.

"아무튼. 숨기지 말고 얘기해 줘. 또 무슨 일이 있었던 건데?"

화낼 것처럼 굴었던 이자나는 되레 간절하게 말했다.

이자나의 간절함이라. 그토록 간절히 알고 싶은 만큼 내가 소중해진 것일까?

나는 결국 그에게 사실을 토로했다. 그의 간절함도 느꼈는데, 사실을 더 이상 숨길 수 없었다.

"제가 자허 토르테가 먹고 싶다고 해서, 하멜이 자허 토르테를 마법으로 만들어 줬어요. 저는 그저 그것을 맛있게 먹었을 뿐이고……. 그땐 정말로 그게 먹고 싶었던 걸요.”

“아아. 그런 거였어? 나는 또 하멜이 장미를 준 줄 알았잖아.”

나는 기어 들어가는 목소리로 그에게 대답했다.

“죄송해요.”

“아니, 그게 뭐가 죄송한 건데.”

“폐하께서 오해하실까 봐요.”

“생강 양이 먹고 싶다고 한 걸 하멜이 만들 수 있으니까 만들어서 준 거 아냐. 그걸 왜 내가 오해하겠어.”

그렇게 말했지만, 그는 내심 서운했던 걸까? 이자나의 얼굴이 그리 좋지 않았다.

“그럼…… 다음에는 하멜이 아닌 다른 사람을 후작저에 보내 주세요.”

이번엔 내가 서운한 마음이 들었다.

항상 나의 마중을 와 주었던 하멜이었다. 그가 아닌 다른 사람이 마중 나온다면 제법 쓸쓸할 것 같았다.

하지만 이자나가 하멜과 내 사이를 계속해서 신경 쓰여 한다면, 그것이 더 가슴 아픈 일이 될 게 틀림없었다.

이자나가 당연히 긍정해 줄 것이라 생각했다. 그러나 돌아온 그의 대답은 뜻밖의 것이었다.

“뭐 하러 그렇게까지 하겠어.”

“……네?”

“너희 사이를 의심하지 않아. 나는 단지 궁금했던 것뿐이었어. 내게 바락바락 대들던 그 발칙한 마법사가 진저에게 뭘 또 선물해 줬나 싶어서.”

"……."

"자허 토르테? 그까짓 것, 나는 훨씬 더 많이 줄 수 있다고."

"폐하."

"진저. 원해? 내일 당장 저택으로 자허 토르테를 보내 줘?"

"아, 아니요! 그런 게 아니라…… 저도 궁금해서요. 하멜이 절 좋아하고 있다는 거, 폐하께서도 잘 아시잖아요."

"어, 알지."

"그런데도 그를 계속해서 후작저에 보내는 이유가 궁금해서."

나는 전부터 궁금했던 것을 그에게 물어보았다. 그러자 이자나는 미소를 지으며 내 머리칼을 한껏 흐트러뜨렸다.

"라라가 너를 좋아한다는 이유 때문에 네 마중을 가지 말라고 명령하는 건, 너무 잔인한 일이잖아."

하멜에게 잔인한 일. 내가 미처 헤아리지 못한 부분이었다.

"라라는 네게 진심일 텐데, 그 진심이 이뤄지지 않는 게 얼마나 슬플지 짐작이 가는데……. 나까지 그 녀석을 배척하면 얼마나 상심하겠어."

"……."

"물론 나도 신경 쓰여. 그는 마법사이고, 너에게 장미를 매번 선물하고. 심지어 자허 토르테도 만들어 줬다며?"

나는 대꾸 없이 그의 말을 경청했다.

"하지만 어쩌겠어. 나는 내 생강도 아주 소중하지만, 내 곁을 지켜 준 라라도 소중한걸. 그가 상처받지 않았으면 해. 그도 언젠간 행복해지길 바라고 있을 뿐이야."

"폐하……."

그런 깊은 뜻이 있었을 줄이야.

얼굴도 잘생겼는데, 마음마저도 이토록 넓다니. 어쩜. 이 남자에게 있어 부족한 부분은 도대체 뭐지?

"어때. 반할 만한가?"

이자나는 득의양양한 미소를 짓고 있었다. 미소 지은 그의 얼굴이 평소보다 훨씬 더 아름다워 보였다.

나는 고개를 세차게 끄덕였다. 이러니 반하지 않고 어째 배기겠는가.

"그래서. 우리 생강 양이 나를 후작저로 초대한 이유가 뭘까?"

"아! 그것은 말입니다."

나는 그제야 오늘 이자나와 할 테스트를 떠올렸다.

"일단은 후작저로 가시면서 이야기를 나누시죠."

"좋아."

우리는 손을 맞잡은 채로 정차해 둔 마차까지 걸어갔다.

나는 걸어가면서 그의 얼굴을 틈틈이 보았다. 그의 얼굴에 걸린 행복한 미소는 사라지지 않고 있었다.

나는 내 계획이 무탈하게 잘 흘러가기를 소망했다. 이자나의 얼굴에 띠어진 미소가 사라지지 않기를 바랐다.

* * *

후작저엔 금세 도착했다. 우리는 화기애애한 분위기를 유지한 채로 응접실로 향했다.

응접실에는 이미 하멜과 레라지에가 와 있을 것이었다. 괴도 생강의 메시지를 읽은 레라지에가 후작저로 찾아왔을 게 뻔했고, 그런 그녀를 맞이한 것은 하멜일 테니.

물론 레라지에가 찾아오지 않았다 할지라도 하멜이 직접 나서서 레라지에를 데려왔음이 틀림없었다.

"생강 양."

"네?"

묵묵히 걷던 이자나가 나를 가만히 내려다보며 말했다.

"너 얼굴이 꽤 굳었는데? 도대체 무슨 꿍꿍인 거야."

이자나는 마차를 타고 오며 내 꿍꿍이에 대해서 내리 물었지만, 나는 제대로 대답해 주지 않았다.

애당초 믿음이 주제인 테스트였기에, 그에게 대답을 함구할 수밖에 없었다.

"응접실에 도착해서 말씀드릴게요."

"나 원. 또 무슨 발칙한 생각을 하고 있는 건지."

계획을 호기롭게 세웠을 때까진 아무렇지도 않았다. 하지만 막상 그것을 실행할 시간이 다가오자, 심장이 두근거리기 시작했다.

나 지금 긴장한 건가.

물론 이자나가 레라지에가 권하는 찻잔을 선택하리라고 생각하지는 않았다.

레라지에가 내 찻잔에 독이 들어 있다고 생각할지라도, 이자나는 나를 믿을 거라고. 그리고 내 찻잔을 선택할 거라고.

그렇지만 일이 너무도 순조롭게 흘러가니 왠지 모를 불안한 마음도 들었다. 순탄하지 못한 내 인생은 언제나 변수들의 연속이었으니까.

나는 마른침을 꼴깍 삼켰다.

부정적인 생각을 하지 않으려고 애썼다. 하나 그러면 그럴수록 더욱 불안해지는 것만 같았다.

이윽고 우리는 응접실 앞에 도착했다. 문을 열고 안으로 들어서자 두 쌍의 눈동자가 우리에게 향했다.

"폐하."

"오랜만입니다. 폐하."

한 쌍은 하멜의 것이었고, 나머지 하나는 레라지에의 것이었다. 역시나 내 예상이 제대로 들어맞아 있었다.

"나만 초대받은 것이 아닌가 보군."

이자나는 그리 말하며 이미 와 있던 두 사람을 훑어보았다. 두 사람은 소파에 앉아 있지도 않은 채 서로를 마주 보고 서 있었다.

살피던 도중, 하멜과 시선이 마주쳤다. 그의 눈꼬리가 부드럽게 휘어졌다. 안심하라는 뜻인 것 같았다.

시선을 옆으로 돌려 레라지에의 얼굴을 쳐다보자, 그녀의 미간이 미세하게 구겨진 게 보였다.

그녀의 시선이 내 목 언저리에서 떨어질 생각을 하지 않았다. 내 목에 보란 듯이 걸려 있는 붉은 목걸이 때문인 것 같았다.

구겨졌던 그녀의 미간은 머지않아 곧게 펴졌다. 그녀는 웃는 낯짝을 한 채로 우리에게 가까이 걸어왔다.

오늘따라 그녀의 웃는 낯짝이 유난히 꼴사나워 보였다. 그 웃음이 언제까지 유지될지 지켜보고 싶을 따름이었다.

"진저. 익숙한 목걸이가 네 목에 걸려 있구나."

레라지에는 나긋나긋한 목소리로 말했다. 누가 듣는다면 아주 상냥한 인사말을 건네고 있는 것이라 착각할 정도였다.

"어머. 이게 왜 내 목에 걸려 있을까?"

"그건 내가 묻고 싶은 말인데? 그걸 또 언제 훔쳤는지 모를 지경이야. 진저, 넌 정말로 괴도 생강이 되고 싶은 거니? 너랑 잘 어울리는 별명이긴 한데."

나는 단언했다.

"응, 아니야."

그러자 레라지에의 얼굴이 또다시 미세하게 일그러졌다.

"그렇지만 괴도 생강. 그 별명은 참 귀엽다. 그렇죠, 폐하?"

이자나는 심드렁하게 대꾸했다.

"나는 개인적으로 외설적인 생강이라는 별명이 제일 좋더군."

"……네?!"

레라지에 앞에서 페이스를 유지하던 게 와장창 무너졌다. 내가 어이없다는 듯이 그를 보자, 이자나는 킥킥거렸다.

"농담. 그나저나 사람들을 모은 이유가 뭘까? 진저 토르테 양."

"아, 그건 말이죠. 흠…… 일단은 레라지에와 따로 이야기를 나누고 와도 될까요? 그녀에게 미리 언질을 해 줄 게 있어요."

"좋을 대로."

이자나의 허락이 떨어지기 무섭게 나는 레라지에의 손목을 잡고, 밖으로 끌고 갔다. 질색하며 내 손길을 쳐 내는 건 아닐까 싶었지만, 레라지에는 이렇다 할 저항 없이 나를 따라와 주었다.

방을 나와 열었던 문을 닫고 나자, 레라지에의 얼굴에 드리워 있었던 미소가 감쪽같이 사라졌다. 그녀는 지금 상황이 마음에 들지 않는다는 듯이 딱딱한 얼굴을 했다.

"진저 토르테. 무슨 꿍꿍이인지 솔직하게 얘기해."

그녀가 으름장을 놓으며 말했다. 나는 내 계획을 그녀에게 숨길 생각이 없었다.

"레라지에 아틀렌타. 지금부터 내가 하는 얘기를 진지하게 들어 줬으면 좋겠어. 물론 너는 내가 하는 말을 고깝게 생각하겠지만. 오늘만큼은 부디 내게 협조해 주기를 바라."

"뭔지 얘기부터 해."

"좋아."

나는 비장한 표정으로 내 계획을 간략하게 설명했다.

이자나의 저주를 풀기 위한 해법은 '믿음'이며, 그의 믿음의 깊이를 테스트하기 위해 그녀를 불렀다고.

그녀와 내가 이자나에게 두 개의 찻잔을 권할 건데, 그중에 이자나가 하나를 선택해야 한다고. 내가 이자나에게 권유할 찻잔 속 차에는 독이 들어 있을 것이라고.

물론 두 차에는 실제로 독이 없었으나 레라지에에겐 내 차에 독이 들어 있을 거라는 사실을 강조했다.

그녀가 의심할 수 없을 정도로, 거짓말이 술술 흘러나왔다. 어젯밤, 잠들기 직전까지 연습했던 연설이었기 때문이다.

나는 마지막으로 그녀의 목걸이를 훔친 이유마저도 토로했다.

목걸이를 낀 내 생각은 이자나에게 읽히지 않게 될 것이며, 목걸이가 없는 레라지에의 생각은 이자나에게 그대로 읽히게 된다고.

"……그래서 레라지에 네 생각을 읽은 폐하께서 너의 붉은 찻잔을 선택하면 내가 지는 거고, 그럼에도 나의 흰 찻잔을 선택하면 네가 지게 되는 거야. 만약에 내가 진다면 폐하를 말끔히 포기할게."

레라지에는 추임새도, 표정의 변화도 없이 내 말을 들었다. 무슨 생각을 하고 있는 걸까? 동요의 기미가 없는 레라지에가 왠지 불안하게만 느껴졌다.

침묵으로 일관하던 그녀는 몇 분이 흐른 후, 붉은 입술을 달싹거렸다.

"……좋아. 해 보자."

"아니, 그러니까. 레라지에 잘 생각해…… 뭐? 지금 뭐라고 했어?"

한 번쯤은 거절할 것이라 여겼던 레라지에였다. 하지만 레라지에는 선뜻 동조의 뜻을 밝혔다.

해가 서쪽에서 뜰 때도 있다더니. 내 말에 늘 토를 달던 그녀가, 어째서 이리도 쉽게 동의해 준 걸까?

세상 오래 살고 볼 일이었다.

"좋다고. 네가 제안한 내기를 한번 해 보자고."

"그래? 그럼 나야 고맙기는 한데."

"그래서 그 목걸이를 훔쳐 간 거야? 하, 진저. 너는 도대체가……."

그녀는 제 머리카락을 거칠게 쓸어 넘겼다.

"그냥 부탁을 했어도 목걸이를 빌려줬을 거야. 다른 이유도 아니고, 폐하의 저주를 풀기 위한 거였으니까."

부탁은 개뿔. 나는 그녀의 말을 좀처럼 믿을 수 없었다.

"이봐, 레라지에. 네가 과연 그랬을까?"

"물론 네 계획이 너무 허술해 보여서 빌려주지 않았을 수도 있지."

"거봐! 애당초 네년은 목걸이를 빌려줄 생각이 눈곱만치도 없었어!"

이거 봐. 저게 본심이었던 게 틀림없어.

레라지에는 코웃음을 치면서 대답했다.

"아무튼 이렇게 된 이상 그 내기라는 거 한번 해 보자고. 손해 보는 장사는 아닌 것 같으니까."

"당연하지!"

"그런데 혹 네 차를 폐하께서 마시고 독에 중독되면 어떻게 되는 건데? 너는 대역 죄인이 되는 건가?"

"마시기 전에 찻잔을 뺏을 거야. 그건 하멜이 마법으로 도와줄 거고."

두 찻잔 모두 독이 없을 거라서 상관없거든?

나는 그렇게 쏘아붙이고 싶은 것을 가까스로 참았다.

"오호라, 그래? 네 그 같잖은 계획이 끝나면 목걸이는 내게 다시 돌려줘야겠어."

"좋아."

"진저. 너는 언제 보아도 참 재미난 구석이 있어."

레라지에는 조소가 섞인 투로 말하며, 방문을 열어젖혔다. 먼저 나서서 행동하는 레라지에의 모습이 낯설었다.

내가 그녀를 쳐다만 보자, 레라지에가 얼른 들어가자는 듯이 고개를 까딱거렸다.

우리는 다시금 방으로 들어왔다.

하멜과 이자나는 소파에 마주 보고 앉아 있었다. 우리가 들어온 것을 본 하멜이 자리에서 일어나, 나를 물끄러미 쳐다봤다.

그는 티 나지 않게 내게 한쪽 눈을 찡긋했다. 제가 있으니 걱정하지 말라는 건지.

조금 전까지 하멜이 앉아 있었던 자리에 레라지에와 내가 앉자, 이자나가 우리의 얼굴을 번갈아서 바라보았다.

"자, 그럼 지금부터 뭘 할 건지에 대한 제대로 된 설명을 들어 볼까?"

이자나는 팔짱을 낀 채로 제 몸을 소파에 깊숙이 기대었다. 나는 진지한 얼굴로 그에게 대답했다.

"네. 제가 폐하를 여기까지 모시고 온 이유는…… 당신이 선택을 해 주었으면 하는 게 있어서예요."

"내 선택?"

나는 대답 대신 고개를 끄덕였다. 이자나는 나의 말뜻을 이해할 수 없어 의문스러워했다.

때마침 사라가 방문을 노크하는 소리가 들렸다.

똑똑.

미리 언질 두었던 차를 내온 것이었다. 아마 내 계획에서 가장 중요한 역할일 그 차.

나는 얼른 들어오라고 말했다.

방 안으로 들어온 사라의 손엔 동그란 쟁반이 들려 있었다. 쟁반 위엔 김이 모락모락 피어오르는 찻잔 두 개가 올려진 채였다.

흰색 찻잔이 나의 것이었고, 붉은색의 찻잔이 레라지에의 것이었다. 그것은 이내 소파 앞에 있던 테이블 위에 조용히 내려졌다.

찻잔을 내려놓은 사라는 방을 나갔고, 이자나는 제 앞에 놓인 찻잔을 가만히 쳐다봤다. 찻잔의 생각마저도 읽어 보겠다는 시선이었다.

그런 생각이 듦과 동시에 웃음이 새어 나오려 했다. 찻잔의 생각을 읽기 위해 고군분투하는 이자나의 모습이 왜 이렇게 귀여워 보이는 건지.

나는 입가에 힘을 주며 웃음을 가까스로 참아 냈다.

"차가 두 개인 건가? 나는 두 잔씩이나 마시고 싶지는 않은데."

이자나는 장난스럽게 말했다.

"폐하. 여기서 흰 찻잔은 제 것이고, 붉은 찻잔은 레라지에의 것이에요. 폐하께서 두 찻잔 중에 하나를 선택해서 마셔 주셨으면 해요."

"이게 생강 양이 아까 전에 말한 선택이라는 건가?"

그는 조금 진지해진 어투로 대답했다.

소파에 기대고 있던 몸을 똑바로 한 그가, 내 눈을 빤히 바라보았다. 그런다고 해서 내 생각이 읽힐 리는 없겠지만.

"네. 그렇답니다."

이자나는 그제야 뭔가가 이상하다는 것을 느낀 것 같았다.

그는 내게 두었던 시선을 비틀어 레라지에의 눈마저도 바라보았다. 그녀의 선홍빛 눈동자와 그의 검은 눈동자가 제대로 맞물리고 있었다.

그들 사이엔 내가 알지 못하는 마음의 대화가 오갔을 것이다. 물론 그것은 이자나만이 들을 수 있는 일방적인 대화일 테지만.

그들은 꽤 오랫동안 눈을 맞추고 있었다. 레라지에는 내 차에 독이 들었음을 이자나에게 호소하고 있을까?

내 차에 독이 들었음에도 그것을 선택하겠느냐고. 얼른 저의 찻잔을 선택하라고…… 그런 으름장을 놓고 있는 게 아닐까?

시간이 흐를수록 이자나의 표정이 굳어 갔다. 이윽고 굳게 닫혀만 있던 그의 입술이 작게 움직였다.

"……진저. 네 차에 독이 들었다는데. 진짜인가?"

나는 진심을 담아 그에게 대꾸했다.

"그렇지 않아요. 제 차에는 아무것도 들어 있지 않아요."

실제로 차에 아무것도 넣지 않았기에, 대답이 쉽게 흘러나왔다.

레라지에가 어떤 달콤한 말을 하면서, 제 차를 선택하라고 속삭였을지는 잘 모르겠다. 하나 내게는 이자나의 믿음이 있었다. 쉬이 가질 수 없는 그의 믿음이.

나는 그를 믿고 있었고, 이자나도 완전한 제 믿음을 내게 보여 줬으면 했다. 우리가 서로를 완벽하게 믿고 있음을 증명되었으면 했다.

이자나는 침묵했다. 그러다 레라지에의 눈동자를 다시금 쳐다보더니, 이내 작은 헛웃음을 지었다.

"이거……."

그는 거기까지 말한 뒤, 숨을 길게 들이쉬었다.

잠깐의 침묵은 극도의 긴장감을 자아내었다. 드레스 위에 올려진 내 손바닥엔 기분 나쁜 땀이 가득했다.

그의 선택이 '나'일 거라는 사실을 믿어 의심치 않았다. 하지만 왜 이리도 걱정되는 걸까.

"……너무 쉬운 선택 아닌가?"

이자나는 빙그레 미소를 지었다. 그의 얼굴에 미소가 스민 것과 동시에, 그의 하얀 손이 앞으로 뻗어졌다.

이자나의 손이 향한 곳은…….

"……!"

내 것인 흰 찻잔이었다.

그의 손가락이 찻잔의 고리에 걸리는 순간 나도 모르게 소리를 지를 뻔했다.

잘 선택했어요! 역시 나의 폐하야.

나는 그렇게 말하고 싶은 걸 꾹 참았다.

"이걸 마시면 되는 거지?"

이자나는 망설임 없이 찻잔을 제 입가 근처까지 가지고 갔다. 내기의 결과는 나의 승리로 점쳐지던 순간이었다.

찻잔에 그의 입술이 닿으려던 찰나, 레라지에가 자리에서 벌떡 일어섰다. 그녀는 말릴 새도 없이 이자나의 손에 있던 찻잔을 있는 힘껏 내려쳤다.

쨍그랑.

날카로운 소리가 울렸고, 이자나의 손에 쥐여 있던 찻잔이 바닥에 나뒹굴었다. 나는 깜짝 놀라 레라지에를 쳐다봤다. 그녀의 얼굴은 하얗게 질려 있었다.

레라지에는 거친 숨을 내뱉으며 이자나에게 말했다. 그녀의 목소리가 몹시도 흔들리고 있었다.

"진, 진짜로…… 독, 독이 들어 있, 있을 거라고 말씀드렸잖아요……."

이자나는 제 얼굴에 조금 튄 찻물을 손으로 천천히 닦아 냈다.

"그래서 어쩌라고. 네가 뭐라고 했든, 진저가 아니라고 했잖아."

이자나는 서늘한 눈빛으로 레라지에를 응시하고 있었다. 오랜만에 본 그의 차가운 눈동자였다.

그의 눈빛을 받고 있던 레라지에는 제 아랫입술을 짓이겼다. 꽉 쥔 그녀의 두 손이 그녀의 얼굴 못지않게 하얗게 질려 있었다.

이자나가 나를 선택했음에 기뻐해야 함이 옳았지만, 대놓고 기뻐할 수가 없었다. 이자나와 레라지에 사이에 흐르고 있는 기류가 너무도 무거웠기 때문이다.

앉아 있던 이자나가 자리에서 일어섰다. 그는 몇 걸음 걸어가 바닥에 나뒹굴던 찻잔을 집어 들었다.

이자나는 찻잔 안을 빤히 바라보았다. 찻잔의 밑바닥에 차마 쏟아지지 못한 찻물이 조금 남아 있었다.

"진저."

"……네. 폐하."

이자나는 여전히 찻잔에게서 눈을 떼지 않은 채로 나를 불렀다.

"다시 한 번 더 물을게. 네 차엔 독이 들어 있지 않았지?"

"네. 독을 넣지 않았어요."

나는 고개를 끄덕이며 대답했다.

그러며 목에 걸고 있던 붉은 목걸이를 풀어서 그것을 테이블 위에 올려놓았다. 거짓말을 하고 있지 않음을 확실히 증명하기 위해서였다.

나는 결백했기에 이자나의 눈을 똑바로 쳐다보았다. 하나 정작 그가 나를 제대로 바라보지 않았다.

눈동자를 마주하지 않아도 내 말을 믿고 있다는 걸까.

"좋아. 그럼 레라지에 영애에게도 다시 묻지. 너는 아직도 여기에 독이 들었다고 생각해?"

그는 그리 물으며 레라지에 쪽을 바라보았다. 레라지에는 굳은 듯이 선 채로 이자나와 시선을 맞추었다.

나는 그녀가 지금 무슨 생각을 하고 있을지 궁금해졌다.

생각해 보니 내 차에 독이 들었다고, 그녀에게 강조해서 말한 사람은 나였다. 레라지에는 내 말을 굳건히 믿고선 이자나가 내 차를 마시는 것을 막은 걸까?

레라지에 편을 들고 싶은 것은 아니었다. 그러나 그녀의 행동에는 내 책임도 분명히 있을 것이란 생각이 들었다.

중재라도 해야 하는 건가 싶어, 그들 사이에 조심스럽게 끼어들었다.

"폐하…… 저…… 레라지에에게 제 차에 독이 들었다고 말한 것은 저예요. 제가 폐하의 믿음의 깊이를 확인해 보기 위해서 레라지에에게 내기를 제안했거든요."

이자나는 내 말을 묵묵히 들었다.

"실제로 두 차에 독을 타지 않았음에도 레라지에에겐 제 차에 독이 있을 거라고 말했어요."

"……"

"생각이 읽히는 레라지에와 생각이 읽히지 않는 저. 폐하께서 저희 두 사람 중에 누구를 선택할지 시험해 본 거였어요. 저는 이렇게 하면 폐하의 저주가 풀릴 줄 알고……. 이런 상황이 될 줄은 몰랐어요. 죄송해요."

"……"

이자나가 기분 나빠 하면 어떡하지?

내가 생각한 결과는 적어도 이런 것이 아니었다.

이자나가 내 찻잔을 선택함과 동시에 그의 저주가 마법처럼 풀리는 행복한 결말을 상상했었는데…….

어째서 일이 이렇게 꼬여 버린 걸까. 역시나 내 인생은 순탄하지 못한 건지, 뭔지.

구구절절 사정을 털어놓았음에도, 레라지에와 이자나는 한 마디도 하지 않았다.

이자나는 그렇다 치더라도, '맞아요. 이건 모두 진저의 탓에요.'와 같은 말을 하며 내 탓을 해야 할 레라지에도 잠잠하자 조금 이상하다는 생각이 들었다.

"레라지에, 뭐해! 얼른 자리에 다시 앉아."

결국 숨 막히는 분위기를 참지 못한 내가 레라지에의 드레스 자락을 잡고 흔들었다. 그녀는 보란 듯이 내 손을 쳐 냈다. 레라지에의 굳은 눈동자가 내게 향했다.

"……진저 토르테……."

그녀는 악에 받친 듯이 내 이름을 불렀다.

아니, 도대체 뭐가 더 문제인 건데? 철천지원수인 저의 사정을 대변해 준 걸로는 만족하지 않는다는 건가?

"레라지에 영애. 진저의 말대로라면 이 차엔 아무것도 들어 있지 않아야겠지."

이자나는 누가 들어도 화가 난 목소리로 레라지에에게 말했다.

"……."

"그런데 나는 왜 여기에 뭔가가 들어 있었던 것 같을까."

"……."

"네 머릿속에 있는 숨길 수 없는 생각을 내가 읽어 버려서?"

이자나는 가느단 미소를 지었다.

그 미소는 여전히 아름다운 것이었지만, 왠지 모를 서늘함을 가득 안고 있었다.

레라지에의 숨길 수 없는 생각이라니……. 그녀는 내가 모르는 어떤 일을 저지른 걸까?

나와의 내기를 너무도 손쉽게 수락했던 그녀의 모습이 문득 떠올랐다. 레라지에의 숨길 수 없는 생각이라는 건, 내기를 흔쾌히 수

락한 그녀의 모습과 연관이 있는 걸까.

"레라지에 영애, 마지막으로 다시 물을게. 너는 여기에 독이 들어 있다고 생각해?"

레라지에의 입술을 꾹 다물어져 있었다. 그녀는 굳은 얼굴로 그를 바라볼 뿐이었다.

"대답해."

그녀는 그제야 천천히 대답하기 시작했다.

"……진, 진저의 말대로예요. 저는 진저의 말을 믿고 거기에 독이 들었다고 생각했던 거예요. 그래서…… 그래서 폐하께서 그 차를 마시는 걸 극구 말렸던 거고…….."

떨리는 건 그녀의 목소리뿐만이 아니었다. 그녀의 입술도 덜덜 떨리고 있었다. 마치 큰 죄를 지은 사람인 것처럼.

"대답이 길어. 그러니까 너는 여기에 아무것도 들어 있지 않다고 한 거지, 지금."

"……네, 그렇습니다."

"좋아."

이자나는 레라지에에게 가까이 걸어오기 시작했다. 그의 손엔 여전히 흰 찻잔이 들린 채였다.

이내 레라지에의 코앞까지 걸어간 그가, 그녀에게 찻잔을 내밀었다. 이자나의 얼굴엔 서늘한 미소가 여전히 맴돌고 있었다.

"그럼 네가 직접 마셔 봐."

"……."

"뭐해? 아무것도 들어 있지 않다면서. 너는 오로지 진저의 말을 믿었던 것뿐이라며. 그러면 직접 마셔 보라고."

이자나는 대수롭지 않은 일을 권하듯이 말했다.

레라지에는 이자나가 쥐고 있던 찻잔과 그의 얼굴을 번갈아서 쳐다봤다. 그녀의 시선이 눈에 띄게 흔들리며 망설이는 빛을 자아내고 있었다.

나는 그들을 가만히 지켜보는 수밖에 없었다. 내가 할 수 있는 건 다 했으니까.

시선을 돌려 우리와 조금 떨어져 있던 하멜을 쳐다보았다. 하멜은 무언가를 망설이고 있는 듯한 얼굴을 하고 있었다.

"……폐하, 일단은……."

하멜은 이자나를 말릴 요량으로 조심스러운 말을 건넸지만, 이자나는 냉정하게 대꾸했다.

"라라, 너는 가만히 있어. 이건 나와 레라지에 영애 사이의 일이니까."

"……."

"레라지에 영애, 내 말이 안 들려? 마시라고. 도대체 몇 번이나 똑같은 말을 하게 만드는 건지."

짜증스럽다는 듯이 말하는 이자나의 모습이 낯설게 느껴졌다. 내가 아는 이자나가 맞나 싶을 정도였다.

한참을 침묵하던 레라지에는 그제야 그가 쥐고 있던 찻잔을 넘겨받았다.

"좋아요. 마실게요. 마시면 되는 거잖아요."

결정을 내린 듯한 그녀의 목소리는 더 이상 떨리지 않았다. 레라지에는 찻잔을 제 입술에 가져다 대었다.

조금 남아 있던 찻물이 그녀의 입안으로 죄다 들어갔다. 이윽고 찻잔에서 입을 뗀 레라지에가 이자나를 향해 웃어 보였다.

레라지에가 손에 쥐고 있던 찻잔을 떨어뜨린 것은 그때였다. 바닥에 다시금 떨어진 찻잔은 이번엔 완전히 깨져 버렸다.

쨍그랑.

곧이어 그녀의 몸이 가늘게 떨리기 시작했다. 웬 떨림일까, 라는 생각을 하기 무섭게 그녀의 신형이 곧 넘어갈 듯이 크게 흔들렸다.

레라지에는 쓰러지지 않기 위해 소파를 잡았지만, 그녀의 몸은 더욱 휘청거리기에 이르렀다.

종내에 그녀의 몸이 쿵, 하는 소리와 함께 바닥으로 엎어졌다. 엎어진 그녀의 얼굴이 하얗게 질려 있었다.

"레, 레라지에!"

나는 그녀의 이름을 큰 소리로 부르며 자리에서 일어섰다. 그리고 쓰러진 그녀에게로 가까이 다가갔다.

바닥에 무릎을 꿇고 앉아 레라지에의 머리를 받쳐 들자, 그녀의 얼굴이 고통스럽게 일그러진 게 보였다.

"이자나 폐하! 이, 이게 도대체 무슨 일이에요?"

나는 놀라서 그에게 소리쳤다.

"진저, 네가 본 대로야. 레라지에가 네 차에 독을 넣었어."

이자나는 당황하지 않은 채로 말했다. 이런 일이 생길 것을 미리 예상했다는 듯이.

"레라지에가 마음속으로 내게 말하더군. 진저 네 차에 진짜로 독이 들어 있으니, 자신을 선택하라고."

이자나는 내 옆에 소리 없이 다가와 레라지에의 코끝에 손을 가져다 대었다.

"다행히 죽을 정도로 독을 넣은 건 아닌가 보군."

"폐하."

"진저. 너는 너만이 생각하는 걸 여과할 수 없다고 생각하는데. 그건 다른 이들도 마찬가지야. 제 마음대로 자신의 생각을 다룰 수 있는 사람은 없지."

"……."

"레라지에는 자신의 속내를 내게 숨길 수 있을 거라고 확신하고 이런 일을 벌였는지 모르겠지만, 그건 내 능력을 무시한 거라고."

"……."

"레라지에의 마음속에, 찰나의 순간에 든 생각을 읽어 버렸어."

나는 물음을 건네었다.

"……그녀가 뭐라고 생각했나요?"

"진저 네게 심어 놓은 심복 시녀를 통해 너의 계획을 알아차렸다고."

"……!"

"그래서 네 차에 진짜로 소량의 독을 넣은 거라고."

맙소사. 그 차에 정말로 독이 들어 있었다고?

"진짜 독을 넣었으니 내가 그걸 마시지 않을 거라고 생각했겠지."

말도 안 돼. 그건 극비리에 부쳤던 계획이었다. 물론 사라에게만 넌지시 얘기하긴 했었지만…….

사라가 레라지에의 심복 시녀란 건가? ……아냐. 나는 그럴 일은 없다며 고개를 내저었다.

아마도 사라와 이야기를 나누고 있을 때 다른 시녀가 우리의 얘기를 엿들었음이 분명했다.

젠장. 내가 레라지에게 심복 시녀를 붙였듯이 그녀 또한 내게 제 심복을 붙이지 않았을 리가 없었다.

그제야 그녀가 왜 그토록 내 계획에 흔쾌히 굴었는지 이해가 되었다. 이자나가 당연히 저를 선택할 것이라 믿고 있었을 것이다.

그가 독이 있는 차를 선택할 만큼 나를 사랑하지 않는다고 확신했던 게 아닐까.

레라지에, 독한 년. 아무리 내가 싫어도 그렇지. 어떻게 이렇게까지 일을 벌이느냔 말인가.

이미 쓰러진 그녀의 멱살이라도 잡고 싶은 심정이었다.

"나는 그래도 네 차를 선택하고 싶었어."

"그런 생각을 읽으셨다면 당연히 레라지에의 것을 선택하셨어야죠! 진짜로 그 차를 마시기라도 할 참이셨어요?"

"상황이 그렇게 된다면 그렇게 해야지."

이자나는 부드러워진 목소리로 말했다. 조금 전까지 레라지에를 거세게 몰아붙였던 이와 같은 인물이라 여겨지지 않았다.

"위험하잖아요! 하아……. 폐하께서 그걸 마셨다면…… 나는…… 진짜…….."

나는 두 눈을 꼭 감았다.

독을 마신 이자나가 창백한 얼굴로 쓰러질 것을 상상하자 마음이 정말로 쓰렸다. 눈물을 쏟을 수 있을 정도였다.

"나를 위해 울어 줄 참이야? 거참, 생강의 눈물이라니. 그건 생강차쯤인 걸까."

"장난치지 마세요! 저는 진지하단 말이에요……."

"너를 믿고 있다는 걸 증명하고 싶었어. 레라지에가 무슨 짓을 했건, 나는 네 말을 믿는다고."

그는 다디단 목소리로 고백하듯이 말했다. 그러고선 우는 아이를 달래듯이 내 머리를 가만히 쓸어 주었다.

독이 든 차임을 앎에도, 나를 향한 믿음을 보여 주기 위해서 그것을 마시려고 했다니…….

상황이 꼬였지만 그의 믿음의 깊이만큼은 확실히 증명된 것이 아닌가 싶었다.

이봐요, 게슈트. 이 정도면 그의 저주가 풀려야 하는 것이 아닌가요? 나는 어딘가에 있을 게슈트를 책망했다.

그런데 레라지에를 이렇게 가만히 놔둬도 될까?

죽을 만큼의 독을 마신 것은 아니지만, 어찌 되었든 그녀는 정신을 잃은 상태였다. 사람을 불러와야겠다고 생각한 순간, 등 뒤에서 하멜의 목소리가 들렸다.

"하…… 이러려고 역할을 바꾸자고 했던 것이 아닌데. 모두 다 제 탓인 것 같습니다. 죄송합니다."

이내 하멜마저도 우리에게 가까이 다가왔다. 그는 우리처럼 자세를 낮추었다.

"하멜. 역할을 바꾸자고 했던 것에 다른 이유가 있었던 거죠? 그때 무언가를 봤던 거죠?"

하멜은 이제 와 사실을 실토했다.

"……그렇습니다. 그때 미래를 보았습니다."

"……."

"제가 본 미래는 레라지에 님이 진저 님의 계획을 알게 된 후, 심복 시녀에게 진저 님의 차 속에 독을 넣으라고 지시하는 장면이었습니다. 허술한 진저 님이 아닌, 제가 레라지에 님을 맞이하면 해결될 일이라고 생각했는데…….”

거기까지 말한 하멜은 제 손을 레라지에의 얼굴 위에 올려다 놓았다.

“지금 뭐 하는 거예요?”

“소량의 독이라고 하나, 레라지에 님을 그냥 둘 수는 없지 않습니까. 마법으로 체내에서 독을 몰아내 볼 생각입니다.”

하멜은 제 눈을 지그시 감았다. 그러곤 내가 알아들을 수 없는 오묘한 말을 내뱉기 시작했다.

그의 손에서 희뿌연 광채가 맴돌기 시작했다. 그 빛은 레라지에의 몸을 서서히 감싸 안았다.

몇 분이 지난 후, 하멜이 감았던 눈을 떴다. 그가 눈을 뜸과 동시에 그의 손에서 빛나던 빛들이 순식간에 사라졌다.

“휴.”

“하멜, 어떻게 됐어요?”

“처음 해 본 마법이지만…… 역시나 저는 대단한 마법사인지라 성공적으로 독을 몰아낸 것 같습니다.”

하멜은 능글맞게 웃으며 제 이마에 쓸었다. 그의 이마엔 땀이 맺혀 있었다. 힘든 내색 하나 없이 대답하기는 했지만, 처음 시도한 마법이라 힘들었던 게 분명했다.

하멜의 덕분인지, 바라본 그녀의 얼굴이 편안해져 있었다. 창백했던 그녀의 낯짝에도 생기가 돌아온 듯했다. 하멜과 나는 약속한 것처럼 안도의 숨을 내뱉었다.

이자나는 이상하게도 우리 중에 가장 태연했다. 그는 생기를 되찾은 레라지에의 얼굴을 삐딱한 시선으로 바라보았을 뿐이다. 그의 모난 시선은 하멜에게까지 닿았다.

"라라. 아니, 하멜 브레이."

"네."

이자나는 내 머리 위에 올려 둔 손을 슬그머니 내려, 내 어깨에 자연스럽게 올려놓았다. 그러고선 나를 제 쪽으로 끌어당겨 우리의 몸을 바짝 밀착시켰다.

"지금 진저 앞에서 네가 대단한 마법사라고 끼를 부리는 건가? 아주 마음에 들지 않군."

그러자 하멜이 어이없다는 듯이 웃었다.

"폐하. 이건 끼가 아니라 사실입니다. 제가 또다시 폐하에게 장미를 만들어 드려야 제 말을 믿으시겠습니까?"

"……장미라면 이제 됐어. 네가 만든 장미는 이제 더는 보고 싶지 않다고."

"하지만 폐하에겐 마법에 대한 믿음이 부족한 것처럼 보이니, 제가 다시금 장미를……."

"아니, 필요 없다고! 나 원. 장미 대신에 그 대단한 마법으로 내 저주를 풀어 줄 수는 없는 건가?"

이자나는 질색하며 말했다. 하멜의 장미가 정말로 싫었음이 확실했다.

"흠, 그게 말입니다."

하멜이 날렵한 제 턱을 문지르며 심각한 표정을 지었다. 무언가를 알고 있는 것처럼 보이는 얼굴이었다. 그러자 이자나의 표정도 덩달아 심각해지기 시작했다.

얼마 못 가 하멜이 무언가 생각이 난 듯이 말했다.

“아!”

“진짜로 방법이 있는 건가?”

……그런데 어째 이 장면, 낯설지가 않다.

진지한 얼굴로 방법을 모색하는 하멜의 모습, 그리고 그것을 지켜보며 함께 긴장하던 내 모습.

하멜에게 말렸던 지난날의 내가 떠올랐다. 여기서 하멜이, ‘할 수 없습니다.’라는 김빠진 대답을 할 것 같은 기분이 든단 말이지.

“할 수 없습니다.”

“……컥.”

역시나 하멜은 그런 식으로 이자나를 한 방 먹였다.

“할 수 없는 주제에 왜 그렇게 진지한 표정을 짓고 있었던 건데?”

이자나는 제가 당한 것이 분했던지 하멜을 향해 소리쳤다. 나는 여기서 또다시 기시감을 느꼈다. 하멜은 이번엔 이런 대답을 하겠지.

“진지하게 할 수 없기 때문입니다.”

“진지하게 할 수 없기 때문입니다…… 어?”

나와 하멜의 대답이 거의 동시에 흘러나왔다.

내가 저와 똑같은 대답을 하자 하멜이 눈을 동그랗게 뜨고 나를 보았다.

“진, 진저 님? 제가 할 대답을 어떻게 아셨습니까?”

후후. 이 자식, 네 수는 이미 다 간파했다고.

나는 어깨를 으쓱이며 대답했다.

“사실은 제게 사람의 마음을 읽는 재주가 조금 생겼거든요.”

“……두 사람. 또 수상해. 자꾸 수상하게 구니까, 하멜을 강제로 해고시키고 싶어지잖아.”

이자나는 볼멘소리를 내었다.

"폐하, 마음이 잘 맞는 부하를 다시 찾는 건 힘든 일이라고 하지 않으셨습니까?"

"아, 몰라. 너희 둘이 또 내가 모르는 얘기를 하니까 짜증이 나. 짜증나서 미칠 것 같다고."

"큭큭."

두 사람이 평소와 같이 아웅다웅하고 있는 것을 보자 절로 웃음이 나왔다. 레라지에 때문에 긴장하고 걱정했던 마음이 한순간에 누그러진 것 같았다.

그러고 보니 두 사람. 여전히 사이가 좋네. 다행이다.

나는 하멜의 정체로 인해 그들의 사이가 틀어지는 것은 아닐까 엄청 염려했었다.

하멜은 저를 향한 이자나의 신뢰가 깨어졌을 거라고 말했지만, 내가 보기엔 전혀 그렇지 않은 것 같았다.

도리어 하멜의 정체를 알았기 때문에, 하멜에 대한 신뢰가 더 커져 버린 것 같다랄까. 그에 대한 진실을 모두 알게 되었으니 그를 의심할 이유가 없었으니까.

이러다 조만간 이자나의 두 번째 완전한 믿음이 향할 곳은 하멜이 될지도 모를 일이었다.

내가 그런 생각을 하고 있는 사이에도, 두 남자는 서로를 향해 툴툴거리고 있었다.

대화의 종지부를 찍은 것은 이자나였다. 이자나는 하멜과 싸우던 것을 멈추고선, 나를 불렀다.

"진저 토르테."

"네."

"네 엉뚱했던 계획은 조금 꼬이기는 했지만 얼추 성공한 것도 같은데. 그렇지?"

"저도 그렇게 생각해요. 결론적으로, 폐하께선 저를 향한 믿음을 완벽하게 보여 줬으니까요."

그런데 어째서 저주가 풀리지 않고 있는 걸까.

내가 그의 검은 눈동자를 빤히 보며 그리 생각하자 이자나가 고개를 끄덕였다. 저도 내 생각에 동의한다는 것이었다.

이자나는 허공에 대고 대뜸 말하기 시작했다.

"이봐, 게슈트의 망령. 지금 지켜보고 있나? 당신이 의심했던 내 믿음의 깊이가 이 정도라고. 당신도 염치가 있다면 내 저주를 이쯤에서 풀어 주는 게 어때?"

그는 한 템포 쉬었다가 이어서 말했다.

"그리고."

이자나의 시선이 하멜에게 닿았다.

"당신의 손녀를 살리기 위해서 진심으로 노력한 하멜의 저주도 이제 그만 풀어 주라고. 그런 저주에 걸린 상태에서 누군가의 사랑을 원하는 그가 안타깝잖아. 더군다나 하멜은 당신의 제자인걸."

하멜의 저주를 풀어 주라니? 하멜도…… 저주에 걸렸다는 건가?

저주라는 단어와 누구보다도 거리가 멀게 느껴지는 하멜이었다. 스스로를 대단한 마법사라고 칭하던 그였기에, 그가 저주에 걸렸을 거란 생각은 전혀 하지 못했다.

며칠 전, 제가 저주에 걸렸다면 저주를 풀 방법을 고민했겠느냐고 묻던 하멜의 말이 떠올랐다.

그 물음이 진짜였던 걸까? 그렇다면 하멜이 걸린 저주는 도대체 무엇일까. 나는 혼란스러웠다.

하멜 또한 이자나의 발언에 놀란 것인지, 그의 얼굴에 커다란 파문이 생겨났다.

"……폐하. 그걸 어떻게…….”

"어떻게 알았느냐고 묻는다면, 내겐 다 아는 수가 있지. 이래 봬도 나는 타인의 마음을 읽는 이능을 가졌다고. 나를 녹록하게 보지 마.”

이자나는 한쪽 눈을 찡긋했다.

"도대체…….”

이자나에게 무언가를 더 물으려던 하멜이 돌연히 침묵했다. 그의 시선은 우리의 등 뒤 어딘가에 오롯이 꽂혀 있었다.

이자나와 나는 하멜의 시선을 따라, 고개를 뒤로 돌렸다. 그러자 하멜이 주시하고 있던 것이 보였다.

그곳에는 믿기 힘든 광경이 연출되고 있었다. 내가 테이블 위에 올려놓았던 붉은 목걸이가 허공에 둥둥 떠 있었던 것이다.

"하, 하멜. 목걸이에 마법을 쓴 건가요?”

"아닙니다. 저는 아무것도 하지 않았습니다.”

허공에 있던 목걸이에서 빛이 나기 시작했다. 그것은 목걸이의 중앙에 박힌 붉은 보석이 내뿜는 빛이었다.

작은 보석에서 내뿜는 빛이라곤 믿기지 않을 정도로 커다란 빛줄기였다. 그 빛은 이윽고 방 안을 전부 감쌌다. 우리는 인상을 찌푸린 채로 그것을 쳐다만 보았다.

몇 초가 지나자 빛이 서서히 사그라지기 시작했다. 깨달았을 땐, 빛줄기가 완전히 사라진 후였다.

빛이 사라진 곳엔 익숙한 것이 자리하고 있었다. 나는 그것의 이름을 익숙하게 내뱉었다.

"망할 게슈트!"

그는 망령이라고는 믿기지 않을 정도로 제법 선명한 모양새를 지니고 있었다.

레라지에를 닮은 석양빛 머리칼, 붉은 눈동자. 망령이었음에도 불구하고, 그의 눈은 사람의 것처럼 뚜렷했다.

목걸이에서 나온 게슈트의 붉은 시선이 우리에게 닿았다. 그의 얼굴엔 그 어떤 표정도 서려 있지 않았다.

"게슈트가 내 얘기를 똑똑히 들었나 보군."

이자나는 차분하게 말했다. 그는 어쩌면 게슈트가 실제로 나타날 것이란 사실을 예상하고 있었을지도 몰랐다.

가만히 우리를 지켜보던 게슈트의 입술이 열린 것은 그때였다.

"……이자나 왕자님…… 그리고 하멜 브레이."

그의 목소리가 띄엄띄엄 울렸다. 듣는 것만으로도 소름이 돋는 스산한 목소리였다. 게슈트는 한 마디의 말을 내뱉고선 다시금 침묵했다.

그사이 이자나가 내 어깨를 툭툭 쳤다.

"생강 양, 뭐해? 게슈트를 보면 가만두지 않겠다며."

"……네?"

"벌써 잊은 거야? 나를 위해 게슈트를 묵사발로 만들 것처럼 말했잖아."

아……. 이전 날, 정원에서 했던 말을 얘기하는 건가?

나는 어색한 미소를 지었다.

"하하."

"얼른 가서 유령과 한판 해야 되지 않겠어?"

"어, 어떻게 한판 해야 하는 거죠?"

그 당시엔 게슈트의 머리칼을 한 움큼 뽑겠다고 호기롭게 말했지만, 스산한 유령의 모습을 실제로 보자 주저하는 마음이 들었다.

나도 유령은 좀 무섭다고요.

어찌해야 하나 고민하던 사이, 게슈트의 목소리가 또다시 들렸다.

"하멜 브레이."

그는 이번엔 하멜을 부르고 있었다.

"······네게 저주를 건 것은 지금까지도 아주 미안하게 생각하고 있단다. 나는 그만큼 네가 마법사가 되기를 원했어."

"······."

"네게 저주를 내린다면, 네가 다른 유혹에 빠지지 않고 완벽한 마법사가 될 것이라고 생각했단다."

게슈트의 말을 들은 하멜은 아랫입술을 작게 짓이겼다.

"지금 네 모습을 봐. 너는 나보다도 더 강한 마법사가 되지 않았느냐. 네게 미안한 것은 미안한 것이고, 네가 강한 마법사가 된 것은 내게 감사해야 할 일이 아니더냐."

노망난 늙은이가 지금 뭐라고 하는 거야. 저주를 내린 것이 오히려 잘한 일이라니.

게슈트의 이기적인 발언을 듣고 있자니 무서웠던 마음이 사그라지며, 노기가 들끓기 시작했다. 이런 감정 상태라면 게슈트와 한판 해 볼 수도 있겠다는 생각이 들었다.

내가 기회를 엿보던 사이, 게슈트가 제 말을 이어 했다.

"너는 마법사가 되는 걸 끔찍하게 싫어했기 때문에 네가 마법을 진정 원하게 될 때, 저주가 풀리도록 되어 있지. 하지만 하멜 브레이. 네 저주가 풀리는 데엔, 그것 말고도 한 가지 더 필요한 사실이 있단다."

"……게슈트 님. 도대체 제게 무슨 짓을 더 하신 겁니까?"

"바로 내 손녀인 레라지에를 위해서 마법을 행한다면 그때 저주가 풀리게 될 거라는 사실이지."

"……!"

"레라지에의 미래가 어둡다는 건 그녀가 태어났을 때부터 점쳐져 있던 사실이었어. 나는 그녀가 어떻게든 제대로 살아남기를 바랐고……."

하멜은 게슈트의 말을 끊고선, 소리쳤다. 내가 지금껏 들은 하멜의 목소리 중에 제일 고조된 것이었다.

"그걸 지금 말이라고 하시는 겁니까?"

조금 덜떨어진 듯, 2퍼센트 부족하게만 굴던 하멜이 처음으로 화를 내고 있었던 것이다.

"그래서 이 목걸이를 레라지에에게 만들어 주었지. 그리고 내가 죽더라도, 언제고 그 아이의 곁을 지키기 위해 그 속에 내 사념을 심어 놓았단다."

"……."

"요즘 들어 네가 마법을 쓰는 일에 행복해하고 있다는 걸 알고 있었어. 더해, 오늘 레라지에를 위해 쓴 네 마법 덕분에, 결국 네 저주가 풀리게 될 것이란다."

"하……. 당신이 그런 생각으로 내게 저주를 내렸던 거라면……

전 레라지에 님을 살리려고 노력하지 않았을 겁니다."

하멜은 무거운 숨을 토해 냈다. 안경 위로 내비친 그의 회색빛 눈동자가 사납게 빛났다.

"허허, 하지만 이미 네 진정성은 증명이 되었단다."

게슈트는 하멜의 말이 제대로 들리지 않는 걸까?

유령에게 귀가 없는 것이 아닐까, 싶을 정도로 게슈트는 제 말만 하고 있었다.

"너를 오랫동안 옥죄어 왔던 저주가 사라질 거다."

게슈트의 말이 끝나기 무섭게 하멜의 등 뒤로 희뿌연 빛이 생기기 시작했다. 마차 안에서 하멜이 제 후광이라고 우겼던 그 빛이었다.

그것은 크기를 더해 가며 하멜의 등 뒤를 밝게 비추었다. 진짜로 후광처럼 보일 정도였다.

그 빛은 저주가 풀리는 징조를 뜻하는 빛이 아닐까 싶었다. 나는 밝은 빛에서 눈을 뗄 수 없었다.

"아, 그리고 이자나 왕자님."

게슈트는 그제야 이자나의 저주까지도 생각난 듯이 말했다.

"왕자님은 고작 그런 일로 제가 당신께 저주를 내린 것이라 원망했겠지만, 마법을 믿지 않는다던 당신의 말은 제겐 크나큰 상처가 되었습니다."

"하."

"한평생 마법밖에 몰랐던 제 존재를 부정당한 기분이었다고 해야 할까요. 그래서 왕자님께 제가 저주를 걸었습니다."

"미…… 미친! 이 할배가 진짜 정신이 나갔나 봐! 당신의 저주로 폐하께서 얼마나 고통받았는데. 뭐가 그렇게 당당한 건데!"

나는 도무지 참을 수가 없어서 몸을 벌떡 일으켰다.

주먹을 불끈 쥔 채로 게슈트를 무섭게 노려보았지만, 유령은 내게 시선조차 주지 않았다. 그는 나를 아예 무시하고선 또다시 입술을 느릿하게 움직였다.

"제가 원했던 것은 마법에 대한 믿음이 아니었고, 사람에 대한 믿음도 아니었습니다. 바로 서로에 대한 완벽한 믿음을 바라고 있었죠. 왕자님도 그런 믿음을 얻으셨으니 곧 당신의 저주도 풀릴 것입니다."

서로에 대한 완벽한 믿음. 저주의 해법은 이자나의 믿음이 아닌, 서로를 향한 믿음이었구나.

그것은 나와 이자나 사이의 믿음일 수도 있었고, 이자나와 하멜 사이의 믿음일 수도 있었다. 물론 둘 다 일수도 있었다.

그 순간, 이자나의 등 뒤에도 하멜에게 서렸던 것과 같은 광채가 서리기 시작했다. 그것 또한 이전에 이자나에게서 보았던 광채와 닮아 있었다.

두 사람의 광채는 둘째 치고, 나는 화가 나서 견딜 수가 없었다. 나는 두 남자가 말릴 새도 주지 않으며, 게슈트의 환영이 있는 곳까지 걸어갔다.

손에 닿을까, 하는 생각으로 그에게 손을 뻗었다. 하나 내 손은 그의 몸통을 일직선으로 통과했다.

망할. 게슈트의 형체는 연기에 불과했던지라 손에 잡히지 않는 것이었다.

나는 분해서 이를 부드득 갈았다. 그러자 게슈트가 피식 웃는 소리가 들려왔다. 명백히 비웃는 소리였다.

"지금 비웃었어? 하, 당신. 내가 후회하게 만들어 주겠어."

나는 게슈트를 무시무시한 눈길로 쳐다본 뒤에 뒤돌아서 걸어갔다. 내 걸음의 종착지는 죽은 듯이 누워 있는 레라지에였다.

게슈트. 당신의 몸뚱이에 손댈 수 없다면, 당신이 그토록 아끼던 손녀의 몸에 손을 대 주지.

나는 자세를 굽힌 채로 레라지에의 얼굴을 가만히 내려다봤다. 그러고선 망설임 없이 그녀의 뺨을 강하게 내려쳤다.

찰싹!

정면을 보고 누워 있던 레라지에의 얼굴이 오른쪽으로 사정없이 돌아갔다.

내려다본 그녀의 하얀 뺨엔 붉은 기운이 서려 있었다. 나는 왠지 모를 희열을 느꼈다.

"이건 이자나 폐하에게 내린 저주의 몫."

나는 오른쪽으로 돌아간 그녀의 턱 끝을 잡고 이번엔 왼쪽 뺨을 거세게 내려쳤다.

찰싹!

경쾌한 소리가 또다시 울리며, 레라지에의 얼굴이 왼쪽으로 돌아갔다.

"이건 하멜에게 내린 저주의 몫이야."

나는 히죽 웃으며 게슈트를 바라보았다.

그의 시선은 이제야 내게 닿아 있었다. 그의 동공은 유령의 것이라 믿기지 않을 정도로 커져 있었다.

"휴, 속이 다 시원하네."

두 남자들의 복수를 내가 한 기분이랄까.

"이, 이…… 이 망할 계집이……!"

나는 부들부들 거리는 게슈트에게 코웃음을 쳤다.

"망할 뭐? 더 얘기해 봐. 당신 손녀의 뺨을 다시금 때려 줄 테니까."

게슈트의 몸이 조금 더 부들부들 떨렸다. 나는 아랑곳하지 않으며 손을 다시금 들어 올렸다.

두 남자는 내 행동에 놀란 것인지 두 눈만 동그랗게 뜬 채로 나를 가만히 지켜봤을 따름이었다.

"가만두지 않……!"

가만두지 않……? 거기까지 말을 내뱉은 게슈트의 영혼이 갑작스럽게 흐려지기 시작했다. 이내 그의 모습이 삽시간에 완전히 사라져 버렸다.

파직.

그가 사라짐과 동시에 허공에 떠 있던 목걸이의 붉은 보석도 깨어졌다. 제 역할이 끝났다는 듯. 게슈트의 사념이 사라졌다는 듯.

"끝까지 말했더라면, 레라지에 이년을 한 대 더 때려 주려고 했는데. 아쉽다."

나는 손목을 가볍게 돌렸다. 그 순간 들린 것은 이자나의 작은 웃음 소리였다.

"푸하하. 뭐야, 미치겠다. 생강 양. 너 때문에 도무지 심각해질 수가 없잖아."

나는 이자나를 바라보았다. 그는 언제나처럼 웃고 있었으나 그의 얼굴엔 허망한 빛이 떠어져 있었다.

허무한 건지, 슬픈 건지, 후련한 건지. 나는 이자나의 얼굴에 드리운 감정을 딱 하나로 정의할 수 없었다.

군은 얼굴로 일관하던 하멜 또한 이자나를 따라 허탈한 미소를 지었다.

"폐하의 말에 동감하는 바입니다. 레라지에 님의 뺨을 때리다니요. 그 덕에 당황한 게슈트 님의 얼굴하며……. 하하."

"두 사람! 지금 웃을 일이에요? 레라지에는 맞아도 싸다고요. 두 사람이 원한다면 더 때려 줄게요."

내가 두 주먹을 불끈 쥐고 말하자 하멜이 급하게 나를 말렸다.

"아닙니다! 그쯤이면 충분한 것 같습니다. 제가 화난 대상은 게슈트 님이지, 레라지에 님이 아니니까요. 하지만 게슈트 님의 영혼은 완전히 사라진 모양입니다. 목걸이에 담아 놓은 사념은 저희의 저주가 모두 풀리는 날 사라지도록 마법을 걸어 놓았을 겁니다."

"……그 노망난 늙은이가 사라졌는데도 왜 제 분이 풀리지 않는 거죠?"

"생강 양, 일단은 진정하라고."

"하."

나는 긴 한숨을 쉬었다. 레라지에를 딱 한 대만 더 때리면 좋을 것 같은데. 아쉽군.

두 남자의 머리 위에는 어떤 빛이 여전히 반짝거리고 있었다. 그것은 절대로 점멸하지 않을 것처럼 밝게 빛났다.

저 빛이 사라지면, 모두의 저주가 풀리게 되는 걸까?

"지금 폐하와 하멜의 머리 위에 빛이 빛나고 있다는 거 알아요?"

"뭐? 내 머리 위에 하멜과 같은 빛이 있어?"

"제 후광이 또 나왔단 말씀이십니까?"

내 물음에 두 남자가 동시에 대답했다. 나는 고개를 끄덕였다.

"하멜 브레이, 후광이라니?"

"몰랐습니까? 이건 제 후광입니다."

"후광이라……."

하멜과 이자나는 자신의 빛을 보지 못하는 터라, 서로의 머리 위에 빛나고 있는 빛을 빤히 응시했다.

하멜의 머리 위를 한참이나 바라보던 이자나가, 내게 말을 건넸다.

"진저, 솔직히 대답해 줘. 지금 누구의 후광이 더 빛나고 있지?"

"……네?"

"누구 후광이 더 멋들어지게 크냔 말이야."

"……."

이런 상황 속에서 누구의 후광이 더 크냐니.

이자나의 말이 어이가 없었다. 나는 동의를 구하듯 하멜을 보았다.

그런데 이게 웬걸. 하멜도 내 대답을 기다리고 있는 듯한 기색을 내비치는 게 아닌가.

"지금 그게 중요한 거예요?"

내가 소리치자 두 남자가 머쓱한 표정을 지었다. 그러면서도 꼭 대답은 한다.

"……중요해."

몹시도 황당한 겨루기였다.

그때였다. 영원히 꺼지지 않을 것처럼 빛나던 두 사람의 빛이, 돌연히 자취를 감추었다.

"빛, 빛이 사라졌어요."

저주가…… 풀린 걸까?

두 남자는 침묵했고, 나는 이자나를 먼저 쳐다보았다.

이자나는 눈을 몇 차례 깜빡이다, 제 눈을 완전히 감아 버렸다.
나는 무방비하게 놓인 그의 손끝을 잡았다.

한평생 그를 괴롭혔던 저주. 타인의 생각을 읽었기에 괴로웠던
그의 삶. 그는 그런 것들에게서 모두 벗어날 수 있는 걸까?

"이자나 폐하."

내가 그를 부르자, 그는 내 부름에 응하듯 감고 있던 눈꺼풀을
들어 올렸다.

"당신과 눈을 맞추고 싶어요."

이자나는 이렇다 할 저항 없이 나와 눈을 맞추었다. 그의 투명한
눈동자 속에 내 얼굴이 뚜렷하게 비치고 있었다.

제 생각이 들려요?

나는 그에게 물었다. 그것은 마음으로 전달한 소리였다. 그 소리
는 예외 없이 그에게 닿았을까, 아니면…….

"아무것도…….."

이자나가 조용한 목소리로 말했다. 누구의 후광이 크냐며 장난스
럽게 묻던 그의 모습은 더 이상 찾을 수 없었다.

이자나는 나와 맞잡지 않은 손을 내 얼굴 쪽으로 뻗었다. 그는
무섭도록 부드러운 손길로 내 눈가를 어루만졌다.

"아무것도 들리지 않아."

"……."

정말로 내 생각이 읽히지 않는 거예요?

나는 그의 말을 확인하고 싶어 마음속으로 또다시 읊조렸다.

"세상이 조용해졌어."

이자나는 내가 마음으로 물은 질문에 대한 대답을 하는 듯이 말

했다.

내 눈가를 어루만지던 그의 손끝이 미미하게 떨렸다. 그의 투명한 검은 눈동자는 뿌옇게 흐려졌다.

눈물이 흐르려는 걸까.

이자나는 눈을 지그시 감았다. 그의 눈꺼풀 위, 차양처럼 드리운 그의 기다란 속눈썹 끝이 젖어 가기 시작했다.

이자나가 눈을 다시 떴을 때, 그는 떨리는 입술로 고백했다.

"저주가 풀렸어."

저주가 풀렸어.

그 짧은 말이 가져다준 영향력은 엄청나게 컸다. 온몸의 솜털이 비쭉 설 정도로 소름이 돋았으니 말이다.

"폐하. 정, 정말로 저주가 풀린 거예요?"

"다시 한 번만 더 아무 생각이나 해 주지 않겠어?"

나는 고개를 끄덕였다. 그러고선 지금 내게 있어, 제일 간절한 소망을 생각했다.

당신이 행복했으면 좋겠어요.

거짓 없는 나의 진심이었다. 이자나를 만날 때마다 바랐던 나의 진심.

나를 보던 이자나의 얼굴이 구슬퍼졌다.

그는 입술을 천천히 떼어 냈다. 내뱉어진 그의 목소리에선 쇳소리가 났다.

"……아무것도, 들리지 않아."

아무것도 들리지 않는다는 그의 말에, 내 감정이 복받쳐 오르는 것만 같았다.

꼭 내가 저주를 받은 당사자가 된 양 눈물을 흘리기 시작했다. 나는 눈물을 참지 않고선 그대로 쏟아 냈다. 뜨거운 눈물이 연신 흘러내렸다.

나는 이자나의 어깨를 감싸 안으며, 그를 내 품 쪽으로 끌어당겼다.

"흐어엉. 폐하, 저주가 풀리다니……. 흐윽…… 너무 다행이에요."

이자나는 나를 위로해 주듯 내 등을 가만히 쓸어 주었다. 엉엉 울어야 할 사람은 이자나임에도 불구하고, 그는 제 감정을 갈무리한 채였다.

조용한 사위 사이로 내가 우는 소리만이 울렸다. 이자나는 내 울음이 그칠 때까지 내 등을 매만져 주었다.

모든 게 정말로 끝이 났다.

저주에서 풀려난 이자나와 하멜은 평범한 남자로 살아갈 수 있게 되었다. 나는 그 사실을 좀처럼 믿을 수가 없었다.

울음의 기운이 잦아졌을 때, 나는 이자나의 어깨에 묻었던 얼굴을 들었다.

"이제야 다 운 건가."

그의 얼굴엔 옅은 미소가 맴돌고 있었다. 이자나는 다정한 손길로 젖은 내 눈가를 닦아 주었다.

"죄송해요. 울고 싶은 사람은 폐하일 텐데……. 제가 주책없이 울어 버린 거죠? 하지만 눈물이 나는 걸 참을 수가 없었어요."

"네가 내 몫까지 울어 줘서 나는 더 울 게 없는걸."

"……기분이 어때요? 이상할 것 같아."

"생강 양. 너는 매일 바랐던 것이 실제로 이뤄졌을 때의 기분을 알아?"

그 기분, 모를 리가 없었다.

이자나가 나를 좋아해 주기를, 내 사랑이 실패로 끝나지 않기를 항상 바랐으니까.

이자나가 내게 고백했을 때, 내가 바라던 것이 이루어졌을 때. 그때의 난 기적이 일어난 듯한 기분을 느꼈다. 잊으려야 잊을 수 없는 느낌이었다.

이자나도 기적 같은 느낌을 느끼고 있는 걸까?

절대로 일어나지 않을 것 같았던 일이 실재가 되었을 때, 도리어 느끼게 되는 불안감도 느끼고 있을까?

"알고 있어요. 폐하께서 저를 사랑한다고 하셨을 때, 그런 기분을 느꼈으니까. 그때, 제가 불안해했던 거 기억하세요?"

"물론. 너에 대한 것은 하나도 잊지 않았지."

"폐하도 왠지 모를 불안함을 느끼고 있다면, 저도 그때의 폐하처럼 똑같이 얘기하고 싶어요."

"……진저."

"불안해하지 마세요. 당신의 저주는 풀렸고. 우린 이제 더 행복해질 테니까."

이자나는 토해 내듯이 말했다.

"고마워. ……네가 없었으면 나는 어떻게 되었을까."

"유폐된 왕자와 후작 영애 속 이자나처럼 되지 않았을까요."

"그렇다면 곤란한데."

나는 울다가 웃으면 엉덩이에 흉측한 것이 생긴다는 사실을 잊은 것처럼, 히죽 웃었다.

"하지만 그럴 일은 없을 거예요. 왜냐하면 저는 당신 곁을 떠나지 않을 테니까."

끝내 이자나도 나를 따라 웃었다. 훌쩍거리는 소리가 들린 것은 그때였다.

소리를 따라 시선을 비틀자, 잠깐 동안 까맣게 잊고 있었던 하멜이 보였다. 그는 제 코를 훌쩍이고 있었다.

"아, 하멜 브레이!"

내가 그의 이름을 부르자 하멜은 쓰고 있던 안경을 벗었다. 그는 손등으로 제 눈가를 훔쳤다.

"지금 우는 거예요?"

"하. 너무 감격스럽지 않습니까."

"예?"

"저 또한 폐하의 저주가 풀리기를 간절히 바라고 있었습니다. 폐하의 저주가 풀린 걸 보자 저도 모르게 감정이 격해져서……."

그는 코를 다시금 훌쩍거렸다.

그러고 보니 하멜의 저주도 풀렸지 않던가. 물론 그가 받은 저주가 무엇인지는 여전히 알 수 없지만.

우리 둘만 껴안고 있어서, 하멜이 서운해하지 않았을까 싶었다. 몇 걸음 떨어진 채로 우리를 지켜보았을 그에게 미안한 마음이 들었다.

나는 또다시 눈물을 글썽였다.

"하멜 브레이. 당신도 이리로 와요. 당신의 저주가 무엇인지는 모르겠지만, 풀려서 너무 다행이에요. 정말 다행이야."

하멜은 내 말에 따라 우리 옆으로 다가왔다. 나는 하멜의 한쪽 어깨에 손을 올려 그를 토닥여 주었다.

"이제 당신도 행복해질 거예요. 하멜 브레이."

하멜은 내 이름을 아련하게 불렀다.

"……진저 님."

이자나도 하멜의 나머지 어깨에 제 손을 올렸다.

"너는 원래부터 사랑받을 자격이 충분했어."

이자나의 얼굴에 진심 어린 미소가 피어올랐다.

하멜은 우리를 번갈아서 바라보며 제 눈을 느릿하게 감았다 떴다. 바라본 그의 눈동자가 붉게 물들어 있었다.

누가 울보 아니랄까 봐.

하멜은 울먹이는 목소리로 말했다.

"두 분께 너무 감사드립니다. 게슈트 님 때문에 기분이 굉장히 좋지 않았지만……. 지금은 아무렴 어떻겠냐는 생각이 듭니다. 폐하와 저의 저주가 풀렸고, 게슈트 님은 영원히 사라졌으니 말입니다."

"그래, 라라. 나도 네 생각과 같아. 나는 또다시 누군가를 오랜 시간 동안 원망하며 살고 싶지 않아."

이자나의 말에 하멜의 눈가가 걷잡을 수 없을 정도로 촉촉해졌다. 그는 소매로 제 눈물을 닦으면서도 입가에 띤 미소를 유지했다.

나는 그의 울음이 그치기를 바라며, 객쩍은 농담을 했다.

"하멜! 울다가 웃으면 엉덩이에 뿔이 날 텐데."

……물론 나도 그랬지만 말이다.

"진저 님. 이전에도 제게 그런 말을 하지 않으셨습니까. 그렇다면 저도 그때와 같은 대답을 하겠습니다."

"음, 그때 대답이 뭐였더라?"

"한번 확인해 보겠느냐는 거였죠."

하멜이 킥킥거리자, 발끈한 것은 이자나였다.

"라라, 네 엉덩이는 내가 확인하지."

"남자에게는 보여 주지 않는데 말입니다."

참으로 그들다운 대화였다. 그들이 아웅다웅하는 모양새가 낯설지 않았다. 나는 중재할 생각은 하지 않으며 그들을 지켜보기만 했다.

이대로 우리 세 사람 모두가 행복해지면 얼마나 좋을까.

"진저 님. 궁금한 것이 있습니다."

하멜이 대뜸 내게 질문했다.

"뭔데요?"

"이제 제가 달라 보이지 않습니까?"

"네? 달라 보인다니요?"

"제가 받았던 저주는 타인에게 사랑을 받지 못하는 저주였습니다. 이제 그것이 풀렸으니, 진저 님의 사랑을……."

"라라! 너, 너! 그만두지 못해?"

하멜의 말에 이번에도 발끈한 것은 이자나였다. 라라를 부르는 그의 목에는 가느다란 핏줄이 올라와 있었다.

"폐하, 두려우신 겁니까?"

하멜이 의미심장한 미소를 지었다.

"닥쳐!"

"……폐하? 그런 말도 할 줄 아셨어요?"

이자나의 입에서 '닥쳐'라는 말이 나오다니…….

이자나의 유려한 외모와 조금도 어울리지 않는 상스러운 말이었다. 하나 콩깍지가 씐 내겐 거친 말을 내뱉은 이자나가 멋있어 보였을 따름이었다.

남성미가 물씬 느껴진다랄까. 온실 속 화초 같은 왕자님인 줄 알았는데, 마초 같은 느낌도 있다랄까.

쳐다본 이자나의 얼굴이 상기되어 있었다. 저주가 풀렸을 때보다도 감정의 변화가 격해 보이는 건 왜일까.

귀여워. 나는 질투하는 이자나가 너무 귀여워서 자꾸만 웃음이 나왔다.

"진저. 내일부터 네 마중은 다른 사람이 가게 될 거야."

며칠 전까지만 해도 하멜이 안타까워서 다른 사람을 보내지 못하는 거라며?

"폐하?"

"폐하, 그것은 권력 남용이 아닙니까?"

우리가 동시에 묻자, 이자나는 다른 곳을 바라보며 대답했다.

"됐어. 그런 얘기는 집어치우고 축배나 들자고."

하멜과 나는 서로를 보며 키득거렸다.

우리는 많은 일이 있었던 이곳을 나가려고 했다. 그렇게 방을 나가려던 순간, 바닥에 나자빠져 있는 레라지에를 뒤늦게 떠올렸다.

"폐하, 하멜. 레라지에는 어떡하죠?"

잠깐 고민하던 이자나가 천천히 대답했다.

"라라. 독은 확실히 몰아낸 거 맞지?"

"그렇습니다. 생명에는 지장이 없습니다. 지금은 그저 잠들어 있는 것뿐입니다."

"좋아. 그럼 그냥 나가자. 빌어먹을 게슈트의 손녀가 뭐가 예뻐서 침대까지 옮겨 주고 간호를 해 주겠어. 내 말에 이의 있나?"

이자나의 물음이 떨어짐과 동시에 우리는 고개를 좌우로 가로저었다.

이의가 전혀 없었다.

* * *

우리는 전망이 제일 좋은 후작저의 발코니에 자리했다.

테이블 앞에 자리 잡은 후, 얼마 지나지 않아 사라가 마실 것을 내어 왔다. 이자나가 제안한 축배였다.

하멜과 내 앞엔 싱그러운 보랏빛의 포도주가 놓였다. 그리고 이자나 앞에 놓인 것은 애석하게도 노란빛이 도는 오렌지 주스였다.

"이자나 폐하, 오늘 같은 날에 오렌지 주스라뇨."

내가 볼멘소리로 말하자 이자나가 나를 조금 경계하며 말했다.

"네가 탑에서 나에게 한 짓을 알고 있어."

"······하하하. 무슨 일이 있었더라?"

모를 리가 없었다. 무색무취의 와인으로 이자나를 자빠뜨리려고 했으니.

나는 버릇처럼 이자나의 눈을 피하려다가 이내 그를 똑바로 바라보았다. 저주가 풀렸으니 그의 눈을 피하지 않아도 상관없겠다 싶어서였다.

아쉽군. 이자나 취한 모습은 제법 귀여운데 말이지.

술에 취해 아기처럼 옹알거리던 그의 모습이 보고 싶었다.

"생강 양. 지금 내가 술을 마시지 않아서 아쉽다고 생각하고 있지?"

"······! 어, 어떻게 그걸! 분명히 저주가 풀렸는데!"

"그깟 저주가 없어도 네 생각은 이미 내 손바닥 안인걸."

이자나가 사악한 미소를 지으며 제 앞에 놓인 주스를 보란 듯이 한 모금 마셨다.

기품 있게 들어 올린 잔 속에 든 게 오렌지 주스라는 게……. 좀 우습고 귀여웠다.

"쳇, 하멜. 우리도 건배하자고요. 오렌지 주스가 든 잔과 내 잔을 맞댈 수는 없어."

"큭큭, 좋습니다. 진저 님."

하멜이 작게 웃으며 잔을 들었다.

이자나는 눈을 게슴츠레하게 뜨고선, 우리를 지켜……, 아니, 노려보았지만 별다른 말은 하지 않았다.

우리는 평소처럼 싱거운 말을 주고받았다.

중간중간에 이자나와 하멜이 언성을 높이며 장난을 치기도 했으며, 두 남자가 동시에 나를 놀리기도 했다.

지나치게 평화로운 시간들이었다.

한참을 그렇게 얘기를 나누던 차, 먼저 일어난 이는 하멜이었다.

"저는 이제 먼저 가 봐야 할 것 같습니다."

"하멜. 벌써 가겠다고요? 좀 더 놀아요."

하멜은 단호하게 고개를 내저었다.

"아닙니다. 제가 눈치 없게 두 분 사이에 끼어 있는 것 같아서……."

"이봐, 라라. 그런 거 아니니까 좀 더 있다 가지 그래?"

이자나도 하멜을 붙잡았지만, 그는 오히려 좀 더 단호하게 대답했다.

"사실은…… 이제 슬슬 짐을 챙겨야 할 것 같아서 말입니다."

"짐?"

"설마 벌써 여행을 가겠다는 거 아니죠?"

여행을 가겠다고 했던 그의 말을, 나는 기억하고 있었다.

"지금이 떠나야 할 타이밍인 것 같습니다. 더군다나 폐하께서도 이제 저를 자르실 것 같으니……."

"아니야! 아까 그건…… 라라, 네가 진저에게 너무 진심처럼 굴어서."

"……."

"네가 원한다면, 내 보좌관으로 계속 있어도 좋아. 대신, 진저를 마중 나가는 마차엔 나도 동승하는 걸로. 흠흠."

이자나는 머쓱한 헛기침을 했다.

"폐하. 그렇다면 제게 휴가를 주시지 않겠습니까? 저번엔 강제로 반환했으니 이번엔 휴가를 확실히 즐겨 보고 싶습니다만."

"휴가라……."

"허가해 주실 거라고 믿습니다."

"나 원 참, 곤란하군. 생강 양 생각은 어때?"

나는 하멜이 원하는 대로 했으면 했다.

그는 타인에게 사랑받지 못하는 저주에서 풀려났으니, 어쩌면 여행 중에 제 사랑을 찾을지도 모를 일이었다.

나는 바랐다. 하멜에게 짝사랑이 아닌 완전한 사랑이 찾아오기를.

"저는 찬성이에요. 하멜이 하고 싶은 대로 했으면 좋겠어요."

"역시 진저 님밖에 없습니다."

내 수락에 이자나도 어쩔 수 없다는 것처럼 말했다.

"……좋아. 그렇다면 휴가를 보내 줄게. 하지만 오래 주지는 못해. 내겐 유능한 수하가 필요하니까."

"그러겠습니다."

그는 인사를 한 뒤에 자리에서 일어섰다.

그와 만나는 것이 마지막이 아님을 앎에도, 왠지 모를 아쉬움이 들었다. 나는 하멜의 옷자락 끝을 급하게 잡으며 그의 발걸음을 막아섰다.

"잠, 잠깐만요!"

"네?"

일단 잡기는 잡았는데, 무슨 말을 해야 좋으려나.

그러다 문득 떠오른 것이 하나 있었다. 나는 하멜과 이자나 앞에 말아 쥔 오른손을 내밀었다.

"피스 한번 해요. 오늘 같은 날에 하지 않으면 언제 또 하겠어요."

내 말에 두 남자가 실소를 터뜨렸다. 그러면서도 말아 쥔 오른손을 뻗는 건 잊지 않은 채였다. 이윽고 우리 세 사람의 주먹이 가볍게 맞닿았다.

생각해 보니, 우리 셋의 주먹을 맞닿은 것은 처음이었다.

우리는 서로의 눈을 하나하나 맞춘 다음에, 약속한 것처럼 동시에 말했다.

"피스."

평화. 지금 상황과 아주 어울리는 말이었다.

하멜이 나가자 발코니에 남은 것은 나와 이자나뿐이었다. 그는 궁으로 돌아가고 싶지 않은 것인지 뭉그적거리고 있었다.

그러다 제 의자를 내가 앉아 있던 의자에 가깝게 붙여 왔다. 이내 완전히 가까워진 그가, 나를 물끄러미 들여다보았다.

"무슨 생각해?"

이자나의 입에서 그런 질문이 나올 줄이야. 나는 낯선 질문에 당황하지 않으며 대답했다.

"행복하다는 생각이요."

"그럼 좀 더 행복하게 만들어 줄까?"

"어떻게요?"

더 이상의 설명은 없었다. 이자나는 나를 제 품에 꽉 껴안았을 따름이었다. 갑작스러운 포옹이었지만, 그를 밀어내고 싶다는 생각은 일절도 들지 않았다.

"어때? 좀 더 행복해졌어?"

"그걸 말이라고 하십니까? 이런 행복이 또 찾아올까 싶어요."

안긴 그의 품이 다른 때보다도 훨씬 더 따뜻하게 느껴졌다. 나는 시간이 이대로 멈췄으면 했다. 부질없는 바람이었다.

"……사실, 지금도 이게 현실인지 꿈인지 잘 분간이 안 가서."

이자나는 고백하듯, 고해하듯 제 말을 이어 갔다.

"진저. 네 체온을 느끼면 현실인 게 실감되지 않을까, 하고."

거기까지 말한 이자나는 안고 있던 나를 조금 떼어 냈다. 이내 마주하게 된 얼굴, 이자나는 자연스럽게 자신의 고개를 비틀었다.

깨달았을 땐, 그의 얼굴이 지나치게 가까워진 뒤였다. 이자나의 뜨거운 숨결이 너무도 선연하게 느껴졌다.

내가 눈을 감자, 그의 입술이 내 입술 위에 조용히 내려앉았다. 그것은 꼭 일종의 경건한 의식 같았다.

내 입술이 현실의 입술인지, 우리가 함께인 게 현실이 맞는지 확인하는 의식.

"현실이 맞나 봐."

이자나는 픽 웃으며 내 이마에 제 이마를 비비적거렸다.

"생각해 보니까, 아직 이 말을 한 적이 없는 것 같아."

"무슨 말이요?"

"사랑해."

이자나는 막상 내뱉고 나자 쑥스러웠던 것인지, 시선을 떨구었다. 하나 쑥스러움이 밴 그 고백은, 내가 여태껏 들은 그 어떤 고백보다도 멋진 것이었다.

나는 생각했다.

저도 당신을 사랑하고 있어요.

그것은 이자나가 다시 읽어 주었으면 하는 유일한 마음이었다.

- 악역이 베푸는 미덕 完

외전 1
하멜 표류기

하멜 표류기

짐을 거의 다 쌌을 무렵이었다. 하멜은 옷가지를 정리하던 것을 멈추고선 허공을 가만히 바라보았다.

하멜의 머릿속엔 그동안 있었던 수많은 일들이 스치고 지나갔다.

언제고 제 곁에 있었던 이자나, 죽이 잘 맞았던 진저, 사랑할 뻔한 레라지에, 궁성의 여러 사람들.

떠올려 보니 생각보다 많은 사람이 제 곁에 존재했던 것 같았다. 제 곁에 게슈트만 유일하게 존재하던 어린 시절과는 지나치게 상반되는 모양새였다.

타인의 사랑을 받지 못하는 저주에 걸렸지만, 그럼에도 여러 사람과 부대끼며 살아온 것 같았다. 하멜은 그 사실이 약간은 아이러니하게 느껴졌다.

그는 숨을 낮게 토해 내며 싸던 짐을 마저 쌌다.

오랫동안 몸담았던 고향 같은 이곳을 떠나려고 하니 괜스레 마음이 이상했다. 다시는 돌아오지 않으려고 떠나는 것은 아니었으나 왜 이리도 마음이 씁쓸한 걸까.

하멜은 마음을 다잡았다. 긴 휴가를 받은 김에 그 휴가를 제대로 즐기고 싶었기 때문이다.

낯선 곳으로 가 여러 경험을 해 보며, 진저를 사랑하는 마음과 게슈트를 향한 원망을 완전히 털어 내고 싶었다.

이자나와 진저의 사랑을 진심으로 축하해 줄 수 있게 된다면 더욱 좋을 테다. 물론 지금의 감정 상태로는 다소 무리인 일이었다.

두 사람을 좋아하기는 했지만, 두 사람의 사랑까지는 응원해 줄 자신이 없었다. 제 마음이 물러터지지 않았더라면 이자나에게서 진저를 빼앗으려 했을지도 모르겠다.

진저의 말처럼 자신의 행복을 제일 우선시해야 했으니까.

"휴."

이윽고 하멜은 짐을 넣기 위해 조금 벌려 둔 가방의 입구를 오므렸다. 챙길 게 딱히 없어서 짐 정리는 제법 빨리 끝난 터였다.

현관문을 두드리는 노크 소리가 들린 것은 그때였다.

똑똑.

"누구십니까?"

하멜이 현관문을 반쯤 열며 말했다. 그러자 익숙한 두 사람이 서 있는 게 보였다.

"서프라이즈!"

장난스럽게 말하는 그녀의 목소리가 낭랑했다. 이토록 개성이 넘치는 인사를 할 이는 하멜이 알기론 단 한 사람뿐이었다.

"진저 님."

그러자 진저 옆에 서 있던 이자나가 고개를 빼꼼히 기울이며 하멜에게 말했다.

"이봐, 라라. 나도 있다고."

"폐하……. 아니, 두 분이 여기까지 어쩐 일이십니까?"

진저는 제 물음과는 다른 대답을 내어놓았다.

"하멜. 우리를 계속 세워 둘 작정인가요?"

"아, 일단은 들어오십시오."

하멜이 현관문을 완전히 열자, 이자나와 진저는 당연하다는 듯이 안으로 들어왔다.

하멜은 제집으로 들어오는 그들의 얼굴을 바라보았다. 그들은 참으로 행복해 보였다.

원래도 사이가 좋았지만, 이자나의 저주가 풀린 이래로 사이가 더 좋아진 그들이었다.

저주에서 벗어난 이자나는, 진저의 생각을 더는 읽을 수 없음에도 불구하고 도리어 그녀를 더욱 신뢰하게 된 것 같았다. 사랑이 깊어짐에 따라 믿음도 깊어지는 것인지.

하멜은 제집인 양 벌써 소파에 앉아 버린 이자나와 진저를 보며 말했다.

"마실 것을 내오겠습니다."

아차 싶었던 것은 주방에 막 들어선 순간이었다. 왜냐면, 그의 집에 준비된 차라곤 오늘도 생강차밖에 없었기 때문이다.

이 차를 또다시 내간다면 진저가 불같이 화낼 게 분명한데. 식은땀이 하멜의 날갯죽지를 타고 또르륵 흘러내렸다.

이전 날 자허 토르테를 만들었던 것처럼 다른 차를 만들어 낼 수 있지 않느냐고 묻는다면, 대답은 그러했다.

자허 토르테는 제집에 비치되어 있던 것을 마법으로 이동시킨 것뿐이었다. 진저 앞에선 뭐든 만들어 낼 수 있는 양 허세를 부리기는 했지만, 음식을 만들 수는 없었다.

결국 하멜은 저와 이자나의 것은 생강차로 준비하고, 진저의 것만 뜨거운 물로 준비했다.

……그녀를 좋아하지만, 진저가 화내는 건 정말로 무서웠으니까.

하멜이 테이블 위에 찻잔을 내려놓자, 아니나 다를까 진저의 눈썹이 미세하게 꿈틀거렸다.

"설마 이거 생강차예요?"

하멜은 영문 없이 얼굴이 달아오르는 것을 느끼며 어색하게 대답했다.

"하하, 진저 님. 오늘도 역시나 이것밖에 없어서……. 그래서 진저 님 건 뜨거운 물로 준비해 왔습니다. 혹여나 오해하실까 봐."

"만약 오늘도 제게 생강차를 내왔다면, 당신의 머리를 쑥대밭으로 만들 생각이었어요."

진저는 위협하는 것처럼 말했다. 하나 하멜의 눈에는 그 모습마저도 귀여워 보였을 따름이었다.

아기 고양이 같다랄까. 콩깍지가 심하게 꼈다랄까.

그렇지만 그녀가 겁먹어 주기를 원하는 것 같으니 겁먹은 척을 해 주어야겠다고, 하멜은 생각했다.

"간담이 서늘했습니다."

"영혼 없는 대답이군요."

"하하."

"피, 다음에는 맛있는 차를 내와 달라고요. 나는 생강차 빼곤 다 좋으니까. 생강차, 우웩."

"다음에……."

'다음에.' 그 흔한 말이 왜 이리도 마음에 사무치는지 모르겠다. 하멜은 한 템포 쉰 후 뒤늦게 대답했다.

"그러겠습니다. 다음엔 세상에서 제일 맛있는 차를 대접해 드리죠."

제 대답이 그녀의 마음에 들었나 보다. 그녀는 험악했던 얼굴을 누그러뜨리며 저를 따라 웃었다.

"……나도 생강보다는 달달한 차가 더 좋더군."

그들 사이에 슬그머니 끼어든 것은 이자나였다.

"폐하께도 다음엔 다른 차로 대접해 드리겠습니다. 그나저나 두 분은 어쩐 일로 이곳에 오신 겁니까? 안 그래도 제가 직접 찾아가려던 참이었는데."

대답은 이자나에게서 흘러나왔다.

"오늘은 네가 여행을 떠나는 날이잖아."

"아."

"그래서 특별히 나와 생강 양이 널 배웅해 주러 온 거라고."

하멜은 아, 하는 작은 침음을 또다시 흘리며 고개를 끄덕거렸다. 그러다 무언가가 떠오른 듯 가느다란 눈으로 이자나를 쳐다보았다.

"……하지만 폐하께는 이곳에 오실 시간이 없을 텐데요. 오후 2시경엔 회의가 있고, 4시경엔 새로이 짓고 있는 성을 시찰하는 스케줄이……."

"라라! 그만. 나, 아주 잠깐만 나온 거라고. 곧 들어가서 잠깐 미뤘던 스케줄을 다시 실행할 예정이야."

"폐하. 제가 없어도 땡땡이는 안 됩니다. 아시겠죠?"

"제길, 진저. 봤지? 라라가 저렇게 각박한 남자야. 내가 저를 생각해서 스케줄도 미루고 여기까지 온 건데, 이런 상황에서도 잔소리라니. 너무하잖아!"

"공은 공이고, 사는 사죠. 이자나 폐하."

"……너 휴가를 취소하는 수가 있어."

"요즘 따라 폐하가 좀 더 각박하게 느껴지는 건 제 착각입니까?"

두 남자의 끊임없이 공방전을 중재한 이는 진저였다.

"두 사람 다 그만해요! 애도 아니고, 만나기만 하면 매일 싸워. 나 없을 때도 매일 이렇게 싸워요?"

"아니!"

"아닙니다."

그리 대답한 이자나와 하멜의 목소리가 우렁찼다. 진저는 경고하듯이 이어서 말했다.

"강한 부정은 강한 긍정이라고 하던데……. 아무튼! 다음에도 또 그렇게 싸우면 내 요리를 맛보게 할 거예요!"

"진저 님의 요리 말입니까?"

"……!"

"그래요."

진저의 요리라는 말에 두 남자의 반응이 극명하게 갈렸다.

하멜은 진저의 요리에 궁금해하는 기색을 내비쳤다. 반면 이자나의 얼굴엔 숨길 수 없는 낭패의 기운이 번져 갔다.

이자나의 머릿속엔 무시무시했던 생강 맛 샌드위치가 떠올랐다. 이자나는 헛기침을 두어 번하며, 생각했다.

진저를 매우 사랑하고 그녀가 하는 것이라면 뭐든지 좋지만…….
그 요리만큼은…….

"내가 사과하지."

이자나는 빠르게 사과했다.

질투 때문에 각박하게 군 하멜에게 사과하는 것인지, 진저에게
사과하는 것인지는 알 수 없었다.

"이자나 폐하. 설마 제 요리가 싫은 것은 아니겠지요?"

"아니라고 하지는 않을게. 난…… 오래 살고 싶거든."

"폐하!"

"풉, 장난이야. 먹, 먹을게. 먹을 수 있어! 그, 그 정도야 거뜬하지."

"말 더듬지 마세요!"

"하하하."

진저가 씩씩거렸지만, 이자나는 대수롭지 않게 웃어 젖혔다. 웃
고 있는 이자나의 얼굴엔 근심이라곤 조금도 없어 보였다.

하멜은 흐뭇한 시선으로 그들을 바라보기만 했다.

보고 또 보아도, 두 사람은 참으로 잘 어울리는구나. 제가 끼어
들 틈은 하나도 없을 정도로 말이다.

하멜의 입가엔 씁쓸한 미소가 피어올랐다.

그는 진저를 여전히 사랑했다. 그녀를 단번에 포기하기엔 그 감
정의 깊이가 꽤 깊었다.

진저를 그만 사랑하겠다고, 그만 떠올리겠다고 결심했음에도 이
따금 그녀의 꿈을 꿀 정도였다.

꿈속에 나온 진저는 저만을 사랑하고 있었다.

하멜은 자신의 꿈이 현실이 되기를 바랐다. 하나 꿈은 그저 꿈으

로 그칠 따름이었다. 현실은 이자나와 무척이나 행복해하는 진저를 바라볼 수밖에 없는걸.

하멜은 그럼에도 진저가 고마웠다.

비록 저를 사랑하지 않는 그녀라도, 사랑이라는 것을 제게 알려 주었으니까. 타인에게 사랑받은 적이 없던 저를 진심으로 대해 주었으니까.

그거면 됐다고 생각해야만 했다.

그렇게 생각하는 게 옳았다.

"이자나 폐하, 진저 님."

"어?"

"네?"

아옹다옹하던 두 사람은 그제야 하멜을 쳐다보았다.

"저는 이제 떠나야 할 것 같습니다."

"벌써요? 아직 인사도 제대로 못 했는데……."

"누누이 말씀드리지만, 저는 영원히 돌아오지 않는 여행을 떠나는 게 아니라 몇 달 동안만 여행을 다녀오는 것입니다."

"……."

"작별의 인사가 길 필요는 없습니다."

"그렇지만……."

진저는 영 아쉬운 듯 말끝을 흐렸다. 이자나가 대뜸 먼저 일어선 것은 그 순간이었다.

"좋아, 진저. 우리 라라를 행복하게 배웅해 주자."

이자나는 하멜의 마음을 읽기라도 한 듯이 말했다. 이제는 타인의 마음을 읽을 수 없음에도 불구하고.

"네, 알겠어요······."

진저는 하멜의 두 눈을 똑바로 응시했다.

"하멜 브레이! 기억해 줘요. 당신은 정말 훌륭한 남자고, 사랑받을 자격이 있는 남자라는 걸! 저주도 풀렸으니 여자들이 당신 뒤를 줄줄 따를지도 몰라요!"

"그럼 얼마나 좋겠습니까."

이자나는 걱정스럽게 한 마디를 덧대었다.

"라라. 다른 여자를 만나는 건 좋지만 신중해야 해. 알겠지?"

"새겨듣겠습니다."

하멜은 챙겨 둔 짐 가방을 한쪽 어깨에 짊어진 채로 현관까지 걸어갔다. 그의 뒤로 이자나와 진저가 따라나섰다.

"가 보겠습니다."

"조심히 다녀오세요! 당신의 집은 제가 잘 관리하고 있을 테니까."

"여행 중에 제일 조심해야 할 것은 사람이야. 명심해."

진저와 이자나는 그에게 마지막 인사를 건네며 손을 흔들었다.

"네. 알겠습니다."

하멜은 현관문을 나서, 대로와 이어진 계단을 내려갔다.

이윽고 대로에 다다랐을 때, 그는 이자나와 진저의 얼굴을 다시금 바라보았다.

이제 진짜 안녕. 그들을 언제 다시 만나게 될까.

하멜은 대로를 몇 걸음 거닐다 마지막으로 뒤를 돌아보았다. 그러자 진저와 이자나가 걱정스러운 눈으로 제 모습을 쫓고 있는 게 보였다.

하멜은 걱정하지 말라는 듯이 그들을 향해 말간 미소를 지었다. 그것은 하멜이 그토록 바랐던 나른한 미소였다.

　　　　　*　*　*

　하멜은 이곳을 여행지로 선택한 자신의 결정을 뒤늦게 후회하고
있었다.

　이유는 여러 가지가 있었는데, 제일 큰 이유는 그러했다. 여행길
이 너무도 고됐기 때문이다.

　숨을 들이쉬었다 내쉴 때마다 입속엔 모래가 씹혔고, 머리 위론
뜨거운 태양 빛이 작열하고 있었다.

　"……더워."

　이곳의 태양은 어째서 이토록 뜨거운 걸까.

　하멜은 구름 하나 없는 하늘을 올려다보았다. 미끄러지듯 내려온
그의 시선에 황량한 사막이 맺혔다.

　그렇다. 그는 사람이라곤 눈을 씻고 보아도 찾을 수 없는 사막에
자리한 채였다.

　물론 그가 사막을 여행하고자 한 것은 아니었다. 그의 목적지는
사막을 횡단하다 보면 나오는, 사막의 오아시스라고 불리는 이스
칸다르 제국이었다.

　그러나 그 제국이라는 게 코빼기도 보이지 않았다.

　사막을 가로질러 가는 일이 이토록 지치는 일인 줄 알았다면, 이
곳을 여행지로 고르지 않았을 건데……. 뒤늦은 후회였다.

　하멜은 입안에 들어온 모래를 뱉어 내며, 걸음을 다시금 재촉했다.

　그렇게 얼마나 더 걸었을까. 모래의 어느 지점에 발을 내딛던 순
간이었다.

"……!"

그의 한쪽 발이 모래 안으로 깊숙이 들어가기 시작했다.

하멜은 모래에 빠진 발을 꺼내려고 했지만, 결국 나머지 발마저도 모래 속에 파묻히고 말았다.

마법이라도 써야 하는 게 아닌가, 라고 생각한 순간이었다. 하멜의 발을 끌어당기는 모래의 힘이 거세졌다. 이내 하멜의 몸이 중심을 잃고 모래 위로 넘어갔다.

모래는 이번엔 하멜의 몸을 밑으로, 더 밑으로 끌어당기기 시작했다. 하멜이 빠진 곳은 모래 늪으로, 웬만한 사람은 절대로 빠져나갈 수 없는 곳이었다.

고작 몇 초 만에 그의 몸이 모래 속으로 거의 다 파묻히게 되었다. 무슨 상황인지 인지할 새도 없는 사이에 벌어진 일이었다.

입 안으로 많은 양의 모래가 들어오는 것을 느끼며, 하멜은 생각했다.

설마 여기서 죽는 건가. 마법을 진짜로 써야 하는데…… 까지 생각했을 때, 하멜의 얼굴마저도 모래로 완전히 뒤덮였다.

마법을 쓰려면 한순간 정신을 집중해야 한다는 점이 이토록 최악일 줄이야.

그는 정신을 놓아 버렸다. 정신을 잃기 전, 마지막으로 떠올린 것은 이자나와 진저가 행복하게 웃고 있던 모습이었다.

* * *

사막은 금세 어두워졌다. 뜨거웠던 태양이 사라지기 무섭게 사막의 온도는 삽시간 차가워졌다.

밤하늘을 수놓은 별들만이 유일한 빛인 어두운 사막. 그곳을 횡단하는 여자 하나가 있었다. 그녀는 낙타에 올라탄 채로 사막을 천천히 거니는 중이었다.

"아버지는 정말 너무하셔. 어째서 그런 사람과 나를 결혼시키려고 하는 거지."

들어 줄 이 없는 푸념을 내뱉은 그녀는 낙타의 털을 부드럽게 쓰다듬었다.

그녀는 아버지의 뜬금없는 결혼 제안에 화가 나서 무턱대고 제국을 빠져나온 터였다. 호기롭게 나오기는 했으나 갈 곳이 없어서 사막까지 와 버린 거라고.

하나 어두워진 사막은 춥고 무서웠다. 설령 사막과 한평생 부대껴 온 그녀라고 할지라도.

그녀는 외투를 여미며 그냥 뻔뻔하게 제국으로 다시 돌아갈까, 하고 생각했다.

낙타의 걸음이 멈춘 것은 그때였다.

"하슬, 무슨 문제라도 있는 거야?"

그녀는 낙타에게 다정스럽게 물었다. 하슬. 그것은 여자가 어렸을 때부터 키운 낙타의 이름이었다.

낙타에게서 돌아오는 대답은 없었다. 대신, 녀석의 큰 눈망울이 어딘가를 가리켰을 뿐이다.

그녀의 시선이 낙타의 시선 끝을 따라갔다. 그곳엔 놀랍게도 모래에 거의 파묻혀 버린 사람이 하나 있었다.

"세상에나! 저거 설마 사람이야?"

그녀는 낙타에서 얼른 내려와 그 사람에게 가까이 걸어갔다. 낯선 이의 얼굴에 올려진 모래를 털어 내니, 그이의 얼굴이 완전히 보였다.

이스칸다르 제국에서는 잘 볼 수 없는 하얀 얼굴의 이방인 남자였다.

"저기요! 정신 좀 차려 봐요."

설마 죽은 것은 아니겠지?

그녀는 남자의 몸에 있던 모래마저도 털어 내었다. 그러자 남자의 커다란 덩치가 모래 위로 드러났다.

남자의 정체는 낮에 모래 늪에 빠졌던 하멜이었다.

그녀는 그의 코 근처에 제 귀를 가져다 대었다. 다행스럽게도, 미약하지만 확실한 숨소리가 들리었다.

"휴, 죽은 건 아닌가 보네."

그녀는 하멜의 몸을 몇 번 더 흔들었다. 하지만 정신을 잃은 그는 좀처럼 깨어나지 않았다.

남자의 상태를 보아하니 아마도 모래 늪을 만났을 게 분명했다. 이 남자를 이곳에 두고 간다면 꼼짝없이 죽을 텐데. 어떻게 해야 좋을까.

그녀는 심각하게 고민했다.

"……그래도 죽게 내버려 둘 수는 없으니까, 데려가 볼까?"

사막에 쓰러진 남자를 주웠다는 명분으로 제국에 다시 돌아가도 좋을 것 같고, 무엇보다도 남자의 얼굴이 제법 마음에 들었다.

이스칸다르 제국민들은 강렬한 햇살 밑에서 살아서인지 대개 피부가 까맸고 머리색도 검었다. 그녀 또한 탄력 있는 구릿빛 피부와 검은 머리카락을 가진 터였다.

그런 그녀가 태어나 처음으로 하얀 얼굴과 잿빛 머리카락을 가진 남자를 보게 된 것이다. 그러니 하멜에게 흥미가 당연히 생길 수밖에 없었다.

그녀는 무언가에 홀린 것처럼 하멜의 창백한 뺨을 쓸었다. 이 남자. 눈동자는 어떤 색일까.

"안 되겠다. 얼른 데려가야겠다."

그녀는 커다란 남자를 옮기는 일이 약간 걱정되었다.

그러나 그녀는 어려서부터 장골이란 말을 듣고 산 터였다. 어쩌면 생각보다 쉬이 남자를 옮길 수 있을지도 몰랐다. 낙타 위까지만 옮기면 되니까.

그녀는 하멜의 상체를 단번에 일으켜 세웠다. 작은 몸에서 나왔다고는 믿기지 않는 힘이었다.

그의 팔을 제 목에 두르자, 하슬이 제게 가까이 다가와 무릎을 꿇고 앉았다. 자신의 똑똑한 낙타가 저의 수고를 덜어 주기 위해서 한 행동이리라.

"역시, 하슬 너밖에 없다니까."

하슬의 커다란 눈매가 부드럽게 휘어졌다. 제 주인의 말을 알아듣기라도 한 듯이.

하슬이 자세를 굽혀 준 까닭에 그녀는 제법 손쉽게 남자를 낙타 위에 태울 수 있었다.

"이제 제국으로 돌아가자."

그녀는 낙타에 타는 대신에 낙타와 함께 사막을 거닐기 시작했다. 그녀까지 탔다간, 하슬이 힘들어할 것임이 분명했음으로.

                    *   *   *

사막에서 하멜을 발견한 여자의 이름은 세헤라. 이스칸다르 제국
의 공주였다.

두 시간 만에 다시 돌아온 궁은 지독히도 조용했다. 공주인 제가
가출했다고는 믿기지 않는 고요였다. 그간 가출을 일삼은 여파인
걸까.

세헤라는 자신의 소심한 반항이 아버지에게 하나도 먹힌 것 같지
않아 아쉬웠다. 그러나 아쉬운 것과는 별개로 사막에서 주워 온 남
자 덕에 기분이 꽤나 좋기도 했다.

그녀는 믿을 수 있는 시종을 시켜 남자를 제 처소로 조용히 옮겼
다. 아버지에겐 당연히 비밀이었다.

하멜은 세헤라의 시종으로 인해 그녀의 방 침대에 눕혀졌다. 세
헤라는 시종들을 모두 물리며 그들의 입을 철저히 단속했다.

"아버지에겐 절대로 비밀이야."

이윽고 그녀의 방 안에는 둘만이 남게 되었다.

세헤라는 물에 젖은 천으로 하멜의 얼굴을 직접 닦아 주기 시작
했다. 그녀의 손길이 스치고 지나가기 무섭게 하멜의 반듯한 눈썹
이 조금씩 일그러졌다.

어디가 아프기라도 한 걸까.

의원을 불러오고 싶었지만, 그랬다간 제 처소에 외간 남자를 들
인 사실을 아버지가 알게 될 것이었다. 아버지에게 들킨다면, 제가
혼나는 것은 물론이요, 남자가 쫓겨날지도 모를 일이었다.

다행스럽게도 찡그려졌던 남자의 얼굴은 다시금 온화해졌다. 악몽이라도 꾸는 것인지.

얼굴에 붙어 있던 모래들을 모두 다 닦아 내자 남자의 얼굴이 자세히 보였다. 세헤라는 침대 밑에 주저앉아 남자의 얼굴을 빤히 바라보았다.

동그란 이마를 따라 내려온 콧대가 날렵했고, 지그시 감고 있는 눈꺼풀 위를 수놓은 속눈썹이 아주 길었다.

"잘생겼다. 누구일까."

그녀는 저도 모르게 그의 얼굴에 또다시 손을 올렸다.

남자의 붉은 입술에 제 손끝을 조심스럽게 가져다 댄 순간, 남자가 제 손목을 낚아챘다.

"……!"

정신이 든 건가 싶었지만, 그는 여전히 눈을 감고 있었다. 잠결에 한 행동인가 보다.

메마른 그의 입술이 천천히 열리기 시작했다. 그는 작은 목소리로 한마디를 조용히 읊조렸다.

"……진저…….."

남자가 내뱉은 말은 이스칸다르 어가 아니었다. 어쩌면 당연한 일일지도 모르겠다. 그는 외형상 이스칸다르인일 수가 없었으니까.

그가 뱉은 말은 대륙 공통어였는데, 다행히 세헤라도 그 언어를 제대로 익힌 터였다.

'진저.'

남자는 그 말을 구슬프게 내뱉고선, 제 손목을 잡아챈 손을 힘없이 떨구었다. 세헤라는 조금 전까지 남자의 손이 닿아 있었던 자신의 손목을 내려다보았다.

심장이 빨리 뛰는 건 왜일까.

"진저라……."

남자는 그 말을 왜 슬프게 불렀던 걸까. 잠깐 들은 남자의 미성이 세헤라의 귓가에 이명처럼 맴돌았다.

그런데 '진저'라는 단어, 왠지 낯설지가 않았다. 그러니까, 뜻이 있는 단어 같다고 해야 할까.

세헤라는 눈동자를 굴리며 그 단어의 의미를 떠올리려고 노력했다. 머지않아 그녀는 그 뜻을 기억해 냈다.

"아! 맞아. 생강이라는 뜻이었지?"

진저, 즉 생강. 남자는 생강이라는 말을 슬프게 불렀던 것이다. 세헤라는 다시금 고민에 빠졌다.

"혹시 이 남자가 제일 좋아하는 게 생강인가?"

생각해 보니, 이스칸다르 제국의 특산품 중에는 생강이 속해 있었다.

이스칸다르 제국의 생강을 맛보기 위해 피부가 하얀 이방인들이 이곳에 자주 찾아온다는 소리를 아버지에게 들은 적도 있었다.

생각이 거기까지 닿자, 이 이방인 남자가 사막에서 발견된 이유마저도 얼추 설명이 되었다.

생강 마니아였던 남자가 특별한 생강을 맛보기 위해 이스칸다르 제국으로 오려 했고, 그러다 모래 늪에 빠진 거라고. 인과 관계가 이토록 완벽할 수가!

세헤라는 자신이 내린 결론이 확실하다고 생각했다.

"생강을 찾아 여기까지 오다가 죽을 뻔하다니……. 안쓰럽다."

한편으론 생강 때문에 이스칸다르 제국까지 온 남자의 패기가 마음에 들기도 했다.

기왕 구해 준 김에 남자를 기쁘게 해 줄까?

"밖에 누구 있어?"

세헤라가 소리치자, 방 밖에 있던 시녀가 대답했다.

"네. 공주님."

"지금 당장 최상급의 생강을 구해 와."

"……네? 생강이요? 이 시간에요?"

세헤라의 갑작스러운 부탁에 시녀가 의아해했다. 그녀는 아랑곳하지 않으며 말했다.

"응. 될 수 있으면 엄청 많이, 그리고 빨리 준비해 줘."

"알겠습니다."

세헤라의 계획은 그러했다. 남자가 생사를 걸고 찾았던 생강을 그에게 주자는.

제가 그토록 찾았던 생강을 본다면, 그가 얼마나 예쁘게 웃을까. 상상하는 것만으로도 왠지 가슴이 떨리는 기분이 든 세헤라였다.

시간이 조금 흐른 후, 심부름을 시켰던 시녀가 돌아왔다. 그녀는 손에는 생강이 한가득 담긴 커다란 소쿠리가 들린 채였다.

"수고했어."

세헤라는 그것을 남자의 발치에 올려다 두었다. 정신을 차린 그가 눈을 떴을 때, 잘 볼 수 있을 법한 위치였다.

"완벽해."

그녀는 침대 밑에 앉은 채로 남자의 하얀 얼굴을 오랫동안 바라보았다. 그러다 저도 모르게 깜빡 잠들어 버리기에 이르렀다.

하멜은 꿈을 꾸고 있었다.

그의 꿈속엔 이자나와 진저가 나왔다. 그들은 늘 그랬듯 서로를 보며 행복하게 웃고 있었는데, 하멜은 그 속에서 이물질처럼 자리하고 있었다.

진저를 쳐다보던 이자나의 시선이 제게 닿은 것은 불시에 벌어진 일이었다. 진저에게 사랑을 속삭이던 이자나의 입술에선 날 선 소리가 흘러나왔다.

'넌 이제 더 이상 필요 없어.'

"······!"

하멜은 가쁜 숨을 토해 내며 잠에서 깨어났다.

하멜은 제가 살아 있음에 대한 감사함을 느끼기 전에, 이자나의 말이 꿈이었음에 더 감사했다.

정을 준 누군가에게 쓸모없는 존재가 된다는 건······ 끔찍한 일이었으니까.

그는 뒤늦게 주위를 둘러보았다. 제가 깨어난 곳은 어느 화려한 방, 누군가의 침대 위였다.

어떻게 된 일일까.

지끈거리는 머리를 부여잡고 상체를 반쯤 일으켰을 때, 그의 눈에 띈 것이 있었다.

"······생강?"

커다란 소쿠리에 부담스러울 정도로 많이 담긴 생강이 제 발치에 보란 듯이 자리하고 있었다.

하멜의 의아한 시선이 미끄러지듯 옮겨 가며, 침대 모퉁이에 얼굴을 기댄 채로 잠든 여자마저도 발견하게 되었다. 여자는 깊게 잠든 것인지 하멜의 인기척에도 깨어나지 않고 있었다.

하멜은 여자를 물끄러미 들여다보았다. 피부가 까맣고, 결이 좋아 보이는 검은 머리카락을 가진 이 여자. 낯선 여자였다.

하멜은 지끈거리는 관자놀이를 부여잡으며, 정신을 잃기 전 순간을 떠올렸다.

태양의 압도적인 열기와 제 몸을 밑으로 끌어당겼던 모래…….

이 여자가 자신을 구해 준 게 아닌가 싶었다.

하멜은 침대에서 조용히 내려와 창가로 걸어갔다.

"……."

창밖을 바라보니 기막힌 전경이 시야에 맺혔다.

제가 깨어난 곳은 황금빛의 높은 첨탑 중 하나인 것 같았고, 첨탑 너머로 시가지, 그리고 더 멀리론 제가 헤맸던 사막마저도 보였다.

이곳은 이스칸다르 제국의 궁성인 걸까?

"졸지에 목적지에 도착해 버리긴 했군."

하멜은 낯선 풍경을 한참이나 바라보았다.

그렇게 몇 분이 흘렀을 때, 제 등 뒤로 낯선 음성이 들려왔다.

"……저기요?"

하멜을 화들짝 놀라 뒤를 돌아봤다. 그러자 여자가 보였다. 피부가 까만 그 여자. 침대 밑에서 잠들어 있었던 여자였다.

"당신은…… 누구십니까?"

"이봐요. 목숨을 구해 준 사람에게 다짜고짜 누구냐니요."

세헤라가 마음에 들지 않는다는 듯이 말했다. 그러곤 하멜에게 한 발자국 더 가까이 다가갔다.

"하지만 누구냐고 묻는다면 대답해 주는 게 인지상정이겠죠? 저는 세헤라예요. 사막에서 당신을 주웠죠."

"……네?"

"모래 늪에 빠져 죽을 뻔한 당신을 여기까지 데려온 게 바로 나라고요. 그러는 이방인 당신의 이름은 뭔가요?"

세헤라의 당당한 태도에 하멜은 어안이 벙벙해졌다. 그런데 이 당당한 모습, 어쩐지 낯설지 않은 듯한 기분이 들었다.

하멜의 머릿속엔 근본 없이 당당한 진저의 얼굴이 자연스레 떠올랐다. 세헤라와 진저의 얼굴은 조금도 닮지 않았지만, 두 여자가 가진 느낌이 묘하게 비슷한 기분이었다.

하멜은 늦지 않게 대답해 주었다.

"저는 하멜 브레이입니다."

"하멜이라……."

세헤라는 그의 이름을 몇 번 되뇌었다. 그 이름을 기억하려는 것처럼.

"세헤라 님. 구해 주셔서 감사합니다."

하멜은 말갛게 웃었다. 저를 구해 준 그녀에게 정말로 고마웠기 때문이다.

하나 그 미소를 본 세헤라는 그의 감사 인사를 곧장 받아 줄 수 없었다. 세헤라는 멍해진 시선으로 하멜의 얼굴을 올려다보기만 했다.

무슨 색일지 궁금했던 하멜의 회색빛 눈은 부드럽게 휘어져 있었고, 올라간 입꼬리 옆엔 작은 보조개가 파여 있었다.

세헤라는 하멜의 미소에 빠져 버릴 것만 같았다. 커다란 체구와는 반대되는 그의 부드러운 미소가 나른하고 섹시해 보였다.

세헤라는 저도 모르게 벌어진 입가를 손으로 가리며 헛바람을 들이켰다.

'……내, 내 스타일이다.'

그녀는 사막에서 그를 주워 오기를 잘했다고 생각했다.

"저기…… 세헤라 님?"

세헤라가 눈을 동그랗게 뜬 채로 아무 말도 하지 않자, 하멜이 그녀의 이름을 한 번 더 불렀다.

"흠흠, 하멜. 당신은 제게 진심으로 감사한 것인가요?"

"네. 그렇습니다. 모래에 빠져 죽는 게 아닌가 생각했는데 이렇게 구해 주시고, 제 여행의 목적지였던 이스칸다르 제국까지 데려와 주셨으니 당연히 감사할 수밖에요."

하멜은 미소가 밴 입술로 또박또박 말했다.

조곤조곤 이유를 설명하는 하멜을 보며 세헤라는 다시금 헛바람을 들이켰다.

말을 어쩜 저리도 예쁘게 하는 걸까.

그녀가 지금껏 만난 남자들은 대개 언사가 거칠었어서, 하멜의 부드러운 면모가 크나큰 매력으로 다가왔다. 하멜이라는 남자를 조금 더 알고 싶다는 생각이 들었다.

그가 어디서 왔고, 무엇을 좋아하고…… 아니, 그는 생강을 좋아하니까, 그건 패스. 그리고 결혼은 했는지, 아니면 고향에 두고 온 애인이 있는지.

수많은 질문이 떠올랐지만 일단은 그를 이곳에 오랫동안 붙잡아 두고 싶었다.

"그렇게 감사하다면 제 부탁을 하나 들어주시겠어요?"

"부탁…… 말씀이십니까?"

"그래요. 저는 당신의 생명의 은인이기도 하니까. 은인의 부탁 하나쯤은 들어줄 수 있지 않나요?"

"당연합니다. 제가 들어줄 수 있는 부탁이라면 들어 드리겠습니다."

그러자 세헤라가 음흉한 미소를 지었다. 그를 붙잡아 놓을 방법을 떠올렸기 때문이다.

세헤라는 말했다. 조금의 고민도 없이. 선포하듯이.

"하멜. 나의 신랑이 되어 주세요."

"좋습…… 네? 신, 신랑?"

"신랑이요. 나는 당신의 신부. 후후."

"네?!"

그의 회색빛 눈동자가 커졌다. 세헤라는 조금의 동요도 없이 이어서 말했다.

"일단은 씻고 오실래요? 제 시녀가 당신을 도와줄 거예요."

"씻긴 씻겠지만…… 방금 하신 말은 도대체…….."

"쉿. 씻고 와서 다시 얘기해요. 지금 당신 몸에서 얼마나 많은 모래들이 떨어지고 있는지 알아요?"

"……."

"당신이 밟고 있는 카펫은 지금은 구할 수 없는 최상품이고, 저는 이 카펫에 모래가 떨어지는 것은 질색이에요."

"……알겠습니다. 죄송합니다."

"죄송한 거 알았으면 씻고 오세요."

하멜은 고개를 짧게 끄덕였다.

세헤라는 제 시녀에게 하멜을 도와주라는 명령을 내린 뒤, 그가 방을 나가는 것을 지켜보았다.

이윽고 그가 완전히 나가자, 세헤라는 그 자리에서 방방 뛰며 제 얼굴을 감싸 쥐었다.

"어머나! 어떡해! 진짜로 신랑이 되어 달라고 말했어!"

호기롭게 신랑이 되어 달라고 말하기는 했으나, 가슴이 얼마나 설렜는지 모른다. 세헤라는 아직도 빠르게 뛰고 있는 자신의 심장 박동을 느꼈다.

처음 본 낯선 남자가 제아무리 멋있다고 한들, 모르는 남자를 신랑으로 들일 만큼 생각이 없는 것은 아니었다.

세헤라가 하멜에게 그런 부탁을 한 이유는 제 아버지 때문이었다. 며칠 전, 아버지는 어느 남자와 결혼할 것을 갑작스럽게 명했다.

그 남자는 이스칸다르 제국의 재상이었다. 권세가인 재상은 돈이 많다는 사실 빼고는 볼 것이 조금도 없는 남자였다.

무엇보다 열일곱인 자신보다 나이가 열다섯이나 더 많았다. 그런 사람과 결혼하기 싫다며 아버지에게 대들어도 보았지만, 아버지는 나이가 중요한 게 아니라며 그녀를 되레 꾸짖었다.

하지만 세헤라는 아무리 생각해도 그 남자와 결혼을 하는 게 싫었다. 결혼은 사랑하는 사람과 하고 싶었기 때문이다.

아버지에게 사랑하는 남자가 생겼다고 털어놓으면, 재상과 결혼하라는 명을 철회하지 않을까?

아버지는 엄한 편이었으나 막내딸인 저를 아주 좋아하기도 하니까. 당신이 좋아하는 막내딸에게 사랑하는 사람이 있다는데, 그럼에도 재상과의 결혼을 밀어붙이려나.

세혜라가 거기까지 생각했을 때였다.

후다닥 씻고 나온 듯한 하멜이 그녀의 방으로 들어오고 있었다. 그의 모습을 본 세혜라는 세 번째로 헛바람을 들이켰다.

"저…… 이런 옷은 영 어색해서."

어느새 세혜라의 코앞까지 온 하멜은 제 뒷머리를 머쓱하게 긁적였다.

하멜이 갈아입은 옷은, 이스칸다르 제국의 전통복인 카프탄이었다. 그것은 얇은 소재로 만들어진 옷으로서, 상의가 엄청 길었다.

하멜이 입은 것은 푸른 계통의 카프탄이었는데, 그의 잿빛 머리카락과 아주 잘 어울렸다.

세혜라는 진심을 가득 담아 말했다.

"잘 어울리는데요?"

"그렇다면 다행입니다."

그냥 잘 어울리는 게 아니라 눈을 뗄 수 없을 정도로 잘 어울리잖아. 그녀는 달음박질치는 제 가슴을 부여잡았다.

그를 사랑하게 될 것만 같은 기분이 들게 뭐람.

"세혜라 님. 그럼 아까 신, 신랑이라고 하셨던 건 도대체 어떤 의미였는지 여쭈어 봐도 괜찮겠습니까?"

"아아, 네! 설명해 드릴게요."

세혜라는 지난 며칠간 제게 있었던 일을 천천히 설명하기 시작했다.

아버지가 나이 많은 재상과 결혼하라고 했고, 자신은 그 결혼이 너무도 싫었으며. 그 결혼을 피하기 위해서는 사랑하는 남자라고 속일 남자가 필요했고. 그리고 그 남자가 하멜이 되어 주었으면 한다는 것까지.

거기까지 들은 하멜은 스케일이 큰 그녀의 계획에 조금 놀란 표정을 지었다.

"잠깐만요. 정리해 보자면, 세헤라 님은 이스칸다르 제국의 공주님이고, 제가 가짜 신랑이 되어 당신의 결혼을 막아 달라는 건가요?"

"정확해요!"

"……맙소사."

하멜은 도와주겠다고, 선뜻 대답하지 못했다.

물론 자신을 구해 준 그녀가 정말로 고마웠지만…… 신랑이라니. 그것도 가짜 신랑 행세라니.

귀찮은 일에 휘말릴 것 같은 예감이 들었다. 제법 확실한 예감이었다.

하멜이 망설이는 빛을 내비치자 초조해진 이는 세헤라였다. 무엇을 해야 하멜의 마음을 부여잡을 수 있을까, 싶던 찰나에 세헤라의 눈에 들어온 것이 있었다.

그것은 바로 하멜의 발치에 올려놓았던 생강이 든 소쿠리였다. 하멜은 생강이 든 소쿠리를 보았을까? 보고 무슨 생각을 했을까?

그가 생강을 보며 기뻐했을 모습을 상상하자, 세헤라의 기분도 좋아지는 것만 같았다.

세헤라는 성큼성큼 걸어가 소쿠리를 제 품에 안았다.

소쿠리와 함께 다시 하멜 앞까지 걸어온 그녀는, 세상 진지한 얼굴로 하멜에게 소쿠리를 내밀었다. 누가 본다면 황금이라도 주는 줄 알 법한 진지함이었다.

"제 부탁을 들어준다면 당신이 좋아하는 생강을 원하는 만큼 주겠어요."

"……네?"

하멜이 무슨 말이냐는 듯이 되물었다.

"풋, 하멜. 당신이 이스칸다르 제국의 생강을 맛보기 위해 이곳에 온 걸, 나는 이미 간파하고 있다고요."

이봐, 모른 척하지 말라고. 나는 이미 당신이 생강 마니아란 것을 눈치챘으니까.

세헤라가 그리 생각하며 미소 짓자 더욱더 황당해진 것은 하멜이었다.

"네? 생강이라뇨?"

"아휴, 모른 척하시기는. 일단 이것부터 받아 주세요. 무거우니까."

"아, 알겠습니다."

하멜은 얼떨결에 소쿠리를 건네받았다.

그는 제 손에 들린 소쿠리를 가만히 내려다보았다. 부담스러울 정도로 생강이 많이 담긴 소쿠리.

생강을 보고 있자니 진저가 자연스럽게 떠오르는 건 어쩔 수 없는 일이었다. 진저는 지금쯤 뭘 하고 있으려나. 이자나와 행복한 시간을 보내고 있을까?

하멜은 꿈속에서 들었던 이자나의 날 선 목소리를 떠올렸다.

'넌 이제 더 이상 필요 없어.'

어쩌면 그들 사이엔 제가 없는 게 더 나은 일일지도 모르겠다. 입안이 왠지 썼다.

"잠결에 진저를 찾는 소리를 들었어요. 구슬프게 진저를 찾아 대니까, 당신이 생강 마니아인 걸 제가 알 수밖에 없잖아요."

"제가 잠결에 진저라고 말했다는 것입니까?"

"그래요."

그랬구나. 생사를 넘나드는 순간에도 진저를 찾고 있었구나.

하멜은 헛웃음을 지었다. 그녀를 잊고자 떠난 여행이건만, 그녀를 좋아하는 마음은 조금도 후퇴하지 않은 듯했다.

하멜은 제멋대로 생긴 황금빛 생강을 그윽한 눈으로 바라보았다. 그의 눈은 생강을 보고 있었지만, 그의 눈동자 속에 서린 것은 밝게 웃고 있는 진저의 얼굴이었다.

"……그렇습니다. 저는 생강 마니아가 확실합니다."

어찌 보면 틀린 말도 아니었다. 진저가 생강이기도 했으니까.

"……."

세헤라는 하멜의 대답을 들으며 조금 묘한 기분이 들었다. 생강 마니아라고 말하는 하멜의 목소리가 씁쓸하게 들렸기 때문이다.

생강 따위를 왜 자꾸 구슬프게 부르는 걸까. 생강에 무슨 사연이 있기에.

설마 그런 것은 아닐까?

하멜은 생강이 너무 좋아서 이스칸다르 제국까지 왔으나, 생강 때문에 생사의 경계에 몰리게 된 터였다.

생강을 여전히 좋아하지만 생강 때문에 죽을 뻔해서, 그 두 가지 마음이 복잡하게 뒤엉켜 그를 씁쓸하게 만들어 버린 게 아닐까.

거기까지 짐작한 세헤라는 그가 더는 씁쓸해하지 않게 화제를 돌려야겠다고 생각했다.

"하멜. 그래서 제 부탁은 어떻게 하실 거예요? 아까는 생명의 은인의 부탁을 들어준다고……."

"흠……."

하멜은 깊은 고민에 잠겼다.

이성적으로 생각했을 때, 그녀의 부탁은 거절해야함이 옳았다. 하지만 어쩐지 그녀의 부탁을 거절하기가 망설여졌다.

왜일까. 세헤라에게서 진저의 면모를 보았기 때문인 걸까? 뒤를 생각하지 않는 모습이 진저와 닮았기에 그런 것이라면.

"제 결혼을 막아 줄 사람은 하멜 당신밖에 없어요."

"으흠."

"아버지가 재상과의 결혼을 완전히 물러 준다면, 당신의 나라에 돌아갈 수도 있게 도와줄게요. 네?"

세헤라는 두 손을 모은 채로 간절하게 말했다. 그를 바라보는 그녀의 검은 동공이 가히 반짝이고 있었다.

곤란한데, 정말 곤란한데. 그렇게 생각하면서도 마음이 점점 더 약해지는 하멜이었다.

이윽고 하멜의 고개가 두어 번 끄덕여졌다. 수락의 고갯짓이었다.

"우와! 방금 하신다고 한 거예요! 무르기 없기! 고마워요!"

세헤라가 한껏 미소를 지으며 신난 듯이 방을 뛰어다녔다.

하멜은 그녀의 모습을 보며 또다시 진저를 떠올렸다. 진저도 기분이 좋을 때마다 방방 뛰어다녔는데. 열심히 뛰어다니다가 넘어지기 일쑤였고.

하멜이 거기까지 생각했을 때였다. 그의 주변을 뛰어다니던 세헤라의 몸이 기우뚱하게 흔들렸다. 발이 꼬인 것이었다.

넘어지려는 듯 흔들리는 그녀의 몸을 보자마자 하멜은 손을 뻗었다. 이윽고 잡게 된 그녀의 손목, 하멜은 그녀를 제 쪽으로 끌어당겼다. 꼭 넘어지려던 진저를 잡아 주었던 지난날처럼.

살짝 당겼다고 생각했는데 생각보다 힘이 많이 들어갔나 보다. 세헤라의 작은 몸이 하멜의 품에 완전히 안기게 되었다.

"괜찮으십니까?"

하멜이 걱정스럽게 물었다. 제 품에 안긴 그녀는 놀란 듯이 가쁜 숨을 몰아쉬고 있었다.

어린 짐승 같아. 하멜은 그렇게 생각했다.

"세헤라 님?"

하멜은 그녀의 이름을 두 번째로 부른 후, 세헤라를 제 품에서 떼어 냈다. 내려다본 세헤라의 얼굴이 붉어져 있었다. 많이 놀란 건가.

"……."

세헤라는 하멜과 눈을 맞추지 못한 채로 고개를 푹 숙였다. 부끄러워. 유약하게만 보였던 하멜의 박력 있는 모습이라니.

세헤라는 극명한 매력을 가진 하멜에게 정말로 반할 것 같았다. 아닌 말로, 심장이 입 밖으로 튀어나올 것처럼 빨리 뛰고 있었다.

심장의 강인한 떨림은 태어나 처음 겪는 것이었다. 세헤라는 호흡을 재정비한 후에야 겨우 대답할 수 있었다.

"괜, 괜찮아요. 당신이 잡아 줘서……."

"그렇다면 다행입니다. 기분이 좋아서 뛰신 건 이해되지만, 조심하셔야죠."

"고, 고작 넘어지는 걸 가지고 각박하게 구시긴! 어차피 최고급 카펫이 깔려 있어서 넘어져도 아프지 않을 거라고요."

세헤라의 대답에, 하멜의 얼굴이 꽤 심각해졌다.

"세헤라 님. 고작 넘어지는 거라뇨. 지금은 제가 잡아 드렸지만,

제가 잡아 드리지 못했으면 어떡할 뻔했습니까? 카펫이 푹신하기는
할 것이나 바닥에 머리를 찧으면 뇌진탕에 걸릴지도 모를 일······."

하멜은 이어서 말하지 못했다. 제가 내뱉은 말이 너무도 익숙해
서였다.

그 말은 일전에 진저에게 했던 주의였다. 넘어지는 걸 가볍게 여
기던 그녀에게 해 주었던 말.

낯선 곳에 있어도, 무엇을 보아도, 어떤 상황에 직면해도, 진저
와 함께했던 추억을 떠올리는구나.

하멜은 잡고 있던 세헤라의 손목을 놓아주었다. 그의 얼굴이 자
못 슬퍼졌다.

"······하멜?"

"그러니까······ 제 말은 조심하시란 말이었습니다."

"알겠어요."

당신의 말은 충분히 알겠는데. 왜 또 슬픈 표정을 짓고 있는 거
예요?

세헤라는 거기까지 말하지 못하고 뒤로 한 걸음 물러섰다. 역시나
이 남자에겐 어떤 사연이 있는 게 분명하다고, 그녀는 생각했다.

여자와 관련된 사연일까? 마음에 사무치는 여자를 고향에 두고
온 걸까?

세헤라는 하멜의 사정이 참으로 궁금해졌다.

* * *

하멜은 세헤라가 내어 준 방에 덩그러니 누워 있었다.

이스칸다르 제국의 모습을 살펴보고 싶었으나 시간이 늦기도 했고, 모래 늪에 빠진 여파로 온몸이 뻐근하기도 했다.

내일 구경해도 상관없겠지.

그는 눈을 몇 차례 느릿하게 깜빡였다.

"하멜? 들어가도 돼요?"

승낙하는 말이 떨어지지 않았음에도 불구하고 세헤라가 제 방으로 들어왔다.

하멜은 누웠던 몸을 일으켜 제 방으로 들어선 세헤라를 바라보았다.

"무슨 일이십니까?"

"배 안 고파요? 같이 저녁이나 먹자고."

"저는 괜찮습니다."

대답이 끝남과 동시에 하멜의 배에선 꼬르륵하는 커다란 소리가 났다.

……배가 고프다는 생각은 하지 않았는데.

하멜은 당황한 손짓으로 제 배를 문질렀다.

"……괜찮지 않은가 봅니다."

"큭큭, 나와요! 이스칸다르 제국의 음식을 맛보게 해 줄게요."

"감사합니다."

세헤라는 하멜의 소매를 끌었다. 하멜은 어쩔 수 없이 그녀의 뒤를 따르기 시작했다.

식당은 그리 멀지 않았다. 붉은색의 카펫이 깔린 기다란 복도를 조금 걷자 식당에 금세 도착했다.

아니, 도착한 것까진 좋았는데…….

하멜은 식당의 전경을 보며 식은땀을 흘렸다.

"저, 저기 세헤라 님. 저희 둘이서만 식사하는 게 아니었습니까?"

"제가 언제 둘이서만 먹자고 했나요? 후후."

"……."

하멜은 할 말을 잃었다. 그를 당황시킨 장본인은 식당에 먼저 와 있는 손님이었다.

세로로 긴 식탁의 상석에 앉은 중년 남자가 저를 예리한 눈으로 쳐다보고 있었다.

남자는 멋스러운 붉은 모자를 쓰고, 제가 입은 것과 비슷해 보이는 카프탄을 입고 있었다. 덩치라면 어디 가서 지지 않는다고 자부했지만, 마주한 남자의 덩치는 저보다도 더 큰 것 같았다.

하멜은 마른침을 꼴깍 삼켰다.

저 남자는 세헤라의 아버지일까?

"세헤라. 그 남자는 누구지?"

남자는 하멜이 알아들을 수 없는 이스칸다르 어를 쓰고 있었다. 하멜은 통역이 가능한 마법 아이템을 만들까 싶다가도 이내 아무것도 하지 않았다.

남자의 험악한 말투를 보았을 때, 해석해서 듣지 않는 편이 더 낫겠단 생각이 들어서였다. 때론 알지 못하는 게 더 나을 때가 있었으니…….

그 사이에도 두 사람의 대화는 이어졌다.

"이쪽은 하멜 브레이예요."

"하멜? 내가 물은 건 저놈의 이름이 아닐 텐데."

"우선 앉아서 얘기하기로 해요, 아버지. 손님을 이렇게 세워 두는 건 예의에 어긋난 일이잖아요."

"……좋아, 앉거라."

남자가 고개를 끄덕이기 무섭게 세헤라는 우두커니 서 있는 하멜을 자리에 앉혔다. 그녀는 하멜 옆에 자리하고선, 남자를 뒤늦게 소개해 주었다.

"하멜, 이쪽은 제 아버지예요. 이스칸다르 제국의 술탄이자, 아칸이라고 해요. 그냥 편하게 술탄님이라고 부르시면 돼요."

진짜로 그녀의 아버지라니. 그렇다면 제국의 왕이라는 소린가. 아칸의 날 선 시선은 하멜에게서 떨어지지 않고 있었다.

"세헤라 님. 인사드려야겠죠?"

하멜의 물음에 대한 답은 아칸에게서 흘러나왔다.

"이방인. 그럼 내게 인사하지 않을 생각인가?"

그는 이번엔 이스칸다르 어가 아닌, 대륙 공통어를 자연스럽게 내뱉고 있었다.

"인사가 늦어서 죄송합니다, 술탄님. 저는 왕국에서 온 하멜 브레이라고 합니다. 본의 아니게 세헤라 님께 신세를 지게 되었습니다."

"신세? 무슨 신세를 말인가."

아칸은 제 인상을 구겼다. 그의 험악한 인상에 하멜은 제법 긴장이 되었다.

긴장한 하멜이 제 신변에 있었던 일에 대해서 설명하려던 차, 세헤라가 먼저 선수를 쳤다.

"제가 하멜을 사막에서 주웠거든요."

"뭐? 그게 무슨 말이냐, 세헤라."

아칸은 세헤라의 말을 잘 이해할 수 없다는 표정을 지었다. 그러자 세헤라가 진지한 얼굴로 대답했다.

"아버지, 사실은 저······ 이 남자와 함께 밤을 보냈어요."

"뭐?! 밤, 밤을?"

"세, 세헤라 님!"

세헤라의 폭탄선언에 두 남자의 얼빠진 시선이 그녀에게 닿았다.

세헤라는 두 남자의 반응을 진즉 예상한 듯이 태연자약했을 따름 이었다. 심지어 제 어깨를 으쓱이며 그게 뭐 별일이냐는 태도를 취하기도 했다.

하멜은 이마를 짚었다. 귀찮은 일에 휘말릴 것이란 예감은 전혀 틀리지 않은 듯했다.

하멜의 이마에 식은땀이 송골송골 맺히기 시작했다.

가짜 신랑을 해 준다고 했지만, 밤을 함께 보냈다는 거짓말을 해 버리다니.

세헤라는 딱 보아도 저보다 훨씬 어려 보였다. 철이 없는 것인 지, 아니면 뒷일을 전혀 생각지 않는 것인지 알 수 없었다.

슬쩍 아칸 쪽을 쳐다보자, 그는 제 얼굴을 손으로 쓸고 있었다. 그는 세상을 잃은 듯한 허망한 얼굴을 내비치다가 앉아 있던 몸을 대뜸 일으켰다.

완전히 일어선 그는 앉아 있을 때보다도 훨씬 더 위협적으로 보 였다. 하멜도 키가 큰 편이지만, 아칸이 조금 더 커 보일 정도였다.

"······."

하멜과 세헤라의 시선이 일어선 아칸에게 닿았다.

왜 일어선 거지, 라고 하멜이 생각한 때에 아칸이 제 허리춤에 손을 올렸다. 그러곤 매끄러운 동작으로 허리에 차여 있던 검집에 서 검을 빼 들었다.

날이 선 아칸의 검이 하멜의 목에 닿은 것은 순식간에 벌어진 일이었다.

"죽여 버리겠다."

"……술, 술탄님!"

"아버지!"

하멜은 놀란 눈으로 제 목에 닿은 검을 내려다보았다. 아칸이 손목을 조금만 비튼다면 제 목에 상처가 생길 것 같았다.

하멜은 숨을 크게 들이켰다. 이 상황을 어떻게 타개해야 할지 감이 잡히지 않았다.

하멜은 세헤라에게 구원을 바라는 눈빛을 보내었다.

"아버지! 지금 뭐 하는 짓이에요? 당장 검을 거두세요. 하멜이 놀랐잖아요!"

세헤라의 다급한 목소리에도 불구하고 아칸은 검을 거두지 않았다. 도리어 차가워진 시선으로 하멜을 응시했을 뿐이다.

"세헤라, 네가 내 입장이 되어 보거라. 생전 처음 보는 남자와 밤을 함께 보냈다는데, 그 남자를 가만히 둘 아비가 있는지."

"……아버지, 그건 말이죠."

세헤라가 한숨을 푹 내쉬었다.

아버지의 성미가 급하다는 것은 알고 있었지만, 전후 사정을 생략하고 하멜에게 검을 들이댈 줄은 상상하지 못했다. 하멜과 밤을 보냈다는 게 그렇게 충격적인 말이었나?

하나 그것은 완전한 거짓말은 아니었다. 죽은 듯이 잠들어 있던 하멜의 옆에서 선잠을 잤으니까.

하지만 아버지는 오해를 해도 단단히 오해를 한 것 같았다. 아마

야릇한 오해일 것이다.

세헤라는 검을 쥐고 있던 아칸의 손 위에 제 손을 올려놓으며 말했다.

"아버지. 제 말은 어제 사막에서 주운 하멜을 간호하다가 잠이 들었다는 소리였어요. 아버지가 생각하는…… 그…… 막…… 하여튼 그런 게 아니란 말이에요! 너무해!"

"……뭐?"

"하지만 저는 이 남자에게 첫눈에 반한 것 같아요. 당장 결혼하고 싶을 정도로요."

세헤라가 배시시 웃자, 아칸은 어이가 없다는 듯이 제 눈을 몇 번 빠르게 깜빡였다.

"……"

"자, 그러니까 검은 내려놓으시고."

세헤라는 검을 든 아칸의 손을 천천히 내렸다. 그는 별다른 저항 없이 검을 물렸다.

"아버지. 전에도 말씀드렸지만, 사랑 없는 결혼은 하고 싶지 않아요. 저는 사랑하는 사람과 결혼하고 싶단 말이에요."

"세헤라!"

아칸이 그만 말하라는 듯 그녀를 불렀지만, 세헤라는 괘념치 않고 제 말을 이어 했다.

"그런데 참 운명이란 게 진짜로 있는 건지, 하멜도 저를 보자마자 제게 반했대요. 첫눈에 반했다고 제게 고백까지 했다니까요!"

"세, 세헤라 님!"

이번에 그녀의 이름을 부른 것은 하멜이었다. 그는 안절부절못하며 아칸과 세헤라를 번갈아서 바라봤다.

……가짜 신랑 노릇을 계속해 주어도 되는 걸까.

하멜은 검신이 자리했던 제 목을 문지르며, 시름이 깊은 한숨을 내뱉었다.

* * *

"하멜, 화났어요?"

"……."

하멜은 제 뒤를 졸졸 따라오는 세헤라에게 무슨 대답을 해 주어야 할지 고민했다.

화가 난 것은 아니었다. 하나 대책 없이 내뱉어진 그녀의 말이 황당했었다.

세헤라의 폭탄선언에 아칸은 할 말을 잃은 채로 쓰러지듯이 의자에 앉았고, 꼴도 보기 싫다며 물러가라고 했다.

그리하여 저녁 식사는커녕 식당에 들어간 지 근 십분 만에 방으로 되돌아가게 되었다. 큰일을 겪었더니 허기짐도 온데간데없이 사라져 버린 듯했다.

하멜은 식당을 나가면서 보았던 아칸의 얼굴을 떠올렸다. 이마를 짚고 있던 아칸의 얼굴엔 시름이 깊어 보였다.

그런데 묘한 것은 하멜도 그의 시름이 공감된다는 것이었다.

"하멜, 대답 안 해 줄 거예요? 당신도 제 신랑이 되어 준다고 했으니까, 그 정도의 말은 각오했었어야 하는 거 아니에요?"

아니, 각오의 문제를 떠나서 그런 말을 할 것이었다면 미리 언질을 해 주었어야지.

그랬다면 아칸에게 충격을 주는 방법보단 좀 더 유연한 방법으로 그를 설득했을 텐데.

하멜은 말을 아낄까 싶다가도 지금 아무 말도 하지 않으면, 그녀가 감당하지 못할 짓을 또다시 저지를 것 같아 걷던 걸음을 멈추었다.

하멜이 갑작스럽게 걸음을 멈추자, 세헤라도 걷던 것을 멈춰 섰다.

"세헤라 님. 제가 당신을 도와주겠다고는 했지만, 뒷생각은 하고 말씀하셔야 되는 거 아닙니까."

"……."

"당신의 폭탄선언 때문에 술탄님께서 많이 화나신 것 같았습니다. 그렇게 화가 났는데, 당신의 결혼을 순순히 물러 주겠습니까?"

하멜의 목소리는 단호하기만 했다. 그 덕에 세헤라는 울상이 지었다.

"나는…… 우리가 사랑에 빠졌다는 걸 아버지에게 빨리 피력하고 싶었고…… 그래서 하루 빨리 결혼을 물리고 싶었던 것뿐인데……."

그녀는 곧 울 듯한 얼굴로 변명을 읊조렸다.

"……."

하멜은 그런 그녀를 말없이 내려다보기만 했다.

세헤라에게서 진저를 떠올리면 안 되는 걸 알고 있었다.

하지만 제 잔소리에 꾸역꾸역 대답하는 세헤라의 모습이 진저와 너무도 닮아 보였다. 하멜은 진저의 막무가내인 행동에 잔소리를 자주 했었으니까.

그녀를 다그치고 싶다는 마음이 더는 들지 않았다.

"네……. 제가 세헤라 님의 사정을 잘 이해하지 못했습니다. 제 말이 조금 심했습니다. 죄송합니다."

"……하멜."

"먼저 가 보겠습니다."

하멜은 진저를 더 이상 떠올리고 싶지 않아, 먼저 뒤돌아서서 걸어갔다.

진저를 잊기 위해서 방문한 낯선 나라에서 그녀를 더더욱 떠올리고 있는 것 같은 기분이 드는 건…… 자신의 착각일까.

제 방으로 돌아온 하멜은 침대에 몸을 누였다.

잠이라도 청해 볼 요량으로 눈을 감았지만, 눈을 감자 떠오른 것은 시무룩했던 세헤라의 얼굴이었다.

"내가 너무 심했던가."

하멜은 괜스레 후회가 되었다. 답지 않게 모진 말을 해서는. 왜 이토록 신경이 쓰일까.

그는 오랫동안 잠들지 못했다.

한참을 뒤척이다 잠이 도저히 오지 않아서 누워 있던 몸을 일으켰다. 그러곤 방을 나섰다. 차가운 밤공기라도 조금 쐴 생각이었다.

붉은 카펫이 깔린 복도를 거닐다가 문득 깨달았을 땐, 세헤라의 방 근처까지 걸어와 있었다.

밤이 꽤 깊었으니 그녀는 잠들어 있겠지. 그런 생각을 하며 그녀의 방을 지나치려던 찰나였다.

세헤라의 방의 방문이 조금 열려 있는 게 보였다. 하멜은 저도 모르게 열린 방문을 조용히 들여다보았다. 그러자 세헤라가 보였다.

아직 잠들지 않은 그녀는 창가 밑에 앉아 있었다.

그녀는 혼자가 아니었다. 금빛 털이 아름다운 낙타와 함께였다.

세헤라는 가지런히 앉은 낙타의 등에 제 얼굴을 기댄 채였다. 달빛이 스민 그녀의 구릿빛 피부가 반짝거리고 있었다.

하멜은 눈을 떼지 못했다.

이국적인 외모에서 왠지 모를 아름다운 감상을 느꼈다. 말을 할 때보단 말을 하지 않을 때가 훨씬 더 예쁜 아이라는 생각이 들었다.

조용한 사위, 그녀가 연거푸 내쉬는 한숨 소리가 간혹 들렸다.

하멜은 그녀에게 미안하다는 생각이 들었다. 역시나 말이 조금 심했나 보다. 목숨을 구해 준 이에게 왜 그리도 화를 내 버린 걸까.

어쩌면 세헤라의 모습 속에서 진저를 계속 떠올리는 자신에 대한 화였을지도 모르겠다.

＊　＊　＊

하멜은 다음 날 일찍 세헤라를 찾아갔다.

그의 손에는 사막에서는 잘 구할 수 없는 붉은 장미 열 송이가 들려 있었다. 하멜은 지난밤 내내 마음이 불편했기에 사과의 의미로 세헤라에게 장미를 줄 생각이었다.

마법으로 한 송이의 장미를 만들었다가, 진저가 한 말 때문에 열 송이를 만든 하멜이었다. 과거, 진저는 장미 한 송이로 사죄를 받으려고 하는 것은 정말 별로라고 했었다.

세헤라의 방 앞을 지키던 시녀가 그가 왔음을 알리자, 안쪽에서 그녀의 목소리가 들렸다.

"들어오시라고 해!"

하멜은 머쓱한 헛기침과 함께 방으로 들어갔다. 방으로 들어가니 지난밤 보았던 낙타는 보이지 않다.

"세헤라 님. 지난밤 편안히 주무셨습니까?"

"피, 편안하게 못 잤다면 어쩔 건데요?"

"흠……. 그럴 것 같았습니다. 그래서 이걸 드리는 게 어떨까 해서……."

하멜은 뻘쭘하게 세헤라 앞까지 걸어갔다. 이내 그녀와 마주하게 되었을 때, 그는 등 뒤에 두었던 손을 그녀 쪽으로 뻗었다.

그 손엔 열 송이의 장미가 어색하게 쥐어 있었다.

"목숨도 살려 주셨는데, 어제는 제가 말이 조금 과했습니다. 사과의 의미로 받아 주시겠습니까?"

하멜은 작게 미소를 지었다.

세헤라는 그가 미소 짓는 모양새를 빤히 쳐다봤다. 그러자 심장이 또다시 빠르게 뛰기 시작했다.

이러다 하멜을 진심으로 사랑하게 되는 건 아니려나.

세헤라는 하멜의 얼굴에서 애써 시선을 떼고선, 그의 손에 들린 장미를 응시했다.

장미는 태어나서 두어 번밖에 보지 못한 것이었다. 사막에서 귀하디귀한 장미를, 그는 어떻게 구한 것일까?

"장미는 정말로 오랜만에 봐요. 하멜, 이건 어디서 구했어요?"

"대답해 드리기 전에 일단은 장미부터 받아 주시지 않겠습니까. 아름다운 꽃은 제가 들고 있는 것보다야 당신이 들고 있는 게 훨씬 더 어울릴 것 같으니까."

맙소사. 이토록 여심을 흔드는 말이라니!

그 말을 듣고 나서 어느 누가 장미를 받지 않을 수 있을까. 세헤라는 하멜에게 장미를 건네받으며, 생각했다.

설마, 이 남자. 왕국에서 내로라하는 대단한 바람둥이였던 게 아닐까? 그렇지 않고서야 여자의 마음을 이토록 잘 알 리가 없잖아.

그녀는 그의 정체가 의심스럽다는 듯이 말했다.

"이봐요, 하멜. 당신…… 설마 바람둥이예요?"

"네?"

바람둥이. 그것은 스물일곱 일생에 여자를 단 한 번도 만나 보지 못한 하멜과는 지극히 먼 단어였다.

하멜이 되묻기만 하고 대답을 하지 않자 세헤라가 소리쳤다.

"바람둥이가 아니냐고요!"

하멜은 좀처럼 적응되지 않는 그 낯선 단어에 헛웃음을 흘렸다.

"바람둥이, 하하. 그 단어는 저와 참으로 인연이 없는 단어입니다."

"네? 그럼 바람둥이가 아니라는 말이에요?"

"그렇습니다."

"이상하다. 얼굴도 이 정도면 훌륭하고, 키도 크고, 말도 잘하는데. 왜 바람둥이가 아니었을까. 가만히 있어도 여자들이 먼저 따를 것 같은데요?"

여자들이 저를 따른다, 라…….

그런 일이 있다면 꽤 곤란할 것 같았지만, 상상해 보면 썩 나쁘지 않은 일인 것도 같았다.

하지만 하멜은 타인에게 사랑받지 못하는 저주 때문에 여자들의 외면 아닌 외면을 받았었다.

저주가 말끔히 풀린 지금, 세헤라의 말대로 되는 것은 아닐까 싶다가도 하멜은 고개를 절레절레 내저었다.

이자나의 외모 정도라면 모를까, 제게는 그런 일이 생길 리가 없었다.

"아닙니다, 세헤라 님. 믿으실지는 모르겠지만 저는 여자를 만나 본 적이 없습니다."

"네에?!"

세헤라가 믿을 수 없다는 듯이 놀란 소리를 냈다.

"말도 안 돼요! 그럼 하멜은 모태 솔로란 말이에요?"

"……정확하게 짚어서 말씀해 주지 않으셔도 되는데…….."

하멜은 시무룩한 표정을 지었다.

모태 솔로. 그것은 저와 너무도 제격인 단어지만, 어딘지 모르게 저를 구슬프게 만드는 단어이기도 했다.

그는 씁쓸한 얼굴을 한 채로 시선을 내리깔았다. 극명한 진실은 때때로 받아들이기가 힘들었다.

"미, 미안해요! 예상하지 못했던 사실에 충격을 받아서 말이 막 나왔네요."

"……."

세헤라는 풀이 죽어 보이는 그를 보자 괜스레 미안한 마음이 들었다. 그녀는 분위기를 풀어 볼 요량으로 객쩍은 농담을 슬그머니 건넸다.

"당신, 모태 솔로로 조금 더 있다간 대현자가 될지도 모를 일이군요."

"……."

농담조로 말했지만 하멜의 표정은 나아질 기미가 보이지 않았다.

그는 도리어 그녀의 말을 진지하게 받아들여 더욱 슬퍼진 표정을 지었을 뿐이다.

세혜라는 뒷머리를 긁적이며 제 말을 이어 갔다.

"저희 이스칸다르 제국에 예부터 내려오는 말 중에서, 서른 살이 될 때까지 모태 솔로이면 세상의 모든 도를 깨치게 되는 현인이 될 수 있다는…… ."

"세혜라 님!"

하멜이 더 이상 못 견디겠다는 듯 세혜라의 이름을 불렀다. 그의 두 귀가 붉어져 있었다.

세혜라는 얼굴이 붉어진 하멜을 보고선, 제 혀를 조금 내밀었다.

"헤헤. 농담."

"……하."

"하멜. 기분 나빴어요?"

"아니요……. 세혜라 님은 맞는 얘기만 하신걸요."

에계, 얼굴은 전혀 괜찮은 게 아닌데.

세혜라는 제 손에 들린 붉은 장미를 한 번 보았다가 하멜의 얼굴을 한 번 보았다. 그에게 장미를 받기도 했고, 짓궂은 농담을 하기도 했으니, 이젠 그를 즐겁게 해 주는 건 어떨까 싶었다.

"우리 밖에 나갈래요? 내가 이스칸다르 제국을 구경시켜 줄게요. 당신이 좋아하는 생강도 보여 주고요!"

내가 좋아하는 생강은 그 생강이 아닌데. 하멜은 그렇게 생각하면서도 작게 미소를 지었다.

이스칸다르 제국을 구경시켜 주고 싶다는 그녀의 열의가 너무도 짙게 느껴져서. 그 귀여운 패기 때문에 미소를 짓지 않을 수가 없었다.

"좋습니다. 저도 마침 제국을 구경하고 싶던 차였습니다."

"좋아요! 밖에서 잠깐만 기다려요. 금방 준비하고 나갈 테니까."

하멜은 밖으로 나가려다가, 무언가가 떠오른 듯한 마디를 보태었다.

"세헤라 님. 그래서 저를 용서해 주는 겁니까? 그 말을 아직 듣지 못했군요."

세헤라는 진한 미소를 지었다.

"오늘 하루 동안 내 말을 잘 듣는다면, 용서해 줄게요."

말은 그리 했지만 세헤라의 얼굴이 정말로 좋아 보였다. 하멜은 대답 대신 고개를 끄덕인 후에 방 밖으로 나왔다.

그녀를 기다리다 문득 그런 생각이 들었다. 저 말괄량이 공주와 함께 있다가 예측하지 못한 사고가 생기는 건 아니겠지.

출처를 알 수 없는 불길한 예감이 스멀스멀 들었다. 그럼에도 그녀와 제국을 구경할 생각에 묘하게 마음이 들뜨기도 했다.

머지않아 간소한 옷차림으로 환복한 세헤라가 방에서 나왔다. 그녀는 얇은 천을 머리에 뒤집어쓴 채로 자신의 얼굴을 반쯤 가리고 있었다.

"거리에 나갔다가 혹 저를 알아보는 사람이 있을까 봐요. 하멜은 잘 모르겠지만, 저는 제국의 공주로서 꽤 유명 인사거든요."

"유명 인사. 하하, 그렇군요."

"……믿는다는 대답이 전혀 아닌 것 같은데?"

"자, 그럼 저를 안내해 주십시오."

"뭐야! 왜 말을 돌리는 건데!"

하멜이 아무것도 모른 척 제 어깨를 으쓱이며, 한 발자국을 먼저 떼어 냈다.

"유명 인사 님께서 구경시켜 주는 제국의 모습이 궁금합니다."

"흥. 당한 기분이 들지만 내가 한번 져 주지, 뭐."

세헤라는 하멜에게 가까이 다가가 하멜의 팔에 제 손을 얹었다. 자연스러운 팔짱이었다.

"세, 세헤……."

"쉿. 신랑이 되어 주기로 했으면 이것도 각오했어야죠."

"……."

하멜은 더는 대꾸하지 못하고, 제 팔에 앙증맞게 끼인 그녀의 손을 내려다보았다.

여자와 팔짱을 꼈던 게 언제였더라.

……기억이 나지 않았다. 아니, 애당초 여자와 팔짱을 꼈던 적이 있던가.

……하멜 브레이, 넌 참 각박한 인생을 살았군.

하멜은 스스로를 위로하며 걸음을 옮겼다.

팔에 닿은 세헤라의 온기가 썩 나쁘지 않았다. 제 팔뚝을 조심스레 잡고 있던 그녀의 손가락 감촉도 꽤 좋았다.

하멜은 제 심장이 간지러워짐을 느꼈다. 왜일까. 그녀의 체온이 제게 닿아서 그런 것일까.

그런 하멜의 기분을 아는지 모르는지, 신이 난 세헤라는 하멜을 당차게 이끌었다.

그의 얼굴에선 미소가 떠나지 않았다.

제법 진한 미소였다.

＊　＊　＊

궁에서 나와 시가지로 들어섰을 때, 하멜은 "와." 하는 작은 탄복을 내뱉었다.

그의 시야엔 조용했던 궁과는 상반된 활기찬 풍경이 맺혔다. 옹기종기 모인 집들 위론 색색의 천막이 처져 있었고, 지나다니는 사람들은 화려한 색감을 가진 기다란 옷을 입고 있었다.

왕국에서 보던 드레스나 양복은 하나도 보이지 않았다. 처음 보는 낯선 풍경에 하멜의 눈은 바삐 움직이기만 했다.

조금 더 걷자 아치형 지붕이 인상적인 커다란 시장이 나타났다. 세혜라는 하멜을 시장 안으로 이끌었다. 이스칸다르 제국의 최고의 자랑은 활기가 넘치는 시장이었으니까.

신기한 듯 주위를 둘러보는 하멜이, 세혜라의 눈에는 퍽 귀여워 보였다. 그녀는 하멜을 이끌며 여기저기를 구경시켜 주었다.

이스칸다르의 전통 의복을 파는 가게, 액세서리 가게, 향료를 파는 가게…… . 세혜라는 여러 물건들을 설명해 주기에 바빴고, 하멜은 그녀의 조잘거림이 듣기 좋았다.

두 사람은 지친 기색 없이 시장을 구경했다.

그렇게 시장의 끝에 다다랐을 때였다. 어디선가 소란스러운 소리가 들려왔다.

"어디서 더러운 손을……!"

남자의 목소리가 들림과 동시에 짝, 하는 날카로운 소리가 울렸다. 살갗과 살갗이 맞닿은 소리였다.

근처에 있던 하멜과 세헤라의 시선이 소리의 근원지로 향했다.

"죄, 죄송합니다. 용서해 주십시오!"

거기엔 웬 뚱뚱한 남자와 비쩍 마른 여자가 있었다.

무릎을 꿇어앉은 여자는 남자에게 뺨을 맞은 것인지, 제 뺨에 손을 올리고 있었다.

뚱뚱한 남자는 한눈에 보아도 질이 좋아 보이는 옷을 입고 있었고, 여자는 어느 가게의 상인으로 보였다.

"무슨 일일까요?"

하멜이 의아하게 묻자 세헤라가 제 아랫입술을 꾹 누르며 대답했다.

"……저 사람, 그 재상이에요."

"네? 재상이라면 술탄님께서 당신과 결혼시키려고 한다던 그분 말입니까?"

세헤라는 대답 대신 고개를 끄덕였다. 그사이에도 뚱뚱한 남자는 여자를 한껏 몰아붙이고 있었다.

"너, 내가 누군지 알고 이런 실수를 하는 건가? 죽음이 두렵지 않나 보군."

남자는 인상을 와락 구기며 자신의 옷자락을 만지작거렸다.

하멜은 남자의 옷자락을 바라보았다. 그러자 그 끝이 조금 젖어 있는 게 보였다. 아무래도 상인인 여자가 그의 옷에 무언가를 쏟은 듯했다.

세헤라는 재상을 노려보았다. 얼굴을 찌푸린 재상이 낯설었다. 아버지 앞에서 늘 웃는 얼굴만 고수하던 그가 맞나 싶었다.

고작 제 옷깃이 조금 젖었다고 여자의 뺨을 때린 걸까?

"안 되겠어요. 제가 직접 가 봐야겠어요."

세헤라는 하멜에게 꼈던 팔짱을 빼내며 재상 쪽으로 걸어가려 했다. 하나 하멜이 그녀의 손목을 낚아챘다.

"……하멜?"

"같이, 같이 갑시다."

"…….'"

"재상에게도 가짜 신랑을 보여 주어야 되지 않겠습니까."

불의를 보면 못 참는 성격은 아니었지만, 하멜은 세헤라를 혼자 보내기 싫었다. 아니, 혼자 보낼 수 없었다.

그의 제안에 세헤라가 고개를 끄덕였다. 이내 두 사람은 재상 앞까지 걸어가게 되었다.

세헤라는 얼굴을 반쯤 가리고 있던 천을 걷어, 재상에게 제 얼굴을 보여 주었다.

"재상님. 여기서 만나니까 반갑네요."

"……공주님?"

세헤라의 얼굴을 확인한 재상은 화들짝 놀랐다. 그녀의 돌연한 등장이 믿기지 않는다는 것처럼.

"지금 뭐하고 있는 건지 물어봐도 될까요? 이 여자분의 뺨을 때렸어요? 왜요?"

"저…… 그게 이 여자가 제 옷에 불순물을 쏟았고, 하필 아끼던 옷이었던지라 화가 나서 그만……. 죄송합니다, 공주님."

재상은 죄송하다고 말하고 있었지만, 죄송한 내색이 하나도 없었다. 오히려 제 인상을 더더욱 굳혔을 따름이었다.

"재상님이 죄송하다고 사과해야 할 사람은 제가 아니라 이 여자분인 것 같은데요. 옷이 조금 젖었다고 뺨을 때리다니……. 과하잖아요. 어서 사과하세요.”

“…….”

재상은 쉬이 사과하지 못하고, 눈치를 보았다.

술탄 다음으로 최고의 권력을 지니고 있는 재상이다. 그런 그는, 고작 상인인 여자에게 고개를 조아리기 싫었다.

재상은 아랫입술을 짓이기며 어떻게 해야 하나, 고민에 잠겼다. 왜 하필 이 시간에 궁도 아닌 시장에서 공주를 만나느냐 말인가.

안 그래도 저와의 결혼이 싫다고 펄쩍 뛰던 공주였다. 좋은 이미지를 심어 주어도 모자랄 판국에 이런 모습이라니.

재상은 공주와의 결혼을 오랫동안 꿈꾸고 있었다. 공주와 결혼하여 차기 술탄이 되는 것이 그의 목표였기 때문이다.

하지만 그럼에도 상인 여자에게는 사과하지 못하겠다. 그것이 재상이 내린 결론이었다.

“뭐해요! 얼른 사과하라니까요?”

아무 말도 하지 않는 재상을 세헤라가 재촉했다.

“사과……. 저는 사과하지 않겠습니다. 제가 뺨을 때린 것은 저 여자가 제 옷에 불순물을 쏟아서 그런 것일 뿐. 피장파장이 아닙니까?”

“재상님!”

뻔뻔해도 그리 뻔뻔할 수가.

세헤라는 하멜과 달리 불의를 보면 참지 못하는 편이었다. 그녀는 재상에게 곧 달려들 듯이 굴었으나, 그녀의 행동은 하멜로 인해 저지당하고야 말았다.

뒤에서 상황을 잠자코 지켜보던 하멜이 그녀의 앞을 막아섰다. 하멜은 세헤라를 제 등 뒤에 가두고선 재상을 내려다보았다.

하멜의 잿빛 눈동자가 차갑게 빛났다.

"피장파장이라."

하멜은 조소에 가까운 미소를 지으며 무언가를 바쁘게 찾았다. 하멜의 시선은 여자 상인의 가게에 전시되어 있던 물품들에 닿았다.

애완용 물고기를 파는 가게였는지, 크기가 다양한 어항에 색색의 물고기와 물이 들어가 있었다.

물이라. 하멜은 제 손가락을 조용히 몇 번 움직였다. 그가 마법을 할 때마다 하던 동작이었다.

"당신은 또 누구야? 어째서 공주님과 동행하고 있는 거지?"

재상이 하멜을 경계하듯이 말했다. 하멜은 대답 대신 제 손가락을 움직이던 것을 멈추었다.

그의 손가락 움직임이 멈추기 무섭게 재상의 손이 제멋대로 움직이기 시작했다.

"어, 어, 어!"

그는 멋대로 움직이는 자신의 오른손에 당황한 것인지 이상한 소리를 냈다.

재상의 손은 순식간에 어느 어항 속으로 향했다. 그 손은 어항의 물을 퍼냈다.

퍼내어진 물은 무릎을 꿇고 있던 여자 상인의 얼굴 위에 뿌려졌다. 그러자 여자의 얼굴이 축축하게 젖어 갔다.

"이, 이, 이게 무슨!"

재상은 제게 일어난 일이 믿기지 않아 자신의 손을 빤히 내려다보기만 했다.

마법으로 제가 원하는 상황을 만든 하멜은 담담한 목소리로 여자 상인에게 말했다.

"재상님이 당신의 얼굴에 물을 뿌렸으니, 이제 당신이 재상님의 뺨을 때리십시오. 어차피 피장파장이 아닙니까."

그들 사이엔 깊은 정적이 흘렀다.

여자 상인은 자신의 젖은 얼굴을 닦을 생각을 하지 못하며, 하멜을 올려다보았다. 세헤라와 닮은 그녀의 까만 눈동자에 물기가 가득 머금어져 있는 것 같았다.

그 물기가 재상이 뿌린 물로 인한 것인지, 눈물의 흔적인 것인지는 잘 가늠할 수 없었다.

하멜은 그녀에게 손을 뻗었다. 자신의 손을 잡고 일어나라는 뜻이었다. 여자 상인의 손이 하멜에게 닿았다. 하멜은 맞잡은 손에 힘을 주어 여자를 반듯하게 일으켜 주었다.

"뭐하십니까. 얼른 뺨을 내려치십시오."

"도, 도와주신 것은 감사하나 저는 그렇게 하지 못합니다. 죄송합니다."

여자 상인은 마른세수하듯 제 얼굴을 쓸며 간신히 대답했다. 재상에게 맞은 그녀의 뺨이 여전히 붉었다.

하멜은 착잡한 마음이 들었다.

신분제는 왕국에도 존재했고 어쩔 수 없는 것이지만, 자신의 신분을 옳지 않게 과시하는 건 잘못된 것이라고 생각했다. 더군다나 세헤라의 남편이 될지도 모를 사람이 아니던가.

그가 어떤 사람일지 궁금했었는데, 이런 막돼먹은 사람일 줄이야. 제가 세헤라를 도와주지 않는다면, 그녀는 저런 남자와 결혼해야 하는 걸까?

하멜은 그 사실이 마음에 들지 않아 미간을 가볍게 구겼다. 왜 이리도 마음에 들지 않는 것인지, 그 이유는 잘 모르겠다.

"신분 때문에 재상님의 뺨을 때리지 못하는 거라면, 세혜라 님께서 대신 때리시는 건 어떠십니까?"

하멜은 옆으로 조금 비켜서며, 제 뒤에 숨겨 두었던 세혜라가 나설 수 있게 만들어 주었다.

하멜의 등 뒤에 숨어 있던 세혜라는 하멜의 손가락에서 빛나던 빛을 본 터였다. 그녀는 그 기이한 불꽃이 사라짐과 동시에 재상이 이상한 짓을 하는 것을 목격했다.

하멜이 만든 상황인 걸까?

"세혜라 님?"

하멜이 저를 두 번째로 부르자, 세혜라는 그제야 뒤늦게 대답했다.

"아! 하멜."

"어떻게 하시겠습니까?"

세혜라는 하멜에 대한 의구심을 잠시 밀어 두고, 일단은 직면한 상황부터 해결하자고 생각했다.

"제게 맡겨요."

단호한 얼굴을 한 그녀는 앞으로 몇 걸음 걸어가 재상의 뺨을 힘껏 내려쳤다.

짝.

재상이 말릴 새도 없이 벌어진 일이었다. 그는 제 뺨을 감싼 채로 억울하다는 듯이 세혜라를 바라보았다.

"재상님, 억울하세요? 이건 당신이 말한 피장파장인데요?"

"……."

"아, 그리고 제가 재상님의 뺨을 때렸다고 해서 추후에 저 여자분께 화풀이를 한다면. 그땐 뺨으로 끝나지 않을 거예요, 알겠어요?"

재상은 찌푸린 눈으로 하멜을 노려보았다. 꽉 쥔 재상의 두 손은 펴질 기미가 보이지 않았다. 재상은 잘 떨어지지 않는 입술을 간신히 움직여 가며 대답했다.

"알겠습니다……. 저는 먼저 가 보겠습니다. 궁에서 뵙죠, 공주님."

그는 느릿한 걸음으로 뒤돌아섰다. 도망치는 것처럼 바삐 걸어가는 뒷모습이 퍽 우스웠다.

"하멜. 나, 완전 후련한 거 있죠?"

"그건 저도 마찬가지입니다."

재상이 완전히 사라진 후, 여자 상인은 두 사람에게 감사하다는 인사를 연거푸 건네었다. 두 사람은 괜찮다고 그녀를 막았지만, 그녀의 감사 인사는 한참이나 멈추지 않았다.

겨우겨우 그곳을 벗어난 두 사람은 걸음을 다시 옮기기 시작했다. 구경할 건 다 했고 시간도 꽤 지났으니 궁으로 돌아갈 참이었다.

궁으로 돌아가는 내내 세헤라의 시선은 하멜에게서 떼어지지 않았다.

재상에게 위협하던 모습이 어찌나 박력 넘치던지. 바람둥이는커녕 여자를 한 번도 만나 본 적이 없다던 하멜의 말이 의심될 지경이었다.

그런 박력을 다른 여자에게 선보이지 않으리란 법은 없으니까. 하멜의 멋있는 모습을 보고서 어느 여자가 반하지 않았겠나 싶다.

그의 멋진 모습을 다른 여자에겐 보여 주고 싶지 않다고, 세헤라는 생각했다.

과한 욕심일지도 모르겠다. 세헤라는 하멜의 멋진 모습은 자신만

보고 싶었다.

그와 만난 지는 얼마 되지 않았지만, 그에게 마음이 점점 더 기우는 기분이었다. 그를 오랫동안 보며, 그의 다양한 모습을 보고 싶다는 욕심마저도 들었다.

세헤라는 하멜을 왕국으로 보내고 싶지 않았다.

"하멜."

"네, 세헤라 님."

"당신도 재상을 봤죠? 아버지는 저를 저런 남자와 혼인시키려 한다고요. 그와의 결혼은 정말 끔찍한 일이라고 생각해요."

"저도 동감하는 바입니다. 물론 저는 재상님의 모든 부분을 알지 못하지만, 좋은 분이 아니라는 것은 확실히 알 것 같습니다."

"정확하게 보셨어요."

"그래서일까요. 세헤라 님이 그런 분과 결혼하는 사실이 내키지 않습니다."

어머, 내가 다른 남자와 결혼하는 것이 내키지 않다는 건가? 세헤라는 하멜의 말을 과해석하며 부끄러운 미소를 지었다.

어쩌면 하멜도 제게 호감을 품게 된 것일지도 모르겠다. 물론 그것은 세헤라만의 생각이었다.

"그렇죠? 제가 그런 사람과 결혼하는 건 하멜도 싫은 거죠?"

"그렇습니다."

세헤라는 몰아붙이듯이 하멜에게 물음을 건네었다.

"그럼 당신이 진짜로 저랑 결혼할래요?"

"네? 방금 무, 무슨 말을 하신 겁니까?"

"결혼하자고요! 아님 연애부터 할까요?"

"……!"

갑작스러운 세헤라의 발언에 하멜이 걷던 걸음을 멈추고 휘청거렸다.

"아휴, 참! 왕국에선 연애부터 하고 결혼을 하는지는 모르겠지만, 이스칸다르 제국에선 결혼 먼저 하고 연애하는 게 유행이랍니다."

완전 거짓말이었다. 이스칸다르 제국엔 정략혼이 많기는 하지만 요즘 추세는 연애 후 결혼이었다.

진득하게 연애한 다음에 결혼을 하는 것이 세헤라가 바라던 이상이기도 했다. 하지만 그것은 이상일 뿐, 하멜과는 결혼을 먼저 해도 괜찮을 것 같은 막연한 기분이 들었다.

"세헤라 님. 장난을 치셔도 그런 장난을 치시다뇨!"

장난 아닌데. 정말 진심이었는데.

고작 이틀 본 남자에게 무슨 청혼이겠냐만은. 사람을 좋아하는 데에 시간이 중요한 것은 아니지 않겠는가.

세헤라는 당황하는 하멜을 더 몰아붙일까 생각했지만, 이내 킥킥거렸을 뿐이다. 두 귀가 빨개진 채로 당황한 하멜을 더 몰아붙이는 건 너무도 나쁜 일인 것처럼 느껴져서.

하멜의 당황한 얼굴은 세헤라의 기분을 한껏 좋아지게 만들었다. 그녀는 의아했던 하멜의 묘한 손동작에 대한 것은 까맣게 잊은 채로 키득거리기만 했다.

* * *

궁으로 돌아온 하멜은 시름이 깊어진 한숨을 내쉬었다. 궁을 나서며 소란스러운 일에 휘말리는 것은 아닐까 염려했던 게 무색하다.

"……정말로 소란스러운 일에 휘말렸잖아."

혼잣말을 읊조린 하멜은 바닥에 깔린 카펫에 벌러덩 누웠다. 영문 없이 지친 기분이 들어 눈을 감자, 세헤라의 웃는 얼굴이 떠올랐다.

웃는 모습이 꽤 사랑스러웠지. 그리도 사랑스러운 그녀가 인성이 개차반인 재상과 결혼을 해야 한다니.

안타깝다고 해야 하나. 마음이 좋지 않다고 해야 하나.

세헤라의 억지에 못 이겨서 그녀의 결혼을 막아 주겠다고 했었다. 하지만 이젠 그녀의 결혼을 진심으로 막아 주고 싶다는 바람이 들었다.

문제는 그녀의 아버지인 아칸이었다. 그를 어떤 식으로 설득해야 할지 조금도 가늠할 수 없었다.

세헤라는 그랬다. 제게 사랑하는 남자가 생겼다고 털어놓으면, 아칸이 제 결혼을 물러 줄 거라고.

하지만 하멜이 본 아칸은 그러한 이유로 그녀의 결혼을 물러 줄 것 같지 않았다. 도리어 저를 또다시 찾아와 제게 검을 들이밀 것 같다고 해야 할까.

그래, 검을 들이밀 것 같다. 그러곤 죽이느니 마니 할 것 같다.

거기까지 생각했을 때였다.

하멜은 제 목덜미에서 웬 서늘한 감촉을 느꼈다. 식당에서 느꼈던, 아주 익숙한 감촉이었다.

하멜은 감았던 눈을 떴다. 그러자 언제 제 방에 들어왔을지 모를 아칸이 보였다.

아니나 다를까. 그는 제 목에 검을 들이대고 있었다.

"이방인."

"……."

미래를 본 것도 아닌데, 그럴 것 같다고 생각하기 무섭게 아칸이 찾아오다니.

하멜은 어색한 미소를 지었다.

"술탄님, 검은 내려놓으시고 얘기하시죠."

"……당장이라도 죽여 버리고 싶지만, 네게 최후의 변론을 할 기회를 주겠다."

"무슨 말씀이십니까?"

"조금 전에 세헤라가 나를 찾아와 너와 결혼을 하고 싶다고 떼를 썼다. 오늘 시장에서 재상과 무슨 일이 있었던 것 같더군."

"……."

세헤라 님. 제발 뒷일을 생각하고 일을 저지르셔야죠.

성미가 급해도 너무 급한 것이 아닌가 싶었다.

머리를 맞대고 아칸을 설득할 생각을 차근차근해야지. 쫓겨난 지 얼마나 됐다고 그를 또다시 찾아가다니.

"재상이 그런 짓을 했다는 건 나도 믿기 힘든 사실이다. 나는 그의 인성을 높게 사고 있었고, 그래서 세헤라와 결혼시키려고 한 것이었으니까."

아칸은 하멜의 목에 가져다 대었던 검을 물리고선, 한 걸음 뒤로 물러났다.

하멜은 누워 있던 몸을 일으킨 후 그에게 대답했다.

"하지만 저도 재상님의 행동을 똑똑히 보았습니다. 신분이 높다고는 하나, 상인을 그리 험하게 다루시다니요. 저는 그런 분과 세 헤라 님이 결혼하는 걸 원하지 않습니다."

"이방인 주제에 네가 뭘 안다고."

"네. 이방인 주제인지라 이곳에 대해 아는 것은 거의 없습니다. 하지만 세헤라 님이 행복했으면 하는 바람은 진심입니다."

"……."

"세헤라 님은 그만큼 사랑스러운 분이니까요. 사랑스러운 분을 사랑스럽게 대해 줄 분과 결혼했으면 좋겠습니다. 계속해서 그렇게 예쁘게 웃으실 수 있게……."

하멜은 그녀의 웃는 얼굴을 다시금 떠올렸다. 진저의 모습을 조금도 떠올리지 않은 채였다.

"……."

진심을 담아 제 생각을 전달하는 하멜의 모습에 아칸은 입술을 꾹 다물었다.

아칸은 검을 쥔 채로 하멜의 외관을 꼼꼼히 훑었다. 아칸의 눈에 비친 하멜은 피부가 하얀 것이 남자 구실을 제대로 하지 못할 것처럼 보였다.

하지만 그는 의외로 제 검 앞에서 의연했고, 위협적인 상황에서도 제 생각을 잘 말했다. 더해, 세헤라가 가진 사랑스러움을 알아봐 주기도 했다.

생긴 것과는 다르게 강단이 있는 녀석일지도 모르겠다고, 아칸은 생각했다.

아칸은 조금 전, 저를 찾아온 제 딸을 잠자코 떠올렸다. 세헤라는 하멜과 결혼하고 싶다고, 그를 가지고 싶다고 생떼를 부린 터였다.

원래부터 말괄량이기는 했지만, 그런 식으로 떼를 쓰는 것은 아칸도 처음 보는 것이었다.

낯선 남자와 사랑에 빠졌다는 허무맹랑한 이야기를 믿는 것은 아니었다. 그러나 어찌 되었든 제 딸은 피부가 하얀 이방인 남자를 꽤 마음에 들어 하고 있음이 틀림없었다.

세헤라의 마음을 흔들어 놓은 이 녀석을 어떻게 처리하면 좋을까.

"이방인. 너와 갈 곳이 있다."

"네? 거기가 어딥니까?"

"잠자코 따라오도록."

아칸은 제 검집에 검을 집어넣으며 뒤돌아섰다.

이스칸다르 제국에선 남자를 평가할 때 제일 중요하게 보는 곳이 하나 있었다. 아칸은 재상의 '그 부분'이 마음에 들기도 해서, 그를 세헤라의 짝으로 점쳤기도 했다.

아칸은 걷던 걸음을 잠깐 멈춰, 제 뒤를 따르고 있는 하멜을 쳐다보았다. 그의 날 선 시선이 하멜의 하체 부근에 짧게 닿았다 떨어졌다.

남자 구실을 제대로 하지 못할 것 같은 이방인의 것은 과연 어떠할까.

두 사람은 대화 없이 기다란 복도를 걸어갔다.

아칸의 뒤를 따르는 하멜의 머릿속엔 수만 가지 생각이 맴돌았다. 아칸이 설마 저와 대련이라도 하려는 걸까. 검은 제대로 들어 본 적이 없는데.

아칸의 흉흉한 분위기를 고려해 보았을 때, 그가 위협적인 짓을 할지도 모르겠다는 생각이 들었다. 폭력적인 상황에 직면한다면 그땐 어쩔 수 없이 마법을 쓰게 될지도.

하멜은 바짝 긴장했다.

한참을 걷던 아칸의 걸음이 멈춘 곳은 어느 방 앞이었다. 그는 방문을 열어 안으로 들어섰고 하멜은 그의 뒤를 또다시 따랐다.

대련장에 도착한 걸까, 싶었던 하멜은 주위를 재빠르게 둘러보았다.

"……."

주위를 둘러본 하멜은 어안이 벙벙해졌다. 그를 반긴 것은 자욱한 연기였기 때문이다.

"술탄님?"

아칸은 대답 대신 방 안 곳곳에 있던 초에 불을 붙이기 시작했다. 이내 주위가 완전히 밝아졌을 때, 하멜은 혀를 내둘렀다.

"……!"

그를 놀라게 한 것은 제 눈앞에 돌연히 등장한 커다란 욕조였다. 방 안을 거의 채운 욕조엔 김이 모락모락 피어오르고 있었다.

하멜은 욕조 안을 넌지시 바라보았다. 그 안엔 핑크빛 꽃잎들이 정처 없이 떠다녔다.

지금 목욕탕에 온 건가? 대련장이 아니라? 상상했던 것과는 달라도 너무 다른 장소가 아니던가.

그의 위압적인 태도에서 한껏 긴장했던 것이 무색할 정도였다.

하멜은 믿을 수 없다는 듯이 아칸을 쳐다보았다. 그러다 어이가 없어서 헛웃음이 흘러나왔다.

도대체 여기서 뭘 하자는 건데.

"이방인, 목욕탕을 처음 보는 것도 아닐 텐데 왜 얼빠진 표정인 거지?"

"그게…… 갑작스러워서 말입니다. 술탄님이 가자던 곳이 이런 곳일 줄은 예상하지 못해서……."

"너는 이스칸다르 제국에 대해 몰라도 너무 모르는군. 우리에겐 목욕을 즐겨 하는 문화가 있다."

"그렇습니까? 제가 잘 몰랐습니다."

"그래."

아칸은 스스럼없이 제 옷을 벗기 시작했다. 상의와 하의 그리고 속옷마저도 벗고 나자, 아칸은 금세 태초의 몸이 되어 버렸다.

"……."

하멜은 굳은 채로 아칸의 벗은 몸을 쳐다보았다.

설, 설마 나도 모두 벗어야 하는 것은 아니겠지.

하멜의 이마엔 식은땀이 맺혔다.

"언제까지 내 몸을 보고 있을 거지? 옷을 입은 채로 욕탕에 들어가겠다는 것은 아닐 테고."

아칸은 낮은 목소리로 위협하듯이 말했다.

아칸의 말은 얼른 옷을 벗으라는 협박이었다. 적어도 하멜의 귀에는 그렇게 들렸다.

하멜은 옷을 천천히 벗기 시작했다. 이윽고 아무것도 걸치지 않은 하멜의 하얀 몸뚱이가 드러나게 되었다.

하멜은 저도 모르게 어깨를 움츠렸다. 수치스러운 기분이 드는 것은 왜일까.

하멜은 멋쩍은 미소를 지으며 그에게 말했다.

"……하하, 술탄님. 저와 목욕을 하고 싶어 하실 줄은 몰랐습니다."

"내가 말한 최후의 변론이란 게 바로 이거다."

"네? 목욕이요?"

"……."

아칸은 대답 대신 매서운 눈으로 하멜의 육신을 훑었다.

그의 시선은 하멜의 얼굴에서부터 내려와 그의 하얀 목덜미, 쇄골, 가슴, 그리고…… 한 곳에 오랫동안 닿아 있었다.

아칸은 하멜의 '그곳'을 집요하게 바라보았다.

하멜은 얼굴이 시뻘게져서 고개를 숙였다. 그러고선 다리를 엑스자로 꼬며 낮은 신음을 흘렸다.

젠장 할.

하마터면 저도 모르게 욕을 내뱉을 뻔한 하멜이었다.

"생각보다……."

"……."

"늠름하군."

늠, 늠름…….

그 짧은 단어에 하멜의 몸이 휘청거렸다. 뺨 부근이 뜨거웠다. 얼굴이 붉어져 있을 것임이 분명했다.

"왜 부끄러워하는 거지?"

"……."

"늠름하다는 것에 긍지를 가져라. 나는 이방인 너를 부끄럽게 하려고 그런 말을 한 것이 아니니까."

하멜은 아칸의 진지한 말에 웃을 수도 없고 울 수도 없었다. 두 가지 중 하나를 선택하라면, 차라리 울고 싶은 심정이었다.

"하하, 감…… 감사합니다. 술탄님."

"허! 남자 구실 하나 제대로 하지 못하게 생겼는데, 생각보다 꽤 훌륭하군."

"……."

그 순간 하멜은 오래전에 돌아가신 어머니가 보고 싶어졌다. 진저의 예측 불허한 행동 때문에 종종 보고 싶었던 어머니가, 오랜만에 미치도록 생각났다.

어머니, 이런 낯부끄러운 상황은 어떻게 받아들여야 하는 겁니까.

하멜은 숨을 길게 들이쉬었다 내쉬었다.

하멜의 나신을 훑던 아칸의 시선이 겨우 떨어져 나갔다. 그는 앞으로 몇 걸음 걸어가 욕조에 제 몸을 담갔다. 그러고선 하멜에게 작게 손짓했다.

얼른 탕으로 들어오라는 신호였다. 하멜은 소심한 걸음으로 걸어가 탕에 제 몸을 담갔다. 욕조 속 물은 엄청나게 뜨거웠다.

"이방인."

"네, 술탄님."

아칸은 정면을 바라본 채로 하멜에게 말을 걸었다. 그들 사이로 뜨거운 김이 모락모락 피어오르고 있었다.

"나는 사실 네가 늠름하지 않았다면, 너를 제국에서 당장 쫓아낼 생각이었다."

"……."

또 늠름한 얘기로 돌아와 버린 건가.

하멜은 무슨 대답을 해야 할지 도무지 종잡을 수 없어서, 그의 다음 말을 기다렸다.

"너는 이스칸다르 제국을 잘 모르는 자이니 이 사실도 모르겠지."

"무슨 사실 말씀이십니까?"

"제국에서 그것이 얼마나 중요한 것인지. 특히나 궁에선 더욱 그렇다. 우리는 손이 꽤 귀하거든."

"⋯⋯."

아칸은 물에 담갔던 손을 들어, 하멜의 어깨를 가볍게 두드렸다.

"그러니까 자부심을 가지래도."

"그, 그러겠습니다. 자부심⋯⋯. 그래도 하나라도 술탄님께 인정을 받은 것 같아서 다행입니다."

내가 지금 무슨 소리를 하고 있는 거지.

하멜은 제가 그렇게 말하고도 심히 열없어 고개를 푹 숙였다.

"너는 재상보다도 훌륭하다."

"컥!"

연타로 치고 들어오는 아칸의 스스럼없는 말에 하멜은 사레를 컥컥 내뱉었다.

"세헤라에겐 재상의 인성이 좋다고는 말했지만, 나는 그의 늠름함으로 내 뒤를 이어 줄 장자를⋯⋯."

하멜은 끝까지 듣지 못하고 아칸의 말을 잘랐다.

"술탄님! 하, 도대체가⋯⋯."

"왜? 너희 왕국은 그렇지 않나 보지?"

"저희는⋯⋯."

하멜은 말끝을 흐리며 제 주군인 이자나를 떠올렸다.

이자나는⋯⋯ 후손 번식에 대해서 생각이나 하고 있을까.

하멜은 고개를 절레절레 내저었다. 이자나는 그런 것에 관심이 없을 게 분명했으니까. 그는 특별한 생강에 푹 빠져 있는 열렬한 사랑꾼에 불과할 뿐이었다.

그에 대한 생각이 들자, 이자나와 진저가 잘 지내고 있을지 궁금했다. 생각해 보니, 현자의 눈에 그들의 미래가 보이지 않은 지도 제법 오래된 것 같았다.

이따금 그들의 미래가 보이면 좋을 텐데. 타율적인 마법 능력은 제가 원할 때는 꼭 발현되지 않았다.

"저희는 그것을 그리 중요하게 여기지 않습니다. 결혼이란 건 사랑하는 사람과 해야 한다는 생각이 강하죠."

"그래서 이방인 네 말은, 사랑에 빠진 내 딸과 결혼을 하고 싶다는 소리인가?"

얘기가 그렇게 되는 건가?

하멜은 무슨 대답을 할까 잠깐 고민하다가 이내 긍정의 답을 내뱉었다.

"그렇습니다."

물론 세헤라와 사랑에 빠진 것은 아니었다. 하나 그녀가 재상과 결혼해야 한다는 사실이 마음에 들지 않았기에 내뱉은 하얀 거짓말이었다.

"곤란하군."

"……제가 아니어도 괜찮습니다."

"뭐?"

"저는 세헤라 님이 재상님을 제외한 다른 좋은 남자와 결혼하셨으면 하는 바람입니다."

"하지만 세헤라는 네가 아니면 안 된다고 하던데?"

"세헤라 님은 재상님과 결혼하기가 싫어서 그런 말을 했을 겁니다. 시간이 지나면 저보다도 더 좋아할 사람을 만나실 테죠."

하멜은 그렇게 말하면서도 왠지 모를 서운함을 느꼈다. 출처를 알 수 없는 아쉬움이었다.

"너는 늠름한 주제에 용기는 없군."

"제가 말입니까?"

"그래! 내 딸을 좋아하고 있다면, 네 것이 되도록 끝까지 노력해야 할 것이 아닌가. 어째서 세헤라와 다른 남자의 행복을 빌어 주느냐 말이냐. 못났군."

이 말도 어디선가 들었던 것 같은데. 아칸의 말이 낯설지 않았다. 생각해 보니 진저에게 들었던 말과 같은 맥락이었다.

타인의 행복을 빌어 주기보다는 제 행복을 찾아가라던 말.

이젠 자신의 행복을 제일 중요시하겠다고 진저에게 말했지만, 하멜은 아직도 타인의 행복을 빌어 주고 있었다.

자신의 행복만을 오로지 바라는 건, 제게 있어 너무도 먼일인 건지.

"저는 세헤라 님이 행복해지시기를 바랄 뿐입니다."

제 행복을 바라야 한다는 걸 알면서도, 하멜은 세헤라가 진정 행복하기를 바랐다. 그녀는 제 목숨을 구해 주기도 했고……

'그럼 당신이 진짜로 저랑 결혼할래요?'

그 순간 하멜의 머릿속엔 세헤라의 명랑한 목소리가 울렸다. 그녀의 뜬금없던 청혼이 왜 생각난 걸까.

"이방인."

하멜은 고개를 옆으로 비틀어 아칸을 똑바로 쳐다보았다. 이자나와 닮은 아칸의 검은 동공이 굳건해 보였다.

"이름이 하멜 브레이라고 했던가."

"그렇습니다."

"하멜 브레이, 좋다. 네게 내 딸을 욕심낼 기회를 주도록 하지."

갑작스러운 수락이 믿기지 않아, 하멜은 되물었다.

"······! 정말이십니까?"

아칸은 고개를 끄덕였다.

"나는 허투루 말하지 않는다."

"감사합······"

감사합니다, 라고 말하려던 하멜은 제 말을 끝까지 잇지 못하고 고개를 갸웃거렸다.

아니, 세헤라를 욕심낼 기회를 받은 것이 감사할 일이었던가? 감사하다고 말했다가 세헤라를 정말로 책임져야 하는 것은 아닐까.

이야기의 흐름이 이상하게 흘러가는 것처럼 느껴져, 하멜은 다른 말을 꺼냈다.

"술탄님. 제가 욕심을 낼 기회보다는 우선 세헤라 님의 결혼을 확실히 물러 주시는 게······."

하멜이 진땀을 흘리며 말하자 아칸이 게슴츠레한 눈으로 그를 노려보았다. 그의 눈동자가 서늘하게 빛났다.

"이제 와 발을 빼겠다는 걸로 들리는 건 내 착각이겠지?"

"······."

아칸은 그리 말하며 금빛 반지를 가득 낀 손을 몇 번 비틀었다.

하멜은 예감했다. 여기서 맞다고 말한다면 아칸에게 위협적인 일을 당할 것이라고.

"······아, 아닙니다."

"그래, 착각이라고 믿겠다. 네가 등장하기 전부터 세헤라는 재상과의 결혼을 물러 달라고 내게 청했었고, 나는 심각하게 고민을 하고 있었던 참이었으니까.”

“……”

“내 딸이 그렇게까지 싫다는데, 그 결혼을 강요하는 건 나도 내키지 않는다.”

“……그렇죠.”

“그리고.”

“네.”

아칸은 물에 젖은 손으로 제 머리를 쓸어 넘기며 이어 말했다.

“무엇보다도 나는 네 늠름함이 참으로 마음에 들었다.”

“……컥!”

“남자라면 자고로 늠름한 게 최고지.”

그리 말하는 아칸의 얼굴엔 희미한 미소가 띠어 있었다.

기…… 기승전 늠름함인 건가!

하멜은 어쩐지 눈앞이 노래지는 것 같아서 눈을 질끈 감았다. 세헤라의 결혼을 물러 준다는 그의 말에 기뻐해야 하는데…….

왜 이리도 수치스러운 기분이 드는 건지 모르겠는 하멜이었다.

간신히 목욕을 끝내고 방으로 돌아왔을 때, 하멜은 완전히 녹초가 되어 있었다. 몸이 녹진해진 것은 물론이요, 아칸의 말에 느꼈던 당혹스러움도 사라지지 않은 채였다.

‘늠름하다는 것에 긍지를 가져라, 이방인.’

아칸의 말이 문득 떠오르자, 하멜은 낮은 신음을 흘렸다.

맙소사. 마법사로서의 긍지도 아니고 늠름하다는 것에 대한 긍지라니. 하멜의 귓가는 목욕탕에서부터 지금까지 쭉 붉어져 있었다.

그는 지친 몸을 침대 위에 그대로 누였다. 오늘만큼은 깊은 잠을 잘 수 있을 것 같은 예감이 들었다.

그의 예상은 빗나가지 않았다. 눈을 감기 무섭게 긴 잠에 빠져들었다.

꿈조차도 꾸지 않은 잠이었다.

* * *

하멜이 다시 눈을 뜬 것은 다음 날이 밝고 나서였다.

그는 잘 떠지지 않는 눈꺼풀을 반쯤 들어 올린 채로 생각했다. 제법 오래 잔 것 같은데. 몇 시지.

하멜이 누워 있던 상의를 일으켰을 때, 그의 귓가에 파고든 쾌활한 목소리가 있었다.

"하멜, 일어났어요?"

꽤 익숙해진 여자의 목소리였다. 하멜은 놀라는 기색 없이 소리가 나는 방향으로 고개를 틀었다.

"세헤라 님, 아침부터 어쩐 일이십니까?"

침대 밑에 앉아 저를 올려다보고 있는 세헤라의 얼굴이 아주 밝아 보였다.

"아침이라뇨. 벌써 열두 시가 넘었는걸."

"……시간이 그렇게 많이 흘렀단 말입니까?"

"네. 하멜이 너무 곤히 자고 있어서 깨우지는 못하고 당신이 자고 있는 걸 구경했답니다."

"설마 제가 코를 곤 것은 아니겠죠?"

하멜이 진지하게 묻자 세헤라가 킥킥거렸다.

"에이, 설마요. 아이처럼 새근새근 자던 걸요."

"그렇다면 다행입니다만, 세헤라 님은 어쩐 일로 저를 찾아오신 겁니까?"

세헤라는 대답 대신 앉아 있던 몸을 일으켰다.

그녀는 하멜이 말리기도 전에 그의 앞에 앉아, 그를 똑바로 마주 보았다. 마주한 그녀의 얼굴은 몹시도 좋아 보였다. 어제보다 생기가 있어 보인다랄까.

좋은 일이라도 있는 걸까?

"어제 아버지와 함께 목욕을 했다고 들었어요."

"……! 그, 그걸 벌써 들으셨습니까?"

"네! 아침에 아버지에게 문안 인사를 드리러 갔는데, 아버지가 먼저 말을 꺼내시더라고요."

맙소사…… 설마 늠름하다니, 뭐니 하는 말까지 꺼낸 것은 아니 겠지?

하멜은 대낮부터 느낀 수치스러움 때문에 얼굴에 열이 오르는 것 같았다. 그는 손부채질을 하며 제 얼굴이 붉어지지 않기를 간절히 바랐다.

"그게…… 어제 술탄님께서 먼저 찾아오셔서 제게 목욕을 청했 습니다."

"네에, 네에. 들었어요. 아버지께서 목욕할 것을 권했다는 건, 당 신에게 마음을 많이 열었다는 의미예요."

하멜은 고개를 끄덕였다. 아닌 말로, 어제 맞닥뜨린 아칸은 첫날 보다 많이 유해져 있었으니까.

"목욕을 함께하는 것에 그런 의미가 있는 줄은 몰랐습니다. 혹 술탄님께서 다른 말은 하지 않으셨습니까?"

"네? 무슨 말이요?"

"그러니까 가령…… 늠, 늠…… 휴, 아닙니다."

미쳤어, 세헤라 앞에서 무슨 이야기를 꺼내려는 거야.

하멜은 고개를 푹 숙인 채로 깊은 한숨을 내쉬었다.

무언가를 말하기를 망설이는 하멜의 모습을 본 세헤라의 고개가 갸우뚱했다.

하멜과 아버지 사이에 무슨 일이라도 있었던 걸까? 오늘 아침에 아버지에게 들은 소식은 아주 기쁜 소식이었는데.

그녀는 아버지가 했던 말을 별안간 떠올렸다.

'세헤라, 재상과의 결혼을 물러 주겠다.'

몇 날 며칠을 졸라도 물러 주지 않았던 결혼을 드디어 물러 주다 니! 해가 서쪽에서 뜨기라도 할 참인지.

아버지의 난데없는 변덕이 참으로 의아했지만, 의아함보다도 결 혼이 취소되었다는 기쁨이 훨씬 더 컸다.

세헤라는 아버지에게 고마움을 연신 표현했다. 아버지가 그 말을 꺼낸 건 그때였다.

'어젯밤에 하멜 브레이와 목욕을 했다. 나는 이방인의 늠름함이 마음에 들었다.'

늠름함?

그 단어를 듣자마자 세헤라가 떠올린 것은 시장에서 본 하멜의 듬직한 모습이었다.

하멜은 그녀를 제 등 뒤에 숨기며 앞장서서 사건을 해결해 주었다. 그때 얼마나 듬직했던가.

아버지도 그의 듬직함을 알아보신 걸까? 아버지도 드디어 하멜을 마음에 들어 한 걸까?

하멜 브레라는 이름을 내뱉으며 희미한 미소를 짓던 아버지의 얼굴이 잊히지 않았다.

아버지를 만나고 난 후 세헤라는 바로 하멜을 찾아왔다. 재상과의 결혼이 취소되었다는 기쁜 소식을 하멜과 처음으로 나누고 싶었기 때문이다.

하지만 잠든 하멜이 한참이나 일어나지 않아 그가 깨어나기만을 기다린 그녀였다.

"아! 다른 말이요? 방금 뭔가가 생각난 것 같아요."

오늘 아침에 있었던 일을 줄지어 생각하던 세헤라는 아버지의 마지막 말을 떠올렸다.

그녀의 검은 눈동자엔 이채가 감돌고 있었다.

"그것이 무엇입니까?"

하멜은 숙이고 있던 고개를 들며, 세헤라의 대답을 기다렸다.

"아버지가 당신의 늠름함이 마음에 든다고 했어요!"

"컥!"

늠, 늠름함⋯⋯! 그걸 세헤라에게도 말해 버린 건가? 세헤라의 얼굴을 어떻게 봐야 하는 거지?

세헤라의 입에서 늠름함이란 단어가 내뱉어지기 무섭게 하멜의 얼굴이 홍당무가 되었다. 손부채질로는 수습할 수 없을 정도였다.

"어라, 하멜? 갑자기 왜 그래요? 당신은 늠름한 게 마음에 들지 않는 거예요?"

"마, 마음에 들지 않는 것은 아닙니다만……."

아니, 내가 지금 무슨 대답을 한 거지?

하멜은 다른 말을 하려고 했지만, 이어서 말하지 못했다. 제 손을 잡은 세헤라 때문이었다.

"그럼 뭐가 문제예요! 사실 늠름한 게 중요한 게 아니라, 더 중요한 사실이 있단 말이에요!"

"네?"

"아버지께서 재상과의 결혼을 취소해 주신다고 하셨어요!"

"아! 정말 축하드립니다, 세헤라 님."

"어라? 반응이 왜 이렇게 미적지근해요? 처음 듣는 게 아닌 것 같아."

하멜은 어제 아칸과 했던 대화를 숨길 이유가 없었기에 고개를 작게 끄덕였다.

"어제 술탄님과 목욕할 때, 술탄님께서 당신의 결혼을 물러 주겠다고 말씀하셨습니다."

"정말요? 역시, 결혼을 물러 주신다고 한 것은 하멜 당신의 덕이 큰가 봐요."

"그렇지 않습니다. 술탄님께서는 세헤라 님이 싫어하는 것을 계속해서 강행하기가 망설여지셨다고 하셨습니다."

"어머, 그러셨단 말이에요? 하지만 어찌 되었든 당신이 오고 나서 해결된 일이니까!"

세헤라는 거기까지 말하고선 맞잡은 하멜의 손을 위아래로 흔들었다. 그녀의 얼굴엔 환한 미소가 띠어져 있었다.

"하멜. 고마워요."

하멜은 즐거워하는 세헤라의 얼굴을 가만히 응시했다.

참으로 예쁘다고, 새삼 생각했다. 왕국에선 볼 수 없는 이국적인 아름다움이라고 해야 할까.

시간이 조금 더 흐르면 더욱 아름다워지겠지. 그녀의 미래를 보지 않아도 확신할 수 있는 사실이었다.

미래엔 저보다 더 멋있고, 잘생긴 남자와 사랑에 빠져 있지는 않을까.

그녀의 미래가 보였으면 하는 바람이 불현듯이 들었다. 힘겹게 결혼을 취소시켜 주었는데, 추후에 누구와 결혼하게 될지 궁금했다.

하지만 늘 그렇듯 타율적인 능력은 제가 궁금해하는 것을 보여 주지 않았다.

거기까지 생각했을 때 하멜은 문득 궁금해졌다. 자신도 결혼이란 걸 할 수 있을까, 하는 의문이었다.

진저가 아닌 다른 사람을 사랑할 수 있을까.

모르겠다……. 라는 게 하멜이 내린 솔직한 답이었다.

"무슨 생각을 해요? 얼굴이 좋지 않아졌어요."

하멜은 고개를 내저었다.

"아무것도 아닙니다. 쓸데없는 생각이 잠깐 들어서."

"이런 기쁜 상황에서 다른 생각이라뇨. 너무요."

"죄송합니다. 결혼이 취소되신 건 진심으로 축하드립니다."

하멜은 애써 미소를 지었다. 사랑과 결혼에 대한 생각으로 얼굴에 드리웠던 열기가 사그라진 것 같았다.

세헤라의 얼굴이 흐릿하게 보인 것은 그때였다.

하멜은 눈가를 찌푸렸다. 곧이어 하멜의 시야가 완전히 까매지기에 이르렀다.

갑작스러운 일에도 하멜은 당황하지 않았다. 그는 그저 눈을 감았을 뿐이다. 왜냐하면, 그것은 그에게 익숙한 현상이었기 때문이다.

타인의 미래나 과거를 볼 수 있는 현자의 눈이 실현될 때 일어나는 일이었다.

이내 그의 시야가 다시 밝아지기 시작했다. 밝아진 시야 사이로 보인 것은 왕국의 정원이었다.

기다란 버드나무의 잎이 정처 없이 흔들리는 그 정원. 바로 이자나의 정원이었다.

미래가 보이려는 것일까, 과거가 보이려는 것일까.

하멜의 눈앞엔 곧 익숙한 두 사람이 보였다. 손을 꼭 잡고 정원을 거니는 두 사람. 진저와 이자나였다.

무슨 이야기를 하는 것인지, 두 사람의 얼굴엔 미소가 가시지 않았다. 간혹 진저가 인상을 조금 구기며 툴툴거리기도 했지만, 그녀의 불만은 오래가지 않았다.

그들의 다정한 모습을 보고선, 하멜은 추측했다. 제가 보고 있는 게 지금과 가까운 미래이거나 지금과 가까운 과거인 것 같다고.

그 순간 진저의 목소리가 나지막이 들려왔다.

'폐하! 너무해요!'

아무래도 이자나가 진저를 놀렸음이 틀림없다고, 하멜은 생각했다.

'뭐가? 내가 뭘 잘못했는데?'

이자나가 잘못한 것이 없다는 것처럼 말하자, 뿔이 난 것은 진저였다.

'저는 진지하게 말하고 있는데, 폐하께서는 진지하게 받아들여

주시지 않으니까.'

'내가 언제 진지하지 않다고 했어?'

'……네?'

'내가 진지하고 안 하고를 왜 네 마음대로 결정하는 건데?'

'…….'

이자나의 말에 진저가 고개를 숙였고, 그사이 이자나가 진저의 앞에 똑바로 섰다. 이자나는 손을 뻗어 숙이고 있던 진저의 얼굴을 들어 올렸다.

'……할까?'

이자나의 마지막 말까지 어렴풋이 들었을 때, 정경이 일그러지기 시작했다. 정원, 버드나무, 이자나와 진저…… 모든 것이 삽시간 사라졌다.

하멜은 감았던 눈을 떴다. 그러자 다시금 세헤라가 보였다. 현실로 돌아온 것이다.

"하아…….."

하멜은 숨을 낮게 토해 냈다.

"하멜! 괜찮은 거예요? 갑자기 눈을 감고, 인상을 찌푸려서 얼마나 놀랐는지 몰라요!"

"괜찮습니다. 잠깐 어지러워서 그랬습니다."

하멜은 숨을 길게 들이쉬며 이자나의 마지막 말을 떠올렸다.

'결혼할까?'

그 말은 하멜을 구슬프게 만들었다.

진저와 이자나의 결혼이라. 예상하지 못했던 것은 아니나 받아들이는 일이 제법 버거웠다.

세헤라는 그런 그를 빤히 바라보고 있었다. 그가 내비치는 구슬픈 기색이 낯설지 않게 느껴졌다.

하멜은 이따금 무언가를 생각하며, 곧 울 것 같은 얼굴을 했으니까.

세헤라는 그의 뺨에 제 손을 올려놓았다.

"세헤라 님……?"

"지금…… 다른 여자를 생각했죠?"

"…….."

다른 여자라는 말에 하멜의 잿빛 눈동자가 눈에 띄게 흔들렸다.

동요하는 빛을 숨기지 못하는 하멜을 보며 세헤라는 직감했다. 역시나 여자와 관련된 게 틀림없다고.

"……좋아했던 여자를 생각했어요?"

세헤라의 물음에 하멜은 대답하지 못했다.

그녀의 말대로 진저는 좋아했던 여자이기도 했고, 지금까지 좋아하고 있는 여자이기도 하니까.

"……그런가 보네요."

세헤라는 그의 침묵을 긍정으로 받아들였다.

"죄송합니다."

그녀는 하멜의 뺨에 닿아 있던 손을 물리며 씁쓸하게 대답했다.

"하멜이 죄송해할 필요는 없죠."

당신에게 좋아하는 여자가 있었던 것은 나와는 아무런 상관이 없는 일인데. 그런 건데……. 서운한 마음이 드는 것은 왜일까.

세헤라는 자신의 속마음을 털어놓지는 못하고 다른 말을 꺼냈다.

"그 여자는 어땠어요? 저보다 예뻤어요?"

세헤라의 질문에 하멜은 잠깐 동안 말을 잃었다. 하나 그는 체념

한 듯이 멋쩍은 미소를 지었다.

"그분은 밝고 아름답고, 생강 같으신 분입니다."

"생강? 하멜이 좋아하는 그 생강 말이에요?"

"그렇습니다."

그 여자가 생강 같아서 생강을 좋아하는 건가? 생강 같은 거는 도대체 어떤 걸까?

세헤라는 의문스러웠다.

"……나는요?"

"네?"

"나는 생강처럼 아름답지 않아요?"

"그건 도대체 무슨 말입니까?"

하멜은 난색을 표했다. 생강처럼 아름답지 않느냐니. 그런 해괴한 질문이 또 어디에 있을까 싶었다.

하지만 장난으로 물은 게 아니었던지, 저를 바라보는 세헤라의 눈빛이 진지했다.

그럼에도 하멜은 대답하지 못했다. 생강처럼 아름다운 이는 진저 하나뿐이라서 그런 듯싶었다.

"피…… 나도 제국에선 알아주는 미모인데."

볼멘소리를 내는 세헤라를 보자니 하멜의 기분이 썩 좋지 않았다. 하멜은 결국 그녀가 원하는 대답을 해 주었다.

비록 생강처럼 아름답지는 않지만…….

"당신은 충분히 아름답습니다."

진심이었다. 조금 전에도 그녀가 아름답다고 생각했으니까.

"마지못해 한 대답이죠?"

하지만 그의 진심이 세헤라에게는 닿지 않았던 것인지, 그녀는 고개를 푹 숙였다.

하멜은 가만히 손을 뻗었다. 그는 그녀의 턱 끝을 부드럽게 쥐어 잡아, 그녀의 고개를 들어 올렸다.

"마지못해서 하는 말이 아니라 진심이었습니다."

그는 그렇게 말하며 슬그머니 미소를 지었다. 거짓 없는 진실 된 미소였다.

"……."

그의 미소를 직면한 세헤라는 심장이 나락에 쿵 떨어지는 듯한 기분을 느꼈다.

생강처럼 생긴 것이 어떤 것인지, 아름답다는 말을 왜 단번에 말해 주지 않는 건지…… 그런 생각들을 모두 날려 버리는 미소였다.

세헤라의 머릿속은 이내 백지장이 되었다.

하멜의 웃는 얼굴과 그가 내뱉은 아름답다는 말이 하얗게 물든 그녀의 머릿속을 가득 채우기 시작했다.

귓가엔 영문을 알 수 없는 종소리가 울리는 것 같았고, 얼굴은 몹시도 뜨거워졌다.

사랑. 이 느낌이 바로 사랑을 뜻하는 게 아닐까?

"세헤라 님?"

세헤라는 그 부름에 응하듯 그의 이름을 나지막이 불렀다.

"하멜 브레이……."

"네."

"당신에게는 사람을 홀리는 재주가 있는 것 같아요."

"하하, 사람을 홀리는 재주라니요. 제겐 그런 능력이 전혀 없습니다."

하멜은 세헤라의 턱 끝에 닿아 있던 제 손을 거두려고 했다. 하지만 도망가려던 그의 손을 세헤라가 낚아채 버렸다. 그녀는 무언가를 결심한 듯한 눈으로 하멜을 쳐다보았다.

"내가 홀렸다고요. 내가…… 내가 당신에게 홀려서 좋아하게 된 것 같아요."

"……"

"사막에서 당신을 주웠을 때부터 당신에게 호감을 느꼈어요. 그래서 당신이 제국을 떠나지 않게, 신랑이 되어 달라는 부탁도 했고요."

세헤라는 그동안 하멜에게 느꼈던 감정을 솔직하게 털어놓기 시작했다. 어디서 이런 용기가 났는지 모르겠다.

"그런데…… 당신과 시간을 보내면 보낼수록 당신이 점점 더 좋아지는 거 있죠."

"세헤라 님."

"그냥 하는 말이 아니에요!"

"……"

"저도 이런 설렘은 처음이라고요. 믿지 못하겠다면 제 심장이 두근거리는 소리를 들어 볼래요?"

그녀의 심장은 정말로 거세게 달음박질치고 있었다. 어쩌면 처음 하는 고백이어서 심장이 더욱 떨리는 것일지도 모르겠다.

세헤라에겐 엄한 아버지의 눈을 피해 여러 남자를 만난 이력이 존재했다. 그러나 제가 나서서 먼저 고백한 것은 처음이었다.

"……아닙니다. 세헤라 님의 말을 의심하지 않습니다."

당신의 말을 의심하는 게 아니라, 내가 타인에게 그런 감정을 느끼게 해 줬다는 사실이 믿기지 않아서……

아무도 자신을 좋아하지 않을 거라고 생각했다. 저주가 풀렸어도 자신을 사랑해 줄 사람은 없을 거라고, 하멜은 믿어 왔다.

하지만 세헤라는 제가 좋단다. 심지어 제게 사람을 홀리는 재주가 있단다. 그녀의 고백을 믿어도 될까? 함께한 시간이라곤 고작 며칠뿐인데.

"세헤라 님은 정말로…… 저를 좋아하시는 겁니까?"

하멜은 그녀의 고백을 한 번 더 듣고 싶었다. 세헤라는 고민 없이 대답했다.

"네, 좋아해요. 당신이 진짜로 제 신랑이 되어 줬으면 할 정도로."

어쩌면 사막에서 그를 발견한 것부터가 운명이었을지도 모른다. 운명. 세헤라는 성스러운 그 단어를 되뇌며 몸을 부르르 떨었다.

자신은 하멜을 운명이라 생각하고 있는데, 그는 저를 어떻게 생각할까?

제 감정에 못 이겨서 얼떨결에 고백을 했지만, 이제 와 생각해 보니 그가 무슨 대답을 할지 여간 불안한 게 아니었다. 좋아하는 여자가 왕국에 있으니 제 마음을 거절하는 게 아닐까.

하지만 하멜에게서 돌아온 대답은 세헤라가 예상했던 거절이 아니었다.

그의 대답은 눈물이었다.

먹구름을 닮은 그의 잿빛 눈동자에 투명한 눈물이 맺히기 시작했다. 이윽고 한 줄기의 뜨거운 눈물이 그의 뺨을 타고 흘러내렸다.

그는 흐르는 눈물을 닦아 내지 않았다. 마치 제가 눈물을 흘리고 있다는 사실을 인지하지 못한 것처럼.

가련하게 눈물을 흘리는 하멜의 모습이 지나치게 섹시해 보이기도 했다.

나른한 섹시미. 우는 남자는 질색인데, 하멜의 울음은 묘하게 색기가 있었다.

"왜 울어요."

세헤라의 말에 하멜은 그제야 제 눈가를 소매로 닦아 냈다.

"누군가가 저를 좋아하고 있다는 게 믿기지가 않아서……."

저주가 풀렸다는 게 진짜로 실감이 되어서. 나도 이제 누군가의 사랑을 받을 수 있다는 사실이 실감 되어서. 그래서 눈물이 났다.

누가 울보 하멜 아니랄까 봐, 이젠 타국에 와서도 눈물을 흘리는 지경이라니.

하멜은 킁, 소리 나게 제 코를 먹었다.

"감사합니다, 세헤라 님. 저를 좋아해 주셔서 너무 감사합니다."

세헤라는 제 고백에 감동받은 하멜의 반응이 얼떨떨하기도 했고, 좋기도 했다. 거절은커녕 큰 감동을 느꼈으니 제게도 승산이 있는 게 아닐까 해서.

"하멜. 그렇게 감사하다면…… 우리 결혼할래요?"

하멜은 제 눈가를 닦던 것을 멈추고 어이가 없는 눈으로 세헤라를 응시했다.

그녀의 아버지는 기승전 늠름함이더니, 세헤라는 기승전 결혼인 걸까? 부녀가 닮아도 이렇게 닮을 수가.

"대답 안 하실 거예요?"

하멜은 어색하게 웃었다. 그녀가 저를 좋아하는 것에 큰 감동을 느꼈지만, 진짜 결혼이라는 건 갑작스러워서.

그는 조만간 왕국으로 다시 돌아가야겠다고 생각했다.

누군가를 홀로 좋아하는, 짝사랑하는 마음이 어떤 것인지 그 누구보다도 잘 아는 그였다. 하멜은 세헤라의 마음이 커지기 전에 제가 사라지는 게 좋겠다고 여겼다.

하나 돌아간다고 생각하자 아쉬운 마음이 드는 것은 왜일까. 제 마음은 세헤라를 어떻게 생각하고 있는 걸까.

진저를 닮아 호감을 느끼는 것인지, 세헤라라는 여자 자체가 좋은 것인지 잘 모르겠다.

하멜은 그녀에 대한 마음을 쉽사리 정의 내리지 못하고 있었다.

* * *

하멜은 결혼하자던 세헤라를 겨우겨우 달래서 내보냈다.

이윽고 혼자가 된 그는, 몇 없는 짐을 꾸리기 시작했다. 왕국에서 챙겨 왔던 짐 가방은 모래 늪에서 잃어버린 터였다. 그래서 지금 그가 짐을 넣는 가방은 일전에 시장에서 산 것이었다.

챙길 것은 몇 없었다. 시장에서 샀던 이자나와 진저의 선물, 그리고 세헤라가 준 생강뿐이었으니까.

그 많은 생강을 어떻게 들고 갈까 싶다가도, 하멜은 득의양양한 미소를 지은 채로 생강이 든 소쿠리를 손끝으로 쓸었다. 그러자 그의 손끝에 작은 파문이 생기며 소쿠리가 사라져 버렸다.

마법으로 왕국에 있는 제집까지 보낸 것이다. 하멜은 그런 식으로 자신의 짐 가방마저도 제집에 미리 보내 버렸다.

진저와 이자나에게 다음엔 맛있는 차를 준비해 놓겠다고 말했지만…… . 아무래도 당분간은 또다시 생강차로 연명해야 할 것만 같았다.

두 사람에게 차를 대접하는 일을 당분간 만들어서는 안 되겠다고 생각했다.

떠날 준비는 모두 끝났으나, 왠지 모르게 마음이 편하지 않았다. 세헤라 때문이었다.

제게 고백한 그녀가 신경 쓰이기도 했고, 제가 왕국으로 돌아간 후 아칸이 그녀의 결혼식을 다시 강행하는 것은 아닐까 싶기도 해서.

"골치 아프군."

그렇기에 애초부터 그녀의 부탁을 들어주지 않으려고 했건만.

아칸을 만나 솔직하게 사실을 털어놓은 다음, 제국을 떠나는 게 가장 좋은 방법이 아닐까 싶었다.

그렇게 결정한 하멜은 아칸을 만나기 위해 방을 나섰다.

어느 시녀의 도움으로 아칸의 방까지 걸어간 하멜은 심호흡을 길게 내뱉었다. 제가 온 사실을 아칸에게 알리자, 들어오라는 그의 매서운 음성이 들렸다.

하멜은 아칸의 방으로 들어갔다. 그러자 양탄자 위에 거만하게 앉아 있는 그가 보였다.

아칸은 혼자가 아니었다. 그의 옆에는…… .

"세헤라 님?"

음흉한 미소를 짓고 있는 세헤라가 앉아 있었다. 하멜이 안으로 들어서기 무섭게 두 사람은 하던 대화를 멈추었다.

돌연히 드리운 침묵 속에서 하멜은 불안함을 느꼈다. 세헤라를 만난 후 몇 번이나 느꼈던, 결국 틀리지 않았던 그 불안함이었다.

정적을 가로지른 이는 아칸이었다.

"마침 너를 불러오려던 참이었는데 딱 맞추어서 왔군."

"네. 저도 때마침 술탄님께 할 말이 있던 참이었습니다."

그리 말한 하멜은 세헤라를 넌지시 쳐다보았다.

평소였으면 오두방정을 떨며 저를 반겼을 그녀가 웬일로 잠잠했다. 그녀는 도리어 자신의 시선을 피하기도 했다.

……이거 수상한 냄새가 나는군. 세헤라가 무슨 짓을 저지른 걸까.

하멜은 세헤라를 계속해서 바라보았지만, 그녀의 시선이 그에게 다시 닿는 일은 없었다.

"하멜 브레이, 이리 가까이 와서 앉거라."

아칸은 하멜에게 손짓을 하며 제 앞에 앉기를 권했다.

하멜은 쭈뼛거리는 걸음으로 아칸의 앞에 무릎을 꿇고 앉았다. 그제야 세헤라가 제게 인사를 건네었다.

"하멜, 여기서 또 보네요."

하멜은 세헤라에게 여긴 왜 있느냐고 묻고 싶었으나, 아칸의 무뚝뚝한 목소리에 말할 타이밍을 놓쳐 버렸다.

"세헤라에게 대충 들었다."

"……네?"

들었다니? 무엇을?

일의 전말을 들은 것도 아니었건만, 하멜은 벌써부터 머리가 아파 왔다. 방 안에 들어서며 느꼈던 불안함은 거짓이 아니었나 보다.

"자네가 내 딸을 왕국으로 데려가고 싶다고 했다지?"

"컥! ……네?! 제, 제가 말입니까?"

하멜은 당황한 시선으로 세헤라를 쳐다보았다. 그러자 세헤라가 사람 좋아 보이는 미소를 지었다. 웃는 얼굴에 침을 뱉을 거냐는 것처럼.

하멜은 웃고 있는 그녀가 아주 얄밉게 느껴졌다. 당신, 도대체 무슨 말을 한 겁니까…….

"그래, 이방인. 아니, 하멜 브레이. 네가 세헤라에게 왕국을 구경 시켜 주겠다고 한 걸 전해 들었다."

"……."

하멜은 헛웃음을 흘렸다. 제가 떠날 것임을 대강 눈치챈 세헤라 가 앞서서 일을 저지른 게 틀림없었다.

그는 그녀에게 된통 당한 기분이 들다가도, 그녀가 무슨 생각으 로 말도 안 되는 거짓말을 한 것인지 이해가 되었다.

'네, 좋아해요. 당신이 진짜로 제 신랑이 되어 줬으면 할 정도로.'

저를 좋아했기에 그런 거짓말을 한 게 아닐까. 제 곁에서 떨어지 고 싶지 않아서.

그렇게 생각하자 하멜의 마음이 묘하게 애잔해졌다.

아칸의 말은 이어졌다.

"하지만 나는 고민이 돼."

"……."

"세헤라는 제국 밖으로 한 번도 나가 보지 않았고, 더군다나 낯 선 남자에게 내 딸을 맡겨도 되는지 주저돼서."

하멜은 그의 말을 잠자코 들었다. 이러한 대화의 방향이라면, 아 칸이 세헤라를 말려 줄지도 몰랐다. 그렇게 된다면 얼마나 좋을까.

그러나 아칸의 말은 거기서 끝나지 않았다. 그는 커다란 손을 뻗 어, 하멜의 어깨를 몇 번 두드렸다. 격려인 듯 아닌 듯한 그 손짓에 하멜은 왠지 모를 위협을 느꼈다.

"그런데 말이다. 나는 네가 내 말을 허투루 듣지 않았다는 점에 큰 감명을 받았다."

"네? 제가…… 언제……?"

"목욕탕에서 내가 그렇게 말했지 않느냐. 내 딸을 욕심낼 기회를 준다고."

아칸은 하멜의 어깨를 꽉 잡은 채로 마저 말했다.

"이방인 주제에 꽤 당찬 욕심을 부렸더군."

"아. 그, 그건 제 욕심이 아니라……."

"그 욕심, 훌륭하다."

"……."

"허허! 나 원, 듣자 하니 제국을 떠나는 걸 두려워한 세헤라에게 지켜 주겠다는 말도 해 주었다지? 녀석, 보면 볼수록 늠름한 구석이 있는 것 같군."

"……!"

안 돼. 이런 전개는 옳지 않다고.

하멜은 울상이 되었다. 세헤라를 왕국으로 데려가는 건 생각지도 못한 일이었다.

함께하는 시간이 길어질수록 세헤라가 괴로워지지 않을까 염려가 되기도 했다.

좋아하는 사람을 바라만 보는 게 얼마나 괴로운 일인지 누구보다도 잘 알고 있으니까. 그렇기에 얼른 떠나고자 했던 것인데…….

세헤라는 일을 왜 복잡하게 만든 것일까.

하멜은 수습할 수 없을 정도로 일이 더 커지기 전에 사실을 털어

놓아야겠다고 생각했다. 사랑에 빠졌다는 것은 거짓말이었고, 자신은 이제 왕국으로 돌아가야 한다고.

"술탄님. 저희 사이에 오해가 조금 있는 것 같습니다."

"……오해?"

"네, 제가 술탄님을 찾아온 것은 내일 제국을 떠난다는 말씀을 드리기 위해서입니다."

"그래, 세헤라와 함께 떠나고 싶어서 내게 허락을 받으러 온 것이 아닌가."

"저…… 그것이, 그게 아니라…….

"아니라……?"

부정을 뜻하는 말에 아칸의 얼굴이 삽시간에 굳어졌다. 그는 하멜의 어깨를 좀 더 꽉 누르며 말했다.

"설마 내 딸아이의 마음을 흔들어 놓고선 혼자 왕국으로 돌아가겠다는 말을 하려는 건 아니겠지?"

"…….

우와, 완전 정확하신데요.

하멜은 저도 모르게 그렇게 말할 뻔했다.

칼날처럼 날카로운 아칸의 시선이 제게서 떨어질 생각을 하지 않고 있었다. 그래서인지 왕국으로 혼자 돌아가겠다는 말이 입에서 잘 떨어지지 않았다.

그런 말을 했다간 아칸의 검에 제 목이 정말로 베일 것 같았으니까. 마법으로 어찌해 볼 틈도 없이.

"하멜 브레이, 왜 대답하지 않는 거지?"

기다리다 못한 아칸이 그를 채근했다.

"저는……."

"아버지, 죄송해요……. 사실은 제가 거짓말을 했어요……. 흐윽."

하멜은 소리가 나는 방향으로 시선을 비틀었다.

그곳엔 가련한 얼굴로 눈물을 떨구고 있는 세헤라가 있었다. 그녀는 눈물범벅이 된 얼굴로 계속해서 말했다.

"하멜과 함께 왕국에 가고 싶은데, 이렇게 하지 않으면 그가 저를 데려가 줄 것 같지 않아서……."

"……."

"하멜은 제국으로 다시 돌아오겠다고 했지만, 저는 그를 기다릴 수 없어요."

세헤라는 눈물에 젖은 눈으로 하멜을 똑바로 쳐다보았다.

"그를 사랑하니까요."

하멜은 애꿎은 아랫입술을 짓이겼다.

"하멜에게 거절당할까 봐 같이 가자는 소리도 못 하고, 아버지께 거짓말을 해 버렸어요. 이렇게 하면…… 하멜이 저를 데려가 주지 않을까 해서…… 흐윽."

하멜은 생각했다.

내가…… 제국에 다시 돌아오겠다는 말을 했던가?

세헤라의 발언에 긴가민가하면서도, 하멜의 마음은 거듭 애잔해져만 갔다. 그녀의 눈물을 닦아 주고 싶다는 바람마저도 들었다면.

"세헤라! 그런 거짓말을 하다니! 내가 너를 잘못 가르친 것 같구나."

아칸은 하멜의 어깨를 잡고 있던 손을 물렸다. 그러고선 세헤라의 뺨을 때릴 듯이 제 손을 높게 쳐들었다.

"술탄님! 진정을 하십시오. 세헤라 님께서 울지 않습니까."

"네놈도 잘한 것이 없다! 네가 믿음을 얼마나 주지 못했으면 내 딸이 거짓말을 하느냐 말이냐. 세헤라가 얼마나 고민을 했으면……!"

아칸은 계속해서 세헤라를 야단쳤고, 그러면 그럴수록 세헤라의 울음소리는 커져 갔다. 일이 참으로 이상하게 돌아간다는 느낌을 지울 수가 없었다.

하나 이러한 상황 속에서도 한 가지 확실한 것이 있었다. 제가 세헤라를 왕국으로 데려가겠다는 말을 한다면, 이 상황이 일단락되리라는 사실이었다.

"……사실 저도 세헤라 님과 함께 왕국으로 돌아가고 싶었습니다."

하멜은 느릿하게 말을 꺼냈다.

이리 말하는 게 옳은 것인지 잘 모르겠지만, 계속해서 우는 세헤라가 너무도 신경 쓰였다.

그는 그녀의 울음이 그쳤으면 했다. 그것은 진심이었다.

"하지만 저는 이스칸다르 제국에 여행차 잠깐 온 것이고, 왕국에 일도 있기 때문에 왕국으로 꼭 돌아가야 합니다."

"……그래?"

"돌아가는 길이 험난하여 세헤라 님이 따라가시기에 힘들지 않을까 하는 생각이 들어서, 함께 가자는 말을 망설이고 있었습니다."

"하멜! 저는 전혀 힘들지 않아요! 사막은 내 손바닥 안인걸!"

"……세헤라 님?"

당신, 조금 전까지 서럽게 울던 거 아니었습니까?

함께 가자는 말이 떨어지기 무섭게 왜 저리도 밝게 대답하는 것인지.

"아버지, 들으셨죠? 알고 보니 하멜은 저를 생각해서 그런 거였네요!"

"흠."

"저를 제국에 내팽개치고 싶어서가 아니었어요. 하하, 그럼 제가 왕국에 따라가는 걸 허락하시는 거죠?"

"……여전히 마음에 들지 않지만, 허락은 하지. 어차피 허락을 하려고 마음먹었던 참이었으니. 하지만 제국으로 금방 돌아와야 한단다."

"그럼요! 왕국을 천천히 구경하고 올게요."

"늦게 돌아오겠다는 소리로 들리는구나."

"그것은 아버지의 착각입니다."

부녀의 대화가 빠르게 오갔다. 일이 너무도 빠르게 수습된 것처럼 느껴진다면……. 그것은 자신의 착각이었을까?

하멜은 이제 어찌해야 하면 좋을까, 하는 생각이 들었다.

왠지 눈앞이 깜깜해지는 것만 같았다.

* * *

아칸은 하멜을 물리었다. 하멜이 방을 완전히 나가자 아칸은 끙, 소리를 내며 긴 한숨을 쉬었다.

"세헤라, 이 고얀 것."

"헤헤, 모두 다 아버지 덕이에요."

세헤라는 개구쟁이 같은 얼굴로 아칸에게 한쪽 눈을 가볍게 찡긋했다.

"못난 것, 아비에게 그런 연기를 시키다니."

"하지만 그렇게 하지 않았다면, 하멜은 저를 놔두고 왕국으로 떠나 버렸을 거예요."

아칸은 제가 아까 했던 일을 떠올리며 또다시 한숨을 내뱉었다. 하멜이 찾아오기 전, 저를 찾아온 세헤라는 제게 연기를 해 줄 것을 부탁했다.

하멜이 왕국으로 돌아갈 것 같은데 자기도 함께 가고 싶으니, 그가 저를 데려갈 수밖에 없는 상황을 만들어 달라는 부탁이었다.

세헤라를 놔두고 제 나라로 돌아간다는 이방인의 태도가 썩 좋아 보이지는 않았다. 더해, 아칸이 지켜본 결과 하멜이 세헤라를 사랑하는 것처럼 보이지도 않았다.

호감 정도만 있어 보인다고 해야 할까. 열렬한 사랑에 빠진 쪽은 제 딸뿐이랄까.

재상과의 결혼을 피하기 위해 세헤라가 하멜을 이용한 것 같은데. 아칸은 그리 유추했지만 세헤라에게 일의 전말을 묻지는 않았다.

시장에서 있었던 일을 들은 후 아칸도 재상이 꺼려졌고, 세헤라가 이방인을 그렇게 좋아한다는데, 더 어떻게 말릴까 싶어서였다.

물론 하멜의 늠름함도 꽤 마음에 든 참이었다.

"그렇게 그 녀석이 좋은 거냐?"

"그럼요! 그에게서 운명을 느꼈어요. 지금 놓치면 평생 후회할 것 같은 기분이에요."

"어쩐지 서운하구나."

"에이, 그래도 저는 아버지를 제일 좋아하는 걸요! 섭섭해하지 마세요, 술탄님."

세헤라가 아칸의 목에 팔을 두르며 엉겨 붙자, 그는 결국 슬그머니 미소를 지었다.

이 철없는 여식을 어찌할까. 이런 녀석을 왕국에 보내도 괜찮은 걸까.

하지만 제가 말린다면, 세혜라는 무슨 수를 써서라도 이방인을 따라갈 것임이 분명했다. 그녀는 항상 그런 식이었으니까.

오히려 하멜에게 책임감을 가지게 하는 게 더 나은 일일지도. 아칸은 진지하게 고개를 끄덕였다.

＊　＊　＊

"저기…… 하멜, 또 화난 거예요?"

세혜라는 말 없는 하멜에게 조심스럽게 물었다.

"또라뇨? 제가 언제 화를 냈단 말입니까?"

하멜은 퉁명스럽게 대답했다.

세혜라는 제가 내어 준 방을 괜히 서성거리는 하멜을 쳐다보았다. 그의 얼굴은 명백히 화가 난 얼굴이었다.

물론 하멜이 화가 난 것이 이해가 되지 않은 건 아니었다. 다만, 너무도 심하게 화를 내고 있는 것 같다고 해야 할까.

"나는 화난 게 없는 줄 알아요?"

하멜은 세혜라를 가만히 내려다보았다.

"공주님께서 화난 이유는 무엇입니까?"

"내가 고백까지 했는데 하멜은 나를 버리고 왕국으로 돌아갈 생각만 하고 있었잖아요. 그곳으로 돌아가면 제국에는 영영 오지 않을 생각이죠?"

"세헤라 님. 아까도 말씀드렸다시피 저는 제국에 휴가차 방문한 것입니다. 왕국으로 돌아가는 건 어쩔 수 없는 일이란 말입니다."

"그럼 제 고백은요? 나는 어떡해요."

"당신의 고백은⋯⋯."

하멜은 세헤라의 어깨 위에 두 손을 올려놓고선 고개를 조금 숙였다. 그러고선 타이르듯이 말했다.

"⋯⋯정말로 고맙게 생각하고 있습니다. 당신의 고백을 평생 잊지 않겠습니다."

"하멜⋯⋯."

"하지만 세헤라 님은 저보다 훨씬 더 좋은 남자를 만날 수 있으실 것입니다. 저는 그저 한낱 이방인일 뿐인 걸요."

"만날 수 없다면요? 나중에 생각해도 당신이 제일 좋았던 남자라면요?"

고작 눈을 맞춘 것에도 이토록 가슴이 떨리는데. 어떻게 당신보다 더 좋은 사람을 만날 수 있을까?

"나를 정말로 좋아하지 않는 거예요?"

"⋯⋯저는 아직 다른 누군가를 좋아할 마음의 준비가 되지 않았습니다."

알아. 당신이 생강 같은 여자를 좋아하고 있다는 거, 나도 알고 있다고.

세헤라는 그 사실에 슬픈 표정을 짓기는커녕 패기 넘치게 선언했다.

"좋아요, 그럼 이제부터 다른 누군가를 좋아할 마음의 준비를 해 보도록 해요."

"네?"

"하멜 브레이. 당신이 나를 좋아할 마음의 준비를 해 보자고요. 물론 왕국에 함께 가면서 말이에요."

호기롭게 제 포부를 밝히는 세혜라를 보며 하멜은 정말 두 손, 두 발을 다 들었다.

하멜은 어쩔 수 없다는 듯이 허탈하게 미소를 지었다. 아무리 설득해도 먹히지 않을 것 같으니.

"……알겠습니다, 세혜라 님."

이 말괄량이 공주와 왕국에 무사히 돌아갈 수 있을까.

고난의 길이 펼쳐질 것 같은 예감이 들었다.

외전 2
진저자나 후일담

진저자나 후일담

"이자나 폐하! 자, 이제 알아맞혀 보세요."

나는 책상 위에 팔을 올려 턱을 괸 채로 그를 빤히 보았다. 그러자 마주한 이자나의 검은 눈동자가 내 생각을 읽을 것처럼 빛났다.

"흐음, 알 것 같아."

"과연!"

이자나는 눈을 가느다랗게 뜨고선 나를 가만히 바라보았다. 멀지 않은 거리에서 얼굴을 맞대고 있던 그가, 내 입술에 쪽 소리 나게 입을 맞춘 것은 순식간에 벌어진 일이었다.

"이런 걸 생각했던 게 아닐까 싶어."

"어머나, 망측스러워라!"

말은 그렇게 했지만, 내 얼굴엔 미소가 새어 나왔다.

"진저. 그 얼굴은 망측스러워하는 얼굴이 아닌 것 같은데."

"네에? 그럼 어떤 얼굴인데요?"

나는 개구쟁이처럼 그에게 물었다. 그러자 이자나가 나를 따라 미소를 짓더니 다시금 입을 맞추어 왔다.

"한 번 더 입을 맞춰 달라는 얼굴이라고 해야 할까."

"……폐하, 혹시 저주가 풀리지 않은 것은 아니겠죠?"

"큭큭. 그럴 리가."

나는 미심쩍은 눈빛으로 이자나를 쏘아보았다. 이자나는 쏘아보는 내 눈빛에 기분 나빠하기는커녕 예쁜 미소만을 연신 흘릴 뿐이었다.

쳇, 놀릴 맛이 나지 않는군.

그의 저주가 풀린 지 어언 한 달이 지났다.

이자나는 타인의 생각을 이제 더는 읽을 수 없었고, 우리는 종종 내가 무슨 생각을 하고 있는지 알아맞히는 게임을 했다. 물론 지금도 그렇고.

살아온 시간의 반 이상을 타인의 생각을 읽어 왔던 그였기에 저주가 풀리면 답답하지 않을까, 염려했었다. 그러나 이자나는 저주가 사라졌음을 홀가분해하고 있었다.

생각을 읽지 않아도, 타인의 생각을 유추해 내는 능력이 있기에 그런 걸까?

"생강 양, 그 표정 뭐야? 방금 마음속으로 내 욕 했지?"

"그럴 리가요."

나는 이자나의 대답을 따라 하며 어깨를 으쓱였다. 이자나는 앉아 있던 몸을 일으켜 내게 가까이 다가왔다.

"네가 내 책상에 얼굴을 들이대고 있으니까, 도무지 일을 할 수가 없잖아. 잠깐 쉬어야겠어."

"피, 방해가 된다면 나가 드릴까요?"

"나가라고는 하지 않았을 텐데."

"그렇다면 소파에 앉아서 여유를 조금 즐겨 볼까요?"

이자나는 내 손을 잡고선 소파 쪽으로 이끌었다.

말은 그렇게 했지만, 사실은 그도 밀려드는 업무 속에서 벗어나고 싶었던 게 아닐까. 무슨 이유였든 간에 나는 이자나와 노닥거리는 것이 좋았다.

우리는 이자나의 집무실을 가로질러 걸어가 소파에 앉았다. 이자나는 내 옆에 자연스레 앉아 내 어깨에 제 팔을 걸쳤다.

"요즘 들어 폐하가 너무 바빠진 것 같아요. 일할 때는 방해하고 싶지 않은데, 이렇게라도 하지 않으면 폐하의 얼굴을 볼 수 없으니까."

"나도 한동안 생강 양의 얼굴을 보지 못해서 온몸이 생강이 되는 줄 알았어."

에계계. 그게 도대체 무슨 말이람.

나는 미간을 조금 찡그린 채로 이자나를 보았다. 그러자 그가 무슨 문제라도 있느냐는 듯이 빙긋 웃었다.

"그건 도대체 무슨 말이에요?"

"생강 같은 말이라고 할까?"

"……맙소사."

더 능글맞아진 것이 분명해. 나를 놀리는 것임을 앎에도 불구하고, 그가 왜 밉지 않은 걸까.

이자나에게 씐 콩깍지가 더욱 두꺼워졌음이 틀림없었다.

그러다 이자나는 내 어깨에 제 얼굴을 기댔다. 대화는 잠깐 끊겼다. 우리는 자연히 드리운 정적을 불편해하지 않았다. 지극히 평화로웠을 따름이었다.

한 달 동안 생긴 변화는 딱히 없었다.

이자나와 내 사이가 좀 더 끈끈해졌고, 우리는 좋은 것에 대해 매일매일 더 알아 갔다. 조금 부끄럽기는 하지만 말이다.

여행을 떠난 지 한 달이 지난 하멜은 돌아올 기미가 보이지 않았다. 어디 좋은 곳에 가기라도 한 것인지.

아, 딱 한 가지. 우리에게 생긴 변화가 있기는 했다.

내 일에 지긋지긋할 정도로 연관되던 레라지에가 지방으로 내려갔다는 것이다. 요컨대 근신 처분이라고 해야 할까.

그녀에게 악의적인 의도가 없었다고 한들, 레라지에는 이자나의 차에 진짜 독을 넣은 장본인이었다. 사건을 크게 만든다면 레라지에의 가문을 멸문시킬 수도 있었다.

그러나 이자나는 그렇게까지 하고 싶어 하지 않았다.

일을 조용히 마무리 짓고 싶어 한 이자나의 결정에 따라 레라지에는 지방으로 보내지게 되었다.

그녀도 이번 일로 느낀 것이 많았던 것인지 군말 없이 지방으로 내려가더라. 물론 수도를 떠날 때 나를 죽일 듯이 노려봤지만.

레라지에가 없어지자 마음이 아주 편안해졌다. 평생의 숙적인 그녀의 몰락이 제법 통쾌하게 느껴졌다면, 나는 사악한 편인 걸까.

하지만 악하게 살아가는 것도 나쁘지 않다고 생각했다. 그렇게 살았기 때문에 이자나가 내 곁에 있는 게 아니겠는가.

나는 고개를 조금 돌려 내 어깨에 기댄 이자나의 머리 위에 코끝을 가져다 대었다. 킁킁거리며 그의 냄새를 맡자 이자나가 불만스럽게 말했다.

"……거기 냄새는 도대체 왜 맡는 건데?"

"그런 게 있어요."

"뭐가?"

나는 그의 머리카락에서 나는 냄새를 온전히 맡으며 대답했다.

"이곳의 냄새를 제대로 맡을 수 있는 사람은 저밖에 없을 테니까요."

"……."

"저만 아는 냄새를 맡는 거죠. 소유욕이랄까. 후후."

"종잡을 수 없는 건 변하지 않는군."

이자나는 한숨을 푹 내쉬었지만, 내게 기댄 머리를 물리지는 않았다.

"그래서 제가 싫단 말씀이십니까?"

"그래서 좋다고, 생강 토르테 양."

"큭큭."

"어서 내게 네 소유욕을 좀 더 보여 줘. 나는 소유 당하는 것도 좋아하는 편이니까."

나는 그의 정수리에 입을 맞추었다.

여기에 입술의 낙인을 찍은 사람은 나밖에 없을 거야. 다음엔 어디에 입을 맞춰 볼까나.

고개를 비스듬히 기울여 그의 얼굴을 쳐다보자, 이자나의 붉은 입술이 보였다.

그래, 거기구나.

나의 소유욕을 좀 더 내보일 곳은 바로 그곳이었다.

* * *

요즘 사교계에서는 묘한 소문이 돌고 있었다.

타인의 소문에 연연하는 것은 아니었지만, 그것이 내 소문일 때는 사정이 달랐다.

"……진저? 그래서 내 말을 듣고 있는 거니?"

사교계에 떠도는 가담항설에 대해서 말하던 어머니가, 내 이름을 불렀다. 나는 멍했던 시선에 초점을 맞추며 고개를 작게 끄덕였다.

"네, 어머니. 듣고 있고말고요. 그 소문이라는 게, 제가 곧 폐하와 약혼을 한다는 거죠?"

"그렇단다. 이자나 폐하께서 통째로 바꾸어 주신 후작가의 정원을 보며, 그가 네게 프러포즈를 하지 않을까 생각했었는데. 내 생각이 틀린 거니?"

"글쎄요."

이자나의 프러포즈라…….

그의 고백을 받고 사랑을 확인했을 땐 이자나의 저주를 푸는 게 급급했었다. 그래서 약혼과 결혼에 대한 것은 전혀 생각하지 못했었다.

하지만 모든 일이 해결되고 평온해진 지금. 이젠 그와 함께할 미래에 대해 진지하게 생각할 필요가 있었다.

이자나와 약혼이라니. 그와 약혼한다면, 그의 몸과 마음이 완전히 내 것이 되는 건가.

거기까지 생각했을 때 얼굴에 열기가 드리웠다. 나도 모르게 낮

부끄러운 생각까지 해 버린 것이다.

어휴, 방에 있는 빨간 딱지의 로맨스 소설은 그만 읽든가 해야지.

그때, 이자나의 목소리가 환청처럼 들렸다.

'외설적인 생강 같으니라고.'

……폐하. 심한 말이라고 질색했지만, 실은 제가 진짜로 외설적인 생강일지도 몰라요.

"좋아요, 어머니! 폐하에게 사교계에 떠도는 소문에 대해 말씀드려 볼게요."

"어머, 그럼 폐하께서 뭐라고 하시려나?"

어머니는 재미나다는 듯이 미소 지었다. 그녀는 내 소문보다야 이자나의 반응이 더 궁금한 것처럼 보였다.

사실 나도 그의 반응이 궁금했다. 이자나가 정말로 결혼하자고 하면 어떡하지?

그럼 어떤 표정을 지어야 할까.

* * *

"……폐하, 제 소문이 요즘 그렇답니다."

나는 녹음이 짙은 이자나의 정원을 걷던 것을 멈추었다. 그리고선 이자나를 물끄러미 올려다보았다.

어머니와의 대화가 있고 나서 며칠이 흐른 뒤에야 만난 이자나였다.

그는 여전히 바빴고, 오늘 만난 것도 겨우 틈을 낸 것이었다. 이러다간 오랜 시간 동안 그를 만나지 못할지도 모를 일이었다.

아무튼 오늘, 나는 그에게 사교계에 돌고 있는 우리의 소문에 대해서 말해 주었다.

이상한 일은 그에게서 돌아오는 대답이 없다는 것이었다. 우리 사이에 싸한 정적이 맴돌았다.

가령 '거참, 내가 때마침 청혼을 하려고 했는데 소문이 나를 앞질렀군.'이라든지, '그런 소문 따위가 너를 따라다니지 않게 근사한 약혼식을 하자.'라든지의 대답을 해 줄 것이라 예상했는데…….

이자나의 얼굴에는 표정이라고 할 만한 게 전혀 띠어져 있지 않았다.

그는 나와 함께할 미래를 전혀 생각하지 않았던 걸까? 나를 그저 잠깐 데리고 놀 생강 따위로 생각했던 걸까?

이자나가 그럴 리는 없다고 생각하면서도, 왠지 눈물이 날 것 같았다. 침묵 끝에 돌아온 그의 대답은 아주 허무한 것이었다.

"그런 소문이 돌고 있단 말이지? 하여튼 귀족들은 뒷말하는 걸 정말 좋아하는군."

그는 매끈한 제 턱을 문질렀다. 마치 저와 전혀 상관없는 일을 애기하듯이.

"폐하! 너무해요!"

나는 결국 참지 못하고 이자나에게 소리쳤다. 이자나는 아무렇지 않은 듯이 대답했다.

"뭐가? 내가 뭘 잘못했는데?"

"저는 진지하게 말하고 있는데, 폐하께서는 진지하게 받아들여 주시지 않으니까."

저주가 풀려서 내게 흥미가 식은 것은 아니겠지? 나의 엉뚱한 생각을 더는 들을 수 없어서…….

울적한 마음이 더해져서, 나는 고개를 푹 숙였다.

"내가 언제 진지하지 않다고 했어?"

"……네?"

내 옆에 서 있던 이자나가 내 앞으로 걸어오는 게 보였다. 이내 그의 그림자가 나를 완전히 뒤덮었다.

이자나의 손이 내 뺨에 닿았다. 그는 깨지기 쉬운 물건을 다루듯이 내 뺨을 부드럽게 매만졌다.

"내가 진지하고 안 하고를 왜 네 마음대로 결정하는 건데?"

"……."

뺨을 만지고 있던 이자나의 손이 미끄러지듯이 내려와 내 턱 끝에 닿았다. 그는 숙이고 있던 내 얼굴을 천천히 들어 올리며 말했다.

"결혼…… 할까?"

나는 이자나의 눈을 빤히 들여다보았다. 그의 검은 눈동자는 언제나처럼 까맸다. 그 속에 어떤 감정이 스며 있는지, 나는 잘 알 수 없었다.

그래서일까? 내가 투정부려서 그의 청혼을 얻어 낸 것 같은 기분이 들었다.

물론 결혼하자는 그의 말은 무척이나 감동적이었다. 그렇지만…… 내가 말하기 전에 이자나가 먼저 청혼해 주었다면 얼마나 좋을까.

사람의 욕심은 끝이 없나 보다. 어제의 나는 이자나에게 청혼만 받아도 좋을 거라고 생각했는데, 오늘의 나는 더한 것을 바라고 있었다.

내가 얼굴을 찌푸린 채로 대답하지 않자, 이자나가 표정을 조금 굳혔다.

그는 다시금 내 뺨을 부드럽게 쓰다듬으며 말했다.

"또 내가 성급했던 거지?"

"……이번에는 애석하게도 꺾을 꽃조차 없네요."

나는 모가 난 투로 그에게 대답했다.

저주가 사라졌음에도 척하면 척, 내 생각을 유추하던 이자나였다. 그는 지금도 내가 하고 있는 생각을 헤아리고 있을까?

"하지만 내겐 꽃보다도 아름다운 생강 양이 있는걸. 네가 꽃인데 무슨 꽃이 더 필요하겠어."

……이 인간이 진짜.

입에 발린 말이라는 걸 알았지만 꽁했던 마음이 풀리기 시작했다. 이자나는 내가 그런 말에 약하다는 사실을 너무 잘 알고 있었다.

"그런 걸로는 부족해요!"

"다른 변명은 하지 않을게. 너를 그런 소문 속에 있게 해서 미안해."

아니야, 그런 말로는 무언가가 부족하다고.

"좀 더!"

내가 채근하자, 이자나는 표정 하나 변하지 않은 채로 내 기분을 풀어 줄 만한 미사여구를 늘어놓았다. 마치 진즉 준비한 것처럼.

"다음부터는 사교계의 소문에 집중하도록 할게. 네가 그런 소문에 상처받지 않게."

흐음. 이제 구십 퍼센트 정도는 풀린 것 같아. 하지만 십 퍼센트가 부족한걸.

"좀 더!!"

"네가 제일 아름다워."

흠, 흠. 그건 그렇긴 한데.

나는 누그러진 시선으로 그를 응시했다. 이자나는 내가 좋아하는 나른한 미소를 지으며, 내 이마에 소리 나게 입을 맞추었다.

"사랑해."

……내, 내가 졌다. 꽁했던 내 마음이 온데간데없이 모두 다 사라져 버렸다.

거울을 보지 않아도 알 수 있었다. 내 얼굴이 온화해졌을 게 분명하다고.

아름다운 미소를 드리운 채로 제 진심을 고백하는 이자나에게, 어느 여자의 마음이 흔들리지 않을까.

"하여튼 선수가 분명하다니까."

내가 누그러진 목소리로 말하자, 이자나가 그제야 환한 미소를 지었다.

"생강 양에게만 한정되는 선수랄까."

"피, 믿을 수가 없어."

이자나는 내 뺨에 닿았던 손을 물려 내 손을 부여잡았다. 그러고선 그 위에도 부드럽게 입을 맞추었다.

"그래서. 대답은 해 주지 않을 셈인가?"

대답이라면, 결혼하자고 했던 그 질문에 대한 답을 말하는 걸까?

나는 당장이라도 그와 결혼하고 싶었으나 실제로 내뱉은 말은 퉁명스러운 것이었다.

"당, 당장은 수락하지 않겠어요!"

"……."

"제게도 생각할 시간이 필요하단 말이에요."

한 번은 튕기고 싶었다랄까.

퉁명스러운 내 대답에도 이자나는 스스럼없이 대답했다.

"알았어."

이번에도 진즉부터 내 대답을 직감한 듯이.

그는 추후에 할 나의 진짜 대답도 이미 예상하고 있지 않을까.

* * *

"사라, 나 어때?"

나는 영혼까지 끌어모은 가슴을 좀 더 모으며 그녀에게 물었다. 뒤를 너무 꽉 조여서 숨이 잘 쉬어지지 않았지만, 예쁘면 그만이라고 생각했다.

"당연히 아름다우시죠! 매번 아름다우셨지만, 오늘은 더 아름다우신 것 같아요. 사랑을 받으셔서 그런가요…… 후후."

"하여튼 너도 참, 못 하는 말이 없어."

말은 그렇게 했지만 입꼬리가 위로 올라가기 시작했다.

나는 한껏 치장한 내 모습을 마지막으로 확인한 후 짝 소리 나게 박수를 쳤다.

"좋아! 이 정도면 완벽해. 슬슬 나가 봐야겠다."

사라가 방문을 열어 주었고, 나는 밖으로 나섰다. 날은 이미 어두워져 있었다.

나는 복도를 거닐며 연회장으로 바삐 걸음을 옮겼다. 오늘은 이자나의 청혼을 들은 지 이틀이 지난 날이었다.

이틀 동안 큰 고민을 하긴 개뿔. 내 대답은 이자나의 입에서 '결혼'이라는 말이 나왔을 때부터 정해져 있었다.

당연히 승낙을 할 수밖에 없었다. 그와 어디서 결혼할지, 아이는 몇이나 낳을지에 대한 것들마저도 상상했을 정도였다.

아이는 아무래도 둘이 낫겠지. 하나는 나를 닮은 남자아이로, 나머지 하나는 이자나를 닮은 여자아이로.

나는 그런 생각까지 한 내가 우스워 혼자 킥킥거렸다.

그렇게 얼마나 걸었을까. 복도 끝에 자리한 연회장이 보였다. 오늘 연회는 우리 후작가에서 연 것이었다.

사람들이 이미 많이 온 것인지, 연회장 입구부터 북적이고 있었다. 이자나도 초대했으니 지금쯤 왔으려나? 나는 붐비는 인파를 헤집으며 이자나를 찾아보았다.

멀리 있어도 확연히 눈에 띄는 이자나였건만, 그는 좀처럼 보이지 않았다.

아직 오지 않은 걸까. 일이 많아서 못 오는 것은 아니겠지? 오늘 청혼에 대한 대답을 하려고 했는데…….

나는 그를 찾던 것을 멈추고 차가운 샴페인으로 목을 축였다. 그가 오지 않을 수도 있다고 생각하자 기분이 심각할 정도로 가라앉았다.

시간이 좀 더 흘렀다. 얼굴을 아는 몇몇 귀족들이 다가와 인사를 건네기도 했지만, 나는 그들과 제대로 된 대화를 나눌 수 없었다.

내 머릿속엔 오늘 오지 않은 이자나에 대한 생각뿐이었으니까.

"휴."

나는 한숨만을 내쉬었다. 장내에 은은하게 흐르던 연주가 끊긴 것은 그 순간이었다.

무슨 일이 있나 싶어 주위를 두리번거렸을 때, 불이 하나둘씩 꺼지는 게 보였다. 샹들리에며 촛불이며, 모든 것들이 꺼지며 주위는 금세 어두워졌다.

어둡지 않은 유일한 곳은 내가 멀뚱히 서 있는 곳뿐이었다. 무슨 일이 벌어지려는 걸까?

나는 다른 이들의 반응을 살폈다. 주위가 어두워졌음에도 불구하고, 동요하는 이가 전혀 없었다. 그것은 이상한 일이었다.

이윽고 연주 소리가 다시금 들려오기 시작했다. 흥겨운 연주는 아니었고, 잔잔한 음악이었다. 음악이 퍼짐과 동시에 주변에 있던 귀족 영애들이 내게 가까이 다가왔다.

그녀들의 손에는 모두 장미 한 송이가 들려 있었다. 그리고 그들은 내게 장미를 주기 시작했다.

"이게 뭐예요?"

내 물음에 대답해 주는 이는 한 명도 없었다. 다들 부끄러운 미소를 지으며 암흑 속으로 다시 사라졌을 따름이었다.

내 손에 장미 열 송이가 들렸을 때였다. 중앙 플로어를 비추는 샹들리에가 켜졌다.

"……."

그곳엔 내가 그토록 찾아 헤매던 이자나가 서 있었다.

그는 아주 멋들어진 제복을 입은 채였다. 요 전날에 내가 '폐하, 사실 저는 폐하가 제복을 입고 있는 게 참 좋아요.'라고 말했던 것을 기억이라도 한 듯이.

그는 부드러운 미소를 지은 채로 내게 가까이 걸어오기 시작했다. 그가 걸음을 옮길 때마다 가슴이 떨려 왔다.

설마…… 프러포즈 이벤트인가.

이자나는 기다란 다리로 금세 내 앞까지 다가와 걸음을 멈추었다. 그러고선 나지막이 속삭였다.

"이렇게 하면 사교계에 내가 너를 더 사랑하고 있다는 소문이 돌겠지."

"이자나 폐하."

"아니, 그건 소문이 아니라 사실인데."

그는 머쓱하게 말했다.

"사실 전부터 계획하고 있었는데, 시간이 없었어."

이자나는 제 등 뒤에 숨기고 있던 손을 내 쪽으로 뻗었다. 그의 손에는 일전에 그에게 받았던 꽃과 닮은 하얀 꽃다발이 들려 있었다.

"받아 줄래?"

"……."

"넌 내 세상의 주인공이야."

주인공. 그것은 내가 제일 좋아하는 단어였다. 지난날, 내 세상의 주인공이 되기 위해서 얼마나 고군분투했던가.

내 세계의 주인공이 된 것도 모자라, 이제는 이자나의 세상 속주인공이 되어 버리다니……. 황홀한 기분이 들었다.

나는 그가 건넨 하얀 꽃다발을 받아 들었다. 손끝이 미미하게 떨리고 있었다.

이자나가 고개를 조금 숙여 내 귓가에 작게 속삭였다.

"오늘은 내가 직접 재배한 꽃을 가져왔어. 어때? 나 잘했지?"

"풉, 그게 뭐예요."

"뭐긴 뭐야, 사랑이지."

그는 그렇게 대답하고선 숙였던 고개를 들어 올렸다.

나는 행복했다. 어림 반 푼어치도 없었던 그의 청혼에 꽁했던 게 무색한 정도였다. 외려 내가 그를 너무 몰아붙였던 것이 아닌지 반성이 되기도 했으니.

우리가 서로를 보며 기분 좋은 미소를 짓고 있자, 휘파람 소리 같은 게 들리기 시작했다. 간혹 "키스해!"라는 낯부끄러운 말도 들렸다.

……키스해?

이자나가 나를 위해 이렇게까지 노력해 줬는데, 나도 응당 그에 걸맞은 것을 해 주고 싶었다.

나는 발꿈치를 들어 무방비한 그의 입술을 급습했다. 내 입술이 그의 입술에 닿기 무섭게 주위에선 열띤 함성이 들렸다.

"이자나 폐하, 제 세상은 원래부터 당신 중심이었어요."

이자나는 내 어깨를 잡아, 나를 제 품에 가두었다.

"고마워."

나는 그의 가슴에 얼굴을 기대었다. 그러자 빠르게 뛰고 있는 이자나의 심장 박동 소리가 내 귓가에 맴돌았다.

구름 위를 걷는 것은 이런 느낌이 아닐까.

이자나의 프러포즈가 끝나자 꺼져 있었던 주위의 불들이 다시금 켜졌다. 주위가 환해지고 연회는 속개되었지만, 모두의 이목은 우리에게만 쏠려 있었다.

하지만 우리는 이목에 꽤 익숙했던지라 그런 것이 신경 쓰이지는 않았다. 대신 보란 듯이 춤을 추었을 뿐이다.

오늘은 높은 구두를 신지 않은 채였다. 그 말인즉슨 내 춤사위가 완벽했다는 거다.

모든 것이 이토록 완벽한 날이 생에 또 올까 싶었다.

꽤 늦은 시간이 되어서야 연회가 끝났다.

모두들 돌아갔지만 이자나는 끝까지 돌아가지 않은 채로 내 곁을 지켰다.

"폐하, 돌아가지 않으셔도 되는 거예요?"

돌아가지 않으면 더 좋을 것 같기는 한데.

내가 음흉한 미소를 지으니, 이자나가 내 이마를 가볍게 튕기었다.

"지금 콘셉트는 외설적인 생강인 건가."

"프러포즈까지 받은 이상, 소녀는 더 이상 부정을 하지 않겠습니다."

"큭큭, 그게 뭐야."

그는 골치가 아프다는 듯이 제 관자놀이를 꾹 누르며 말했다.

"진짜로 외설적인 생강이 되어 버리다니."

"으흠. 하지만 그것은 폐하께 한정되는 것이랄까요."

"그건 당연한 소리잖아. 어디 가서 외설적인 척이라도 해 봐. 가만두지 않을 테니까."

말이 조금 이상했지만, 어쨌든 그것은 이자나의 질투였기에 기분이 나쁘지 않았다. 나는 이자나가 준 꽃다발의 꽃잎을 손끝으로 매만지며 넌지시 말했다.

"이런 날엔 축하주가 딱인데."

은연중에 내뱉은 말이었다.

그리 말하고 나서, 이자나가 술을 지독하게 못 마신다는 사실을 뒤늦게 떠올렸다.

저주가 풀린 날, 축하주를 마실 때에도 오렌지 주스를 마셨던 그
였다.

"하지만 폐하는 무리겠죠?"

내 말에 이자나는 돌연히 심각해진 얼굴을 했다.

"사실은 고백할 게 있어."

"무슨 고백이요?"

고백이라니? 무슨 말일까?

"나……."

이자나는 중요한 말을 내뱉을 것처럼 진중해졌다. 그러자 괜스레
나도 긴장이 되었다.

무엇을 고백하려는 걸까?

이자나가 표정 하나 흐트러뜨리지 않고선, 제 입술만 달싹거렸다.

"주량이 조금 늘었어."

깜짝 놀라서 들고 있던 꽃다발을 떨어뜨릴 뻔했다.

주, 주량이 늘었다니. 도대체 뭘 한 거야.

내가 얼빠진 시선으로 그를 바라보자, 이자나가 자랑스럽다는 듯
이 어깨를 으쓱였다. 마치 대단한 일을 달성한 것처럼 말이다.

"너무 놀라지 마. 조금 늘려야겠다고 줄곧 생각했으니까."

"그래도 너무 갑작스러운데요?"

"……그러니까 너희끼리만 잔을 맞추는 게 나는 좀……."

이자나는 거기까지 말하며 시선을 다른 곳으로 옮겼다. 조금 전
까지 자랑스러워했던 게 무색하게, 그는 심히 객쩍어했다.

"오호라, 그러니까 너희라는 건 저랑 하멜이 잔을 맞대었던 걸
말씀하시는 거죠?"

이건 질투이려나. 나는 부끄러워하는 그의 모습이 귀여워 히죽 웃었다.

"……아니, 뭐 꼭 그렇다는 건 아니고."

"큭큭."

"하여튼! 이젠 한 잔 정도는 마실 수 있어."

"풉, 고작 는 게 한 잔이라니."

나는 고개를 절레절레 내저었다. 한 잔이라도 마실 수 있게 되었으니 축하라도 해 주어야 하는 건가.

나는 얼굴에 띤 미소를 거두어들이지 않으며, 이자나의 어깨를 가볍게 두드렸다.

"한 잔…… 늘어서 정말 축하드려요! 축하의 연회라도 열어야 할까요?"

"놀, 놀리지 마!"

오랜만에 내게 제대로 놀림을 당한 이자나였다.

그는 괜한 얘기를 했다며 구시렁거리더니 나를 연회장 밖으로 이끌었다.

* * *

눈앞에 있는 건 붉은 와인이요, 그것을 향해 눈을 치켜뜨고 있는 것은 이자나로다.

이자나는 적군의 수장을 노려보는 듯한 이글거리는 눈으로 와인 잔을 노려보고 있었다. 그 눈빛이 얼마나 뜨겁던지, 이자나의 맞은 편에 앉은 내가 흠칫할 정도였다.

"폐하? 언제까지 와인 잔과 눈싸움을 하고 계실 건가요?"

"생강 양, 잠깐만 기다려. 지금 마음을 다잡는 중이야."

"휴. 좋아요. 만약에 당신이 취하더라도 아무 짓도 하지 않을 테니까. 안심하고 마셔도 됩니다."

"……."

그러자 와인 잔을 노려보던 이자나의 시선이 내게 닿았다. 그는 한쪽 눈썹을 추켜올리고선 내 눈을 진득하게 바라보았다. 내 말이 진짜인지 읽으려는 듯이.

후후, 그렇게 빤히 쳐다봐도 이제 내 생각은 읽을 수가 없을 텐데. 나는 그의 시선을 피하지 않으며 막힘없이 생각했다.

이자나에게는 아무 짓도 하지 않겠다고 장담했지만 말이다. 이자나가 취해서, 그의 눈이 나른하게 풀리고 두 뺨도 붉게 상기된 것을 본다면. 심지어 혀가 꼬인 채로 귀엽게 옹알거리는 것을 듣는다면. 그땐 나쁜 생각이 조금, 아니, 많이 들지도 모르겠다.

그건 내 잘못이 아니라 덮치고 싶게 생긴 이자나의 탓일 테다. 확신한다.

"……안 되겠어."

이자나는 짧은 한숨과 함께 앉은 의자에 제 등을 완전히 젖혔다.

"네? 뭐가요?"

"생강이 외설적인 생각을 하고 있다는 걸 느껴 버렸어."

"……."

"휴, 나는 아직도 저주에서 벗어나지 않은 걸까. 이토록 생각이 읽어지다니."

"폐하!"

참지 못하고 그에게 소리친 것은 내 쪽이었다.

아, 아니. 저주가 풀린 것은 분명한 일인데, 어째서 내 생각이 아직까지 읽히고 있는 거냐고!

나는 그에게 따지고 싶었으나 입술을 꾹 다물기만 했다. 따졌다간 내가 음흉한 생각을 했다는 걸 시인하는 꼴이 되어 버리기 때문이다.

"아니, 생강 양. 아까 전에는 외설적인 생강인 걸 부정하지 않겠다고 했잖아."

"……그, 그건 그런데."

나는 머쓱하게 웃었다.

"계속해서 드는 생각이지만 저주가 완전히 안 풀린 것 같아요."

"그럴 리가. 저주는 완벽하게 풀렸어."

"그런가."

"……그런데 말이야."

그는 거기까지 말하고선 다시금 내 쪽으로 몸을 기울였다. 이자나는 테이블 위에 제 팔을 올려 턱을 괸 후, 이어 말했다.

"생강 양의 마음의 소리는 아직까지도 들리는 것 같아."

폐하, 저도 그 말에 전적으로 동의하는데요.

나의 여과 없는 생각이 그에게 계속 읽히는 듯한 기분을 지울 수가 없었다.

"흐음, 그렇다면 우리는 진짜로 운명인가 봐요."

내 말에 이자나의 눈이 부드럽게 굽어졌다. 대답이 마음에 들었나 보다.

나는 이자나가 득달같이 노려보던 와인 잔의 테두리를 손끝으로 쓸며, 이어서 말했다.

"나는 운명 같은 우리 폐하가 이 와인을 박력 있게 마셔 주었으면 좋겠는데."

당신이 취한 걸 보고 싶다는 건 아니지만……. 솔직히 말하자면 조금은 보고 싶기는 해서.

"하지만 폐하께서 내키지 않으시다면 그러지 않으셔도 되지만요."

고민하던 이자나는 결심이 섰는지, 턱을 괴던 손을 풀고선 소리쳤다.

"좋아, 결심했어!"

그의 손이 와인 잔을 그러잡았다. 그는 일말의 망설임도 없이 그것을 제 입속에 털어 넣었다.

이자나의 목울대가 크게 울렁이고 있었다. 나는 강인하게 튀어나온 그의 목울대를 보며 입맛을 좀 다셨다.

……이상한 생각을 한 것은 절대로 아니다.

이윽고 와인을 모두 마신 그가 테이블 위에 와인 잔을 올려놓았다.

"고작 이딴 게 뭐라고 나는."

이자나는 아무렇지 않다는 듯이 득의만만한 미소를 지었다. 한 잔만 먹어도 얼굴이 붉어지던 그는 웬일로 제 페이스를 잘 유지하고 있었다.

오호라, 진짜로 주량을 조금 늘렸단 말이지? 그럼 한 잔으로는 영 섭섭하지.

"폐하. 같이 잔을 맞추기로 하셨으면서 혼자 드시면 어떡해요!"

"뭐?"

나는 이자나의 잔에 붉은 와인을 다시금 따라서 그의 앞에 내려놓았다. 그러고선 내 잔을 들어 그에게 들이대었다.

"자! 이제 짠, 하고 잔을 맞대어 보자고요."

"……."

이자나의 검은 눈동자가 심히 동요하고 있었다. 그것은 오랜만에 본 그의 동공 지진이었다.

"설마 싫으신 것은 아니겠지요? 싫다면 드시지 않아도 돼요."

나는 아쉬운 표정을 지으며, 내 잔을 입가로 가져갔다. 그러자 이자나가 내 행동을 급하게 막아 세웠다.

"잠, 잠깐만!"

"네?"

"누가 안 마신다고 했어? 마셔, 마신다고."

그는 제 앞에 있던 와인 잔으로 손을 뻗었다.

와인 잔을 말아 쥔 그의 손끝이 미미하게 떨리는 것처럼 보였다면…… 그것은 내 착각이었을까.

이자나는 제 잔을 내 잔에 소리 나게 부딪혔다.

"두 잔까지는 가능해."

"오."

"더군다나 오늘은 네가 내 꽃을 받아 준 두 번째 날이기도 하니까."

이자나는 그 말을 끝으로 붉은 와인을 벌컥벌컥 마셨다. 거침없는 들이킴이었다.

나도 그를 따라 와인을 모두 들이켰다. 그럼에도 나른한 취기는 그다지 느껴지지 않았다. 대신 기분이 몹시도 좋아지기에 이르렀다. 나는 주량이 센 어머니를 닮아서 와인 몇 잔은 거뜬했다.

"맛이 좋군."

이자나는 아무렇지 않은 척 말했지만, 바라본 그의 뺨 어귀가 붉어지고 있었다.

"이자나 폐하, 괜찮으신 거죠?"

"아무렴."

하지만 대답과는 다르게 그의 눈빛이 약간 흐려진 채였다. 이내 그는 입고 있던 멋스러운 재킷을 벗었다. 그러곤 더워진 듯 제 소매까지 걷어붙이기에 이르렀다.

"……아, 더워지면 곤란한데."

그리 말하는 이자나의 눈빛이 완전히 흐려져 있었다. 심지어 그의 눈꺼풀도 반쯤이나 내려앉은 채였다.

그러한 이자나의 모습은 낯선 것이 아니었다. 탕플 탑에서 그가 취했을 때도 지금과 똑같았으니까.

눈이 풀리고 더워하다가 정신을 곧 잃겠지.

두 잔까지는 가능하다고 호언장담하던 이자나의 모습이 떠올라, 나는 작게 킥킥거렸다.

완전 거짓말이었어. 자, 그럼 카운트다운을 세어 볼까.

삼 초, 이 초, 일 초.

"쓰러진다."

이자나는 내 말에 응하듯 제 몸을 휘청거렸다. 이자나의 얼굴도 좌우로 흔들렸다. 나는 이자나가 테이블 위에 머리를 꼬라박을 거라고 생각했다.

하지만 이자나는 테이블에 머리를 꽂는 대신, 자리에서 벌떡 일어섰다.

"나…… 히끅, 안 취했어."

그는 완전히 멍해진 눈으로 나를 바라보았다. 누가 봐도 취한 모습이었다.

"큭큭."

나는 킥킥거렸고, 이자나는 비틀거리는 몸으로 내게 가까이 다가오기에 이르렀다.

"생강…… 웃는 거 기분 나빠."

이자나는 평소보다 훨씬 더 나른해진 목소리로 말했다. 흔들리던 고개는 푹 숙인 채였다.

나는 자리에서 일어나 그를 달래듯이 말했다.

"폐하, 취하신 것 같으신데 사람을 불러올까요?"

그러자 이자나가 고개를 조금 들어 나를 쳐다봤다. 그의 눈이 느릿하게 깜빡이고 있었다.

"새애애강. 오늘따라…… 히끅, 왜 이렇게, 히끅, 예쁜 걸까…….'"

그는 내 말은 전혀 들리지 않는다는 듯이 대답했다. 이 인간이 완전히 취해 버린 게 틀림없다.

상기된 얼굴로 옹알거리는 이자나의 모습은, 평소 능글맞던 그의 모습과는 정말로 판이했다. 그의 볼을 꼬집고 싶을 정도로 귀여웠으니.

오묘한 점은 그러했다. 그가 귀여워 보이면서도, 붉게 물든 그의 입술은 관능적으로 보인다는 점.

그 순간, 어머니의 교훈이 내 머릿속에 스치듯이 지나갔다.

'남자 뭐 별거 있니. 자빠뜨리면 게임 오버란다.'

……어머니. 지금이 게임 오버가 될 수 있는 완벽한 상황인 것 같은데요.

내 시선은 그의 붉은 입술에서 하얀 목으로, 그리고 그의 깊은 쇄골로 옮겨 갔다. 나는 그렇게, 나도 모르는 사이에 외설적인 생강화가 되어 가고 있었다.

"진이인저. 내가 생강이라고 해서…… 히끅, 아무 말도 하지 않는 거야?"

그는 내 인내심을 시험하듯이 말했다.

이자나는 왜 이렇게 귀엽고 섹시해서는. 그를 바닥에 눕히고 싶다는 못된 생가이 들게 만드는 걸까.

아, 신이시여. 나를 유혹하는 이 남자를 어떻게 해야 한단 말입니까.

나는 그의 팔을 잡고 흔들었다.

"폐하, 정신 차리세요!"

당신이 그러면 그럴수록 내가 나쁜 생각을 더 할 것 같단 말이에요!

이자나는 정신을 차리기는커녕 빙그레 미소 지으며 나를 껴안았다. 아니, 안은 것까지는 좋았는데 그다음이 문제였다.

그의 몸이 앞으로 고꾸라지기 시작한 것이다. 그 덕에 내 몸도 뒤로 나자빠지기 시작했다.

"엇!"

꽈당.

경쾌한 소리와 함께 나는 완전히 바닥에 엎어졌다.

이자나는 정신이 완전히 나간 것이지 내 위에 그대로 고꾸라져 있었다.

"하……."

엉덩이는 아팠고, 이자나는 무거웠다. 하지만 기분은 나쁘지 않았다. 도리어 그의 숨결이 너무도 가까이 느껴져 심장이 두근거릴 뿐이었다.

"이자나."

나는 처음으로 그의 이름을 작게 불러 보았다. 어감이 꽤 나쁘지 않았다.

예전부터 그렇게 불러 보고 싶었으나 기회가 없던 차였다. 그는 어차피 인사불성인 채로 취했으니, 내가 그리 부른 것을 전혀 모를 것이다.

그런데 웬걸. 내 어깨에 제 얼굴을 묻고 있던 이자나가 대답을 하는 게 아닌가.

"방금 뭐라고 했지?"

……설마 술이 깬 것은 아니겠지?

"정신이 돌아온 거예요?"

그는 대답 대신 내 목을 부드럽게 핥았다.

"아읏."

이자나가 준 자극이 아찔했다. 온몸의 솜털이 비쭉 설 정도였다.

"폐, 폐하."

내 부름에 이자나는 나를 조금 더 꽉 껴안았다. 맞닿은 그의 몸이 몹시도 뜨거웠다.

내 목덜미 근처에 있던 그의 입술이 움직인 것은 그때였다. 그의 입술은 천천히 올라오며, 내 입술 근처까지 다가왔다.

올라오는 내내 내 목이며, 턱이며, 뺨에 입을 맞춘 그는, 이윽고 내 아랫입술을 살짝 깨물었다. 조금 벌어진 입술 틈 사이로 이자나의 혀가 매끄럽게 들어왔다.

꼬인 목소리를 내뱉던 그의 혀라고는 믿기지 않았다. 그는 내 입 안 여기저기를 탐하며, 내 몸을 나른하게 만들었다.

이내 입술을 뗀 그는, 내 목덜미에 제 얼굴을 묻은 채로 나의 허리춤을 꽉 쥐어 잡았다. 마치 무언가를 참는 것처럼 말이다.

자세가 지극히 야했고, 내 기분은 더 야했다.

"……이제 진짜로 술이 깬 것 같으니까."

그는 고개를 다시 들어 올려 내 눈을 똑바로 보았다. 반쯤 내리깔렸던 그의 눈꺼풀이 완전히 들려 있었다.

그는 뜨거운 숨을 내뱉으며 의미심장한 말을 건네었다.

"좋은 것을 좀 더 알아 가도 괜찮을까?"

그를 자빠뜨리려 했던 것은 나였는데, 되레 그가 나를 자빠뜨린 것 같은 기분이 들었다.

하나 역시나 기분이 나쁘지 않았다는 게 중요한 포인트다.

* * *

눈을 떴을 때, 주위는 밝았다.

잠에서 덜 깨 정신이 몽롱했지만, 그 와중에도 확실히 느껴지는 게 하나 있었다.

그것은 바로 그의 온기였다. 내 손끝에 닿아 있는 이자나의 뜨거운 살갗.

나는 내 옆에 누워 있는 이자나를 바라보았다. 그는 잠에서 깨지 않은 것인지, 눈을 감은 채로 고른 숨소리를 내고 있었다.

나는 그의 품속으로 파고들었다. 밤새 안겨 있었던 품이지만, 계속해서 안겨 있고 싶다는 욕심이 들었다.

그렇게 얼마나 시간이 흘렀을까.

내 이마 위에 닿은 입술 감촉이 느껴졌다. 그것은 어젯밤 지겹도록 탐했던 이자나의 입술이었다.

"깼어요?"

"으응. 내가 얼마나 잔 거지?"

그는 조금 잠긴 목소리로 말했다.

어쩜. 잠긴 목소리는 더 섹시하네.

"글쎄요, 몇 시인지 모르겠어요."

나는 그의 허리에 팔을 둘러 그를 꼭 껴안았다. 좀 더 이렇게 있자는 무언의 압박이었다. 그러자 이자나가 나지막이 웃으며 내 어깨를 감쌌다.

"오랜만에 푹 잔 것 같아."

"그것은 저 때문입니까?"

"그걸 말이라고."

이자나는 이번엔 내 눈가에 가볍게 입을 맞추었다.

처음 하는 입맞춤도 아닌데, 그의 입술이 닿을 때마다 왜 이리 부끄러운 걸까. 나는 아침부터 붉어진 얼굴을 감추기 위해 그의 가슴에 내 얼굴을 완전히 묻었다.

이자나는 내 머리 위를 킁킁거리기 시작했다.

"폐하?"

"나도 아무도 맡지 못하는 곳의 생강 양 냄새를 알아 가는 중이야."

그 말. 참 낯설지가 않은데.

내 얼굴에는 미소가 맴돌았다.

"그런데 폐하. 궁금한 게 하나 있어요."

"그게 뭔데?"

"그…… 저, 그러니까."

내가 궁금했던 것은 그러했다.

고개를 가누지 못할 정도로 취했던 이자나가 어떻게 술에서 깼는지. 어떻게 아주 말짱한 채가 되어 나와 야한 짓을 나누었는지.

나는 쭈뼛거리며 이어 말했다.

"어제 어떻게 술에서 깨셨는지 궁금해요."

이자나는 대수롭지 않게 대답해 주었다.

"이름. 네가 내 이름을 불러 줬잖아."

"제가 이자나라고 불렀던 거요?"

"어. 그거."

"혹시…… 기분이 나쁘셨어요?"

"전혀. 누군가가 나를 그런 식으로 부른 건 아버지를 제외하고선 처음이었어. 그래서 술에 취했던 정신이 단번에 깼지."

"아무도 없었어요?"

하긴, 이자나의 어머니는 그를 낳으며 돌아가신 터였다.

그는 외동으로 태어나 삶의 반 이상을 탑 속에서 지냈다. 그런 사정을 가지고 있었기에, 그의 이름을 불러 준 사람이 아무도 없었을지도 모르겠다.

"없었어. 아무도."

내 귓가에 닿은 이자나의 목소리가 씁쓸했다. 그는 그 사실에 대해 상처받은 적이 있었던 것처럼 보였다.

이자나의 상처를 모두 다 알고 있다고 생각했다. 그리고 그의 상처를 내가 잘 어루만져 주었다고 생각했다.

하나 그것은 내 자만이었나 보다. 나는 아직까지도 채 아물지 않은 그의 또 다른 상처를 보듬어 주고 싶었다.

"그럼 이제 제가 매일 불러 드릴까요? 이자나, 이자나!"

나는 밝은 목소리로 말했다. 언제나처럼 나의 활기찬 말에 이자나가 즐거워해 주었으면 하는 바람으로.

"……아예 말도 놓지 그래?"

"그렇다면 영광이겠습니다."

"넌 도대체가…… 중간이 없어, 중간이."

이자나는 가벼운 한숨을 쉬었다.

"그래서 이제 소녀를 싫어……."

"아니."

"네? 제가 무슨 말을 할지 알고 계셨어요?"

"어. 내가 타박하면 넌 항상 '그래서 폐하께서는 이제 소녀를 싫어하실 건가요?'라고 말하잖아. 네 수는 이미 다 간파했어."

이자나는 어쭙잖게 내 말투를 흉내 냈다. 그 모습이 퍽 우스웠다.

"무슨 일이 생겨도 싫어하지 않을 거야. 싫어할 리가 없잖아. 이렇게 사랑스러운 생강인데."

분명히 사랑이 넘치는 말임에도 불구하고, 거기에 '생강'이라는 단어가 들어가 있자 기분이 묘했다. 이자나가 대단한 생강 마니아처럼 느껴졌다고 해야 할까.

그는 고개를 조금 비틀어, 내 입술에 자연스럽게 입을 맞추려 했다. 하지만 나는 다가오는 그의 입술을 손바닥으로 막았다. 그의 생강 마니아식 발언이 마음에 들지 않았던 까닭이다.

"안 해 줄래."

"진짜?"

"네, 진짜."

불만 가득한 내 말에도 이자나는 능청스럽게 대답했다.

"나는 네가 안 해 준다고 해서 안 할 사람이 아닌데."

그는 내 손등을 야하게 핥았다.

"으앗!"

그 덕에 나는 손을 물렸고, 빈틈이 생기자마자 그의 입술이 내 입술에 닿았다.

쪽.

"너무해요!"

"사랑스러운 진저 양. 이따금씩 나를 내 이름으로만 불러 줘."

사랑스러운 진저라는 말을 들으니까 더 따질 수가 없잖아.

이자나는 내가 하고 있는 생각이 뭔지 알 만하다는 듯이 미소 짓기만 했다. 그에게 따지는 대신에 다른 걸 요구해야겠다는 생각이 들었다.

"좋아요, 그럼 폐하께서도 저를 가끔씩 이렇게 불러 주세요."

"어떻게?"

나는 그의 귀에 작게 속삭였다. 그것은 이따금씩 그에게 듣고 싶었던 애칭이었다.

내 속삭임이 끝나기 무섭게 이자나는 눈썹을 약간 일그러뜨렸다. 불만이 있어서 그랬다기보다는 그 말을 낯설어하는 것 같았다.

그럼에도 그는 고개를 끄덕여 주었다. 내가 원하는 대로 불러 주겠다는 고갯짓이었다.

그러곤 묻는다. 나의 새로운 점을 알았다는 것처럼.

"그런 걸 좋아했어?"

"모든 여자들은 그런 호칭을 좋아한답니다."

오그라들어서 싫어할 여자도 있으려나.

하지만 적어도 나는 좋았다. 이자나가 다른 사람들 앞에서 나를 '그런 호칭'으로 불러 주었을 때, 기분이 아주 좋을 것 같았다.

사람들은 이자나를 열렬한 사랑꾼으로 알 테고, 심지어 이자나의 취향을 오해할 사람이 생길지도 모를 일이었다.

나는 킥킥거리며 미래에 닥칠 상황들을 상상했다.

"왠지 말려든 기분인데."

그는 그렇게 말하기는 했지만 하지 않겠다고 말을 번복하지는 않았다.

우리는 그렇게 몇 시간을 뭉그적거리고 나서야 침대에서 겨우 벗어날 수 있었다.

이자나는 어젯밤 벗어 두었던 자신의 옷들을 차근차근 입기 시작했다. 시녀를 부르려고 했지만, 그는 부끄러운 얼굴을 한 채로 혼자 입겠다고 했다.

나는 침대에 걸터앉아 그가 옷을 입는 모습을 지켜보았다. 바지를 입고, 벨트를 채우고, 셔츠를 입고, 겉옷까지 입은 그를 보자 기분이 좀 묘했다.

우리가 결혼한다면 그가 옷을 입는 장면을 자주 보게 되겠지?

"무슨 생각해?"

이자나는 제게 닿은 내 뜨거운 시선을 눈치챈 듯이 말했다.

"음. 결혼하면 이런 모습을 자주 보겠지? 라는 생각?"

"내가 옷 입는 걸 매일 지켜보게? 역시, 너는 나의 완벽한 외설적인 생강이야."

이자나는 내게 엄지를 세워 보였다. 또 놀림을 당하다니……. 나는 발끈했다.

"폐하! 그건 외설적인 생각이 아니라, 폐하의 색다른 모습을 지켜볼 수 있겠구나, 하는 기대였다고요!"

"강한 부정은 강한 긍정을 뜻하지."

"……."

나는 침묵으로 대답을 갈음했다.

외설적인 생강임을 이미 인정했지만, 왜 자꾸 부정하고 싶어지는 걸까.

"아무튼 나와 얼른 결혼하고 싶다는 거지?"

"그걸 말이라고 물으십니까, 폐하."

"음. 언제가 좋을까? 네가 원하는 날로 날짜를 조정할게. 나는 사실 내일 당장이라도 좋을 것 같아."

나는 앉아 있던 몸을 일으켰다. 그러고선 이자나에게 쪼르륵 다가가 그의 품에 안기었다.

"그럼 내일이라도 할까요?"

"일정을 확인해 볼게."

"좋다."

이자나는 내 머리를 부드럽게 쓰다듬어 주었다.

그때, 문득 휴가를 떠난 하멜 브레이가 생각이 났다.

우리가 결혼식을 올릴 때까지도 그가 돌아오지 않으려나.

　　　　＊　＊　＊

하멜이 돌아온 것은 내가 이자나에게 청혼을 받은 지 일주일이 지나서였다.

내일이라도 당장 결혼하자던 우리의 계획은 제대로 미뤄진 상태였다. 이자나의 밀린 업무와 생각보다 훨씬 준비할 것이 많은 결혼식 때문이었다.

바쁜 나날을 보내다 잠깐 짬이 난 이자나와 가벼운 티타임을 가지고 있을 때였다.

문밖에서 아주 반가운 소리가 들렸다.

"이자나 폐하, 하멜입니다."

그의 목소리가 들리자마자 우리는 놀란 눈으로 서로를 바라보았다.

"폐하! 하멜이에요!"

내 말에 이자나는 고개를 끄덕인 후 하멜에게 들어올 것을 명했다. 이윽고 문이 천천히 열리며 오랜만에 보는 하멜이 방으로 들어섰다.

하멜은 우리를 보며 반가운 미소를 지었다.

"다녀왔습니다."

근 두 달 만에 만난 그는, 조금 탄 채였다. 햇볕이 강한 곳에 다녀온 듯했다. 그리고 그의 잿빛 머리카락도 묶을 수 있을 정도로 꽤 길어 있었다.

하멜은 꼭 방랑자처럼 보였다. 외관을 그 누구보다도 깔끔하게 관리하던 그가 맞나 싶었다.

"하멜! 여행은 잘 갔다 온 거예요?"

"네. 재밌었습니다. 물론 꽤 고단하기도 했……."

하멜은 제 말을 잇지 못했다. 그가 열어 둔 문틈 사이로 또 다른 사람이 들어오며 소리를 쳤기 때문이다.

"하멜! 저는 언제 들어가요? 네?"

자연스럽게 하멜의 이름을 부르며 들어온 이는 여자였다.

……뭐?! 여자? 하멜 브레이가 여자를 데려왔단 말이야?

나는 하멜이 돌아왔을 때보다 조금 더 놀란 채로 여자를 응시했다.

이국적인 여자였다. 왕국에서는 보기 드문 검은 머리카락과 까만 피부를 가진. 그녀는 심지어 여러 천이 덧대어진 특이한 옷을 입은 채였다.

그녀는 우리를 가만히 훑어보았는데, 그 기백이 만만치 않아 보였다. 레라지에 못지않게 기가 세 보인다고 해야 할까.

"세, 세헤라 님!"

하멜은 당황한 듯이 여자의 이름을 불렀다.

세헤라. 그녀는 하멜이 사랑에 빠진 상대인 걸까?

그 사실이 기쁘기도 했고, 다행이라는 생각도 들었다.

"폐하, 진저 님. 이분은 세헤라 님이십니다. 그리고……."

하멜은 우리에게 제 사정을 설명해 주기 시작했다.

그의 말을 정리해 보자면, 그러하다.

세헤라는 그가 여행 갔던 이스칸다르 제국의 공주인데 '어쩌다' 왕국까지 같이 오게 되었다고 한다.

어쩌다? 어쩌다 여자와 함께 왕국까지 돌아왔다라. 어째 영 수상하단 말이지.

"여러분. 반가워요. 하멜이 설명했듯이, 저는 세헤라라고 해요. 이스칸다르 제국에서 왔죠."

이자나와 나는 소파에 앉아 있던 몸을 일으켜, 하멜과 세헤라 근처까지 걸어갔다.

이자나는 낯선 이의 갑작스러운 방문에도 당황하지 않고선, 유려한 인사를 건네었다.

"왕국에 오신 것을 환영합니다. 저는 이 나라를 다스리고 있는 이자나입니다."

와우. 역시 내 남자. 완벽해. 흠 잡을 데 없는 인사잖아?

나도 최대한 교양 있는 미소를 지으며 그녀에게 인사했다.

"안녕하세요, 저는 진저 토르테라고 해요."

내가 인사하자, 세헤라는 무언가가 이상하다는 것처럼 고개를 갸웃거렸다. 그러다 작은 목소리로 말하는 게 아닌가.

"……생강?"

이 여자가. 처음 보는 사람에게 대뜸 생강이라니!

미소를 짓고 있던 내 얼굴에 금이 가기 시작했다.

"공주님. 생강이 아니라, 진저 토르테입니다."

내가 그녀의 말을 정정해 주자, 이자나와 하멜의 웃음소리가 들렸다. 이 남자들이 부정해 주지는 못할망정 웃고만 있다니…….

세헤라는 내 말을 곱씹어 생각하더니 하멜과 나를 번갈아 쳐다보았다.

"하멜 설마 당신이 말했던 그 생강이 이 생강은 아니겠죠?"

……이 여자가 미쳤나, 진짜.

"공주님. 저는 그 생강이 아니라고 말씀드렸을 텐데요."

나는 어금니를 꽉 깨물며 말했으나, 세헤라는 대답 대신 인상을 찌푸렸다. 무례해도 그토록 무례할 수가 없었다.

"죄송해요. 하지만 진저가 생강 아닌가요?"

"……."

나는 얼굴을 완전히 찌푸렸다. 이자나는 얄밉게 웃으며, 내 어깨를 부드럽게 감쌌다.

"공주님. 이렇게 예쁜 생강이 세상에 있을 리가 없지 않겠습니까."

이자나는 상황을 중재할 목적으로 그런 말을 한 듯했다. 하나 애석하게도 내 기분은 조금도 나아지지 않았다.

세헤라는 대답 대신 나를 꼼꼼히 살피기 시작했다. 이자나가 말한 '이렇게 예쁜 생강'이 맞는지 아닌지를 가늠해 보는 듯이.

나를 평가하려고 한다면 당당히 맞서 주는 수밖에 없었다. 나는 턱을 든 채로 세헤라의 시선을 피하지 않았다.

자, 똑똑히 보라고. 내가 이자나가 말한 예쁜 생강이라고. 아니, 생강이 아니라고 해야 하는 건가?

이게 뭔데 헷갈리느냔 말인가. 젠장.

어찌 되었든 초면부터 나를 생강이라 부른 여자가 마음에 들지 않았다.

"……기분 나쁘셨다면 정말로 죄송해요. 진저라는 단어가 제게 사연이 있는 단어라서 그랬나 봐요."

"사연이요?"

"네……."

세헤라는 말끝을 늘어뜨리며 하멜을 슬쩍 쳐다보았다. 하멜과 관련 있는 일일 것이라는 예감이 들었다.

"세, 세헤라 님. 인사는 이쯤 하시고 여독을 푸는 게 어떻겠습니까?"

하멜은…… 세헤라가 우리와 얘기를 더 나누는 걸 원하지 않는 것처럼 보였다.

나는 거기서 확신했다. 그들 사이에 생강과 관련된 어떤 일화가 있었던 게 틀림없다고 말이다.

"저는 피곤하지 않은데요?"

"하지만 얼굴이 좋지 않으십니다."

"어머나, 그건 제 걱정인가요?"

능청스러운 세헤라의 말에, 하멜은 진땀을 흘렸다.

그런 그를 구원해 준 이는 내 남자였다.

"세헤라 공주님, 원하신다면 궁의 방을 내어 드려 쉴 수 있게 도와 드리겠습니다. 대신 하멜과 저희는 오랜만에 해후했기 때문에, 저희에겐 나누어야 할 이야기가 존재합니다."

어쩜. 상황을 이렇게나 잘 정리하다니.

나는 오밀조밀하게 움직이는 이자나의 입술에 진한 키스를 하고 싶었다. 입을 맞춘 지 얼마나 지났다고 이런 생각을 또 하는 건지.

"저는 여독을 푸는 것보다 하멜이 줄곧 살았던 왕국이 궁금해요. 이자나 폐하와 진저 님에게 듣고 싶다고 해야 할까요."

그러자 이자나가 괜찮겠느냐는 듯이 나를 내려다보았다.

내가 피할 이유가 있던가. 나는 흔쾌히 대답했다.

"좋아요."

덕분에 더욱 당황하게 된 것은 하멜이었다. 그는 고개를 푹 숙인 채로 한숨을 쉬었다.

하멜. 도대체 뭘 숨기고 있는 거야.

소파에 마주 보고 앉았을 때, 먼저 말은 꺼낸 것은 이자나였다. 내 옆에 앉은 그는, 막힘없는 언사로 세헤라가 궁금해했던 왕국에 대해서 간략하게 설명했다.

"……하멜은 훌륭한 보좌관으로서 저를 도와주고 있습니다. 이쯤이면 공주님이 궁금해했던 것들이 모두 다 풀리셨을까요?"

"네, 얼추요. 하멜이 보좌관으로 일하고 있다고는 했지만, 잘 믿기지 않았거든요. 그런데 폐하께 직접 들으니까 하멜이 새삼스럽게 보이기도 하네요."

세헤라는 제 옆에 앉은 하멜을 바라보았다. 정말로 다시 봤다는 듯이.

"그는 유능한 수하입니다."

덧대어진 이자나의 말에 하멜은 물기 있는 목소리로 그를 불렀다.

"……폐하."

두 사람 사이에 미묘한 기운이 흘렀다. 내가 빠져 줘야 할 것 같은 분위기랄까.

두 남자의 묘한 분위기를 깨 준 것은 세헤라였다.

"실례되지 않다면, 진저 님과 폐하가 어떤 관계인지 물어봐도 괜찮을까요?"

이자나는 확고하게 대답했다.

"결혼을 약속한 사이입니다."

"어머, 폐하."

나는 수줍어했고, 하멜은 적잖이 놀란 표정으로 우리를 번갈아서 쳐다보았다.

"⋯⋯결혼, 말입니까⋯⋯? 제가 없을 때 하시려고 한 것은 아니겠지요?"

잠깐 마주친 하멜의 눈이 어쩐지 애달파 보였다.

마음을 정리하기 위해 여행을 떠난 하멜. 그는 나를 향한 진심을 아직도 다 털어 내지 못한 걸까?

여자와 함께 돌아온 걸 보고 그의 마음이 정리되었을 거라고 생각했는데. 그래서 다행이라고 여겼는데.

"아니에요. 하멜이 돌아오기를 기다리고 있었어요."

이자나는 내 말에 긍정하듯이 내 손을 부여잡으며 말했다.

"뭐, 네가 소식도 없이 끝내 오지 않았다면 홀라당 결혼했을지도 모르지. 나는 참을성이 많은 편은 아니라서."

"거참. 폐하의 말씀이 꽤 서운합니다."

"두 달 동안 연락도 없던 사람이 누군데."

"여건이 되지 않았습니다."

"누군 여건이 항상 좋은 줄 아나 보지?"

이자나와 하멜은 아주 익숙하게 옥신각신했다.

두 사람. 떠나간 연인이 오랜만에 돌아왔음에 서운함을 표하는 또 다른 연인처럼 보인다랄까.

나는 흐뭇한 시선으로 그들을 쳐다보았다. 이제야 비로소 하멜이 돌아왔다는 사실이 실감되었다.

"휴, 죄송합니다. 그럼 결혼은 언제 하시는 겁니까?"

"글쎄, 너도 돌아왔으니까 조만간 해야겠지. 그렇지, 생강 양?"

이자나는 평소처럼 나를 생강이라고 불렀다. 그 모습을 본 세헤라가 제 손바닥을 탁, 치며 내게 말했다.

"거봐요! 생강이 맞잖아요."

"……."

맙소사. 내가 이자나의 생강임을 이렇게 들켜 버리다니.

"폐하. 그것은 진저 님의 애칭인 거죠? 부럽네요. 귀여운 애칭이 에요."

세헤라는 악의 없이 말했지만, 나는 기분이 약간 나빴다.

이자나를 제외한 다른 이가 나를 생강이라고 부르는 걸 용납할 수 없었기 때문이다.

나는 여전히 생강이라는 단어를 안 좋아했다. 나를 생강이라 부른 이들의 얼굴을 생강으로 만들어 주고 싶을 정도로.

하나 세헤라는 나의 사정을 몰랐고, 하멜의 손님이기도 했다. 그렇게 기분이 나빠진 티를 내지 않았다.

그때, 떠오른 것은 아침에 이자나의 귓가에 속삭였던 말이었다. 내 애칭은 못생긴 생강이 아니라는 것을 세헤라에게 보여 주고 싶었다.

나는 이자나의 귀에 대고 작게 속삭이기 시작했다.

"폐하, 아침에 제가 불러 달라고 청한 대로 저를 불러 주세요."

그러자 이자나가 잘 다듬어진 눈썹을 조금 일그러뜨렸다.

"지금……?"

"네! 지금, 모두의 앞에서요. 제 애칭이 좀 더 사랑스럽다는 것을 세헤라 공주님에게 보여 주자고요."

"……."

나는 거기까지 말하고선 그에게 기울였던 얼굴을 떼어 냈다. 이자나는 당혹스러운 얼굴을 한 채로 입술을 몇 번 작게 벙긋거렸다.

망설이던 그는 이윽고 소리가 된 말을 내뱉었다.

"세헤라 공주님. 사실 진저의 애칭은 따로 있습니다만……."

"네? 생강이 아니라요?"

"네. 사, 사랑스러운 나의 어린 양 진저…… 라고나 할까요, 하하하. 그것이 진저의 애칭이랄까."

이자나는 어색한 미소를 흘렸다. 반면 나는 기분 좋은 미소를 흘렸다.

사랑스러운 어린 양 진저라니. 생강보다 훨씬 더 듣기 좋은 애칭이 아니던가.

이번엔 이자나가 제 고개를 기울여, 내 귀에 작게 속삭였다.

"어때? 마음에 들어?"

"네. 너무 마음에 들어서 기절할 것 같아요."

"기절이라."

이자나는 고개를 똑바로 하고선 짓궂은 미소를 지었다.

무슨 생각을 한 걸까.

이자나의 거침없는 말이 시작된 것은 그때였다.

"사랑스러운 어린 양인 진저는 세상에 존재하는 모든 존재 중에 가장 사랑스럽죠. 결 좋은 진저빛 머리카락과 오묘한 호박빛 눈동자는 이 세상의 것이 아닌 것 같습니다. 신비롭고 아름다운 정령 같다고 해야 할까요."

……대박. 이토록 장대한 미사여구라니.

이자나는 내 얼굴을 들여다보며 한 마디를 덧대었다.

"그래서 지금도 눈을 뗄 수 없나 봅니다."

그는 한쪽 눈을 내게 찡긋했다. 제가 늘어놓은 미사여구가 마음에 들었느냐고 묻는 것 같았다.

당연히 마음에 들다마다.

이자나를 당혹시킬 요량으로 불러 달라고 했던 호칭이었는데, 이토록 훌륭하게 소화해 내다니.

나는 이자나의 윙크에 대답하듯이 머리를 뒤로 젖혔다.

"당신의 어린 양은 벌써 기절했어요."

"큭큭."

이자나는 내 반응이 마음에 든다는 듯이 킥킥거렸다.

황당함에 할 말을 잃은 것은 하멜과 세헤라였다. 그들은 손발이 오그라드는 우리의 사랑놀이에 혀를 내둘렀다.

"하멜…… 설마 이 사이에 끼어 있었던 거예요?"

"애석하게도 그렇습니다."

"맙소사."

자, 이젠 제대로 보았겠지? 나는 생강보다도 훨씬 더 멋진 애칭을 가지고 있다고.

나는 세헤라 쪽을 슬그머니 보며, 그녀의 반응을 살폈다.

하멜과 함께 황당해하던 세헤라는 이내 정신을 차리고선 하멜에게 소리쳤다.

"좋아요, 결심했어요! 하멜, 우리도 서로에 대한 애칭을 정해 봐요."

애칭? 두 사람 무슨 사이인 거야?

나는 기절한 척 뒤로 젖혔던 고개를 다시금 똑바로 했다.

"네? 세헤라 님. 그게 도대체 무슨 말씀이십니까?"

"우리도 저것보다 더 근사한 애칭을 만들어 보자고요!"

“말씀 중에 죄송한데……. 하멜, 혹시 세헤라 공주님과…….”

내가 부끄러운 시선으로 그를 보자 하멜이 손사래를 쳤다.

“그, 그런 거 아닙니다!”

“……하멜, 이스칸다르 제국에서 보냈던 저와의 밤을 잊은 거예요?”

“세, 세헤라 님!”

하멜은 그녀의 이름을 크게 불렀지만, 다른 말을 하지는 않았다.
대신 제 귀 끝이 조금 붉혔을 따름이었다.

오호라, 무슨 일이 진짜로 있기는 있었나 본데.

저주에서 완전히 벗어난 하멜이 타인에게 사랑받게 될 날이 머지
않은 듯해 보였다. 그의 사랑놀이를 조만간 볼 수 있지 않을까?

나는 기대가 되었다.

＊　＊　＊

“폐하. 그런데 저 두 사람은 어떻게 만났을까요?”

“글쎄.”

하멜과 세헤라는 이자나가 세헤라에게 내어 준 방으로 간 터였다.

지금쯤 쉬고 있으려나. 두 사람은 잘 어울렸는데.

하멜은 물러 터진 구석이 있었기에 세헤라처럼 드센 여자와 상성
이 제법 잘 맞을 듯싶었다.

“생각해 보니 우리 얘기만 잔뜩 했지, 그 두 사람 얘기는 하나도
듣지 못했네요.”

“응, 그러게 말이야. 나는 네 애칭만 말한 것 같은 기분이 들어.”

이자나가 기가 막히다는 듯이 도리질했다. 나는 그의 장대한 미

사여구가 다시금 떠올라 킥킥거리며 대답했다.

"뭐라고 하셨더라. 신비롭고 아름다운 정령?"

"다시 한 번 더 말해 주기를 원한다면, 또 해 줄 수도 있어."

"우와."

"몰랐는데, 내가 미사여구를 붙이는 데에 재능이 있더라고."

이자나는 잘 빠진 날카로운 제 턱을 만지작거렸다.

자신이 있다는 건가? 그렇다면 내뺄 필요는 없지.

타인이 듣기에 손발이 오그라드는 낯간지러운 미사어구일 수도 있었다. 그러나 듣는 당사자인 내가 느끼는 건 조금 달랐다.

뭐랄까. 사랑받고 있는 듯한 느낌을 준다고 해야 할까?

물론 이자나의 사랑을 믿지 못하는 건 아니다. 그렇지만 사랑에 빠진 사람이라면 더러 그러하듯이 상대방의 사랑을 확인받고 싶었다. 계속해서. 영원히.

"좋아요, 폐하! 또 해 주세요."

"생강의 정령 양. 이번엔 뭘 해 줄까? 말만 해."

이자나는 턱을 만지작거리던 손을 내려 팔짱을 꼈다. 바라본 그의 얼굴이 자신만만하기만 했다.

"당신에게 있어 제가 어떤 의미인지 말해 주세요."

그는 잠깐 동안 생각에 잠기더니 머지않아 대답하기 시작했다.

"나는 벽을 두르고 있었어. 늘 혼자인 채로 어둠과 고독을 곱씹었지. 나는 벽 밖으로 나갈 엄두를 내지 못했고, 벽을 깨고 들어와 나를 만나 줄 이도 아무도 없다고 여겼어."

뭐야, 미사여구를 해 달라고 했더니 왜 갑자기 진지해지는 건데.

내가 그런 생각을 하는 사이에도 이자나의 말은 이어졌다.

"그런데 어느 날 갑자기 벽의 작은 틈새로 따사로운 빛 한 줄기가 들어오기 시작한 거야. 그 빛은 내가 두르고 있던 두꺼운 벽을 녹일 수 있을 정도로 강렬한 것이었어."

"……."

"그 빛은 이내 내가 두르고 있던 벽을 모두 녹이고, 나를 그곳에서 꺼내어 주었어. 난생처음 느낀 따스함이었지."

"이자나 폐하……."

왜 눈물이 날 것 같지?

코끝이 찡해지려는 걸 간신히 참으며 나는 그의 말을 경청했다.

"그 빛은 어떨 땐 너무 웃기기도 하다가, 어떨 땐 너무 따뜻하기도 하다가, 또 어떨 땐 나를 슬프게도 만들었어. 아주 잠깐 다른 사람을 비추려고 했으니까."

"……."

"나는 그 빛이 내게만 닿아 있기를 바랐어. 그래서 그 빛의 시작점을 찾아가게 된 거야."

거기까지 말한 이자나가 내 머리카락을 부드럽게 흐트러뜨렸다. 그의 눈꼬리가 보기 좋게 휘어져 있었다.

"그 시작점이 너였지 뭐야."

가슴이 먹먹했다. 이자나에게 있어 내가 어떤 의미인지 얘기해 달라고 했지, 누가 심금을 울려 달라고 했던가.

나는 이자나를 꼭 껴안았다. 그가 더는 외로움을 느끼지 않게. 그가 더 이상 벽을 쌓지 않게.

"그 빛의 정체가 아름다운 여자일 거라고는 생각하지 못하셨던 거죠?"

이자나가 웃기를 바라며 내뱉은 우스갯소리였다. 이자나는 내 의도에 걸맞게 웃는 소리를 내었다. 나는 그의 웃음 포인트를 제대로 간파하고 있었다.

"네가 그런 대답을 할 줄은 꿈에도 상상하지 못했어."

"당연하죠. 저는 꿈속에 존재하는 사람이 아니니까."

"그래, 맞아."

나는 그의 등을 부드럽게 쓸었다.

"어때? 내 미사여구 솜씨가."

"소설을 쓰셔도 충분하실 거라 생각이 듭니다."

"이참에 한번 적어 볼까나."

나는 그의 가슴팍에 묻고 있던 얼굴을 들어, 이자나를 올려다보았다.

"어떤 걸로요?"

이자나는 장난스럽게 대답했다.

"제목은 '진저의 생강 찾아 삼만 리.' 어때?"

"폐하!"

"그것도 아니라면 '생강이냐, 진저냐, 그것이 문제로다.' 정도랄까."

……결국 결론은 생강인 거냐. 젠장.

"나 참."

그는 기분이 좋아진 듯 작은 콧노래를 불렀다. 나를 제대로 놀린 일을 흡족해하는 것 같았다.

조금 전, 내 마음을 먹먹하게 만들었던 이자나가 참으로 얄미워 보였다.

　　　　　*　　*　　*

　저택으로 돌아가려는 마차를 타려고 했을 때, 나는 내 두 눈을 의심했다. 마차 앞에 익숙한 사람이 서 있었기 때문이다.

　"……하멜?"

　세헤라와 여독을 풀고 있어야 할 그가 왜 여기에 있는 걸까. 나는 마차까지 뛰어갔다.

　"진저 님! 그렇게 뛰시다간 넘어지십니다."

　그는 평소처럼 내게 잔소리를 늘어놓았다. 묘하게도 그 잔소리가 반갑게 느껴졌다.

　"하멜이 여기에 왜 있는 거예요?"

　"저는 제 일을 하는 것이지요."

　"세헤라 공주님은요?"

　"피곤했던 것인지 주무시고 계십니다."

　하멜은 피곤하지도 않아요? 라고 묻고 싶었지만, 그는 내가 입을 열기도 전에 마차의 문을 열었다.

　"타시죠."

　나는 어쩔 수 없이 마차에 올라탔고, 이내 하멜도 나를 따랐다. 우리는 정말 오랜만에 마차에서 마주 보고 앉아 있게 되었다.

　그는 헝클어졌던 머리를 말끔히 정리하고, 반듯한 제복도 입은 채였다. 방랑자였던 모습은 온데간데없이 사라진 뒤였다.

　하멜은 내 쪽을 보지도 않고선 창밖만 응시하고 있었다.

　나는 그가 무슨 생각을 하고 있을지 궁금했다. 그리고 묻고 싶었다. 나에 대한 감정을 얼마나 정리했는지. 세헤라와는 어떻게 만난 것인지. 세헤라를 이성적으로 생각하는 것인지.

그리고…….

"저, 하멜."

이젠 나를 슬픈 눈으로 바라보지 않을 것인지.

"……네?"

하멜은 깊은 생각에 잠겨 있었던 것인지 한 템포 늦게 대답을 했다.

"이런 걸 물어봐도 되는지 모르겠지만, 궁금한 걸 참을 수 없어요."

"물어보십시오. 진저 님이 궁금해하시는 거라면 뭐든 대답해 드릴 준비가 되어 있습니다."

"같이 온 세헤라 공주님과 진짜로 무슨 사이예요? 함께 왕국까지 올 정도면…… 그래도 꽤 호감이 있는 거죠?"

기왕이면 사랑하는 사이였으면 좋겠는데. 하멜이 사랑에 빠진 거였으면 좋겠는데.

하멜은 잠시 동안 멍하니 생각하더니, 이내 고개를 천천히 끄덕였다.

"그렇습니다. 호감은 있습니다. 그분은 뭐랄까요."

"……."

"진저 님을 많이 떠올리게 하는 분이라서."

내가 그런 무례한 여자랑 닮았다니, 말도 안 되는 소리라고 생각했다. 나는 처음 보는 여자에게 생강이라고 말할 만큼 막돼먹지 않았다고.

그러나 그렇게 대답하기엔 하멜의 분위기가 꽤나 진지했다.

"설마 저를 많이 떠올리게 만들어서 그녀를 좋아하게 되었다…… 그런 건 아니겠죠?"

다른 누군가를 떠올리며 그 사람을 대하는 건, 옳지 않은 일이라고 생각했다. 그것은 하멜, 세헤라, 그리고 내게도 좋지 않은 일이었다.

"아닙니다. 이따금 당신을 떠올리게 만들기는 하나, 그 사람을 진저 님으로 보는 것은 아닙니다."

"흐음. 확실해요?"

"네. 더군다나 세헤라 님께서는 저주가 풀린 제게 처음으로 고백해 주신 분인걸요."

"우와! 그 공주님이 하멜에게 푹 빠진 거군요!"

그래서 왕국까지 따라온 건가? 대단한 사랑이구나.

저주가 풀리자마자 고백을 받은 하멜도 대단하게 느껴졌다. 하긴, 하멜은 은연중에 여자를 설레게 하는 매력을 지닌 남자였으니, 충분히 가능할 일일 성싶었다.

내가 고백이라도 받은 듯이 좋아하자 하멜은 머쓱하게 미소 지었다.

"이건 이기적인 생각일지도 모르겠지만…… 저를 좋아해 주는 사람이 생기고, 그 사랑이 제게 닿는 게 조금 기뻐서……. 그녀를 확실히 사랑하고 있는 것도 아니면서 왕국까지 데려오게 되었습니다."

아무에게도 사랑받지 못했던 하멜이었다. 그러한 그가 누군가의 사랑을 처음으로 받았을 때, 그는 얼마나 기뻤을까?

나는 하멜의 마음을 백번 이해했다. 짝사랑은 신물이 나게 했었기 때문이다.

누군가가 나를 진심으로 원할 때. 심지어 그 누군가가 내가 좋아하는 사람일 때. 그때 얼마나 기뻤던지.

나는 문득 이자나의 반듯한 얼굴을 떠올렸다.

"하멜. 저는 그 마음 충분히 이해해요."

"이해해 주신다니 감사합니다. 제 욕심 때문에 세헤라 님이 상처 받게 될까 봐 두렵습니다. 솔직히 어떻게 해야 할지도 잘 모르겠고……."

"세헤라 공주님의 마음, 진지하게 생각해 보는 건 어떨까요? 그녀를 좋아하라고 강요하는 건 아니지만, 두 사람은 생각보다 잘 어울려서."

"흠흠. 잘, 잘 어울린다니요."

하멜은 어색하게 헛기침을 했다. 그의 귓가가 붉어진 것도 같았다. 어라, 하멜도 마음이 영 없어 보이지 않는데.

기왕이면 잘됐으면 좋겠다는 생각으로 나는 그의 이름을 다시금 불렀다.

"하멜."

"네?"

"서로의 마음이 맞고 사랑에 빠지는 건 쉬운 일이 아니라 기적 같은 일이예요."

"……."

"나는 하멜이 곧 그런 기적 속에서 살 거라고 믿어 의심치 않아요. 당신은 사랑받을 자격이 충분하고, 사랑을 줄 줄도 아는 사람이니까."

걱정하지 말라는 듯이 내가 빙긋 웃자, 하멜이 낮은 한숨을 쉬었다.

"……진저 님. 이러시면 곤란합니다."

"네? 왜요?"

그는 제 뒷머리를 긁적거리며 대답했다.

"간신히 마음을 조금 정리하고 왔는데, 좋은 말씀으로 저를 또다시 흔드시다니요."

나는 고개를 절레절레 흔들며 그를 따라 한숨을 내쉬었다.

"어휴, 하여튼 이 인기가 문제라니까."

"그러게 말입니다."

나는 진심으로 바랐다.

하멜이 내가 논한 기적을 겪기를. 그가 더 이상 울지 않기를. 그가 늘 웃기를.

* * *

"진저 님! 요즘 정말로 행복하시겠어요."

야무진 손으로 내 드레스를 정리하던 사라는 갑자기 무언가가 생각난 듯이 말했다.

아마도 내가 이자나에게 청혼받았다는 사실 때문에 그런 말을 하는 게 아닌가 싶었다.

"그럼. 세상에서 제일 행복한 여자는 내가 아닐까 싶을 정도야. 너도 샐러드 남자친구랑 아직까지 잘 만나고 있는 거지?"

얼굴은 달걀형이고, 눈은 토마토처럼 동그랗고, 입술은 오일처럼 부드러운 사라의 샐러드 남친!

나는 샐러드 같을 그의 얼굴을 상상하며 작게 웃었다.

사라는 드레스를 정리하던 것을 멈추고선 부끄럽다는 듯이 대답했다.

"어머, 진저 님도 참. 사실은 조만간…… 미니 샐러드가 생길지도 몰라요."

사라는 제 배를 내려다보며 부끄러운 미소를 지었다.

미니 샐러드라는 건 임신을 말하는 건가? 맙소사!

"사라! 임신한 거야?"

"아직 확실한 건 아닌데…… 오늘 그이와 함께 의원을 찾아가기로 했어요."

"우와! 완전 축하해!"

"하하, 아직 확실한 것도 아닌데요! 그래도 감사해요, 진저 님."

"그럼 너도 곧 결혼을 하겠네! 말만 해. 결혼 선물은 세상에서 제일 좋은 걸로 해 줄 테니까."

"말씀이라도 감사드려요."

사라는 행복한 미소를 지었다. 그녀는 샐러드 남친을 진심으로 사랑하고 있는 게 틀림없었다.

어릴 때부터 내 시중을 들며, 내가 감정적으로 대할 때도 내게 한 번도 짜증 내지 않았던 그녀였다.

나는 새삼 그녀가 고마웠다. 그래서 사라가 정말로 행복해지기를 바랐다.

"그나저나 진저 님. 조금 오래된 드레스들은 처분하는 게 어떨까요?"

사라는 다시금 드레스 쪽을 쳐다보며 내게 말했다.

"응? 갑자기 웬 처분?"

"에이. 지금 모른 척하시는 거예요?"

"나, 진짜로 아무것도 모르는데?"

그러자 사라의 시선이 내게 닿았다. 그녀는 왜 그걸 모르냐는 듯한 눈으로 나를 쳐다보고 있었다.

"이자나 폐하께서 요즘 수도에서 제일 유명한 드레스 숍을 매일 같이 다니신다는 걸 들었어요!"

"뭐? 폐하께서?"

"네! 드레스 숍에서 일하는 제 친구가 말해 주더라고요. 자주 오셔서 드레스를 사 가시나 봐요. 폐하께서 드레스를 사셨다면, 그것은 당연히 진저 님 것이 아니겠어요? 후후."

"진짜? 폐하께서 그런 앙큼한 짓을 하고 계셨단 말이야?"

그런데 왜 아무 말도 해 주지 않은 거지?

나는 그의 행동에 의아함을 느끼면서도, 이자나가 드레스 숍에 혼자 가서 내 드레스를 고르는 모습을 상상했다.

내 생각을 읽던 검은 눈동자로 여러 드레스를 살펴보다가, 어느 드레스 하나를 꺼내 드는 거다. 그러고선 그것을 면밀히 살필 테지.

'진저는 피부가 흰 편이니까 어두운 색은 어울리지 않겠지.'

이자나의 날 선 눈빛이 여러 드레스를 다시금 살핀다.

그러다 이번엔 색이 노란 드레스를 집어 든다. 그의 얼굴엔 만족스러운 미소가 맴돌고,

'오! 진저는 생강이니까, 이 드레스가 딱이군!'

그 노란 드레스를 사는 것이다…… 는 개뿔! 왜 내 상상의 끝은 생강인 것일까. 끙.

내가 휴, 하는 짧은 한숨을 내뱉자 사라가 내 앞까지 다가왔다.

"엇! 그건 깜짝 이벤트였는데 제가 말실수를 한 건가요? 죄송해요, 진저 님……."

그녀는 내 한숨의 의미가 저 때문이었다고 오해한 것 같았다. 나

는 손사래를 치며 그런 건 아니라고 말했다.

"정말요? 괜찮으신 거예요?"

"그럼. 사라 네가 잘못한 건 없는걸. 하지만 네가 그래도 미안하게 생각한다면……."

"한다면?"

사라는 왠지 긴장한 얼굴로 내 대답을 기다렸다.

"옷장에 있는 오래된 드레스는 모조리 처분해 줘."

내 말에 사라의 얼굴에 서렸던 신상의 기운이 사라졌다. 그녀는 비장한 표정을 지은 채로 불끈 주먹을 쥐었다.

"힘이 닿는 데까지 열심히 정리해 볼게요!"

"그래, 그래."

그렇다면 나는 새 드레스를 맞이하러 가 볼까나.

이자나가 고심 끝에 고른 드레스가 궁금했다.

마음에 든다면 그의 볼이 움푹 파일 때까지 뽀뽀해 줘야겠다는 생각이 들었다.

* * *

역시는 역시였다. 이자나는 오늘도 역시 바빴다.

그는 평소에 잘 쓰지 않는 안경까지 쓴 채로 책상 앞에 앉아 있었다. 책상 위엔 한눈에 보아도 양이 어마어마한 서류들이 가득했다.

이자나는 나를 집무실 안으로 들이기는 했으나, 서류를 내려다보는 시선은 들어 올리지 못한 채였다.

바쁜데 찾아온 건가 싶어, 그에게 말을 붙이기가 망설여졌다. 이자나가 계속해서 나를 쳐다보지 않는다면, 조용히 다시 나가는 것도 나쁘지 않은 일일 테다.

마음속으로 딱 오 초까지 센 순간이었다. 이자나의 고개가 천천히 들리기 시작했다.

"……어? 아, 맞다."

그는 그제야 나를 발견하고선 쓰고 있던 안경을 벗었다.

"진저? 언제 들어온 거지?"

"음……. 그러니까 한 십 초 전에요?"

"미안. 들어오라고 해 놓고 문소리가 안 들려서 몰랐나 봐."

그는 뻑뻑한 듯 제 눈을 비비적거리며 자리에서 일어섰다. 마주한 그의 얼굴이 피로해 보였다.

"그럴 만도 해요. 소녀는 깃털처럼 가벼워서 발소리가 거의 나지 않거든요."

"큭큭."

"……웃으라고 한 얘기가 아닌데요?"

"하지만 우스운 걸 어떡해. 나의 어린 양 진저."

이자나는 소파에 앉아 내게 손짓을 했다.

"이리로 와. 얼굴을 마주 보고 얘기하자."

하지만 나는 이자나의 제안과는 달리 그의 옆에 냉큼 앉았다. 그러고선 내 몸을 그에게 살갑게 기대었다.

얼굴을 마주 보는 것도 좋지만, 가까이서 살을 맞대고 있는 게 훨씬 더 좋았다.

이자나는 별다른 말을 하지 않았다. 그저 내가 조금 더 편하게 기댈 수 있게 만들어 주었을 뿐이다.

"미안해. 내가 바빠서 한동안 후작가를 찾아가지 못했지?"

"아니에요. 저는 괜찮아요."

후후, 당신이 내 드레스를 산다고 바빴다는 건 이미 다 알고 있다고.

나는 티가 나지 않게 이자나의 집무실을 둘러봤다. 그동안 산 드레스들은 어디에 두었으려나.

집무실에 두었을까, 침소에 두었을까, 다른 방 중 하나에 두었을까?

"생강 양. 지금 짓고 있는 음흉한 미소의 의미는 뭐지?"

"하하, 제가 무슨 음흉한 미소를 지었다고 그러십니까."

"어라. 미소가 더 음흉해졌는데……?"

그는 나를 미심쩍은 눈빛으로 바라보았다. 그러다 무언가가 생각났다는 듯이 두 눈을 동그랗게 뜨고 나를 보았다.

"설, 설마! 너……!"

내가 온 이유를 이제야 눈치챈 건가?

역시나 눈치가 빠른 그라고 생각하며, 나는 고개를 끄덕였다. 이자나는 제 셔츠의 단추를 만지작거렸다.

"안 돼. 오늘은 해야 할 일이 너무 많은걸. 사실 나도 나의 어린 양이 외설적인 양이 되는 게 싫은 건 아니지만……."

어? 외설적이라니! 이자나……. 이 자식. 내 음흉한 미소를 야릇한 쪽으로 왜곡해서 해석한 건가.

"폐, 폐하! 그런 게 아니라고요!"

나 원. 이자나는 외설적인 생강이라는 말로 나를 매일 놀렸지만, 실상 외설적이게 되어 가는 것은 이자나가 아닌가 싶었다.

이런 게 바로 부창부수란 건가. 그런 거라면 썩 나쁘지는 않은데.

"피, 오늘은 그런 의미로 찾아온 게 아니라고요."

"그래? 그럼 우리 생강 양의 진짜 의도는 뭘까."

"안 가르쳐 줄 거야."

내 입으로 당신이 산 그 드레스들이 어디에 있느냐고 물을 수는 없으니까. 그런 말을 직접적으로 할 정도로 낯짝이 두꺼운 건 아니었다.

"이자나 폐하, 혹시 제게 무언가 줄 것이 없으신가요?"

하지만 간접적으로 말할 낯짝은 있었다. 이렇게 얘기한다면 이자나도 이제는 눈치를 채지 않을까 싶었다.

"줄 것이라……."

이자나는 나를 가만히 내려다보며 생각에 잠겼다.

"이런 건가?"

그는 아주 자연스럽게 내 이마에 입을 맞추었다.

"폐하! 이것도 아니라고요!"

"어? 이게 아니야? 싫었던 거야?"

……아니, 싫다는 건 아닌데. 좋아, 아주 좋기는 한데 말이지.

"그러니까……. 오늘 제가 오랜만에 옷장을 정리하면서 오래된 드레스를 모두 버렸지 뭐예요."

"아, 그래? 바빴겠다."

대답이 그게 끝이야?

이렇게까지 얘기했는데 모른 척한다는 게 조금 이상했다. 나는 그에게 기댔던 몸을 곧추세워 이자나를 정면으로 바라보았다. 표정이 그리 좋지 않았을 것이다.

"진저?"

이자나도 심상치 않은 내 표정을 읽은 것인지, 내 이름을 제대로 불렀다.

"제 옷장에 이제 드레스가 몇 없단 말이에요."

나는 그에게 마지막으로 기회를 주었다.

이쯤 말했으면 '그럴 줄 알고 너를 위해서 내가 드레스를 준비했어.'라든지, '네게 어울릴 만한 생강색 드레스를 준비했어.'라든지의 말이 튀어나올 줄 알았다.

하나 그것은 내 착각이었던지 이자나는 아무것도 모른다는 듯이 대답했다.

"그래? 그럼 같이 사러 가자."

아냐, 그 대답이 아니라고! 당신이 산 드레스들을 내게 달란 말이야!

거듭된 이자나의 엉뚱한 대답에, 말도 안 되는 생각이 들었다. 그가 다른 여자에게 드레스를 준 것이 아닌가, 하는 생각이었다.

물론 나는 이자나를 믿고 있었다. 그가 그런 짓을 할 만한 위인이 아니라는 걸 누구보다도 잘 안다는 거다.

하나 한 번 든 의심은 쉬이 사그라지지 않았다. 이자나에게 다른 여자라니, 바람이라니. 그럴 리가 없는데…….

나는 고개를 세차게 내저었다. 부정적인 생각을 더는 하고 싶지 않았으니까.

하지만 생각이란 건 내 마음대로 조정할 수 없는 것이었다. 내 머릿속엔 끔찍한 상상이 그려졌다.

그 상상은 이자나가 다른 여자에게 드레스를 선물하는 장면이었다.

나는 앉아 있던 몸을 벌떡 일으켰다. 그와 함께 있다간 부정적인 생각이 계속해서 이어질 것 같았다.

드레스의 행방에 대해 물어볼까 싶다가도 용기가 나지 않았다. 혹 이자나가 내 추측이 맞다는 것처럼 동요해 버릴까 봐.

그것은 키키가 내게 남긴 상처였다. 바람에 대한 것이 트라우마로 남아 버린.

"……진저? 왜 그래?"

이자나는 조금 놀란 듯이 말했다.

이자나는…… 내가 저를 두고 바람이라는 것을 상상했다는 걸 조금도 짐작하지 못할 것이다.

"아무것도 아니에요. 폐하, 전 이제 그만 돌아가 봐야 할 것 같아요."

"갑자기 왜?"

"제 시녀가 임신을 해서…… 축하 선물을 사러 가야 할 것 같거든요. 축하 선물을 사러 가는 김에 폐하의 얼굴을 잠깐 보고 갈까, 해서 궁에 들린 거예요."

거짓말치고는 막힘이 없이 술술 흘러나왔다.

이자나는 그럼에도 무언가가 찜찜하다는 듯이 나를 바라보고 있었다. 그는 내 말을 온전히 믿지 못하는 듯했다.

"그 말, 진짜인가?"

"그럼 가짜겠습니까."

나는 미소를 지으려고 노력했다. 하나 제대로 된 미소가 나오지는 않았다.

"이대로 보내기는 정말 아쉬운데. 나도 할 일이 너무 많아서……. 미안해."

이자나는 자리에서 일어나 내 입술에 짧게 입 맞추어 주었다.

"얼른 끝내고 내가 후작가로 찾아갈게."

"네."

나는 가 보겠다는 말과 함께 방을 나섰다.

오늘따라 그가 생각을 읽지 못함이 다행이라는 생각이 들었다. 생각을 읽었다면, 바보 같은 내 의심을 읽었을 테니까.

그런데…… 그는 드레스를 도대체 왜 산 걸까? 그 드레스는 누구의 것인 걸까.

나는 기다란 복도를 힘없이 거닐었다.

그렇게 몇 걸음을 걸었을 때, 입술 틈새로 짭짤한 맛이 느껴졌다.

"젠장. 왜 눈에서 콧물이 나오는 거야."

나, 왜 눈물이 나는 거지.

이자나가 바람을 피운 것도 아니고, 고작 그가 산 드레스의 행방을 모를 뿐인데. 왜 이리 서러운 걸까.

나는 걷던 걸음을 멈추고선 눈가를 닦아 내었다. 그때, 내 맞은편에서 누군가가 다가오는 게 보였다.

하멜과 세혜라였다.

그들은 어느새 코앞까지 다가와 있었다. 다행인 점은 눈물이 그쳤다는 점이었다. 나는 울었다는 사실을 들키기 싫어서 평소보다도 더 밝게 인사했다.

"하멜, 안녕. 세혜라 공주님도 안녕하세요."

"진저 님도 안녕하세요!"

세혜라가 내게 인사했고, 하멜은 고개를 조금 숙여 인사했다.

"진저 님, 궁에는 어쩐 일로……."

하멜은 그리 묻다가 제 말끝을 흐렸다. 그러고선 내 눈가를 빤히 들여다보는 게 아닌가.

곧 그의 얼굴이 딱딱해졌다.

"세헤라 님, 잠깐만 여기서 기다리십시오."

세헤라에게 그리 말한 하멜이 내 손목을 부드럽게 잡았다.

"하멜?"

그는 나의 부름에도 아랑곳하지 않으며, 인적이 드문 복도까지 나를 이끌었다. 걸음을 멈춘 그가 잡고 있던 손목을 놓아주었다.

그는 내게 손을 뻗었다가 이내 주춤거리며 갈무리했다. 아마, 내 눈가를 쓸어 주려 했던 것 같았다.

하멜은 차마 내게 닿지 못한 손을 꽉 말아 쥐고선 내게 물었다.

"우셨습니까?"

나는 시치미를 뗐다.

"아니요. 안 울었는데요?"

그러고선 눈가를 비비적거리며 눈물의 흔적을 말끔히 없앴다. 그의 회색 눈동자가 나의 모든 행동을 좇고 있었다.

"눈가가 빨갛습니다."

"눈을 비벼서 그래요."

"목소리가 잠겼습니다."

"어제 잠을 못 자서 그런가 봐요."

하멜은 마지막 수를 내놓으며 강경하게 말했다.

"폐하께 찾아가겠습니다. 진저 님이 우신 것 같다고."

그는 정말로 가겠다는 듯 걸음을 옮겼다.

"잠, 잠깐만요!"

그냥 하는 말이 아닌 것 같아서, 나는 하멜을 잡아 세웠다. 그러자 그는 걸음을 멈추고선 나를 가만히 내려다보았다.

"저는 울보 하멜입니다. 그런 제게 운 것을 숨기려고 하신다뇨."

"……."

"마지막으로 묻겠습니다. 우셨습니까?"

더 숨기는 건 무리일 성싶었다. 나는 단념한 채로 그에게 대답했다.

"……네. 울었어요. 됐어요? 원하는 대답을 들어서 좋으냐고요."

"하. 제가 그런 뜻으로 물은 게 아니라는 걸 알고 계시지 않습니까."

"알고 있어요. 미안해요……."

이 무슨 화풀이일까. 하멜이 잘못한 것은 전혀 없는데.

나는 모든 상황에 대한 분풀이를 하멜에게 하고 있었다.

"저야말로 죄송합니다. 진저 님을 몰아붙이고 싶었던 게 아니었습니다."

하멜은 기다란 한숨을 쉬며 제 머리칼을 쓸어 넘겼다. 오랜만에 보는 그의 복잡한 얼굴이었다.

그는 내게 시선을 주지 못하며 띄엄띄엄 말했다.

"무슨 일인지 물어봐도 괜찮겠습니까?"

솔직하게 말해도 될까.

이자나를 의심했다는 사실을 하멜에게 털어놓기가 망설여졌다. 왜냐하면 하멜은 나만큼이나 이자나를 믿는 사람이기 때문이다.

그는 내 눈물의 의미를 이해하지 못할 수도 있었다. 되레 왜 직접적으로 묻지 않고 오해를 하고 있느냐고 나를 꾸짖을지도 몰랐다.

평소에 잔소리가 심한 그로서, 그럴 가능성이 다분했다.

"이자나 폐하와 무슨 일이 있었던 겁니까?"

하멜은 나를 채근했다.

"하멜. 내가 무슨 말을 해도 나를 꾸짖지 않을 거라고 약속해요."

"제가 언제 진저 님을 꾸짖었다고 그런 말씀을 하십니까. 서운합니다."

"……어제만 해도 뛰지 말라고 나를 타일렀잖아요."

"제가 그런 말을 했던가요."

그는 내게 억울한 눈빛을 보냈다. 그러나 그런 눈빛을 보낸다고 해서 그가 지금까지 나를 꾸짖었던 일이 없어지는 것은 아니었다.

"네."

망설임 없는 내 대답에 하멜이 마지못해 인정한다는 듯이 대답했다.

"진저 님이 그러기를 원하신다면, 약속하겠습니다. 그럼 이제 말해 주실 수 있는 것입니까?"

"나를 바보 같다고 생각하지 않겠다고 다짐해요."

"다짐하겠습니다. 제가 그런 생각을 할 리가 없지 않습니까."

"……두 번 다짐해요."

"진저 님이 원하신다면 얼마든지 더 하겠습니다."

"그럼 열 번 할래요?"

"……."

하멜은 침묵했다. 장난은 그쯤 하라는 무언의 호소인 듯했다.

나는 오늘 하루 있었던 일들을 하멜에게 털어놓았다.

이자나가 드레스를 사고 있다는 사실을 사라에게 들은 것과, 드레스를 샀으면서 내게 주지 않은 사실까지.

그에게 다른 여자가 생긴 것은 아닐까, 라는 말까지는 하지 않았지만, 하멜은 거기까지 짐작하지 않았을까 싶었다. 그렇지 않고서야 내가 흘린 눈물의 의미가 설명되지 않았으니까.

하나 그렇다고 해도 나는 바람과 관련된 말은 절대로 하지 않을 것이다. 이자나를 의심했던 주제에, 우습게도 내가 아닌 다른 이가 이자나를 의심하는 건 싫었다.

"……그래서 눈물이 났던 거예요. 정말 바보 같은 눈물이야."

내 말을 끝까지 조용히 경청한 하멜은 고개를 내저었다.

"아뇨. 바보 같지 않습니다."

"이자나 폐하께서 내게 드레스 얘기를 털어놓지 않은 것은 그럴 만한 사정이 있을 거라고 생각하는데……. 나는 속이 좁은 여자라서 그런지, 그 사실이 너무 서럽게 느껴져요."

"저 같아도 서러웠을 겁니다."

하멜은 동감했고, 나를 이해해 주었다. 그러자 착잡했던 마음이 약간은 사그라졌다.

나는 나를 이해해 준 하멜이 고마웠다.

"폐하께서 어째서 그런 일을 하신 것인지 저도 잘 모르겠습니다. 하지만 진저 님의 말씀대로 생각이 있으셔서 그런 것일 테니 조금 더 기다리는 것은 어떻겠습니까?"

"휴."

하멜이 내 머리 위를 조심스레 두어 번 두드렸다. 쓰다듬어 주고 싶었지만 차마 그러지는 못한 손길이었다.

이럴 땐 주저하지 않고 내 머리를 쓸어 주어도 괜찮았을 텐데. 나를 사랑하지 말라고 했던 주제에, 그에게 과한 위로를 바라고 있는 걸까.

나는 그만큼 누군가의 위로가 절실했던 걸까.

"그렇다고 해도 당신을 울린 것은 정말 화가 납니다."

"……하멜."

"진저 님의 눈에서 눈물이 나게 만든 것은 명백한 잘못입니다. 설령 그것이 폐하라고 할지라도."

"……."

무슨 말을 해야 할지 고민하던 사이, 우리 사이로 낯선 목소리 하나가 끼어들었다.

"진저 님이 잘못한 것은 전혀 없어요!"

우리는 소리의 근원지로 눈길을 돌렸다. 거기엔 복도에 남겨 두고 왔던 세헤라가 서 있었다.

"흠흠, 의도적으로 들으려고 했던 건 아닌데. 기다리기가 지루하기도 했고, 하멜이 혼자 가 버리니까 신경이 쓰여서……."

세헤라를 보자 하멜은 그녀를 두고 왔다는 사실을 뒤늦게 깨달은 것인지, 미안한 어투로 말했다.

"죄송합니다, 세헤라 님. 당신을 홀로 남겨 두려고 했던 것은 아니었는데."

"됐어요. 상황을 들으니까 이해가 됐어요."

세헤라는 내 앞까지 가까이 다가와서는 내 손을 불쑥 잡았다.

"어린 양이니, 정령이니 하더니! 드레스를 다른 여자에게 사 줬다는 건가요? 가만둘 수 없어요!"

나는 확정적으로 말하지는 않았는데…….

세헤라는 내 말을 과해석했음이 틀림없었다.

"이스칸다르 제국에서 제일 극형에 처하는 죄목이 바로 '바람'이랍니다. 내통을 한 두 남녀는, 연좌제를 적용해서 그들의 가족까지 모두 벌준다고요.”

세헤라의 검은 눈동자가 활활 타오르고 있었다.

“당신이 그 생각이라서 마음에 들지는 않지만……. 저는 바람을 피운 남자를 용서할 수 없어요!”

그 생각? 세헤라가 말하는 그 생각이란 건 무엇을 의미하는 걸까.

생각과는 별개로 그녀는 내 일을 제 일처럼 느끼며 분개하고 있었다. 고작 두 번 본 사이임에도 불구하고 말이다.

나는 당황스러워 하멜을 물끄러미 쳐다봤다. 네 손님이니 네가 어떻게 해 보라는 눈빛이었다.

결국 내 눈빛에 못 이겨 중재에 나선 것은 하멜이었다.

“세헤라 님! 진정하십시오. 폐하께서 다른 여자에게 드레스를 사 줬다는 건 아직 확실하지 않은 사실이고…….”

“그럼 하멜은 그런 생각을 하지 않았다는 건가요?”

“……그런 건 아니지만…….”

“거봐요! 당신도 그렇게 생각하고 있었잖아.”

하멜은 할 말을 잃고서 내 눈치를 보았다. 내가 충격받을까 봐, 염려하는 듯했다.

나는 괜찮다는 것처럼 어깨를 들썩였다. 나도 거기까지 생각했었으니까. 딱히 충격받을 이유는 없었다. 다만 기분이 아주 가라앉았을 뿐.

“그래서 진저 님의 생각은 어때요?”

“네?”

“폐하께 그 드레스들의 행방에 대해 묻지 않을 거냐고요.”

행방에 대해 묻긴 물어야겠지. 하지만 나는 역시나 망설여졌다.

뭘 자신 없어 하는 거야, 진저 토르테.

내가 망설이는 사이, 세헤라가 잡고 있던 내 손을 거세게 흔들며 소리쳤다.

"직접적으로 물을 자신이 없다면 뒤를 밟아요!"

"……네?"

"폐하께서 드레스를 사러 갈 때, 그걸 가지고 어디에 가는지 쫓아가 보자 이거예요!"

맙소사, 이 공주님. 생각보다 대차잖아?

처음 만났을 때는 무례하다고만 생각했었는데, 오늘의 그녀는 마음에 쏙 들었다.

세헤라의 뜬금없는 제안을 거절하고 싶다는 생각이 들지는 않았다. 외려 구미가 당겼다.

이자나에게 직접적으로 물을 용기가 나지 않았으니까.

고민은 길지 않았다. 나는 고개를 끄덕였다. 그것은 완벽한 긍정이었다.

세헤라의 입가엔 만족스러운 미소가 드리웠다. 나는 우리의 첫 화합을 기념하는 말을 건네었다.

"피스!"

"……피스?"

나는 세헤라에게 그 말이 가진 의미를 설명해 주었다.

"일종의 파이팅이라고 할까요?"

"아하!"

세헤라는 이해했다는 듯이 내 말을 따라 했다.

"피스!"

그 사이에서 난감해진 것은 하멜이었다.

하멜은 이런 상황은 예상하지 못한 듯, 얼빠진 얼굴로 우리를 보고 있었다.

* * *

이자나가 다시 드레스를 사러 가지 않으면 어떻게 해야 하나, 걱정했던 것이 무색했다.

이자나는 이틀 뒤, 드레스 숍을 또다시 찾았다.

그것은 본래의 업무로 돌아간 하멜이 비밀리에 알려 준 정보였다. 묘한 것은 이자나가 하멜에게도 제 행보를 알리지 않았다는 것이었다.

수상해. 엄청 수상해.

세헤라, 하멜, 그리고 나는 이자나의 뒤를 밟을 준비를 했다. 큰 준비를 한 것은 아니었다. 우리는 수도에서 가장 큰 드레스 숍에 미리 가서 잘 보이지 않는 곳에 몸을 숨겼을 따름이었다.

우리는 이자나가 오기만을 기다렸다. 나는 괜스레 긴장이 되었다.

그가 바람을 피우지 않았을 거라고 여전히 믿고 있었다. 그렇지만 그가 드레스를 사서 어디에 두는지, 또는 누구에게 주는지를 확인하고 싶었다. 내 두 눈으로. 똑똑히.

"……진저 님, 괜찮으십니까?"

몸을 불편하게 구긴 채로 서 있던 하멜이 내게 물었다.

"그럼요. 괜찮지 않을 건 또 뭐예요. 내가 누구예요? 난 진저 토르테라고요."

하멜이 뭐라고 더 말하려고 했지만, 세헤라의 작은 소곤거림 때문에 제 입을 다물었다.

"쉿, 쉿! 저기 낯익은 사람이 들어오고 있어요!"

나는 눈을 크게 뜨고 드레스 숍 입구 쪽을 바라보았다. 거기엔 드레스 숍으로 들어오고 있는 이자나가 존재했다.

그가 정말로 드레스를 사러 온 것이었다.

이자나는 입구에 선 채로 안으로 완전히 들어오지 않았다. 그는 유리문을 잡은 채로 드레스 숍 밖을 쳐다보고 있었다. 마치 동행한 이가 저를 따라 들어오기를 기다리는 것처럼.

······동행? 누군가와 함께 왔단 말이야?

적어도 여자일 것임이 틀림없었다. 남자와 드레스 숍에 올 리는 없을 테니까.

이윽고 열린 유리문으로 누군가가 들어오기 시작했다. 그이는 어딘지 모르게 익숙한 드레스를 입고 있었다.

나는 내 옆에 서 있던 세헤라에게 몸을 기대었다. 그러자 세헤라의 낮은 한숨 소리가 들렸다.

드레스를 입은 여자가 드레스 숍 안으로 완전히 들어왔다. 구석에 숨어 있던 우리는 그 사람의 얼굴을 그제야 확인할 수 있었다.

"······!"

역시나 여자였다. 여자였고, 낯설지 않은 이였다.

어째서 그녀가 여기에 있는 거지?

내가 헉 소리를 내며 여자의 얼굴을 빤히 보자, 옆에 있던 세헤라가 웅크리고 있던 몸을 일으켰다.

"폐하! 어떻게 그러실 수가 있어요!"

돌연히 내질러진 세헤라의 외침에 이자나와 여자의 고개가 우리에게로 돌아갔다. 그들과 눈이 마주침과 동시에 여자가 내 이름을 상냥하게 불렀다.

"······진저?"

나는 웅크리고 있던 몸을 천천히 일으켰다.

"하하."

이자나와 그의 동행인 그녀는 우리가 숨어 있는 곳까지 다가왔다. 그녀는 갑작스러운 내 등장에 깜짝 놀란 듯해 보였다.

"진저? 여긴 어쩐 일이니?"

"그러게요. 제가 왜 여기에 왔더라?"

"이 사람들은 다 누구고?"

의문스러운 물음에 뭐라고 변명을 해야 하나 고민하던 차였다.

제 일처럼 화를 낸 세헤라가 그녀를 향해 삿대질을 하며 또다시 소리쳤다. 내가 말릴 새도 없이 일어난 일이었다.

"당신! 폐하와 무슨 사이인 거죠?"

······무슨 사이긴, 장모님과 사위 사이일세. 눈앞이 절로 새까매졌다.

우리를 가만히 지켜보던 이자나는 상황을 얼추 파악한 것 같았다. 그는 굳어 있었던 입매를 풀어 가느다란 미소를 지었다.

"세헤라 공주님. 그 대답은 제가 해 드려도 괜찮겠습니까?"

"네?"

"이분은 진저의 어머님이십니다."

"······네?!"

세헤라가 깜짝 놀라서 되물었다.

그녀는 나와 어머니를 번갈아 보며, 이자나의 말이 진짜인지 아닌지 확인했다. 그러다 중요한 사실을 뒤늦게 깨달은 듯이 외쳤다.

"닮, 닮았어!"

"……."

그럴 수밖에. 어머니와 나는 진저빛 머리색이며, 금안인 점이 똑같았다.

"진저, 이게 무슨 일인지 물어봐도 괜찮을까?"

이자나가 미소를 유지한 채로 내게 물었다.

그것은 매일 보던 아름다운 미소였지만, 어쩐지 순수한 미소로는 느껴지지 않았다.

"하하, 그러니까 말이에요. 폐하, 이게 무슨 일일까요?"

"그건 내가 물은 건데?"

나는 그에게서 부자연스럽게 시선을 옮겼다.

왜 이자나가 어머니와 함께 드레스 숍에 온 걸까. 그가 최근에 사 갔다던 여자 드레스는 어머니의 것이었을까?

망했군.

별안간 이자나에게 제대로 혼날 것 같은 기분이 들어 고개를 푹 숙였다. 내 옆에선 하멜과 세헤라의 멋쩍은 웃음소리가 들렸다.

* * *

"……그런 일이 있었던 것입니다."

나는 있었던 일들을 이자나에게 모두 솔직하게 털어놓았다. 그러고선 그의 눈치를 슬쩍 봤다.

이자나는 마음에 들지 않는다는 것처럼 제 미간을 엷게 찌푸렸다. 기분이 나빴던 게 분명했다.

저를 의심했고, 제대로 묻지도 않았고, 심지어 세헤라와 하멜까지 끌어들였으니. 이자나의 입장에서는 황당할 수밖에 없겠다는 생각이 들었다.

"생강 양의 말을 정리하자면, 내가 여자 드레스를 산다는 소문을 듣고 나를 의심을 했고, 그래서 드레스 숍까지 몰래 쫓아왔다, 이건가?"

"제가 폐하의 뒤를 쫓자고 한 것이 아니오라…… 그건 세헤라 공주님이 제안하신 거고……."

"그만. 하지만 거기에 따른 건 너고, 너도 그렇게 하고 싶어서 승낙을 했을 거 아냐."

그의 말엔 틀림이 없었다. 나는 어깨를 움츠린 채로 고개를 끄덕였다.

"죄송해요."

"하."

이자나는 긴 한숨을 내뱉으며 내 앞을 서성거렸다. 그의 한숨 소리를 끝으로 우리의 사이엔 무거운 정적이 맴돌았다.

이자나와 어머니를 딱 마주친 뒤, 이자나가 나를 끌고 밖으로 나온 터였다.

나는 드레스 숍의 벽면에 등을 기댄 채로 아랫입술만 뭉그러뜨렸다. 많은 생각이 들게 하는 침묵이었다.

상황을 바꾸어 생각해 보자.

이자나가 내게 다른 남자가 있는 게 아닌지 의심했다면 나는 정말로 기분이 나빴을 것이다. 그렇기에 나는 이자나가 화났을 거라고 확신했다.

어떤 사과의 말을 더 건네야 하는 걸까?

팔짱을 낀 채로 한참을 서성거리던 이자나의 걸음이 멈춘 것은 그때였다.

그는 나를 똑바로 쳐다보았다. 마주한 그의 얼굴이 딱딱하게 굳어 있었다.

"일단 상황 설명부터 먼저 할게."

"……."

"최근에 드레스 숍에 혼자 간 건, 어머님 때문이었어. 네겐 제대로 된 프러포즈를 했지만, 어머님께는 제대로 된 승낙을 받지 못해서. 미래의 사위로서 점수를 따려고 드레스를 선물해 드렸지."

"……네."

"물론 생강 양에게 미리 말하지 못한 건 내 잘못이라고 생각해. 나는 내 선에서 어머님께 점수를 따는 게 더 낫겠다고 생각해서 그런 거니까. 일을 조용히 처리하고 싶었어."

"……."

"그런데 네가 알아 버리고, 그런 식으로 오해할 줄은 몰랐어."

"그러게요……."

이자나는 낮게 깔린 목소리로 내 이름을 불렀다.

"진저."

그와 처음 만났을 때를 떠올리게 하는 목소리였다. 등골이 서늘할 정도로 차가웠던 그 목소리.

"네……."

"너는 내가 그렇게 못 미더워? 사랑한다고 프러포즈까지 한 여자를 두고, 다른 여자의 드레스를 살 만큼 내 사랑을 하찮게 생각했느냐고. 나는 너를 온전히 믿었고, 그 믿음은 내 저주도 풀 정도였는데……."

이자나는 메마른 숨을 내뱉었다. 그는 진심으로 화가 난 얼굴을 하고 있었다.

처음 본 그의 모습이었다. 라라가 하멜임을 먼저 알았다는 걸 털어놓았을 때도 화내지 않았던 그였는데.

그는 내가 저를 오해한 것보다도, 저를 완전히 믿지 못한 사실에 더 화가 난 것처럼 보였다.

입이 열 개라도 할 말이 없었다. 이럴 거라면 솔직하게 물어볼걸, 하는 후회가 들었다. 시간을 되돌릴 수 있다면 얼마나 좋을까.

"……죄송해요, 폐하. 변명이라고 생각하시겠지만, 제가 바람이란 거에 꽤 예민했어요. 몇 번 당한 적이 있다 보니 그런 낌새만 보여도 되레 겁이 나서……. 솔직하게 묻지 못했어요."

거기까지 말했을 때, 눈가가 뜨거웠다. 더해 코끝도 시큰거렸다. 그것은 눈물의 징조였다.

나는 눈물을 참으려고 눈가에 힘을 주며 이어서 말했다.

"그래도 죄송…… 흐윽, 해요. 무슨 상황이 생기든 폐하를 믿는 게 옳은 건데……흑흑."

이내 눈물은 내 뺨을 타고 턱 끝까지 흘러내렸다.

이자나에게 너무 미안하고, 그를 의심한 내 자신이 너무 한심해서 흘린 눈물이었다.

평소의 이자나였다면 손을 뻗어 내 눈물을 닦아 주었겠지만, 화난 그는 별다른 행동을 하지 않았다.

그저 무거운 한숨만 내쉴 뿐이었다.

"많이 화나셨죠? 그렇죠? 제가 어떻게 해야 폐하의 화를 풀어 드릴 수 있을까요."

나는 물기가 가득한 목소리로 그에게 물었다. 이런 일로 그와 사이가 틀어지는 것을 원하지 않았다.

물론 우리는 고작 한 번의 오해로 틀어질 사이가 아니라고 생각했다. 그렇지만 이자나에게 있어 '믿음'이 가지는 의미가 얼마나 큰 것인지 알고 있었다. 이번 일이 그에게 큰 충격을 주었을지도 모르겠다고 여겼다.

나는 눈물만 뚝뚝 떨구었다. 그러자 이자나가 제 머리카락을 거칠게 쓸어 넘기며 말했다.

"약속해."

"……."

"이제 다시는 그런 의심을 하지 않겠다고."

"다시는 그러지 않을게요."

이자나는 내게 한 발자국 가까이 다가왔다.

그는 나의 양 뺨을 두 손으로 감싸, 손끝으로 내 눈물의 흔적을 지워 주었다.

"정말 화가 났는데……. 네가 우는 건 더 못 봐주겠다."

"폐하……."

"울지 마. 이번 한 번만 봐줄 테니까."

내 뺨을 쓸어 주는 그의 손길이 다정했다. 봐준다는 그의 말에 눈물은 삽시간에 그치기 시작했다.

그가 용서해 줘서 다행이라는 생각이 들었다.

"어찌 되었든 너를 위해서 했던 일이기도 하니까."

그의 목소리는 누그러져 있었지만, 마주친 검은 눈동자는 여전히 무겁게 가라앉아 있었다.

"하지만 혼이 좀 나야겠어."

"……네? 무슨 혼이요? 좋아요, 뭐가 됐든 주신 벌을 달게 받을 게요."

"내가 뭐로 혼낼 줄 알고?"

"글쎄요."

나는 뻑뻑해진 눈가를 몇 번 깜빡이며 이자나의 대답을 기다렸다. 그러자 그가 진지한 얼굴로 대꾸했다.

"입술로 혼이 좀 나야겠어."

"……네?"

그는 몹시도 진지한 얼굴로 내 입술에 제 입을 맞추었다 떼어 냈다.

"……!"

"하지만 다음엔 이 정도의 혼으로 넘어가지 않을 거야. 알겠어?"

그는 내 머리 위를 꾹 눌렀다. 그러고선 뒤돌아서서 한 발자국 걸어가며 혼잣말을 읊조렸다.

"나는 생강 양에게 너무 나약해진 거야……."

이자나는 고개를 뒤로 돌리며 내게 고갯짓을 했다.

"뭐해? 따라와. 어머님께서 걱정하실 거야. 어서 들어가자고."

"네!"

나는 한달음에 그에게 다가갔다. 올려다본 그의 얼굴이 다시금 평소의 얼굴로 돌아와 있었다.

십 년 감수한 기분이었다.

* * *

드레스 사건이 있은 지 이틀이 지났다.

나는 이틀 동안 빠짐없이 그를 찾아가 되지도 않은 애교를 부렸다. 그의 꽁해진 마음을 풀어 주기 위함이었다.

다행히도 내 애교가 잘 먹힌 것인지, 이자나는 드레스 숍 사건에 대해서 더는 얘기하지 않았다.

다만…….

"호호, 진저. 그래서 나를 이자나 폐하의 다른 연인으로 생각했다는 거니? 세상에, 올해 들은 얘기 중에 제일 우스운 소리구나."

어머니의 놀림이 매일같이 이어졌을 뿐이었다.

"네. 제가 그런 우스운 오해를 했습니다. 제길."

어머니는 이해한다는 듯이 내 어깨를 가볍게 두드렸다.

"귀여운 오해라고 생각해. 진저, 네가 그만큼 폐하를 좋아한다는 방증이기도 하고. 후후, 그래도 우스운 건 어쩔 수 없구나."

"……어머니. 이제 다시는 그를 의심하지 않겠어요."

"그래, 의심은 좋지 않은 거니까. 특히나 연인 사이에는 믿음이 중요하단다. 서로를 완벽하게 믿기 위해선 솔직함이 중요하다고 생각해."

"네. 맞아요."

"네 특기 중 하나가 솔직함이잖니. 이젠 그런 의구심이 들 때면 폐하에게 숨김없이 털어놓으렴. 그럼 드레스 사태와 같은 일이 또 생기지 않을 거란다."

나는 어머니의 말씀을 새겨들었다. 그녀의 말에는 틀린 점이 없었다.

그 뒤로 어머니는 이자나에게 받은 드레스를 내게 선보였다. 생각보다 꽤 많은 양이었다.

어머니는 그런 것을 주지 않아도 이자나 정도면 훌륭한 사윗감이라고 말했다. 하나 새로 생긴 드레스를 바라보는 어머니의 얼굴은 행복해 보였다.

그러고 보니, 아버지가 돌아가신 후 어머니가 제대로 꾸민 모습을 본 적이 없는 것 같았다.

나는 그동안 어머니에게 신경 써 주지 못한 일이 미안해졌다. 그리고 그런 부분까지 꼼꼼히 챙겨 준 이자나에게 새삼 고마운 마음이 들었다.

이자나는 참 사랑스러운 남자였다.

어머니와 대화가 끝날 무렵, 후작저를 찾아온 이가 있었다. 나는 어머니의 방을 나서서 응접실로 향했다.

이미 와서 나를 기다리고 있던 방문객은 의외의 인물이었다.

"세헤라 공주님?"

그녀가 응접실 소파에 앉은 채로 나를 기다리고 있었다.

"진저 님. 갑작스럽게 방문해서 죄송해요."

"아니에요! 안 그래도 그날 이후에 찾아뵈려고 했었는데."

드레스 숍 사건 뒤, 시간이 맞지 않아 세헤라와 하멜을 제대로 만나지 못한 터였다.

나는 세헤라와 마주 보고 앉았다.

"세헤라 님. 그런데 왜 갑자기 찾아오신 거예요? 드레스 숍 사건 때문에 오신 거예요?"

그때 이자나의 뒤를 밟자고 했던 것에 대한 사과를 하러 온 걸까? 하멜도 없이 홀로 찾아온 세헤라의 의중을 짐작할 수 없었다.

"아니요. 드레스 숍 사건은…… 그건 제가 섣불렀던 것 같아요. 늦었지만 죄송해요."

"아니에요! 저도 폐하를 의심한 걸요, 하하."

"그건 그렇다 치고 제가 찾아온 진짜 이유는……."

세헤라는 거기까지 말하고선 나를 반듯이 응시했다. 이자나와 닮은 그녀의 검은 동공엔 웬 이채가 서려 있었다.

"저는 하멜의 '그 생강'에 대해 이야기를 나누기 위해서 당신을 찾아왔어요."

하멜의 그 생강……? 세헤라는 무슨 생각으로 생강 같은 소리를 하는 걸까.

세헤라는 말했다.

"하멜이 좋아한 생강…… 아니, 여자가 당신인 걸 알고 있어요."

전혀 예상하지 못한 말이었다.

하멜의 성격상 그녀에게 솔직하게 털어놓았을 것 같지는 않은데, 그녀는 어떻게 안 것일까?

"하지만 진저 님은 이자나 폐하와 결혼을 할 사이고요. 그렇죠?"

"네."

"하멜은……. 당신을 잊기 위해 노력하고 있고요. 그렇죠?"

나는 부정할 도리 없이 수긍했다.

"……네."

내 대답에 세헤라가 길게 심호흡을 했다. 아주 중대한 일을 말하려는 것 같았다.

나는 그녀가 내뱉을 다음 말에 집중했다.

"사실 제가 하멜을 좋아하고 있어요. 그래서 왕국까지 그를 따라온 것이고요."

어라, 그건 이미 아는 사실인데.

일전에 하멜에게서 들은 말이었다.

세헤라가 저를 좋아하는 것을 알기에 그녀를 어떻게 대해야 할지 고민하던 하멜. 그녀의 마음을 진지하게 고려해 보라던 내 조언을 잘 따랐을까?

"……놀라지 않았어요?"

어머나, 너무 태연했던 걸까?

나는 그제야 한 템포 늦게 놀란 척을 했다.

"그, 그럴 수가!"

아주 어색한 연기였다. 이자나라면 내가 연기하고 있음을 단번에 파악했을 것이다. 세헤라는 몰라야 할 텐데.

"휴, 그래요. 놀랐을 거라고 생각해요."

걱정했던 것이 무색하게 세헤라는 내 연기에 감쪽같이 속은 채였다. 생각보다 순진한 공주님이었다.

"저도 하멜에게 이렇게까지 빠져 버릴 줄 몰랐어요. 누군가를 엄청 좋아한 게 처음이기도 하고, 그리고……."

그녀는 제 아랫입술을 짓이겼다. 몇 번 보지는 않았지만, 볼 때마다 늘 당당했던 그녀였다.

그런 세헤라는 무언가를 말하기를 처음으로 주저하고 있었다. 이윽고 토로한 그녀의 말은 진심이 그득했다.

"하멜이 저를 좋아했으면 좋겠어요."

하멜이 그토록 원하던 누군가의 사랑. 그의 저주가 풀렸다는 사실이 새삼 현실로 와 닿았다.

"하멜은 세헤라 공주님을 나쁘게 생각하지 않아요. 도리어 호감이상일지도."

나는 세헤라를 얘기하며 귓가를 붉혔던 하멜을 떠올렸다. 아예 관심조차 없었다면 세헤라를 왕국까지 데려오지는 않았을 것이다.

마음이 여려 보이는 하멜도 한 번씩 냉정한 구석이 있어서, 제가 아니라고 생각하는 것은 단칼에 잘라 냈으니까.

물론 하멜에게는 유약한 면이 훨씬, 아주 훨씬 더 많았다.

"하지만 제가 원하는 건 하멜의 사랑이에요. 호감이 아니라고요. 그래서 제가 진저 님을 찾아왔어요."

"……네?"

"하멜에 대해서 알려 주세요."

"……."

"그를 좀 더 알고 싶어요. 제가 그에 대해서 잘 알게 된다면, 그가 저를 사랑하게 만들 수 있지 않을까요?"

"맞는 말이에요."

나는 그녀의 말에 깊이 공감했다.

나 또한 '유폐된 왕자와 후작 영애'라는 책으로 이자나에 대해 자세히 알게 되었고, 그로 인해 그와의 사랑이 이뤄진 것도 있었으니까.

"하멜은 자기 이야기는 전혀 해 주지 않아요. 그래서 진저 님이 저를 도와주었으면 좋겠어요."

세헤라는 내게 생강이라고 했고, 생각보다 행동이 앞서서 사람을 당황시키기도 했지만, 나쁜 사람은 아니었다.

더군다나 하멜이 좋아서 왕국까지 그를 따라오지 않았던가. 나는 그녀의 사랑을 응원해 주고 싶었다.

"음…… 좋아요. 그럼 제가 지금부터 하멜에 대해서 알려 드릴게요."

그제야 세헤라의 얼굴엔 작은 미소가 피어올랐다.

"고마워요!"

나는 하멜과 함께했던 여러 추억을 떠올려 보았다.

처음 만났을 때, 마차를 함께 탔을 때, 옷장에 갇혀 눈물을 흘렸을 때, 내게 고백을 했을 때…….

그와의 추억은 생각보다 엄청 많았다.

"일단 그는 작은 생명이 죽는 걸 굉장히 안타까워해요. 혹시나 같이 걷다가 개미가 보인다면, 밟지 않게 피해서 걸어 줘요."

처음 만났을 때 우스꽝스러운 자세로 개미를 피하던 그가 떠올랐다.

자신의 커다란 발에 개미가 밟힐 것을 안타깝게 여기던 모습이 얼마나 우습던지.

"하멜에겐 폐소 공포증이 있어요. 사방이 막힌 공간에 있는 걸 괴로워해요. 그러니까 그런 곳엔 절대 가지 마세요."

나는 옷장 속에서 그가 흘린 뜨거운 눈물을 떠올렸다.

그 울보는 폐소 공포증을 없애는 마법은 하지 못하는 걸까.

"아, 만약이라는 게 있을 수도 있으니까. 손수건은 꼭 들고 다녀요. 그는 울보거든요."

세헤라가 내 말을 경청하며 고개를 끄덕였다.

그녀에게선 내 말을 빠짐없이 듣겠다는 굉장한 열의가 느껴졌다.

"한 번씩 짓궂게 놀리는데, 놀림 받은 상대방이 발끈하는 걸 좋아해요. 기분 나쁘지 않더라도 한 번쯤은 발끈해 주세요. 그럼 붉은 장미와 함께 사과를 할지도 몰라요."

나는 그에게서 받았던 장미들을 떠올렸다. 그것들은 여전히 시들지 않은 채로 내 방 창가에 놓여 있었다.

장미를 주며 내게 닿기를 바랐던 그의 진심마저도 떠오르자, 나는 어쩐지 말을 이어서 할 수 없었다.

몇 초가 지나고 나서야, 세헤라에게 마지막으로 해 주고 싶은 말을 꺼낼 수 있었다.

"그리고 마지막으로……. 그를 많이 사랑해 줘요. 그는 어려서부터 사랑을 받지 못하고 컸기 때문에, 누군가의 사랑을 절실히 바라고 있어요."

세헤라는 고개를 다시금 끄덕였다. 내가 해 줄 수 있는 말은 거기까지였다.

"저는 당신의 사랑을 응원할게요. 하멜을 많이 사랑해 주고, 행복하게 해 줘요."

이젠 내게 애틋한 눈빛을 보내지 않게. 이젠 그의 눈가에 눈물이 맺히지 않게.

나는 뒷말까지는 하지 못하고 작게 웃어 보였다. 그러자 세헤라가 말아 쥔 오른손을 내게 내밀었다.

"피스!"

아마도 그것은 고맙다는 말의 대신인 것 같았다. 우리는 가볍게 쥔 주먹을 맞대었다.

나는 하멜이 그녀와 진정 행복하기를 바랐다.

*   *   *

"다음 주에 끝내야 하는 일까지 드디어 미리 다 끝냈어."

이자나는 앉아 있던 몸을 일으켜 기지개를 켰다. 그러고선 내가
앉아 있던 소파까지 다가왔다.

이자나는 내 옆에 앉아 선포하듯이 말했다.

"무슨 일이 생겨도 다음 주 토요일에 결혼식을 올릴 거야."

"우와!"

나는 벽에 걸려 있는 달력을 바라보았다. 다음 주 토요일까지는
딱 일주일이 남은 상태였다.

"결혼식을 너무 급하게 잡은 건 아닐까요?"

"나는 내일이라도 당장 하고 싶은데. 생강 양은 그렇지 않나 봐.
하긴……. 너는 내 사랑을 의심하고 있었으니까."

"폐, 폐하! 그건 그때 모두 잘 마무리했잖아요!"

나는 당황했고, 이자나는 그럴 줄 알았다는 듯이 내 머리를 쓰다
듬었다.

"농담이야, 농담."

휴, 농담 같지 않은 얼굴로 농담을 하면 어쩌잔 말인가.

나는 안도의 숨을 길게 내쉬었다.

"그래서 말인데, 우리 아이 이름은 뭐라고 짓는 게 좋을까?"

"네에에에? 아이라뇨!"

부끄러워. 벌써부터 아이라니!

아이라는 말에 얼굴이 금세 뜨거워졌다. 나는 양 뺨을 손으로 감싼 채로 이자나를 올려다보았다.

그는 나와는 상반되게 부끄러운 기색이 전혀 없었다. 마치 오래전부터 아이에 대한 것을 생각했다는 것처럼 매우 자연스러운 태도였다.

"싫은 거야?"

싫다기보다는 너무 갑작스럽다고 해야 할까.

그와 결혼하는 것도 꿈이 아닐까, 가끔 생각하는데 말이다. 그보다 더 먼 미래는 내게는 너무도 막연한 이야기였다.

"아니요. 좋아요! 그런데 조금 부끄러워서……."

이자나는 배시시 웃었다.

"사실은 내가 아이의 이름을 좀 생각해 봤거든."

"어머나, 거기까지 생각하셨어요? 하여튼 폐하도 참. 어떤 이름을 생각해 보셨는데요?"

내 물음에 이자나는 농담하는 것 같지 않은 표정을 또다시 지어 보였다.

"캐럿, 어니언, 캐비지?"

당근, 양파, 양배추……?

그 말들의 의미가 자연스레 해석되자 내 얼굴이 딱딱하게 굳어갔다.

"큭큭."

굳은 내 얼굴과는 상반되게 이자나는 킥킥거리기 시작했다. 생강이라는 내 이름을 겨냥한 그의 장난임이 틀림없었다.

"너무해요!"

"큭큭. 아, 왜 이렇게 웃긴 거지?"

한번 웃음이 터진 이자나는 웃음을 참기 힘든 것인지 연신 큭큭 웃었다. 그 덕에 심술이 난 것은 나였다.

나는 새침하게 말했다.

"흥, 폐하께서는 혼이 좀 나셔야겠어요."

혼이라는 내 말에 이자나는 웃던 것을 멈추고 수줍은 표정을 지었다.

……아니, 왜 수줍어하는 건데!

"혼이라. 그럼 나는 이제 눈을 감고 있으면 되는 건가."

그는 능글거리게 말하고선 정말로 눈을 감았다. 아마도 며칠 전에 제가 나를 혼낸다고 말하며, 내게 입술을 맞추었던 일화를 떠올렸나 보다.

"생강 양. 나는 혼날 준비가 되어 있어."

"……."

눈을 감고 있는 이자나가 정말 얄미웠다. 아이의 이름을 가지고 장난치는 것도 모자라, 이토록 능글맞게 굴다니.

나는 그에게 입을 맞추는 척을 하며, 그의 아랫입술을 꽉 깨물었다. 그러자 이자나가 감았던 눈을 뜨며 낮은 신음을 흘렸다.

"아아. 아프잖아."

아프라고 깨물었으니까 아플 수밖에. 나는 퉁명스럽게 대답했다.

"얄미웠다고요."

이자나는 제 아랫입술을 손으로 매만졌다.

"흐음, 진저."

“네.”

“나를 아프게 했으니까, 이제는 네가 혼이 나야겠어.”

나는 여전히 퉁명스러운 얼굴을 유지한 채로 그와 같은 대답을 했다.

“그럼 이제 눈을 감을까요?”

피, 입술 따위 깨물 테면 얼마든지 깨물라지.

나는 이자나를 도발하듯이 입술을 쭉 내밀었다. 그러자 이자나가 제 한쪽 입꼬리만 슬그머니 올린 채로 미소를 지었다. 대단한 꿍꿍이가 있어 보이는 미소였다.

“아니, 그 정도 혼으로는 만족 못 하지.”

그는 대뜸 자리에서 일어섰다. 그다음은 순식간이었다. 그가 앉아 있던 나를 들어 올린 것이었다.

“……!”

지면에 있던 내 발은 허공을 헤맸다.

이자나의 한쪽 손은 내 허리를 감싸고, 나머지 한쪽 손은 내 허벅지를 감싼 채였다. 그는 짓궂은 일을 도모하는 열 살배기 아이 같은 얼굴로 웃고 있었다.

그는 방 어귀에 있던 침대까지 걸어가, 나를 그 위에 조심히 눕혀 주었다. 그러고선 내 위에 올라타며 야릇하게 속삭였다.

“내가 만족할 때까지 혼을 낼 거야.”

“어머나, 망측해라.”

나는 부끄러운 마음이 들어 손으로 얼굴을 가렸다. 이자나는 내 손을 잡아채 밑으로 끄집어 내렸다.

이윽고 완전히 드러난 내 얼굴 위로 이자나의 얼굴이 바투 드리웠다.

"벌써 부끄러워하기는 이른데."

그의 미소가 짐짓 음흉해 보였다.

＊　＊　＊

날짜를 잡기 무섭게 결혼식 준비는 놀랍도록 빨리 진행되었다. 간소히게 기행될 예정이어서 그런 것일지도 몰랐다.

우리는 최소한의 사람들만 초대하여 결혼식을 올릴 예정이었다. 물론 결혼식이 끝나면 나는 이자나의 아내로서, 왕비로서 대대적인 대외 행사를 해야 했지만.

"그나저나 왕비라니……."

내 입으로 뱉어 놓고도 그 단어가 쉽사리 와 닿지 않았다. 생강으로만 불리던 나와는 너무도 어울리지 않는 단어가 아니던가.

나는 내 마음이 가는 대로 살았고, 타인의 사정보다 내 사정이 더 중요한 사람이었다.

그런 내가 왕비의 역할을 잘 할 수 있으려나. 나는 나 자신에게 믿음이 가지 않았다.

잘은 아니더라도 밉보이지 않을 정도는 해야 할 텐데. 이자나에게 폐를 끼치기는 정말 싫었다.

예측할 수 없는 왈가닥이 내 매력이긴 하지만, 결혼한 후에는 정숙함을 유지하는 게 좋을 성싶었다.

정숙함이라…….

＊　＊　＊

"……생강 양? 낯설게 왜 이래?"

"낯설게라뇨. 저는 평소와 다름이 없답니다."

나는 정갈하게 한쪽으로 빗어 내린 머리칼을 수줍게 매만졌다. 그러자 이자나가 적응이 안 된다는 얼굴로 나를 보았다.

나는 오 대 오로 잘 정돈된 앞머리를 조신하게 쓸어 넘겼다. 그러고선 허리를 곧추세운 채로 이자나의 맞은편에 앉았다.

테이블 앞에 먼저 앉아 있던 이자나는 평소와 다른 내 모습에 고개를 갸웃거렸다.

"오늘 콘셉트는 도대체 뭐지? 가늠할 수 없군."

오늘의 콘셉트는 정숙한 요조숙녀라고요.

나는 대답 대신 희미한 미소를 띠며, 찻잔을 기품 있게 집어 들었다. 입술을 적실 만큼만 차를 들이켜고, 찻잔을 소리 나지 않게 내려놓는다.

정숙한 요조숙녀의 표본이었다.

고작 차를 기품 있게 마신 것뿐인데, 나는 세상에서 제일 교양 있는 여자가 된 듯한 기분이 들었다. 물론 이자나에게 내 모습이 어떻게 받아들여질지는 나도 잘 모르겠다.

오묘한 눈빛으로 나를 보던 이자나가 손가락을 가볍게 튕겼다. 마치 내 콘셉트를 알아차린 것처럼.

"아! 알겠다."

드디어 내 정숙함을 눈치챈 건가?

나는 기대가 서린 눈빛으로 그를 응시했다.

"요조 생강?"

"폐하!"

그는 뒷머리를 긁적였다.

"이게 아닌가."

거기에 왜 생강이 붙느냐고!

나는 정숙함을 포기한 채로 테이블 위에 엎드렸다. 요조 생강이라는 말이 꽤 충격적이었기 때문이다.

그가 내뱉는 생강이라는 말에 적응했다고 생각했는데, 요조 생강이라니…….

그것은 외설적인 생강과 비등한 이상한 단어였다.

"그러게 누가 어울리지 않게 그러래."

이자나는 수그린 내 머리 위를 가볍게 두드리며 말했다. 그의 목소리엔 엷은 미소가 배어 있었다.

"폐하와 결혼하면 왕비가 되는 거니까……. 좀 더 정숙해 보이고 싶었다고요."

"왕비가 꼭 정숙할 필요가 있던가. 정해진 건 없다고 생각해. 대신 언사는 조금 조심해야겠지? 가령 이 새끼, 저 새끼 하는 건 참아 달라고."

나는 고개를 들어 이자나를 바라보았다. 그는 웃고 있었다.

이 새끼, 저 새끼라니……. 틀린 소리는 아니지만, 나는 입술을 부루퉁하게 내밀었다.

"이 새끼 하니까, 그런 생각이 드네. 내 저주가 풀리지 않았으면 어땠을까, 하는 생각."

"흥. 쓸데없는 생각."

이자나는 내 말에 아랑곳하지 않으며 제가 하고 싶은 말을 했다.

"가령 게슈트의 저주가 너무나도 막강했던 나머지 우리의 완벽한 믿음으로도 깨뜨릴 수 없는 거야."

"……그럼 우리는 어땠을까요?"

"나는 생강 양의 외설적이고, 대범하고, 가끔은 폭력적인 생각들을 여전히 읽는 거지."

"제가 언제 폭력적인 생각을 했다고……."

"원한다면 네가 했던 폭력적인 생각들을 그대로 말해 줄 수도 있어."

나는 꽁지를 재빨리 내렸다. 찔리는 게 한두 가지가 아니었다.

"……그 의사는 고이 접어서 넣어 두시죠."

이자나의 예쁜 입술에서 거친 말들이 나오는 걸 바라지 않으니까. 폭력적인 말은 내 입에서만 나오는 걸로 족했다.

"이기지도 못할 거면서 토를 달기는 왜 달아."

나는 코끝을 찡그렸다. 이자나의 말에 놀랍도록 이의가 없어서 대답할 말이 없었다.

"어디까지 얘기했더라."

이자나는 이야기를 이어 가려는 듯이 말했다. 나는 그가 마지막으로 말했던 부분을 친절히 짚어 주었다.

"제 생각들을 모조리 읽는다는 것까지요."

"그래, 맞아. 나는 너의 여러 생각들을 계속 읽게 되는 거지."

"그럼 폐하의 기분이 나빠졌을까요? 제겐 좋은 생각만 골라서 할 수 있는 능력이 없으니까요."

"아니, 즐거웠을 거라고 생각해. 타인의 생각을 읽는 건 항상 괴

로운 일이라고 생각했는데, 그게 네 생각이라면 괜찮을 것 같다고
해야 할까."

"……."

"나는 여과되지 않은 네 생각을 읽고, 너는 수치감을 느끼고, 나는
그런 네 모습을 귀여워하고. 진저, 네가 들어도 썩 나쁘지 않지?"

"……중간에 제가 수치감을 느낀다는 부분만 뺀다면, 나쁘지 않
은 것 같습니다만."

"수치감은 이제 적응할 대로 적응된 거 아니었어?"

"그런 걸 적응할 리가 없잖아요! 너무해!"

내가 발끈하자 이자나는 작게 웃었다. 그의 눈꼬리가 부드러운
호선을 그리고 있었다.

"농담이야. 이제 와 털어놓는 거지만, 나는 생강 양에게 수치감
을 주려고 한 적이 없었어."

……하지만 당신은 내게 이미 셀 수 없이, 아주 많이 수치감을
준걸요. 아니, 그건 내가 초래한 것인가.

"저도 가끔 그런 생각을 해요."

"무슨 생각?"

"'유폐된 왕자와 후작 영애'가 아니었다면 폐하와 행복한 결말에
도달할 수 있었을까, 하는 생각. 그 책대로 미래가 흘러갔다면, 저
는 악역에 불과한 생강 영애가 되었을 테니까요."

그것은 지금 생각해도 정말 끔찍한 일이었다.

비단 나에게만 해당되는 것이 아니라, 이자나와 레라지에, 그리
고 하멜에게도 끔찍한 미래임이 분명했다.

예전에, 그 책을 읽으면서 했던 생각이 문득 떠올랐다.

끔찍한 미래가 점쳐진 그들에게 내가 베푼 미덕.

'악역이 베푸는 미덕.'

딱 떨어지는 그 문장이 내 머릿속에 오랫동안 맴돌았다.

"그 책대로 현실이 흘러갔다면, 나는 사랑하는 연인을 죽인 비정한 왕이 되었겠군."

이자나는 자신과는 전혀 상관없는 이야기를 내뱉듯이 말했다. 나는 장난스럽게 대답했다.

"설마 소녀를 죽이시는 건 아니겠지요?"

"죽을 만큼 사랑하고 있지."

"그건 도대체 무슨 말이에요?"

"고백이랄까."

어쩜, 시간이 지날수록 더 능청스러워지는 걸까.

"진저, 네 어머님에게 완벽한 허락을 받았고, 결혼식장도 완벽히 준비가 되었으니 이제 내일 결혼하는 일만 남았네. 기분이 어때?"

"글쎄요. 사실 아직도 잘 믿기지 않아요. 무사히 끝낼 수 있겠죠?"

"그럼, 누구 결혼식인데."

이자나는 거만한 표정을 지었다. 처음 하는 결혼이라고는 믿기지 않는 과한 자신감이었다.

나는 그의 거만한 표정을 따라 지으며 대답했다.

"생강 영애와 유폐된 왕자의 결혼식이랄까."

이자나는 픽 웃었다.

"누가 너를 당해 내겠어."

타박하듯이 말하기는 했으나 이자나는 웃고 있었다. 나는 이번엔 그를 따라 미소 지었다.

그러곤 바랐다.

서로를 향한 우리의 미소가 영원하기를.

＊　＊　＊

아랫입술이 달달 떨렸고, 심장은 주체할 수 없이 뛰고 있었다. 가만히 앉아 있으려고 했지만 몸을 움직이지 않고는 배길 수가 없었다.

나는 목줄이 풀린 강아지처럼 신부 대기실을 방황했다. 그러자 주변에 있던 시녀들이 안절부절못하며 내 눈치를 봤다.

나, 지금 긴장한 걸까?

결혼식…… 뭐, 별게 있겠느냐고 생각했던 지난날의 내가 무색한 정도였다.

"……진저 님!"

그 순간 누군가가 내 이름을 부르며 대기실로 들어왔다. 나는 배회하던 걸음을 멈추고 그쪽으로 시선을 돌렸다.

"너무 아름다우십니다."

"완전 예뻐요!"

하멜과 세헤라였다. 그들은 다정하게 팔짱을 낀 채였다.

두 사람의 표정이 나쁘지 않은 것을 보니, 내가 알려 준 비책을 세헤라가 잘 써먹은 것임이 분명했다.

나는 애써 여유로워 보이는 미소를 지었다.

"고마워요, 다들."

그들은 내게 조금 더 가까이 다가왔다.

하멜은 늘 그렇듯이 미소를 짓고 있었다. 오랜만에 보는 그의 미소 속에선 슬픈 기운이 전혀 느껴지지 않았다.

다행이란 생각이 들었다. 어쩌면 내 생각보다 세혜라가 하멜을 더 잘 구워삶았을지도 모르겠다.

조만간 하멜의 결혼식을 볼지도 모를 일이었다. 행동력이 빠른 세혜라라면 충분히 가능한 일이었다.

그렇게 그들의 축복을 받고 있을 때, 대기실에 한 사람이 더 들어왔다. 하얀 턱시도를 입은 이자나였다.

검은 머리카락과 검은 동공을 가진 그였기에, 검정색의 턱시도가 잘 어울릴 거라고 예상했었다.

그런데 웬걸. 그는 흰 턱시도도 굉장히 잘 어울렸다.

하긴, 저토록 완벽한 외모를 가지고 있는데 어울리지 않을 옷이 있을까.

원래도 멋진데 오늘은 더 멋진 이자나를 보자, 나는 조금 더 긴장이 되었다. 결혼식이 더욱 실감 났기 때문이다.

"폐하, 결혼을 축하드립니다."

"고마워, 하멜. 너도 조만간이겠군."

"네, 네?! 조, 조만간이라뇨. 흠흠."

이자나의 장난스러운 말에 하멜이 헛기침을 두어 번 했다. 하나 이자나의 말을 부정하지는 않았다.

"이제 곧 식이 시작될 테니까, 식장에 가 주지 않을래? 물론 공주님께서도요."

이자나는 나를 보면서 덧대어 말했다.

"나는 내 신부와 둘이서만 하고 싶은 얘기가 있거든."

이윽고 하멜과 세헤라가 신부 대기실을 나갔다. 시녀들도 모두 물리자 대기실에 남게 된 것은 우리 둘뿐이었다.

나는 긴장한 빛을 숨기지 않으며 이자나를 올려다보았다. 이자나는 늘 그렇듯이 침착해 보였다.

"폐하께서는 긴장되지 않으신 거예요?"

"그럴 리가. 나도 매우 긴장이 돼. 하지만 내가 긴장한 걸 내색하면 생강 양도 더 긴장할 테니까."

"맞아요. 그럴 것 같아."

"나는 의연해 보이려고 노력하는 중이야."

이자나는 몹시도 근사한 목소리로 고백하듯이 말했다.

"있는 힘을 다해."

그는 내 어깨 위에 손을 올렸다.

"마지막으로 하고 싶은 말이 있어."

"뭔데요?"

제법 비장한 얼굴을 한 이자나가 내게 속삭였다.

"세상에 있는 모든 생강이 생강차가 되어 버릴 때까지 널 사랑할게."

"그건 도대체 무슨 말이에요?"

"사랑한다는 소리."

"피, 좋아요. 나도 고백할래."

"좋아, 해 봐."

"탕플 탑이 무너지고, 재가 되어 허공에 날릴 때까지 사랑해요."

이자나는 마음에 든다는 듯이 빙그레 미소 지었다.

"완벽한 고백이었어."

그는 내 눈꺼풀에 살며시 입을 맞추었다.

"신부님, 이제 식을 거행하러 가 볼까?"

이자나는 내게 손을 내밀었고, 나는 그의 손을 잡았다.

나는 행복해 보이는 이자나의 얼굴을 물끄러미 바라보며 또다시 바랐다.

우리가 맞잡은 손의 온기가 영원하기를.

—외전 完

악역이 베푸는 미덕 2

1판 1쇄 발행 2017년 9월 29일
1판 2쇄 발행 2020년 8월 10일

지은이 ㅣ 쥐똥새똥
발행인 ㅣ 신현호
편집부장 ㅣ 예숙영
편집 ㅣ 이영조
편집디자인 ㅣ 한방울
영업·관리 ㅣ 김민원 조은걸 조인희

펴낸곳 ㈜디앤씨미디어
출판등록 2002년 5월 1일 제117-90-51792호
주소 서울시 구로구 디지털로 26길 111 JnK디지털타워 503호
대표전화 (02)333-2513 팩스 (02)333-2514
전자우편 dncbooks@dncmedia.co.kr
디앤씨북스 블로그 http://blog.naver.com/dncbooks

ISBN 979-11-6140-647-3 04810
ISBN 979-11-6140-645-9 (SET)